A INSCRIÇÃO DO LIVRO E DA LEITURA NA FICÇÃO DE EÇA DE QUEIRÓS

Outras obras da autora:

A construção da narrativa queirosiana. O espólio de Eça de Queirós, Lisboa, Imprensa Nacional-Casa da Moeda, 1989 (em co-autoria com Carlos Reis).

Molduras: articulações externas do romance queirosiano, Coimbra, Universidade Aberta – Delegação Centro, 1997.

Eça de Queirós – *O crime do padre Amaro*, edição crítica em colaboração com Carlos Reis, Lisboa, Imprensa Nacional-Casa da Moeda, 2000.

MARIA DO ROSÁRIO CUNHA
Professora da Universidade Aberta

A INSCRIÇÃO DO LIVRO E DA LEITURA NA FICÇÃO DE EÇA DE QUEIRÓS

ALMEDINA

TÍTULO:	A INSCRIÇÃO DO LIVRO E DA LEITURA NA FICÇÃO DE EÇA DE QUEIRÓS
AUTORA:	MARIA DO ROSÁRIO CUNHA
EDITOR:	LIVRARIA ALMEDINA – COIMBRA www.almedina.net
LIVRARIAS:	LIVRARIA ALMEDINA ARCO DE ALMEDINA, 15 TELEF. 239 851 900 FAX 239 851 901 3004-509 COIMBRA – PORTUGAL livraria@almedina.net
	LIVRARIA ALMEDINA CENTRO DE ARTE MODERNA GULBENKIAN RUA DR. NICOLAU BETTENCOURT, 8 1050-078 LISBOA – PORTUGAL TELEF. 217 972 441 cam@almedina.net
	LIVRARIA ALMEDINA ARRÁBIDA SHOPPING, LOJA 158 PRACETA HENRIQUE MOREIRA AFURADA 4400-475 V. N. GAIA – PORTUGAL arrabida@almedina.net
	LIVRARIA ALMEDINA – PORTO R. DE CEUTA, 79 TELEF. 222 059 773 FAX 222 039 497 4050-191 PORTO – PORTUGAL porto@almedina.net
	LIVRARIA ALMEDINA ATRIUM SALDANHA LOJAS 71 A 74 PRAÇA DUQUE DE SALDANHA, 1 TELEF. 213 570 428 FAX 213 151 945 1050-094 LISBOA atrium@almedina.net
	LIVRARIA ALMEDINA – BRAGA CAMPUS DE GUALTAR, UNIVERSIDADE DO MINHO 4700-320 BRAGA TELEF. 253 678 822 braga@almedina.net
EXECUÇÃO GRÁFICA:	G.C. – GRÁFICA DE COIMBRA, LDA. PALHEIRA – ASSAFARGE 3001-453 COIMBRA E-mail: producao@graficadecoimbra.pt
	OUTUBRO, 2004
DEPÓSITO LEGAL:	217951/04

À memória
dos meus Pais

PREFÁCIO

Um dos mais lúcidos textos que Eça de Queirós consagrou ao fenómeno literário e às implicações sociais que ele suscita foi o prefácio ao livro *Azulejos* do seu amigo Conde de Arnoso. É bem sabido: Eça pensou muito a literatura, à medida que a escrevia e talentosamente transformava. Neste caso, transcendendo o registo circunstancial que de um prefácio poderia esperar-se, o texto de Eça constitui, nesse ano de 1886 em que é publicado, uma breve reflexão – breve, mas nem por isso menos esclarecida e estimulante – acerca de relevantes mutações socioculturais que o século XIX estava a testemunhar. Traduziam-se tais mutações numa verdadeira alteração de funcionalidades e de papéis culturais, com efeitos inevitáveis na leitura, nos seus agentes e nos seus modos de concretização; e assim, desaparecido, com o século XVIII, "o leitor, o antigo leitor, discípulo e confidente, sentado longe dos ruídos incultos sob o claro busto de Minerva, o leitor amigo, com quem se conversava deliciosamente em longos, loquazes «Proémios»", surge, em vez dele, no século da democracia e das máquinas a vapor, "a turba que se chama o *público,* que lê alto e à pressa no rumor das ruas."

Não são infundadas nem ideologicamente inocentes as palavras de Eça. Por detrás delas vislumbra-se a nítida consciência de que intensas transformações de ordem técnico-industrial, económica e social provocaram mudanças na leitura e mediatamente numa literatura que, desviando-se do olhar singular de um sujeito refinado, cada vez mais se endereçava a um colectivo apressado e mesmo frívolo. E assim, pela acção conjugada da democracia política, da industrialização cultural e da profissionalização do escritor, a leitura projectava-se para um patamar quantitativa e qualitativamente já próximo daquilo a que depois se chamou *cultura de massas*. Para trás ficavam muitas coisas: hábitos culturais, protocolos receptivos e mesmo certos modelos de escritor e de escrita, como era o caso daquele revoltado Tomás de Alencar que, no interior de uma ficção queirosiana, via a sua "catedral romântica" implacavelmente demolida por "livros poderosos e vivazes, tirados a milhares de edições". Tinham um rótulo, esses livros, o de "romances naturalistas"; e o que eles representavam era não apenas a dimensão *pública* e quase massificada de uma leitura agora acessível a muitos, mas também o testemunho crítico que se tornava necessário enunciar acerca dos efeitos dessa leitura.

Significa isto que os romances de Eça são, ao mesmo tempo, consequência de uma nova axiologia da leitura e cenário da sua problematização. Muito bem o entendeu Maria do Rosário Cunha e melhor o demonstra neste livro que é, a partir de agora, um dos mais sérios, fundamentados e inovadores estudos que a obra queirosiana conheceu nos últimos anos. Originado numa dissertação de doutoramento apresentada à Universidade Aberta (e distinguida com a máxima classificação), dissertação que tive o gosto e o proveito de acompanhar de perto, a circunstanciada análise que a seguir se lerá ocupa-se, com uma acuidade crítica invulgar, não apenas da ficção queirosiana, mas também daquilo que a enquadra, em termos socioculturais, históricos e ideológicos. Depois disso, entramos na obra de Eça: no modo como nela está representado o *objecto livro* (o *corpo* do livro, como diria Cervantes), os cenários que o acolhem, os usos e abusos que ele sofre, as leituras que provoca, os hábitos que essas leituras instituem, as suas motivações públicas e privadas, as consequências que arrastam, a sua projecção no imaginário feminino, etc. Tudo isso e ainda, por fim, os movimentos de aproximação e de afastamento, de identificação e de refutação entre o que é lido e quem o lê, quando estão em causa comportamentos humanos que não podem deixar de remeter para a nossa própria relação com o livro e com a leitura.

Da novidade desta abordagem facilmente se aperceberá o leitor atento, do mesmo modo que há-de apreciar a capacidade da autora para integrar os ponderados passos do seu trajecto hermenêutico numa equilibrada, bem informada e madura visão de conjunto da obra de Eça; nada de muito novo, se nos lembrarmos de que Maria do Rosário

Cunha é já autora de diversos trabalhos de temática queirosiana, com destaque para o estudo *Molduras: Articulações Externas do Romance Queirosiano* (Lisboa, 1997). De novo fica bem patente nas páginas que se seguem a seriedade com que este estudo foi preparado, na decorrência de uma atitude intelectual que há muitos anos conheço e me não canso de admirar, às vezes até com aquele discreto toque de inveja que resulta da emulação saudável, não da mesquinha cobiça por aquilo que nos outros admiramos. Em Maria do Rosário Cunha muito admiro e não menos realço a honestidade com que se acerca dos textos que lê, o rigor com que apura informações e analisa documentos, a argúcia com que surpreende sentidos e procedimentos artísticos, a agilidade com que relaciona elementos de análise, a paciente disciplina com que vai apurando a sua cultura literária, em identificação empática com um século XIX que, a ela como a mim, não cessa de fascinar. Tudo isto e também – o que não é menor qualidade, antes culminância do que fica dito e é pouco ainda – uma constante apetência para *conviver* com Eça de Queirós, naquela mais pura e funda acepção que é a de uma estreita comunhão com o autor eleito, comunhão que se aprofunda em cada texto relido e em cada página ditada pelas intermináveis revelações que o genial escritor nos oferece.

Sobrepõe-se ao que acabo de sublinhar, com a convicção de quem sabe do que fala, a quase austera discrição de uma professora e investigadora que faz do seu quotidiano labor universitário uma constante e tácita lição de sobriedade. Como quem diz: Maria do Rosário Cunha bem merece, pelo seu trabalho e pelo profissionalismo que nele investe, o reconhecimento que outros buscam cultivando a frivolidade de uma vivência "mundana" da condição universitária. De certa forma essa atitude pessoal, indissociável de uma atitude ética na profissão e na vida, está bem traduzida à superfície do que aqui leremos, naquele que é um texto elegante, claro e tensamente argumentado, sem desnecessária exibição de aparato terminológico ou sinais exteriores de erudição.

*

* *

Normalmente um prefácio destes terminaria aqui. Julgo conhecer as regras do género, porque muitos escrevi já, sempre (sempre!) por amigável solicitação dos autores.

Neste caso, vou um pouco mais longe, abusando do consentimento da autora e da tolerância de quem quiser ler o que aqui fica. E digo que este texto era, ao mesmo tempo, dispensável e necessário. Era dispensável porque este trabalho vale por si e, como tal, bem poderia passar sem exórdios nem encómios. Mas este texto é-me necessário a mim, porque entendo ser este o momento privilegiado para prestar a Maria do Rosário Cunha uma outra homenagem, ditada pela fraterna amizade que há mais de vinte anos partilhamos, sem o mais leve travo de dissenção ou reticência, sem subserviência nem dependência intelectual ou de qualquer outra espécie.

Ao longo desse tempo e sempre com o tempero de uma cumplicidade queirosiana que renovamos em cada dia de trabalho conjunto, tenho beneficiado da ajuda e do estímulo de quem me tem acompanhado na sedutora aventura de melhor ler os textos de Eça, de os estabelecer com o rigor possível, de tentar entender os modos e as razões que subjazem à sua escrita. Por tudo e em todo o momento estou profundamente agradecido a Maria do Rosário Cunha: como amigo e como queirosiano que muito aprendeu com o estudo que aqui fica e que publicamente deixa o cristalino e sincero testemunho de uma gratidão sem reservas.

CARLOS REIS

NOTA PRÉVIA

Quando o amigo, que haveria de ser também o seu biógrafo, lhe sugeriu que relatasse a experiência colhida numa viagem a África, Fradique Mendes "murmurou com lentidão e melancolia:

– Para quê?... Não vi nada na África, que os outros não tivessem já visto"[1].

Com as adaptações que as circunstâncias exigem, esta resposta de Fradique não deixa de me ocorrer, sempre que pretendo justificar o tema deste trabalho, que foi apresentado como dissertação de doutoramento à Universidade Aberta. Na verdade, a fortuna crítica de um escritor como Eça de Queirós, os inúmeros e valiosos estudos de que a sua obra já foi alvo, tornam difícil a esperança de alguma originalidade.

Foi, contudo, irresistível o apelo de uma obra cuja leitura recomeço sempre certa do prazer da surpresa. Além disso, ela está na origem de um percurso já com alguns anos, que iniciei colaborando com o Professor Carlos Reis no estudo do espólio do Autor e, mais tarde, na preparação da edição crítica de *O crime do padre Amaro*. Entretanto, estudei os protocolos de abertura e de encerramento do romance queirosiano na minha dissertação de Mestrado. O nome de Eça surgiu, pois, naturalmente associado a este trabalho, tendo em conta, para lá das razões apontadas, o vastíssimo lugar que a representação do livro e da leitura ocupam na sua produção ficcional, assim como o facto de esta questão não ter sido ainda objecto de uma análise sistemática. Aqui reside a pertinência que julgo poder atribuir ao tema escolhido, do

---

[1] Eça de Queirós, *A correspondência de Fradique Mendes*, Lisboa, "Livros do Brasil", s/d, p. 104.

qual parti para empreender a viagem de que apresento agora o relato sem os escrúpulos de Fradique, mas sabendo que se trata de mais um olhar para o qual concorreram muitos dos olhares que o precederam.

Em muitas etapas da viagem contei com a companhia de amigos e colegas, perguntando, sugerindo, estimulando e ouvindo com igual paciência entusiasmos e desânimos. A todos eles expresso aqui a minha gratidão.

Agradeço à Professora Doutora Maria Emília Ricardo Marques a atenção e o carinhoso acolhimento com que sempre foi possível contar, assim como as facilidades que me concedeu enquanto Directora do DLCP, permitindo-me completar o trajecto.

Ao Professor Doutor Carlos Reis, presente ao longo de todo o meu "percurso queirosiano" e por ele responsável, devo o permanente incentivo, o apoio de uma amizade sempre disponível e o rigor na orientação científica deste trabalho.

Ao Jorge, devo a certeza da chegada e a cumplicidade ao longo do caminho.

INTRODUÇÃO

1 – A ficção de Eça de Queirós concede um espaço significativo à representação da literatura. Dos muitos escritores aos inúmeros leitores que nela ganham vida, esse espaço abre-se à encenação de situações, atitudes e comportamentos por onde passam os diversos aspectos que configuram o fenómeno literário, do acto criador ao acto da recepção. A figura do escritor é só por si rica de sugestões: permite encenar as poses necessárias à construção da imagem pública, mas também o secreto sofrimento da criação com todo o peso da insegurança, das dificuldades da escrita e da árdua perseguição da originalidade. E na hora de publicar revela uma outra faceta da literatura, desta vez bem de consumo, tão sujeito à competição e às cedências exigidas pelo mercado, como a complicados processos de troca de favores e influências, por onde passa o reconhecimento da crítica no jornal ou a frequência da sociedade bem pensante. Alencar e Artur Corvelo, Carlos da Maia, Gonçalo Mendes Ramires e Ernestinho Ledesma são decerto as figuras de maior relevo na ilustração de cada um dos aspectos que referimos, mas não são as únicas. Com menor visibilidade e protagonismo, muitos outros escritores integram os mundos romanescos da ficção queirosiana, cada um deles dando origem à selecção de um gesto ou de um traço de carácter, através dos quais a instituição literária sobe à ribalta na figura do escritor.

Do outro lado do processo encontra-se o leitor. Partilhando muitas vezes com o escritor uma mesma personagem, o leitor desdobra-se em múltiplas imagens, faz do comportamento que o define um acto repetido e do livro uma constante presença. Sobre este triângulo – o leitor, o livro e a leitura –, faremos incidir a nossa atenção, pondo em relevo um protagonismo a que não podem ser alheias as profundas mudanças que, justamente na época em que Eça de Queirós se faz leitor e, depois, também escritor, começam a imprimir trivialidade a uma prática até então bastante restrita. Referimo-nos à divulgação da leitura que a produção industrial do livro veio permitir. Devemos, contudo, especificar desde já, quanto ao tema que o título deste trabalho condensa no acto e no objecto de leitura, que nos concentramos exclusivamente em personagens, atitudes e objectos que a ficção constrói e de que se serve para povoar o mundo representado em cada romance. O que não exclui, relativamente ao objecto que o livro constitui, os títulos e autores reais que, ao serem transpostos para a ficção, levam consigo os seus próprios universos ficcionais, com histórias e figuras que poderão cruzar-se com as do mundo que os acolhe, levando também a escala de valores que lhes define o lugar no quadro literário e cultural do universo da experiência. Em número incomparavelmente superior ao dos títulos fictícios, são os títulos reais, a partir das virtualidades semânticas que retiram da dupla existência – no mundo da ficção e no da realidade –, aqueles que à partida se anunciam mais prometedores quanto aos sentidos desencadeados na relação com os outros elementos da narrativa. Captar esses sentidos constitui a nossa meta. Quer ao nível da cooperação que o livro, na interacção com as personagens e os espaços, poderá dar à formulação dos sentidos presentes em cada narrativa, quer no âmbito de uma reflexão sobre o próprio livro, a que conduz o processo de auto-representação que se abre a partir da identidade entre o objecto representado e aquele que o representa. E, neste caso, falar de livro é falar da própria literatura e do seu consumo.

2 – O *corpus* que seleccionámos é constituído pelas obras de ficção de Eça de Queirós em que é significativa a presença de livros e leitores, e igualmente significativo o seu concurso para a construção da narrativa – na composição de cenários, na definição social, moral e psicológica das personagens, na determinação das forças em confronto na intriga. Por várias ordens de razões que a seguir passaremos a explicitar, nem todas as obras de ficção são alvo de uma atenção sistemática ou mais demorada, embora todas elas sejam pontualmente convocadas, sempre que o seu contributo confirme, esclareça ou complete a pers-

pectiva de análise das questões abordadas. No primeiro caso estão, naturalmente, *O crime do padre Amaro*, *O primo Basílio*, *Os Maias*, *A Ilustre Casa de Ramires* e *A Cidade e as Serras*. É este um conjunto de narrativas que, não esgotando a produção ficcional queirosiana, é representativo dos sentidos estéticos e ideológicos que atravessaram a obra do Autor. Entre eles, encontra-se a componente de representação social própria do romance de costumes, explicitamente anunciada nos subtítulos das três primeiras narrativas – *Cenas da vida devota*, *Episódio doméstico* e *Episódios da vida romântica*, respectivamente – e subsistindo ainda n'*A Cidade e as Serras*, embora em diferentes moldes e como resposta a diferentes preocupações. Este é, de resto, um dos aspectos abrangidos pela evolução literária que esta selecção permite acompanhar, tornando possível verificar algumas mudanças nas estratégias e objectivos de representação do livro e da leitura na ficção de Eça de Queirós – do romance realista da década de 70 ao romance finissecular. Ao grupo composto pelas cinco narrativas já referidas acrescentaremos ainda *A Capital!*, embora se trate, como demonstrou Luiz Fagundes Duarte na edição crítica de que foi responsável, de uma obra inacabada, "quer em termos estilísticos quer em termos de sequência narrativa"[2]. Conhecendo os hábitos de escrita de Eça de Queirós, não duvidamos de que, se não tivesse sido abandonado, para lá do trabalho sobre a sintagmática narrativa, o texto teria sido sujeito a um profundo trabalho de depuração estilística com inevitáveis repercussões no campo que particularmente nos interessa, onde títulos e autores, lidos e mencionados, se sucedem vertiginosamente. Com esta reserva, porém, *A Capital!* é uma narrativa que o tema que agora nos ocupa não pode ignorar, uma vez que no seu herói, Artur Corvelo, se concentram as duas imagens que dependem do livro – a do leitor e a do escritor, esta última desde logo inscrita no subtítulo *começos duma carreira*.

Nada de semelhante nos leva a incluir *A tragédia da Rua das Flores* neste *corpus*, ignorando a sua natureza embrionária de texto

[2] Luiz Fagundes Duarte, "Introdução" in Eça de Queirós, *A Capital! (começos duma carreira)*, edição de Luiz Fagundes Duarte, Lisboa, Imprensa Nacional-Casa da Moeda, 1992, p. 21.

inacabado, mas sobretudo de texto que o Autor cancelou, ao transpor muito do que ele continha para *A Capital!* e para *Os Maias*. Além disso, as dificuldades de leitura que o manuscrito suscitou, aliadas ao desejo de atingir amplas camadas de público, deram origem a edições pouco fiáveis e que por vezes se contradizem entre si[3]. Quanto às duas outras narrativas postumamente publicadas – *Alves & Cª* e *O conde d'Abranhos* – não consideramos que o seu contributo para a questão em apreço se sobreponha às dúvidas que o próprio Autor lançou sobre os textos que decidiu não publicar. Na verdade, o protagonista de *Alves & Cª* pouco acrescenta, na sua qualidade de leitor, à vasta galeria contida nos outros romances. E a mesma afirmação nos suscita *O conde d'Abranhos*, texto que, ao contrário do anterior, ainda não foi depurado, pelo rigor de uma edição crítica, das intervenções alheias à mão do escritor. Relativamente a este último caso, acrescente-se ainda o seguinte: tratando-se, como se trata, de uma biografia, a presença do livro – quer como objecto de leitura, quer como fonte de referências literárias – tem um único sentido que se esgota no retrato do biografado e no do próprio biógrafo, através de um discurso que os revela a ambos e sobre ambos exerce, com implacável ironia, o mesmo processo corrosivo. Desta forma, a leitura como comportamento e o livro como objecto de ficção não podem estar na origem de um leque variado de sentidos que entre si se confrontam e se esclarecem, mas apenas daqueles que outras personagens, como o conselheiro Acácio ou o conde de Gouvarinho, se encarregam de configurar com maior êxito. Mais do que uma questão de representatividade social, neste caso contrariada pela desconstrução irónica que percorre o texto, é, pois, a ausência de um conflito ou de um trajecto problematizado, no qual a participação do livro e da leitura sejam relevantes, que nos leva a desvalorizar *O conde d'Abranhos* no âmbito do *corpus* seleccionado.

Uma razão semelhante explica o lugar um pouco periférico para que são remetidos *O Mandarim*, *A Relíquia* e *A correspondência de Fradique Mendes*. Na primeira destas narrativas, o caso extraordinário

---

[3] Sobre as edições de que foi alvo *A tragédia da Rua das Flores*, cf. Carlos Reis e Maria do Rosário Milheiro, *A construção da narrativa queirosiana. O espólio de Eça de Queirós*, Lisboa, Imprensa Nacional-Casa da Moeda, 1989, pp. 38-47.

que constitui o objecto do relato de Teodoro tem início justamente na leitura que, no entanto, não volta a interferir no destino da personagem. Menos importância ainda tem a leitura no destino de Teodorico, herói de *A Relíquia*, que pouco ultrapassa, como leitor, os compêndios a que fica a dever o grau de bacharel. Bem diferente é o caso de Fradique Mendes, portador de uma singularidade que em grande parte resulta do facto de ser leitor de muitos livros. Demasiados livros, talvez, como demasiadas são as qualidades e os privilégios com que a Natureza e a vida o dotaram, para que seja possível descobrir-lhe o poder de representação que se espera de uma vulgar personagem de ficção. Não é este o local adequado para nos alongarmos sobre o particular estatuto ontológico desta figura que, pelas estratégias de veridicção a que foi sujeita e pelos objectivos a que procurou corresponder, dos quais não se podem isolar as ambíguas relações que com ela mantém o Autor, se afasta do modelo representacional do romance de costumes. A este afastamento, de resto, se referia o próprio Eça quando, numa das cartas em que participava a Oliveira Martins os planos para fazer reviver a figura de Fradique, se referia ao estudo crítico preambular à publicação da correspondência como uma "novela de feitio especial, didáctica e não dramática"[4]. Fradique não é, pois, a personagem de uma história, não dá lugar à encenação de um conflito onde se confrontam valores, comportamentos ou modelos culturais. Ele é sobretudo uma voz que enriquece a reflexão sobre os factos da cultura, e é nessa qualidade que dele nos socorremos. Finalmente, ainda quanto ao *corpus* que é objecto de análise, devemos assinalar três contos que consideramos poderem completá-la. São eles *Civilização*, *No moinho* e *Um dia de chuva.*

3 – Dividimos este estudo em duas partes, a primeira das quais reconstitui as circunstâncias favoráveis ou adversas à difusão do livro e da leitura em Portugal, na segunda metade do século XIX. Na base deste propósito não se encontra a noção de que a ficção mantém com o real uma relação de especularidade, nem nos anima, portanto, a preo-

[4] Eça de Queirós, "Carta a Oliveira Martins, 12/Jun./1888" in *Correspondência*, leitura, coord., pref. e notas de Guilherme de Castilho, Lisboa, Imprensa Nacional-Casa da Moeda, 1983, Vol. I, p. 479.

cupação de aferir a fidelidade da representação relativamente ao modelo. O que julgamos indispensável é um conhecimento razoável ou suficiente da realidade cultural que – seja copiada, seja transfigurada – a ficção vai utilizar na construção dos seus próprios mundos e dos sentidos que neles estão presentes. Para entender essa utilização e captar a sua produtividade semântica, necessitamos de aceder ao código que lhe dá significado e que, neste caso, é constituído pelos livros e pelos leitores reais, assim como pelas reais circunstâncias que favoreceram ou não a divulgação de uns e a emergência dos outros.

Procuramos, em primeiro lugar, conhecer os pressupostos indispensáveis à existência dos leitores: saber ler e, depois, dispor das condições económicas, do tempo e do estímulo para o fazer. Esta primeira etapa leva-nos a percorrer brevemente o País que fomos na época que está em causa, dando particular atenção ao sistema educativo – dos conteúdos às condições materiais do ensino. Passamos em seguida à leitura propriamente dita, através dos produtos disponíveis no mercado, das estratégias utilizadas na sua difusão e dos hábitos de consumo do público leitor. A partir dos dados recolhidos, esperamos obter os contornos do fenómeno da leitura dentro das coordenadas temporais que nos interessam, não só nos seus aspectos visíveis e quantificáveis, mas também em termos de um imaginário onde sobressaem relações de poder, apelos emancipatórios, preconceitos, desconfianças e ameaças. O que decorre, naturalmente, da novidade do processo que então se socializava e das temíveis consequências que o mito fundador da Humanidade tornou inseparáveis do acto do conhecimento, ao qual a palavra escrita dava acesso. É no sentido de reconstruir este imaginário, sobre o qual a ficção há-de tecer as suas malhas, que recorremos ao testemunho directo de quem nele esteve envolvido e para ele contribuiu, utilizando como fundamental instrumento de trabalho textos de Alexandre Herculano, Antero, Oliveira Martins, Ramalho Ortigão, Maria Amália Vaz de Carvalho e também do próprio Eça.

A análise do texto ficcional queirosiano é objecto da segunda parte. Num primeiro momento, trata-se de encontrar os modos pelos quais a ficção procede à inscrição do livro, enquanto objecto material e textual. Estes dois aspectos nem sempre estão simultaneamente presentes, como se verá.

Dada a especificidade que lhe confere o facto de ser um objecto cultural, mesmo sem uma autoria ou um título que lhe desvende o conteúdo, o livro constitui um signo que se estende ao sujeito que o possui ou manuseia. Daí a atenção concedida, num segundo momento, à responsabilidade que lhe cabe na composição da personagem e dos espaços onde esta se prolonga e se repete.

Pode parecer artificial estabelecer uma divisão entre o livro e a leitura. Mas a organização de um trabalho como este deve permitir percorrer todos os aspectos da questão considerados pertinentes, o que, a fim de evitar excessivas e monótonas repetições, poderá conduzir a algum artificialismo na constituição das categorias em análise e dos diversos momentos da sua progressão. Por outro lado, a posse do livro e os usos a que se presta não coincidem necessariamente com o acto de que aquele retira o sentido e a razão de ser. Em todo o caso, julgamos que a leitura, como atitude e comportamento, deve ser alvo de uma particular abordagem que abra caminho à descoberta de sentidos dominantes, de que as personagens leitoras são uma concretização. Teremos assim oportunidade de analisar as circunstâncias – materiais e psicológicas – que estimulam a leitura, tal como as consequências que dela decorrem e nas quais se projecta muito do imaginário a que há pouco nos referíamos.

Finalmente, é nosso propósito estudar alguns aspectos do riquíssimo diálogo intertextual que a ficção de Eça de Queirós explicitamente propõe com as obras que nela inscreve e de que faz objectos de leitura, de citação ou de simples referência das personagens. Sem desobedecer ao tema, uma vez que são ainda os livros inscritos na ficção aqueles que fundamentalmente nos ocupam, esperamos retirar desse diálogo interessantes pistas de leitura, que o jogo de espelhos há-de alargar à própria ficção – nos seus limites e nas suas relações com o imprevisível do quotidiano.

PARTE I

O CONTEXTO: LIVROS E LEITORES NA SEGUNDA METADE DO SÉCULO XIX EM PORTUGAL

"E não obstante, como tudo parece feliz e repousado! Os jornais conversam baixinho e devagar uns com os outros. O parlamento ressona. O ministério, todo encolhido, diz aos partidos – chuta! As secretarias cruzam os braços. O tribunal de contas, lá no seu cantinho, para se entreter, maneja sorrindo as quatro espécies. [...] Os fundos descem, e descem há tanto tempo que devem estar no centro da Terra. O povo, coitado, lá vai morrendo de fome como pode. Nós fazemos os nossos livrinhos. Deus faz a sua Primavera... Viva a Carta!" (*Uma campanha alegre*, I, 21-22).

CAPÍTULO 1

Do leitor ao público

> "Em pequenos, temos todos uma pontinha de génio: e estou certo que se existisse uma literatura infantil como a da Suécia ou da Holanda, para citar só países tão pequenos como o nosso, erguer-se-ia consideravelmente entre nós o nível intelectual" (*Cartas de Inglaterra*, 53)

Reflectir sobre a leitura enquanto prática social – como tal, inscrita no tempo e sujeita às transformações que este lhe impõe – remete-nos directamente para as palavras com que Eça de Queirós iniciou o Prefácio dos *Azulejos* do Conde de Arnoso, publicados em 1886. Aí, procurando justificar esse particular local de encontro entre escritor e leitor, chamado "Proémio" ou "Prefácio", Eça põe em causa a pertinência de uma "cortesia" que "há cem anos, dirigia-se particularmente a uma pessoa de saber e de gosto, amiga da eloquência e da tragédia, que ocupava os seus ócios luxuosos a ler, e que se chamava 'o Leitor': e hoje dirige-se esparsamente a uma multidão azafamada e tosca que se chama 'o público'[1]. E continua: "'a leitura', há cem anos, sugeria logo

---

[1] Eça de Queirós, "Prefácio dos 'Azulejos' do Conde de Arnoso" in *Notas contemporâneas*, Lisboa, "Livros do Brasil", 3ª ed., s/d, p. 96.

a imagem de uma livraria silenciosa, com bustos de Platão e de Séneca, uma ampla poltrona almofadada, uma janela aberta sobre os aromas de um jardim: e neste retiro austero de paz estudiosa, um homem fino, erudito, saboreando linha a linha o *seu livro*, num recolhimento quase amoroso. A ideia de leitura, hoje, lembra apenas uma turba folheando páginas à pressa, no rumor de uma praça"[2].

Com estas palavras de uma concisão exemplar, Eça não só descreve uma transformação, como define, contrapondo-os, os conceitos que a explicam: o leitor e o público. O que separa estas duas entidades é, antes de mais, uma questão de número – número dos que lêem, e número dos materiais disponíveis para a leitura: uma pessoa, um homem, com o *seu livro*, cede o lugar a uma multidão ou turba que folheia páginas; por isso, o livro, objecto precioso porque raro, podia ser saboreado linha a linha, com vagar, enquanto as muitas páginas que o substituíram são folheadas à pressa. Aumentando o número relativo ao sujeito e ao objecto da leitura, difere o modo de ler, diferem as circunstâncias materiais em que a leitura se processa e difere, naturalmente, o perfil de quem lê: desaparece o indivíduo de saber e de gosto, fino, erudito, que recolhidamente se entrega à fruição de um privilégio, e surge uma multidão azafamada e tosca que, não cabendo no espaço fechado e silencioso de uma sala luxuosa, traz para o rumor de uma praça o gozo de um direito conquistado.

Quando se trata de situar cronologicamente esta transformação, Eça remete o leitor para o tempo em que "o alfabeto ainda se não tinha democratizado: quase apenas sabiam ler as Academias, alguns da nobreza, os Parlamentos, e Frederico, rei da Prússia"[3]. Quanto ao público, a sua emergência coincide, nas palavras do Autor, com o advento da Idade Moderna: "Depois, numa manhã de Julho, tomou-se a Bastilha. Tudo se revolveu: e mil novidades violentas surgiram, alterando a configuração moral da Terra. Veio a democracia: fez-se a iluminação a gás: assomou a instrução gratuita e obrigatória; instalaram-se as máquinas Marioni que imprimem cem mil jornais por hora: vieram os clubes, o romantismo, a política, a liberdade e a fototipia.

---

[2] Idem, *ibidem*.

[3] Idem, *ibidem*, p. 95.

Tudo se começou a fazer por meio de vapor e de rodas dentadas – e para as grandes massas"[4].

Vários factores, numa complexa cadeia de relações, terão concorrido para que o privilégio de uns poucos se tornasse, ao longo dos cem anos que o texto citado refere, no direito adquirido por uma massa anónima de dimensões sucessivamente refeitas e acrescentadas. Com a agudeza de análise que lhe é própria e com a autoridade que a proximidade do olhar lhe confere, Eça aponta a complexidade do processo, deixando bem claro que a revolução no acesso ao livro e à leitura se enquadra numa apertada teia de necessidades, conquistas e interesses, sobre os quais a sociedade burguesa e capitalista se foi solidificando. Com efeito, se o reconhecimento do direito à instrução é fundamental para o aumento das taxas de alfabetização, para a expansão da escola e para o ensino gratuito e obrigatório, também é verdade que a actividade empresarial ligada à indústria tipográfica não podia deixar de encarar a "democratização do alfabeto" como um auspicioso aumento do mercado. Só assim, com uma clientela bastante para fazer escoar o produto, se poderia tirar rendimento de uma tecnologia que dia a dia se aperfeiçoava e que, ao permitir baixar os custos da produção, permitia igualmente o crescimento do consumo. Por outro lado, a liberdade política e de opinião, ao fazer do jornal um meio privilegiado para o seu exercício, provocou uma verdadeira explosão da imprensa periódica, que se tornou num factor essencial de difusão, a baixo preço, da palavra impressa e dos hábitos de leitura.

Para analisar esta questão, Eça detinha então uma posição privilegiada: vivendo em Inglaterra desde 1874 – primeiro em Newcastle, em Bristol a partir de 1878 – e em França de 1888 até ao fim dos seus dias, pôde ser testemunha directa de uma febril actividade livreira que por vezes, acrescente-se, lhe suscitou algumas dúvidas sobre a utilidade e a perenidade de muitos dos produtos que caudalosamente invadiam o mercado. Mas o que nos importa, neste momento, é sobretudo o testemunho de quem, em 1881, enviava para a *Gazeta de Notícias* uma crónica sobre o recomeço das actividades próprias do Outono e do Inverno ingleses, com especial referência para a *Book-Season*. Depois de escla-

---

[4] Idem, *ibidem*, p. 97.

recer que a actividade editorial inglesa não se restringia a esta estação (de Outubro a Março), Eça acrescentava: – "Não sei se é possível calcular o número de volumes publicados anualmente em Inglaterra. Não me espantaria que se pudessem contar por dezenas de milhares. Aqui tenho eu diante de mim, no número de ontem do *Spectator*, a lista dos livros lançados esta semana: noventa e três obras! E isto é apenas a lista do *Spectator*. Apenas o que se chama aqui *Literatura Geral*. Não se contam as reimpressões; nem as edições dos clássicos, em todos os formatos [...] e em todos os preços desde a edição que custa 50 libras, até à que custa 50 réis: não se contam as traduções de livros estrangeiros, sobretudo as literaturas da antiguidade: não se conta, enfim, essa incessante produção das Universidades, essoutra levada de gregos e latinos, de comentários, de glossários, de in-fólios, que lançam de si, aos caixões, as imprensas de Clarendon"[5].

Que os editores estavam atentos a um mercado que, ao expandir-se, se diferenciava, provam-no os diferentes preços das várias edições de uma mesma obra, que se tornava assim disponível para bolsas de diferente alcance. Mais do que o alfabeto, era a palavra a que ele dava acesso que se democratizava, num processo imparável, fazendo com que alguns anos depois, mais precisamente em 1894, numa outra crónica igualmente destinada à *Gazeta de Notícias*, Eça lamentasse que "nesta nossa idade de colossal e quase abusiva produção (só a França publica por ano 12.000 volumes!) já não há tempo para ler os autores – quanto menos os comentadores!"[6].

O que observava à sua volta atingia, decerto, proporções tanto mais colossais, quanto a realidade portuguesa, como termo de comparação, lhe devia parecer distante, no tempo e no espaço, da Europa em que circulava e que, nas suas palavras, "olha para nós com um desdém manifesto. Porquê? Porque nos considera uma nação de medíocres: digamos francamente a dura palavra – porque nos considera uma *raça de estúpidos*"[7]. E

---

[5] Eça de Queirós, "Acerca de livros" in *Cartas de Inglaterra*, Porto, Lello & Irmão, s/d, p. 26.

[6] Eça de Queirós, "Outra bomba anarquista – O sr. Brunetière e a imprensa" in *Ecos de Paris*, Porto, Lello & Irmão, s/d, p. 169.

[7] Eça de Queirós, "O Brasil e Portugal" in *Cartas de Inglaterra*, ed. cit., p. 179.

um pouco mais à frente, no mesmo texto, desabafa com sincera amargura: – "Eu não reclamo que o país escreva livros, ou que faça arte: contentar-me-ia que lesse os livros que já estão escritos, e que se interessasse pelas artes que já estão criadas. A sua esterilidade assusta-me menos que o seu indiferentismo. O doloroso espectáculo é vê-lo jazer no marasmo, sem vida intelectual, alheio a toda a ideia nova, hostil a toda a originalidade, crasso e mazorro, amuado ao seu canto, com os pés ao sol, o cigarro nos dedos e a boca às moscas... É isto o que punge"[8].

De que país falava Eça? A quem atribuía ele essa indiferença pungente, alheia à arte e aos livros? A que se devia a ausência de vida intelectual? Que motivações seriam precisas? Que capacidades haveria que desenvolver, para anular a distância entre esse povo "crasso e mazorro" e a Europa inteligente e culta? É claro que a Europa era bem mais vasta do que a Inglaterra e a França, e, além disso, da sua população também constavam os *slums* londrinos, onde havia "famílias que andavam quase nuas, e dormiam durante os mais duros Invernos na terra húmida, e comiam apenas as hortaliças podres que são apanhadas à noitinha no lixo e nos enxurros, à roda dos mercados"[9]. Ao mesmo tempo, velhos e crianças morriam de fome e de frio "nas suas trapeiras, entre farrapos [ou] sob as pontes de Paris"[10]. Teriam sido, também estes, abrangidos pela "democratização do alfabeto"? Quem participava, realmente, nessa Europa heterogénea, da "turba que se chama o *público*, que lê alto e à pressa no rumor das ruas"[11]? Não está nos nossos objectivos responder a estas perguntas, mas apenas utilizá-las relativamente à realidade nacional. O que, de facto, nos importa é procurar aí os contornos desse *público* – as suas dimensões, o seu perfil, gostos, exigências, a sua importância, em suma, na sociedade portuguesa da segunda metade do século XIX. Antes, porém, convém saber se no País existiam os mecanismos necessários à criação das competên-

[8] Idem, *ibidem*, p. 180.

[9] Eça de Queirós, "O Inverno em Paris" in *Cartas familiares e bilhetes de Paris (1893-1897)*, Porto, Lello & Irmão, s/d, p. 151.

[10] Idem, *ibidem*, pp. 155-156.

[11] Eça de Queirós, "Prefácio dos 'Azulejos' do Conde de Arnoso" in *Notas contemporâneas*, ed. cit. p. 98.

cias de leitura e, consequentemente, do gosto e apetência pelo livro. Para isso, há que recordar dados e factos conhecidos, e com eles formar um quadro que nos permita aferir a nitidez da imagem que, segundo Eça, de nós fazia a Europa.

1 – A população portuguesa. Alfabetização e escolaridade

Segundo o recenseamento de 1864, a população portuguesa contava com 3.829.618 indivíduos, número que passará a 4.160.315 no recenseamento de 1878, atingindo os cinco milhões no final do século. No mesmo ano de 1864, cerca de 11% dessa população habitava nas cidades, e mais de metade deste número concentrava-se em Lisboa[12]. Atendendo a estes números, o País de então deixa-se adivinhar como um vasto campo salpicado de pequenos aglomerados populacionais[13], apenas saídos do longo isolamento a que os condenara a falta de meios de comunicação e transporte.

Com efeito, só em 1859 a construção de uma estrada entre Lisboa e Porto permitiu inaugurar um serviço de mala-posta que ligava as duas cidades em 34 horas. Antes disso, os transportes dependiam do barco a vapor ao longo da costa, da navegabilidade dos rios e de caminhos árduos e perigosos, por onde os almocreves asseguravam a circulação de mercadorias. Mas o grande factor de mudança neste precário sistema de comunicações, muito mais do que as estradas que entretanto se iam abrindo, foi o caminho-de-ferro: a partir de 1856 – data em que se inaugura o primeiro troço, de Lisboa ao Carregado – e à medida que a rede ferroviária se alarga, o isolamento das populações dissipa-se,

---

[12] Dados recolhidos em Joel Serrão, "Sondagem cultural à sociedade portuguesa cerca de 1870" in *Temas de cultura portuguesa II*, Lisboa, Portugália, 1965, pp. 49-50.

[13] Em 1878, "Lisboa andava longe ainda dos 200.000 habitantes; o Porto dobrara o cabo dos 100.000; Braga não chegara aos 20.000; o resto... concentrações humanas que rarissimamente excediam a dezena de milhares e onde a vida decorria ainda a ritmos muito antigos, conquanto mais evoluídos que essoutros aos quais estavam ainda submetidos os 90% dos nossos próximos antepassados" (Joel Serrão, *loc. cit.*).

implicando alterações não só de ordem económica, mas também de ordem cultural e mental. A rapidez que o comboio propiciava no transporte de pessoas, bens e notícias modificou naturalmente as noções de tempo e de espaço, reforçando o sentimento de comunidade nacional; ao mesmo tempo, ao comboio se deve a descoberta de uma outra comunidade mais vasta donde "chegavam, por cima dos Pirinéus moralmente arrasados, largos entusiasmos europeus que logo adoptávamos como nossos"[14]. Assim resume Eça de Queirós, neste inevitável texto em que evoca a figura de Antero, a importância do caminho-de-ferro na contextualização do País em termos europeus. E atribui ao comboio, que atingira a fronteira espanhola em 1863, a responsabilidade do deslumbramento cultural que, na década de sessenta, a juventude universitária experimentou: – "Coimbra vivia então numa grande actividade, ou antes num grande tumulto mental. Pelos caminhos de ferro, que tinham aberto a Península, rompiam cada dia, descendo da França e da Alemanha (através da França) torrentes de coisas novas, ideias, sistemas, estéticas, formas, sentimentos, interesses humanitários... Cada manhã trazia a sua revelação, como um Sol que fosse novo"[15].

Cabe-nos agora perguntar até que ponto o País partilhou deste deslumbramento. Estaria a generalidade da população portuguesa à espera que lhe abrissem as portas da Europa, para mergulhar enfim nessa torrente de ideias e de estéticas novas?

É sabido que durante a segunda metade do século XIX, o País permaneceu essencialmente agrícola: no final do século, por volta de 1890, era de 61% a percentagem da população rural, constituída, na sua maior parte, por pequenos proprietários, pequenos rendeiros e assalariados. Quanto a este último grupo, o mais numeroso e dependente do trabalho sazonal, é fácil de perceber que vivesse em condições muito próximas da miséria. Por outro lado, a mudança de proprietários a que a extinção dos vínculos e das ordens religiosas dera lugar, pouco ou

[14] Eça de Queirós, "Um génio que era um santo" in *Notas contemporâneas*, ed. cit., pp. 254-255.

[15] Idem, *ibidem*, p. 255.

nada terá contribuído para rendibilizar a exploração da terra, melhorando a vida de quantos, de um modo ou de outro, a ela estavam ligados[16]. Mas as precárias condições de vida não se limitavam, decerto, à população que, espalhada pelo interior do país, se empregava nas actividades agrícolas. A pesca, por exemplo – que no recenseamento de 1890 aparece como a actividade que emprega maior número de indivíduos, logo a seguir aos trabalhos agrícolas[17] –, dá origem a que Ramalho Ortigão, em 1877, se refira aos pescadores poveiros nos seguintes termos: – "Não há um que saiba ler. Habitam em terra um bairro infecto e miserável. Os cações escalados, destinados à alimentação no Inverno, secam pregados às portas interiores das casas. Cheios de *vermine*, homens, mulheres e crianças dormem no mesmo quarto, numa promiscuidade horrorosa"[18].

Nas cidades, entretanto, particularmente em Lisboa e Porto, concentravam-se os reduzidos núcleos industriais do País. Fruto do baixo grau de industrialização que marcou a economia portuguesa no século passado, o sector secundário ocupava, em 1890, apenas 18,4% da população. Este número incluía não só a indústria fabril, mas também a indústria artesanal, sendo bem provável que esta última se sobrepusesse à primeira[19]. A percentagem indicada abrangia assim artífices, mestres e aprendizes, e o espírito corporativo persistia, se é que não

---

[16] Porque julgamos que no período que nos ocupa a situação não teria sofrido grandes alterações, transcrevemos as palavras de José-Augusto França sobre o mundo rural dos anos 40 e 50: – "vilas praticamente inexistentes, com rudimentares indústrias locais, vivendo sobretudo duma agricultura atrasada, cristalizada em métodos antigos. A venda dos latifúndios dos conventos, fenómeno que caracteriza o começo do período liberal, levando à criação dum novo corpo de proprietários, não podia contribuir para modernizar os métodos de exploração agrícola na medida em que, alugada pelos novos senhores absentistas, a propriedade continuava a ser explorada segundo processos tradicionais" (José-Augusto França, *O Romantismo em Portugal. Estudo de factos socioculturais*, Lisboa, Livros Horizonte, 2ª ed., 1993, p. 162).

[17] Cf. Joel Serrão, "Povo – Na época contemporânea" in Joel Serrão (Dir.), *Dicionário de História de Portugal*, Porto, Figueirinhas, 1990, Vol. V, p. 157-166.

[18] Ramalho Ortigão, "O estado da educação física – sua importância na evolução nacional" in *As Farpas*, Lisboa, Clássica Editora, 1992, Vol. VIII, p. 152.

[19] Cf. Joel Serrão, "Sondagem cultural à sociedade portuguesa cerca de 1870" in *Temas de cultura portuguesa II*, ed. cit., pp. 51-52.

predominava sobre a consciência de classe exigida pelas novas relações de produção. Tudo isto explica o facto de o Partido Socialista Operário Português, fundado em 1875, contar, em 1877, com 913 filiados[20]. A fraca expressão do movimento operário em Portugal não impediu, contudo, a criação de associações operárias que desenvolveram acções, nomeadamente ao nível da educação e da cultura, a que teremos oportunidade de aludir mais adiante. Registe-se, por agora, que a criação dessas associações está intimamente ligada às profundas carências de uma população desamparada, que terá honras de protagonista no romance *Amanhã*, de Abel Botelho. Sem entender a literatura como reflexo imediato da realidade, mas também sem menosprezar as relações que a ficção mantém com o real, é possível reconstituir a imagem, através deste romance, de um proletariado que vive e trabalha nos subúrbios de Lisboa, mergulhado na mais absoluta miséria.

É claro que o operariado fabril não esgotava a população activa que o trabalho agrícola não absorvia: os serviços e o comércio, a que há que juntar ainda as profissões liberais, aparecem também contemplados no recenseamento de 1890, completando o quadro delineado com uma percentagem da ordem dos 20% e formando um grupo predominantemente urbano, mas heterogéneo e complexo, cujos contornos não nos compete aqui dilucidar.

Ainda assim, é possível reformular agora a pergunta feita atrás, deixando de lado as ideias, os sistemas e as estéticas que, como é natural, se destinavam a um consumo restrito. Estaria a população portuguesa, no seu conjunto, preparada para participar na corrida ao livro que, pelo menos em alguns países europeus, arrebatava a pequena burguesia e se instalava já no meio operário? E de que instrumentos

---

[20] Dados recolhidos em José-Augusto França, *op. cit.*, p. 529. A este propósito afirma Joel Serrão: "A partir de 1870, o socialismo e o republicanismo, durante algum tempo convergentes, tendem a separar-se: enquanto o primeiro, pela força do nosso condicionalismo, se reduziu ao papel inglório de partido minoritário e de elites intelectuais (por falta de operários, que eram em número muito reduzido), o republicanismo tornou-se, sobretudo, em meio de expressão da pequena burguesia citadina e da burguesia média rural." (Joel Serrão, "Para um inquérito à burguesia portuguesa oitocentista" in *Temas oitocentistas – II. Para a História de Portugal no século passado,* Lisboa, Livros Horizonte, 1978, p. 232.

dispunha para acompanhar uma Europa que os meios de comunicação tornavam cada vez mais próxima?

Desde sempre os liberais foram sensíveis à questão da educação, que se tornou em objecto de amplas discussões e de sucessivos projectos de reforma[21]. A necessidade de combater as elevadas taxas de analfabetismo através de um sistema de instrução elementar – geral e gratuito – despertou unanimidade de opiniões, ao mesmo tempo que se afirmavam duas constantes do pensamento pedagógico oitocentista: a formação moral e cívica do indivíduo, e a formação do operário inteligente e capaz de concorrer para o crescimento da riqueza nacional: – "Só esta garantia social pode ajudar a religião a moralizar o País, e, por consequência, a diminuir a necessidade de leis violentas, excepcionais, e, portanto, más. Só ela pode, enfim, desenvolvendo as faculdades dos cidadãos, habilitá-los para conhecerem os seus verdadeiros interesses, para desempenharem os seus deveres públicos e domésticos, e favorecendo o acréscimo da indústria, para aumentar a riqueza e promover o engrandecimento da Nação"[22]. Para Alexandre Herculano, que assim se manifestava num dos artigos que, sob o título de "Instrução Nacional", publicou n'*O Constitucional* em 1841, havia, pois, que criar um cidadão moralmente são e socialmente útil.

Mas o papel determinante da escola na valorização do homem, como indivíduo e como parte do corpo social, esteve presente no pensamento dos liberais logo a partir de 1820 e, depois do conturbado período da guerra civil, foi retomado e amplamente debatido. As dificuldades surgiam, contudo, quando se passava para o plano da concretização, e já em 1838 Herculano perguntava: – "Ainda hoje, [...] que se tem feito a bem da instrução popular? – Nada; absolutamente nada. Daí provém que a mudança de instituições políticas, e as reformas legislativas são vãs e inúteis; [...] daí provém que o povo nada tem melhorado com o gozo da liberdade; porque esta, para produzir fruto,

[21] Sobre esta questão, cf. Luís de Albuquerque, *Estudos de História. Vol. VI. Notas para a história do ensino em Portugal*, Coimbra, Por Ordem da Universidade, 1978.

[22] Alexandre Herculano, "Instrução Pública" in *Opúsculos*, org., introd. e notas de Jorge Custódio e José Manuel Garcia, Lisboa, Presença, 1984, vol. III, p. 88.

carece de bons costumes, e os bons costumes só nascem da instrução geralmente derramada"[23]. Mais de vinte anos depois, em 1860, Antero de Quental retomava as preocupações de Herculano: – "Remissa e vagarosa, porém, vai a instrução por esta boa terra de Portugal; e ai de nós se não se atende a este grave mal com prontos remédios; ai de nós, porque um povo que possui a liberdade sem instrução, que só o pode nela iniciar e nos sagrados direitos em que se resolve, a custo poderá conservá-la, e o que é mais, conservá-la sem abusar"[24]. Nem o tempo, nem a gradual estabilização política tinham retirado, no espaço de vinte e dois anos, o sentido e a urgência de uma intervenção consequente no sistema de ensino português. E a situação manter-se-á, sobrevivendo aos debates dos legisladores, aos decretos do poder executivo e às críticas de quem, como Ramalho Ortigão, em 1876, se mantinha atento à premência das necessidades a que o País não conseguia responder: – "Protestamos contra a educação que recebemos; protestamos contra as nossas instituições de ensino que julgamos absolutamente incapazes de criarem homens fortes, instruídos e honestos; [...] protestamos finalmente, contra a geral indiferença dos espíritos por este estado de coisas"[25].

A que ficava a dever-se a ineficiência da educação portuguesa em quantidade e, como se depreende da citação anterior, em qualidade? À eterna insuficiência de recursos financeiros, certamente; também à falta de recursos humanos necessários ao preenchimento dos quadros docentes; às constantes interrupções nos projectos e na concretização das reformas, dadas as frequentes alterações de forças no poder; e, finalmente, à não menos provável "geral indiferença dos espíritos por este estado de coisas", como afirma Ramalho e como já o tinha afirmado

[23] Idem, "Da educação e instrução das classes laboriosas", *O Panorama. Jornal Litterario e Instructivo* da Sociedade Propagadora dos Conhecimentos Úteis, Lisboa, 1838, Vol. II, p. 315 (Actualizámos a grafia. Faremos o mesmo com os excertos posteriormente citados).

[24] Antero de Quental, "Leituras populares" in *Prosas sócio-políticas*, publicadas e apresentadas por Joel Serrão, Lisboa, Imprensa Nacional-Casa da Moeda, 1982, p. 116.

[25] Ramalho Ortigão, "Tentativa de uma reforma do ensino público" in *As Farpas*, ed. cit., Vol. VIII, p. 113.

Antero, referindo-se à falta de vontade política ou "*vontade dos que podem*"[26].

Independentemente das causas, a verdade é que em 1878 a percentagem de analfabetos, em Portugal, era da ordem dos 83%, baixando para 79,2% em 1890. Quer isto dizer que, quase no fim do século, apenas 20,8% da população tivera acesso à instrução elementar[27]. E o número mantém-se, mesmo com a distinção feita pelas estatísticas entre os totalmente analfabetos e os que, embora não sabendo escrever, são capazes de ler. Esta curiosa distinção talvez se devesse a causas idênticas às que Martyn Lyons aponta relativamente a outros países europeus, como a Inglaterra e a França: o empenho da Igreja católica no ensino da leitura como via de acesso aos textos sagrados e ao catecismo, enquanto saber escrever poderia acordar indesejáveis aspirações nas classes populares, nomeadamente entre a população rural[28].

É esta, com efeito, a que mais se ressente das altas taxas de analfabetismo, que diminuem nas cidades. O número continua, ainda assim, elevado – 64% –, como elevado é também aquele que situa nos 90% a

---

[26] Interrogando-se sobre as causas da ignorância, tanto do povo como de grande parte da burguesia, Antero de Quental subscreve a resposta dada por "um grande homem e um grande Português, quando se lastimava de que – possuindo nós ainda todos os elementos duma grande ventura, só nos faltasse um – *a vontade dos que podem*." (Antero de Quental, *op. cit.*, p. 117). Esta mesma ideia está presente na análise feita por Alberto Ferreira: – "O Portugal Regenerado, que chegou a ser breve ilusão de vintistas, de setembristas, de Herculano, espreguiçou-se na paz podre, na empregomania, na burocracia, na ignorância, na doce e suave liberdade de afirmar princípios e palavras, e na mesma doce e perigosa inconsciência de os não praticar"(Alberto Ferreira, "Caminhos da educação no oitocentismo português" in *Estudos de cultura portuguesa (Século XIX),* Lisboa-Porto, Litexa Editora, 2ª ed., 1998, pp. 36-37).

[27] Cf. Joel Serrão, *op. cit.*, pp. 55-59.

[28] Referindo-se particularmente à mulher, Martyn Lyons acrescenta: – "Por essa razão, é possível que muitas mulheres soubessem ler, mas não assinar seu nome ou escrever. Em algumas famílias, havia uma divisão rígida do trabalho com a escrita, pela qual as mulheres liam para a família, enquanto os homens cuidavam da escrita e da contabilidade." (Martyn Lyons, "Os novos leitores no século XIX: mulheres, crianças, operários" in Guglielmo Cavallo et Roger Chartier (Orgs.), *História da leitura no mundo ocidental*, São Paulo, Ática, 1998-1999, 2º vol., p. 167).

percentagem relativa ao analfabetismo da mulher, no mesmo ano de 1878.

Perante uma situação que os censos punham a descoberto e que a comparação com o que se passava no estrangeiro tornava mais gritante[29], crescem as campanhas de alfabetização no sentido de compensar a manifesta insuficiência da rede escolar oficial. A luta contra o analfabetismo aparece, então, entre os objectivos das associações operárias e populares entretanto constituídas, dando origem a escolas onde também se leccionavam cursos dominicais e nocturnos para adultos. São de assinalar, neste contexto, as escolas mantidas ou subsidiadas pela Sociedade Cooperativa d'A Voz do Operário – fundada em 1883 pelos operários da indústria do tabaco – que atingiram, no final do século, uma população escolar superior aos 2.000 alunos.

Figuras eminentes da vida cultural portuguesa apareceram frequentemente ligadas aos fins educativos destas associações, como foi o caso de Herculano e de António Feliciano de Castilho, que se ocuparam sistemática e empenhadamente das questões relativas à educação, particularmente das classes populares[30]. A Castilho se deve a publicação, em 1850, da *Leitura Repentina. Método para em poucas lições se ensinar a ler com recreação de mestres e discípulos.* Atingindo a quarta edição em 1857 e independentemente das falhas e virtudes nele contidas, este método que Castilho entusiasticamente utilizou em cursos gratuitos, nos sucessivos colégios de que foi proprietário, traduziu um esforço concreto no sentido da generalização e racio-

[29] Cf. os dados avançados por Martyn Lyons no artigo atrás citado: na década de 90, era de 90% a percentagem de alfabetizados nas principais cidades da Europa ocidental, e estava já eliminada a disparidade relativa às taxas de alfabetização feminina (p. 365).

[30] Quanto a Herculano, são de recordar os inúmeros artigos que publicou na imprensa da época (*O Constitucional*, *Diário do Governo*, *Jornal da Sociedade dos Amigos das Letras*, *O Panorama*) sobre a instrução pública. Foi, além disso, membro da Comissão de Instrução Pública da Câmara dos Deputados, entre 1840 e 1841. Castilho, além da obra escrita em que imprimiu o seu inabalável entusiasmo pela educação para todos, fez parte, com funções directivas, de associações como a Associação Promotora da Educação Popular e o Grémio Popular.

nalização do ensino[31]. Refira-se ainda a *Cartilha Maternal* de João de Deus, publicada em 1876 e a partir da qual se criou a "Associação das Escolas Móveis pelo Método João de Deus", que levou a cabo campanhas de alfabetização por todo o País.

Apesar disto, porém, o nível de alfabetização da população portuguesa traduzia-se em números desoladores, revelando a precariedade e ineficácia do sistema escolar. Paralelamente, através dos anos, dos governos e das reformas, a qualidade do ensino existente não deixava de ser posta em causa.

1.1 – *O ensino primário*

A partir da Regeneração, verificou-se um aumento significativo da rede escolar: as cerca de 1.000 escolas oficiais de que há notícia em 1835 duplicam na década de 60, chegam às 3.000 em 1880 e, em 1910, atingem as 4.500[32]. Paralelamente, e ao abrigo da liberdade de ensino, foram também aumentando as escolas e colégios particulares.

Como o carácter gratuito do ensino, contemplado pela Constituição, não se mostrava suficiente para assegurar a presença generalizada dos alunos na escola, a obrigatoriedade, traduzida em sanções aplicáveis aos responsáveis pelas crianças em idade escolar, aparece inscrita nas reformas do ensino elementar, a partir de 1835. Tanto Castilho, como Herculano, defenderam a aplicação de multas, a fim de "obrigar [...] os pais ou tutores a enviarem seus filhos ou tutelados à escola pública"[33]. Na verdade, o absentismo que se verificava, nomeadamente entre a população rural, radicava nas difíceis condições de vida que faziam do trabalho infantil uma parte imprescindível da eco-

---

[31] Sobre o pensamento pedagógico de Castilho e, particularmente, sobre o método de "leitura repentina", cf. Luís de Albuquerque, "Castilho e o Ensino Popular" in *Estudos de História. Vol. VI. Notas para a história do ensino em Portugal*, ed. cit., pp. 211-280.

[32] Cf. Rui Grácio, "Ensino primário e analfabetismo" in Joel Serrão (Dir.), *Dicionário da História de Portugal*, ed. cit., Vol. II, p. 392-397.

[33] Alexandre Herculano, "Instrução Pública" in *Opúsculos*, ed. cit. Vol. III, p. 96.

nomia doméstica familiar. Daí que a presença dos alunos na escola sofresse flutuações sazonais, de acordo com o maior ou menor trabalho nos campos[34]. Por outro lado, apesar do incremento verificado a partir da segunda metade do século, a densidade da rede escolar nas regiões do interior não concorria para fazer da escola uma necessidade e um hábito, permanecendo actuais as observações que, no início da década de 40, Herculano fazia ao "estado da instrução nacional": – "Os habitantes das povoações, onde não as há, não mandam seus filhos buscar o ensino primário a distância de duas ou três léguas. Deixam-nos vegetar na ignorância, como eles vegetam, como vegetaram seus pais e avós"[35]. Por tudo isto, é nos meios urbanos que a escola recolhe a maior parte da sua população, conquistando progressivamente os filhos da pequena burguesia, dos artesãos e dos operários fabris, cujas associações, como já foi referido, participaram empenhadamente na expansão do ensino primário.

Antes de prestar uma maior atenção às formas e conteúdos deste primeiro nível de ensino, e antes mesmo de abordar a escolaridade feminina, convém seguir o percurso dos poucos privilegiados a quem era permitido continuar os estudos no liceu e, eventualmente, na Universidade.

1.2 – *O ensino médio*

Criados por decreto de Passos Manuel em 1838, os liceus recrutaram a sua população entre os filhos da classe média que, segundo Joel Serrão, aspirava a libertar os descendentes da "contingência e precariedade da actividade de teor económico e produtivo [...]: assim como o excedente da

[34] Uma outra causa do absentismo escolar residia, segundo Alexandre Herculano, no exercício de certos deveres de cidadania a que a instrução habilitava: – "O jurado [...] tem sido entre nós um flagelo para a instrução. Os pais, a quem as sessões de jurados roubam muitos dias do trabalho de que se mantêm, consideram a instrução elementar que receberam como um mal-aventurado presente e olham como um benefício feito a seus filhos o recusar-lhes o ensino elementar." (Alexandre Herculano, *loc. cit.*, p. 104).

[35] Idem, *ibidem*, p. 95.

população rural emigra para o Brasil, os excedentes da burguesia rural e urbana emigram [...], através dos liceus e da Universidade, para a relativa calmaria das funções públicas, à doce sombra do orçamento"[36]. Os liceus permitiam então, quer o prosseguimento dos estudos em Coimbra, quer a segurança de um emprego nos quadros médios da administração pública. Quanto ao ensino técnico, viria a ser realmente incrementado no quadro da política de desenvolvimento económico instalada por Fontes Pereira de Melo, com a criação de várias escolas – nas áreas agrícola, comercial e industrial – e de diferentes graus.

O desejo de Passos Manuel de criar um liceu em cada capital de distrito foi um processo moroso, e reduzida a população discente abrangida por este nível de ensino: em 1873, eram 6.000 os alunos inscritos nos liceus do País[37], recebendo uma preparação que, segundo nos sugere a leitura de vários textos que Ramalho Ortigão escreveu sobre o assunto, estava longe de garantir os níveis mínimos de exigência na formação intelectual e moral de uma juventude sujeita a "oito ou nove anos de um estudo embrutecedor, deprimente de todas as forças físicas e de todas as faculdades mentais, com excepção do exercício exclusivo da memória"[38].

Defensor acérrimo de um ensino secundário solidamente estruturado, Ramalho apresenta, num texto de 1876 em forma de carta dirigida ao Ministro do Reino, as suas próprias propostas de reforma, atribuindo o estado deplorável do ensino então ministrado às prioridades eleitas pelo poder político: – "Temos um exército de 42 mil homens, que custa 4 a 5 mil contos de réis, e uma instrução pública que custa apenas 799 contos, sobre um orçamento de 23 mil contos"[39].

---

[36] Joel Serrão, "Sondagem cultural à sociedade portuguesa cerca de 1870" in *Temas de cultura portuguesa II*, ed. cit., p. 61.

[37] Segundo os dados fornecidos, tanto por Joel Serrão como por José-Augusto França, nas obras atrás citadas, aos 6.000 alunos liceais correspondiam, no mesmo ano, 1.816 seminaristas. José-Augusto França aponta ainda, relativamente ao ano de 1864, a existência de 4.108 padres e vigários contra 1.987 professores e 458 professoras.

[38] Ramalho Ortigão, "A Instrução Pública..." in *As Farpas*, ed. cit., Vol. XV, p. 25.

[39] Idem, *ibidem*, p. 77.

Mas em 1883, *As Farpas* continuavam a dar atenção a um assunto que se mantinha na ordem do dia. Discutia-se, nessa altura, uma nova lei de instrução secundária apresentada ao Parlamento. Ramalho resume a lei, faz um apanhado das intervenções dos deputados e conclui: – "Do conjunto de todas estas opiniões resulta com evidência: // Primeiro. – Que é péssima a organização da nossa instrução secundária. // Segundo. – Que o ministério e o parlamento são inábeis, e o confessam, para fazer a reforma de que se precisa. // [...] É má a organização dos liceus, e mau o plano de estudos, são maus os mestres, maus os compêndios, maus os edifícios"[40].

Era posta em causa, mais uma vez, a disciplina interna dos liceus; mas não era melhor a alternativa oferecida pelos colégios particulares, dirigidos por indivíduos sem escrúpulos e sem preparação. Os programas suscitavam ampla polémica e a eterna crítica de Ramalho Ortigão quanto ao predomínio das humanidades e da erudição sobre as ciências positivas e as mais elementares noções exigidas pela vida prática. Os professores eram acusados de inaptidão científica e pedagógica, enquanto esperavam pela criação das escolas normais[41]. O nível, o rigor e a pertinência dos compêndios eram o resultado de tudo isto. Quanto aos edifícios, não corresponderiam exactamente ao local que se supunha "cientificamente apropriado ao fim a que se destina um liceu: rodeado de um parque, largamente iluminado e ventilado, com altas salas de lição e de estudo, pátios de formatura de ginástica cobertos de vidro durante o Inverno, sala de bufete, vestiários, lavatórios, etc"[42]. É bem mais provável que a generalidade dos liceus nacionais obedecesse ao padrão daquele que, situado no maior centro urbano, congregava o maior número de alunos, ou seja, o "liceu de Lisboa, estabelecido num velho e imundo prédio burguês de quarta ordem"[43]. E aqui, concluía o autor d'*As Farpas* a partir das "formais e autênticas declarações feitas

---

[40] Idem, "A instrução secundária na câmara dos deputados" in *As Farpas*, ed. cit., Vol. XI, pp. 49-50.

[41] Apesar de já então se fazer sentir a urgência de uma formação específica para os professores do liceu, chegando-se a propor a conversão do Curso Superior de Letras nesse sentido, as Escolas Normais Superiores só viriam a ser criadas em 1911.

[42] Idem, *ibidem*, p. 53.

[43] Idem, *ibidem*, p. 55.

ao País do alto da tribuna parlamentar, [...] há tudo quanto existe de mais pernicioso no ensino: há mestres maus, há compêndios absurdos, há programas tumultuários, há desleixo, há cabulice, há porcaria, há desmoralização... // E não há disciplina"[44].

O coroamento desta edificante experiência a que se sujeitava o aluno do liceu decorria depois em Coimbra e, ainda segundo Ramalho, à sombra da velha Universidade.

1.3 – *A Universidade*

As tentativas liberais no sentido de descentralizar o ensino superior defrontaram-se invariavelmente com a oposição da Universidade de Coimbra, pouco disposta a abdicar das suas prerrogativas de exclusividade.

Recorde-se que a Escola Politécnica só em 1859 ultrapassou o âmbito militar no qual tinha sido criada pelo Setembrismo, levando à definição oficial de engenheiro civil em 1864. E enquanto Fontes Pereira de Melo se ocupava do ensino técnico superior, em conformidade com o modelo de desenvolvimento económico em que apostara, D. Pedro V criava, em 1858, o Curso Superior de Letras. Neste último caso, foram tão grandes as dificuldades no preenchimento dos quadros docentes, quão pequeno foi o interesse manifestado pelo público, traduzido numa média anual de trinta inscrições. O que nos leva a concluir, com José-Augusto França, acerca do baixo nível cultural do País no campo das ciências humanas, e a considerar que as ambições profissionais dos jovens de então passavam à margem da carreira das letras: – "Esta cultura humanista que o rei pretendia, este 'pensamento regenerador' de que falava Castilho, esperando ele também o acordar deste 'lazarismo literário' em que o País tinha caído, ficará letra morta. A 'regeneração' passava antes pelos bancos da Politécnica e sempre pelos da Faculdade de Direito de Coimbra"[45].

---

[44] Idem, *ibidem*.

[45] José-Augusto França, *op. cit.*, p. 260.

Para Coimbra concorria, de facto, a grande maioria dos que continuavam os estudos para além do liceu. Atendendo aos níveis de alfabetização e de escolaridade já referidos, não surpreende o reduzido número relativo à população universitária, aproximando-se do milhar na década de 70 e não ultrapassando os 1.500 no final do século. Vinham sobretudo do Norte e do Centro do País, com origem na fidalguia e nos grandes proprietários rurais. Estavam também representados os filhos dos quadros superiores e médios da administração pública, das profissões liberais, de industriais, comerciantes e ainda outros, mas, como é óbvio, a percentagem descia na mesma proporção que descia o nível económico e social dos pais.

Por muitos a Universidade de Coimbra foi considerada uma instituição intelectualmente fossilizada e atentatória da solidez moral do indivíduo: assim a descreveu Eça quando evocou Antero e a juventude de ambos em Coimbra[46], assim a castigou Ramalho Ortigão nas muitas ocasiões em que a ela se referiu e ao seu produto de maior circulação – o bacharel em Direito: – "Em cada ano, pelo Verão, quando as moscas chegam, a Universidade de Coimbra faz isto: abre as suas portas e esparge sobre o corpo social trinta bacharéis formados em Direito. // O País, tendo reconhecido nos últimos anos que há cinquenta indivíduos para cada um dos lugares destinados pelo Estado para um jurisconsulto inteligente e sábio, [...] pede instantemente à Universidade que lhe mande bacharéis ignorantes, a fim de que [...] possa pelo menos estabelecê-los como contínuos de secretaria. // A Universidade responde solicitamente que os seus filhos têm a inaptidão mais cabal para o exercício de qualquer cargo"[47].

Numa constante que se verificou ao longo de todo o século, Direito foi realmente o curso que apresentou os maiores índices de frequência, em contraste com o baixo número de alunos que escolhia Medicina[48].

---

[46] Cf. Eça de Queirós, "Um génio que era um santo" in *Notas contemporâneas*, ed. cit., pp. 257-258.

[47] Ramalho Ortigão, "Os bacharéis formados e os empregos públicos" in *As Farpas*, ed. cit., Vol. XIII, p. 53.

[48] Segundo dados registados por José-Augusto França, em 1872 era de 55% a percentagem dos alunos inscritos na Faculdade de Direito. E em 1880, o País contava com 1.266 bacharéis em Direito e 280 médicos (cf., na obra atrás citada, p. 520).

Acusada de dogmatismo, favoritismo e de indiferença perante todas as formas de progresso[49], a Universidade fornecia assim ao País uma juventude que, na sua maioria, projectava as ambições de carreira no sossego e quietação do funcionalismo público.

Se é coerente a imagem que da Universidade se colhe em diferentes testemunhos, a da juventude que nela se formava nem sempre condiz com a da geração "rebelde a todo o ensino tradicional, e que penetrava no mundo do pensamento com audácia, inventividade, fumegante imaginação, amorosa fé, impaciência de todo o método, e uma energia arquejante que a cada encruzilhada cansava"[50]. A não ser que o ingresso na vida prática transformasse radicalmente estes jovens em criaturas instaladas na rotina; jovens que, tendo aprendido a decorar a sebenta e a dobrar a espinha, estariam aptos a engrossar as fileiras da mediocridade nacional. O que parece certo, em todo o caso, é que não era nos bancos da Universidade que o espírito crítico se desenvolvia, se estimulava a imaginação e se incentivava a curiosidade intelectual.

2 – **Saber ler no feminino**

O panorama atrás delineado permite concluir que nenhum grau da instrução pública, apesar dos projectos mais do que das reformas, e apesar das discussões, opiniões e críticas, suscitou o aplauso de quantos, de uma forma ou outra, se empenharam numa questão de tamanha importância.

Neste processo, foi muito escassa a atenção que mereceu a educação feminina. O que, num primeiro momento, não deixa de causar alguma surpresa, sobretudo se se considerarem intervenções como as de Ramalho Ortigão nas muitas páginas que dedicou à questão do ensino e nas quais, manifestando uma visão extremamente crítica do

[49] "Em 1872, a comemoração do centenário da reforma pombalina permitiu a cada Faculdade fazer o balanço da sua actividade – e viu-se então que todas estavam de acordo para se felicitarem pelo facto de o espírito e a letra desta reforma continuarem a dirigir os seus destinos, cem anos decorridos..." (José-Augusto França, *op. cit.*, p. 519).

[50] Eça de Queirós, *op. cit.*, p. 254.

sistema educacional português e a urgência de reformas num campo de que lucidamente fazia depender o futuro do País, apresentou propostas que ainda hoje se mantêm oportunas.

Muito mais surpreendente, contudo, é a perspectiva da própria mulher quanto ao reduzido lugar que por tanto tempo ocupou no quadro das preocupações pedagógicas nacionais, utilizando a precariedade e as deficiências do ensino para saldar com resultados positivos a sua tradicional segregação: – "A mulher, graças à sua inferioridade social, graças à tradição que a tem posto fora da esfera em que se trabalha e se versam os altos problemas da ciência, graças à sua dependência da casa familiar, tem-se conservado longe da tortura, cada vez mais requintada, que a instrução moderna impõe ao indivíduo do sexo masculino"[51]. Assim escrevia Maria Amália Vaz de Carvalho já quase no final do século. E já quase no final do século, reconhecendo a subalternização da mulher em termos sociais e intelectuais, Maria Amália afirma a sua discordância relativamente à criação de liceus femininos, em nome de costumes, tradições, preconceitos e virtudes[52].

Recordemos então brevemente o cenário tradicional em que se inscrevia a educação da mulher portuguesa, os meios de formação intelectual que o Estado lhe garantia e as expectativas de afirmação social que lhe eram permitidas.

---

[51] Maria Amália Vaz de Carvalho, *Cartas a uma noiva*, Lisboa, Tavares Cardoso & Irmão, 1891, p. 167 (Actualizámos a grafia).

[52] Cf. *op. cit.*, p. 169-171. Recordemos aqui apenas alguns parágrafos: – "Se a educação das mulheres pode hoje ser considerada como erradíssima e funesta nos seus resultados, não é em virtude das mulheres receberem uma instrução muito inferior àquela que os homens recebem, é porque se não tem pensado devidamente em as preparar, dando-lhes fortes noções morais, para os seus laboriosos deveres de mães, de esposas, de donas de casa, de educadoras da primeira infância. // Os liceus tais como, no estado actual dos nossos costumes, das nossas ideias pedagógicas, das nossas instituições oficiais, é possível criá-los e estabelecê-los, – concorrerão muito para esse fim moral, o único apreciável, o único que, merece realmente a atenção do moralista e do legislador? [...] Mas fundem-se esses liceus perfeitos, realizem-se esses programas que lá fora, segundo dizem os que têm estudado o assunto, estão operando maravilhas! // Impossível! Opõem-se a essa rápida improvisação inexequível os costumes, as tradições, a educação anterior da raça, os seus preconceitos, até as suas virtudes!".

2.1 – *Escolaridade*

Como já foi referido anteriormente, os índices de alfabetização feminina mantiveram-se extremamente reduzidos até ao final do século. Outra coisa não seria de esperar, tendo em conta os números relativos à generalidade da população e o número de escolas primárias destinadas ao sexo feminino: 41 das 1.116 escolas públicas existentes em 1845, 153 em 1862, num total de 1.582, e 1.345 em 1900, quando era de 4.495 o número de escolas para o sexo masculino[53]. O número de escolas privadas também aumentou, mas em 1900 a percentagem de mulheres analfabetas atingia os 82,1%, enquanto a dos homens se fixava em 65%[54].

Quanto aos liceus femininos, só em 1888 foram criados em Lisboa, Porto e Coimbra, embora o decreto que os criou ainda se mantivesse por concretizar em 1906. Entretanto, em 1873, aos 6.000 alunos inscritos nos liceus nacionais, correspondiam 32 alunas que prosseguiam os seus estudos em regime externo. Este facto merece todo o relevo, não só pelo contraste numérico que estabelece, mas sobretudo por constituir a excepção a uma regra que determinava rígidos limites ao acesso da mulher à educação, e ainda por ocorrer numa época em que grande parte da educação feminina se processava em casa, sob a tutela dos pais, ou em colégios particulares – mas em todo o caso ao abrigo de qualquer publicidade. Por isso Ramalho Ortigão se insurge asperamente contra o costume que via instalar-se em 1877 e que consistia em submeter a provas de exame no Liceu Nacional as alunas dos colégios de Lisboa. Criticando os programas vigentes e apresentando propostas alternativas, Ramalho requer a intervenção do Estado na restrição dos exames de instrução primária e secundária a quem apresente "atestado de maioridade e de emancipação legal"[55], e argumenta: – "[...] os exames das meninas no Liceu Nacional comprometem absolutamente os fins da educação, desviam-na do verdadeiro ponto de

---

[53] Cf. Fernando Catroga e Paulo A. M. Archer de Carvalho, *Sociedade e Cultura Portuguesas II*, Lisboa, Universidade Aberta, 1996, p. 137.

[54] Cf. Rui Grácio, "Ensino primário e analfabetismo", *loc. cit.*

[55] Ramalho Ortigão, "A educação das mulheres – Meninas examinadas no liceu – Suas mestras" in *As Farpas*, ed. cit., Vol. VIII, p. 124.

vista pedagógico, são uma ostentação ridícula, ofendem o bom gosto, desprimoram a delicadeza e a dignidade senhoril, assopram o pedantismo, incham a frivolidade e incapacitam a mulher para a missão a que ela é chamada na família"[56].

Na verdade, estiveram sempre sujeitos às funções na célula familiar os objectivos da educação feminina. Não havia que habilitar a mulher para o desempenho de cargos ou deveres públicos, mas orientá-la no sentido das funções que lhe cabiam no espaço privado da família e tendo em vista, sobretudo, a influência que poderia e deveria vir a exercer como mãe. Assim, quando Antero de Quental, apenas com dezassete anos, se ocupa da educação da mulher, reclamando o "lugar de honra, que de jus lhe compete no banquete social"[57], é em nome do "seu tríplice carácter de amante, esposa e mãe"[58] que afirma a "necessidade da educação intelectual e, *maximamente*, moral da mulher"[59]. O itálico pertence-nos e regista o tom de paternal condescendência que ao Autor suscitam a "fraqueza", o "desvalimento" e a "dependência" daquelas que considera as "educadoras naturais". E aqui, justamente, residia o perigo e decerto a necessidade de um especial cuidado. Daí que, no mesmo ano de 1859, Alexandre Herculano se tenha envolvido na criação da Associação Popular Promotora da Educação de Sexo Feminino, reagindo contra a intromissão no ensino de uma congregação religiosa francesa, chegada ao País dois anos antes. E justifica deste modo a sua activa intervenção: – "A perversão [...] das gerações novas, sobretudo a perversão do espírito das mulheres, produz consequências

---

[56] Idem, *ibidem*, p. 123.

[57] Antero de Quental, "Educação das mulheres" in *Prosas sócio-políticas*, ed. cit., p. 110.

[58] Idem, *ibidem*, pp. 110-111. Cabe aqui assinalar que é nesta mesma ideia, isto é, no papel que à mãe cabe desempenhar na educação dos filhos, que reside o ponto de partida da *Farpa* que Eça dedicou à educação feminina. Com a ajuda de um velho aforismo, a frase de abertura onde transparece o pensamento de Michelet, como o próprio Autor o indica – "A valia de uma geração depende da educação que recebeu das mães" –, é transformada, algumas linhas abaixo, na máxima "Diz-me a mãe que tiveste – dir-te-ei o destino que terás" (Eça de Queirós, "As meninas da geração nova em Lisboa e a educação contemporânea" in *Uma campanha alegre. De "As Farpas"*, Porto, Lello & Irmão, 1978, Vol. II, pp. 107-108).

[59] Idem, *ibidem*, p. 113.

fatais, duradouras e difíceis de extirpar. No homem, a instrução superior e a experiência do mundo corrigem às vezes as ideias falsas, as más tendências da primeira educação. À mulher faltam de ordinário esses dois auxílios. Veículo seguro da peçonha que lhe instilou no entendimento a maldade, vai, sem o saber nem o querer, propiná-la no seio da família aos que entranhavelmente ama. [...] É da educação que pode dar e receber a mulher que a reacção tende a apoderar-se introduzindo em Portugal as irmãs de caridade francesas"[60].

Herculano nem sequer questiona as circunstâncias que fazem da mulher esse instrumento facilmente moldável, sem discernimento nem espírito crítico e, por isso mesmo, meio de propagação de ideias ou valores cuja selecção compete ao homem, rico de experiência e de instrução. Alguns anos mais tarde, porém, perante uma escolaridade que a mulher, se ainda não concretiza, pelo menos cada vez mais apetece, o tom neutro das considerações de Herculano dará lugar à ironia e ao sarcasmo da *inteligentzia* masculina de então. Neste sentido reage Ramalho e também Oliveira Martins, para quem a sabedoria se encontrava no rifão "Do homem a praça, da mulher a casa"[61]. Quem assim pensava não poderia aceitar pacificamente a "doutorice", que em outros países já seduzia "o mulherio mais ou menos irregular, vago e desprotegido [...] procurando arranjar-se no meio da concorrência feroz de uma vida anarquizada"[62]. E muito menos aceitaria que a tal "doutorice" viesse a contagiar as suas conterrâneas, a ponto de provocar o inédito: – "[...] é natural que daqui por pouco tenhamos também as mulheres a pedirem voto, agora que já têm liceu"[63].

Que razões suscitavam em Oliveira Martins, no ano de 1888 e apesar do carácter incipiente da educação feminina, um discurso tão

---

[60] Alexandre Herculano, "Manifesto da Associação Popular Promotora da Educação do Sexo Feminino. Ao Partido Liberal Português" in *Opúsculos*, ed. cit., Vol. I, p. 360.

[61] Oliveira Martins, "O reino da mulher" in *Dispersos*. Artigos políticos, económicos, filosóficos, históricos e críticos, seleccionados, prefaciados e anotados por António Sérgio, Lisboa, Oficinas Gráficas da Biblioteca Nacional, 1924, Tomo II, p. 154.

[62] Idem, "Feminismo" in *Dispersos*, ed. cit., pp. 159-160.

[63] Idem, *ibidem*, p. 162.

amargo e deselegante para com a mulher? Em todo o caso, não seria apenas por necessidade de argumentação que a definia como um ser doente, histérico, débil no corpo e no espírito, *menor* em suma: – "Deus era o médico da mulher: hoje o seu médico e o tutor dessa pupila eterna é o homem: o pai, o marido, o filho. Ai da mulher que se não submeter, dócil e amoravelmente, a cada um destes *médicos* nos períodos sucessivos da sua existência!"[64] Cabe aqui perguntar se a enfermidade feminina equivalia, afinal, a uma inquietação congénita, a um impulso libertário que era preciso refrear. E a quem convinha a submissão e a passividade agora ameaçadas pela "igualdade dos sexos, os direitos da mulher, e outras patetices crónicas nas sociedades caducas"[65]? Quanto ao eterno argumento da preservação da família – que Oliveira Martins não deixa de utilizar – retira-lhe a força o carácter plausível e até desejável do trabalho feminino, desde que este se exerça a níveis inofensivos para a supremacia masculina, sem disputar o espaço desde sempre vedado às criaturas supostamente *menores* do género humano: – "Em vez de se fazerem doutoras, neste nosso modo de ver fóssil e bárbaro, era melhor fazerem-se caixeiras, fazerem-se compositoras, fazerem-se boticárias, fazerem-se tudo, menos essa ridícula contrafacção de homens"[66].

Terá sido a partir de posições como esta que Maria Amália Vaz de Carvalho foi levada a referir-se ao carácter prematuro da instrução feminina num País como o nosso, "onde, sob a polidez do homem de sala em frente da mulher se encontra, logo que se raspar um bocadinho a epiderme, o desprezo do árabe e a brutalidade do bárbaro"[67]. Eram talvez estes os costumes, tradições e preconceitos de que falava e que a faziam encarar como um sonho, "positivamente um sonho", a independência da mulher e a sua subtracção à tutela masculina pela via da instrução e das aptidões profissionais, artísticas ou científicas. Talvez aqui residissem, muito mais do que no temível pedantismo da mulher instruída, as razões por que adiava a presença das mulheres no espaço

---

[64] Idem, "Educação da mulher", *loc. cit.*, p. 148.
[65] Idem, "Feminismo", *loc. cit.*, p. 160.
[66] Idem, "Mulheres-homens", *loc. cit.*, pp. 165-166.
[67] Maria Amália Vaz de Carvalho, *Cartas a uma noiva*, ed. cit., p. 171.

público, remetendo-as ao protagonismo doméstico, aos "seus laboriosos deveres de mães, de esposas, de donas de casa, de educadoras da primeira infância"[68].

Mantinham-se assim actuais as propostas que, mais de dez anos antes, Ramalho Ortigão avançara relativamente à reforma da instrução feminina: banidas as línguas e a gramática, o ensino elementar deveria constar de um "curso de asseio e de arranjo", de um curso de cozinha onde a "menina aprenderia, primeiro que tudo, a fazer um caldo", e, por último, de um curso de contabilidade e economia domésticas[69].

2.2 – *Entre a casa e a praça*

Relendo alguns dos textos em que Oliveira Martins e Ramalho Ortigão fizeram a apologia da mulher submissa, tendo como objectivo o cumprimento dos seus deveres domésticos e como ideal de vida a simplicidade e a discrição, verifica-se a ocorrência, no discurso de ambos os autores, de palavras que não cabem no desenho daquela imagem: são elas *igualdade*, *liberdade*, *direitos*, *emancipação* e até *reivindicação*. É claro que, por essa altura, já estas palavras eram motores de agitação em outros pontos do mundo, e o próprio Ramalho se encarrega de informar os leitores daquilo a que parece dar um entusiástico apoio e a que chama "um 1793 feminino": as mulheres reivindicam na Inglaterra o direito de voto; nos Estados Unidos entram na política, são médicas e pedem a admissão no exército; em França altera-se a legislação relativa aos conceitos de paternidade e de maternidade; a Alemanha institui o ensino secundário e superior feminino; e um pouco por todo o lado, enfim, os movimentos socialistas tratam das questões relativas à liberdade e à independência da mulher no casamento. Mas o que Ramalho pretende com tudo isto é um efeito de contraste que lhe permita ridicularizar o facto apresentado como o contributo de Portugal nesta matéria: a decisão do Patriarca de Lisboa proibindo que as mulhe-

---

[68] Idem, *ibidem*, p. 169.

[69] Ramalho Ortigão, "A educação das mulheres – Meninas examinadas no liceu – Suas mestras", *loc. cit.*, pp. 121-134.

res cantem nas igrejas, "porque o cântico das mulheres ofende a gravidade do culto"[70].

Como reconhecer neste texto mais do que um efeito discursivo, depois dos textos já referidos e citados, e de todos os outros que aqui não couberam? A verdade é que, quando o resto do mundo ameaçava, com o seu exemplo, o sossego nacional, pondo em risco os privilégios e o protagonismo masculinos, o Autor d'*As Farpas* apressava-se a restaurar a ordem, usando um tom pouco condizente com a "delicadeza e a dignidade senhoril" tão apregoadas. Prova-o a resposta à carta que uma leitora publicou no *Diário da Manhã* reagindo às suas considerações sobre a instrução feminina, entre as quais figurava a arte de fazer um caldo. Esta carta, que Ramalho reproduz[71], é o testemunho de que as mulheres portuguesas estavam conscientes da sua posição subalterna e de que sabiam exprimi-lo com sobriedade e ironia. Mas Ramalho não gostou da ousadia que o fez alvo da crítica de uma mulher. E, arrogantemente, constrói a sua resposta sobre duas ideias fundamentais: em primeiro lugar, a superioridade masculina e a inevitável relação tutelar que daqui decorre; em segundo lugar, o dever que à mulher competia de viver retirada, "ao abrigo das sentimentalidades enervantes e das publicidades burlescas"[72]. Eram dois, aliás, os principais deveres que lhe atribuía – "primeiro, ser saudável; segundo, não ser conhecida"[73].

Oliveira Martins insurgia-se contra as mulheres que faziam da "doutorice" e da "politiquice" uma reivindicação. Ramalho Ortigão dirigia o seu sarcasmo às "literatas", nas quais incluía a sua interlocutora. Procediam, antes de mais, à salvaguarda da estabilidade nos rituais e na tradicional divisão de competências familiares. Por outro

---

[70] Ramalho Ortigão, "As mulheres e o canto nas igrejas" in *As Farpas*, ed. cit., Vol. XIII, p. 172.

[71] Cf. Ramalho Ortigão, "A crítica de uma senhora às teorias das *Farpas* sobre a educação das mulheres" in *As Farpas*, ed. cit., Vol. VIII, pp. 179-193.

[72] Idem, *ibidem*, p. 193.

[73] Idem, *ibidem*, p. 192. Esta ideia é recorrente no discurso d'*As Farpas*. Sirva como exemplo: – "A notoriedade, essa grande mácula numa senhora, é o principal relevo da importância para um homem." ("Do tamanco aos arminhos. Carta de guia", Vol. VI, p. 177).

lado, atentos à lição de D. Francisco Manuel de Melo, parecia ser um certo receio da competição em termos de protagonismo social que, prudentemente, os levava a remeter a mulher ao espaço privado da vida doméstica.

Esta atitude era, de resto, suportada pelo *Código Civil Português* de 1867. Como seria de esperar, na distribuição dos "direitos e obrigações gerais dos cônjuges", a lei não só atribuía ao marido a obrigação de protecção e defesa, cabendo à mulher o dever de obediência, como retirava a esta última toda a autonomia na administração dos bens familiares. Mas o mais curioso é o artigo 1.187, segundo o qual "A mulher autora não pode publicar os seus escritos sem o consentimento de marido, mas pode recorrer à autoridade judicial em caso de injusta recusa dele"[74].

A própria lei se encarregava assim de restringir o acesso feminino ao espaço público, o que não impediu que um número crescente de mulheres, à medida que o século se aproximava do fim, ousasse afirmar a sua autonomia intelectual, invadindo a tradicional coutada masculina: apesar das suas posições conservadoras e da modéstia das suas reivindicações, Maria Amália Vaz de Carvalho foi disso um exemplo. E entre todas as outras que seria justo referir se o espaço reservado a esta questão o permitisse, há que mencionar Guiomar Torresão, contemporânea de Ramalho e alvo frequente da sua implicância[75], e ainda Ana de Castro Osório e Virgínia de Castro e Almeida[76] que, embora mais novas, estiveram igualmente sujeitas aos valores educativos que a época permitia, vindo a publicar, já nos inícios do século XX, vários títulos no campo da pedagogia e também da literatura infantil.

Tirando as tarefas a que as necessidades económicas obrigavam a mulher das classes economicamente mais débeis[77], apenas o exercício

[74] Cf. Joel Serrão, *Da situação da mulher portuguesa no século XIX*, Lisboa, Livros Horizonte, 1987, pp. 27-31.

[75] Cf., a título de exemplo, "A educação das mulheres – Meninas examinadas no liceu – Suas mestras", *loc. cit.*, pp. 131-133. Nestas páginas, a crítica de Ramalho dirige-se ao *Almanaque das Senhoras*, fundado por Guiomar Torresão, em 1871.

[76] Ana de Castro Osório e Virgínia de Castro e Almeida nasceram, respectivamente, em 1872 e 1874.

[77] Em 1872, por altura de uma anunciada greve de costureiras, Ramalho Ortigão escreve um artigo n'*As Farpas* denunciando as violentas condições de

do ensino foi desde sempre alvo de um pacífico consenso, segundo o qual o magistério aparecia como um natural prolongamento da maternidade. Porque era mãe, a mulher era, por instinto, uma educadora, e como tal apareceu, como já houve ocasião de assinalar, no discurso masculino, onde os meios dispensados à educação da mulher se justificavam pela influência que esta viria a ter no seio da família, como esposa e como mãe. E mesmo quando ampliou essa influência, passando a ensinar fora de casa, era ainda a mãe que se sobrepunha à professora, sobrepondo-se a natureza maternal ao estatuto profissional da docência[78]. Além desta dimensão ideológica, concorriam igual-

---

trabalho e os baixíssimos salários destas mulheres. E afirma, referindo-se à generalidade das mulheres operárias: – "A mulher que trabalha tem em Portugal um papel tão obscuro, tão desgraçado, tão desprotegido, que seria oportuno, neste momento em que o operário apregoa tão poderosamente os interesses deles, que alguém pensasse em lembrar também um pouco os direitos delas. Ora é isto o que *As Farpas* projectam fazer revelando de quando em quando qual tem sido e qual é entre as classes operárias o miserável emprego dado à mulher, não só na oficina, o que já é mau, mas na casa e na família, e que ainda é pior." ("A *greve* das costureiras – O salário, o trabalho, o preço da *toilette* – A mulher na família operária – A lei moral" in *As Farpas*, ed. cit., Vol. XIII, p. 143). De modo algum pomos em causa a sinceridade das preocupações humanitárias do Autor ou a sua sensibilidade às difíceis condições de vida das operárias, tanto no trabalho como em família. O que nos parece, tendo em conta muitas outras posições que assumiu relativamente à questão feminina, é que a sua solidariedade não só exclui um eventual propósito de emancipação, como se dirige a um grupo social incapaz de ameaçar a supremacia da cultura masculina. A leitura completa do artigo confirma, aliás, esta interpretação.

[78] Repare-se, a este propósito, na intervenção do deputado Alberto Pimentel, sobre a necessidade de estender o ensino secundário ao sexo feminino. Este texto, que Ramalho transcreve numa das suas *Farpas*, é, além de tudo o mais, um notável exemplo do "lirismo parlamentar", tantas vezes fustigado por Eça de Queirós e pelo próprio Ramalho. Passamos a citar o referido deputado e os argumentos com que demonstra a necessidade de instruir e educar a mulher que é, já segundo as suas palavras, "o melhor burilador desses diamantes em bruto que se chamam – crianças. [...] Eu entendo, Sr. Presidente, que já é tempo de se dizer à mulher, de uma vez para sempre: tu, que és a rosa, a formosura, sê também o perfume que suavize a inteligência humana; tu, que és a força na fraqueza, sê o impulso, a origem do movimento no progresso das sociedades modernas; tu, que és a graça na brandura, deves ser o encanto da escola, o sorriso do ensino, o cântico da instrução. (*Vozes*: Muito bem). No lar doméstico tu és a mãe; mas a escola é o desdobramento do lar doméstico; por

mente para o incentivo da docência feminina razões de ordem muito prática que se prendiam com o baixo nível das remunerações e que, justamente por isso, faziam da mulher a mão-de-obra ideal para o desempenho de uma profissão que ao homem pouco interessava. Em conclusão, permitimo-nos transpor para a realidade portuguesa as observações de Marisa Lajolo e de Regina Zilberman relativamente à sociedade brasileira da mesma época: – "[...] a tarefa de ensinar não comprometia a rígida divisão do universo social entre masculino e feminino, uma vez que não se apresentava como trabalho, e sim como extensão das funções domésticas. Tal contexto sustava ou (atenuava) qualquer eventual pendor emancipatório que essa atividade pudesse conter. Ou seja, o exercício do magistério não escandalizava as bases machistas da sociedade patriarcal brasileira, permanecendo intocada, e também idealizada, a associação mulher-esposa-mãe, mesmo quando essa estivesse fora de casa, ganhando um modestíssimo pão de cada dia"[79].

Neste contexto, não é de estranhar que Ramalho Ortigão, já em 1871, se insurgisse contra o facto de as "mulheres, que a experiência tem provado possuírem muito mais aptidão para o ensino do que os homens"[80], serem geralmente excluídas do ensino nos colégios masculinos. Só que Ramalho deveria ter especificado quais as matérias ao alcance da docência feminina, sobretudo depois de ter brindado as suas contemporâneas com mais um dos muitos elogios em que foi pródigo: – "Pobres mulheres! Elas são-nos bem inferiores [...] pela anatomia dos ossos e dos músculos e pela constituição do cérebro. Elas têm a cabeça mais pequena, como as raças inferiores, têm os movimentos centrípetos, abotoam os vestidos para a direita, não sabem compor óperas, e nunca chegam a entender a matemática"[81].

---

isso a tua missão não pode acabar na maternidade." (Ramalho Ortigão, "A instrução secundária na câmara dos deputados" in *As Farpas*, ed. cit., Vol. XI, pp. 18-19).

[79] Marisa Lajolo & Regina Zilberman, *A formação da leitura no Brasil*, São Paulo, Ática, 1996, p. 262.

[80] Ramalho Ortigão, "Os nossos filhos, em casa, na rua, no passeio, no liceu, no colégio" in *As Farpas*, ed. cit., Vol. VIII, p. 13.

[81] Idem, "O elemento galante – Sua acção na formação dos caracteres – Seus efeitos do lado *delas* e do lado *deles*", *loc. cit.*, p. 214.

3 – O aprendiz de leitura

Já que falamos em ensino, voltemos então à escola, numa tentativa de reconstituir aproximadamente as condições concretas em que se dava o encontro da criança e do jovem com o mundo do saber e dos livros; numa tentativa de avaliar até que ponto estaria a escola portuguesa, na segunda metade do século passado, preparada para criar com o seu aluno uma relação intelectual e afectiva motivadora, estimulante, capaz de despertar o gosto de aprender e o fascínio de ler aprendendo.

O espaço físico em que decorria a aprendizagem tornava desde logo o panorama pouco auspicioso. Se os liceus estavam instalados em locais pouco condizentes com os objectivos a que estavam destinados, uma situação semelhante, ou ainda pior, ocorria na instrução primária. E neste aspecto, como afinal em tantos outros, os colégios particulares não apresentariam grandes vantagens relativamente aos estabelecimentos públicos. É mais uma vez Ramalho Ortigão que descreve estes locais de aprendizagem, apontando-lhes o ar sujo, triste e sombrio[82], e concluindo de seguida: – "Tudo quanto pode converter o trabalho num objecto de repulsão e de horror acha-se felizmente reunido na maior parte dos colégios portugueses"[83]. Mas a situação piorava substancialmente na província onde, segundo Castilho, "muitos municípios nem casa têm para as suas escolas, outros têm-nas, mas coadas de vento, mal

[82] "O colégio é uma casa triste, sombria, impregnada daquele cheiro abafante que deixa no ar a aglomeração das crianças. O colégio tem um guarda-portão de aspecto duro, homem habituado a pagar-se nas lágrimas dos colegiais pequenos das diabruras que os grandes lhe fazem. As paredes têm riscos e letras a lápis; no chão escuro há pedaços de papéis rasgados; a disposição das camas, o aspecto seco dos prefeitos, as maneiras dos criados dão aos dormitórios um ar de hospital. As aulas sujas pela lama que trazem as botas dos externos, os bancos lustrados pelo uso, as carteiras de pinho pintadas de preto, os transparentes das janelas manchados pela chuva, a lousa negra polvilhada de giz a um canto da casa, o rodapé da banca do professor de baeta lacrimejada de tinta, infundem uma tristeza lúgubre." (Ramalho Ortigão, "Os nossos filhos, em casa, na rua, no passeio, no liceu, no colégio" in *As Farpas*, ed. cit., Vol. VIII, pp. 12-13).

[83] Idem, *ibidem*, p. 13.

telhadas, térreas, lamacentas, sem bancos, sem claridade"[84]. E quando, de facto, nem o Estado nem os municípios dispunham de edifícios próprios, eram os professores que nas suas casas recebiam os alunos e aí os ensinavam em condições bem pouco próximas das que o Poeta preconizava, no seu entusiasmo por uma rápida e efectiva generalização do ensino – salas amplas e arejadas onde a aprendizagem se deveria demarcar da penosa obrigação em que tradicionalmente consistia. Recorde-se, a propósito, que o título da primeira edição da *Leitura repentina* incluía a *recreação de mestres e alunos*, e que, na segunda edição, a palavra *aprazível*[85] classificava o método proposto.

Para contrariar a acção mobilizadora da escola, ao estado deplorável do equipamento acrescentavam-se as gravíssimas deficiências do corpo docente, para o que concorria a falta de preparação pedagógica que as escolas normais só muito tarde começaram a suprir. Apesar de insistentemente referidas como suporte indispensável à reformulação do sistema de ensino, só na década de sessenta duas escolas normais começaram realmente a funcionar em Lisboa. Por outro lado, o baixíssimo nível das remunerações povoava as vagas existentes com pessoas sem preparação para fazer coisa alguma. Como escrevia Herculano em 1841, "só a extrema miséria, a desesperação da fome pode arrastar um indivíduo, que saiba ler e escrever, a sepultar-se numa aldeia remota e pobríssima, para aí morrer lentamente à míngua"[86]. Por consequência, a falta de preparação pedagógica, científica e cultural caracterizava a generalidade dos professores, que habitualmente substituíam a competência por uma prática repressora e punitiva. Trinta anos depois continuavam pertinentes as afirmações de Herculano, e "a chamada instrução primária [era ainda] em Portugal mais uma palavra e uma verba de orçamento que outra coisa"[87]. Com efeito, numas "Melancólicas reflexões sobre a instrução pública em Portugal", em 1872, Eça de Queirós

---

[84] Citado por Luís de Albuquerque, *Estudos de História. Vol. VI. Notas para a história do ensino em Portugal*, ed. cit., p. 269.

[85] A segunda edição, em 1853, surge com o título *Método Castilho para o ensino rápido e aprazível do ler impresso*.

[86] Alexandre Herculano, "Instrução Pública" in *Opúsculos*, ed. cit. Vol. III, p. 92.

[87] Idem, *ibidem*.

registava os resultados de uma inspecção ao ensino primário, segundo a qual em 1.687 professores apenas 263 apresentavam habilitações literárias, e destes só 172 eram considerados "zelosos". E referindo-se à necessidade de uma inspecção efectiva e regular, resumia a situação do seguinte modo: – "Sem inspecção – o professor que não tem ordenado suficiente, nem destino garantido, nem estímulo eficaz, desleixa-se por falta de interesse, e a escola desorganiza-se por falta de direcção. É o que se dá por todo o País. As escolas estão abandonadas à indolência do professor: e o professor está abandonado à desesperança da vida!"[88]

Tal como o corpo docente, nem os programas, nem os compêndios, pareciam servir satisfatoriamente os objectivos da educação, já que nem uns nem outros foram isentos de crítica. Um aspecto curioso que cremos dever ser assinalado é o que se refere ao elevado número de compêndios disponíveis num mercado que se dirigia, afinal, a um público restrito num país de parcos recursos. E que o número era excessivo, provam-no opiniões tão convergentes como as de Pinheiro Chagas e de Oliveira Martins[89], denunciando o carácter especulativo do que se tornava numa indústria cujos produtos eram de baixíssima qualidade. Na verdade, é preciso ler os textos onde se faz a análise de alguns dos compêndios aprovados e adoptados nas escolas portuguesas da época, para concluir com Oliveira Martins, nas páginas do *Repórter*, em 1888, que se "tudo isto não redundasse na cretinização das crianças, seria de estoirar de riso"[90]. Também Ramalho Ortigão se dedicara a essa tarefa em vários textos d'*As Farpas*, comentando e transcrevendo

---

88 Eça de Queirós, "Melancólicas reflexões sobre a instrução pública em Portugal" in *Uma campanha alegre. De "As Farpas"*, ed. cit., Vol. II, pp. 103-104. Neste mesmo texto, e reforçando as apreciações que Castilho, muito tempo antes, havia formulado, Eça refere-se aos edifícios escolares como sendo "na maior parte uma variante torpe entre o celeiro e o curral. Nem espaço, nem asseio, nem arranjo, nem luz, nem ar. Nada torna o estudo tão penoso como a fealdade da aula".

89 Relativamente à posição de Pinheiro Chagas sobre este assunto, cf. Ramalho Ortigão, "A instrução secundária na câmara dos deputados" in *As Farpas*, ed. cit., Vol. XI, p. 50. Quanto a Oliveira Martins, cf. "O industrialismo no ensino", assim como outros artigos publicados no *Repórter* e reunidos sob o título de "Compêndios", em *Dispersos*, ed. cit., pp. 3-7 e 14-30, respectivamente.

90 Oliveira Martins, *loc. cit.*, p. 22.

passagens exemplares de manuais de Aritmética, de Civilidade, de Agricultura, de Geografia, de História e outros ainda. Não é este o local mais pertinente para apreciar demoradamente esses textos, onde se torna difícil saber se o resultado hilariante que conseguem cabe ao comentário do Autor ou aos originais transcritos. Em todo o caso, permitimo-nos ilustrar as afirmações anteriores com alguns dos excertos que Ramalho seleccionou invocando "a imperfeição do [seu] entendimento", para pedir "o subsídio explicativo da junta de Instrução Pública"[91] que aprovara o compêndio. E não é de menor importância saber que o livro em questão se chamava *Método de Leitura Elementar*: – "Ave é qualquer animalzinho que voa... Animal é qualquer objecto que se pode mexer por si mesmo, e ir de um sítio para o outro, sem que ninguém o leve nem coisa alguma... Os peixes que nascem dentro de conchinhas chamam-se mariscos... Uma grama pesa tanto como vinte grãozinhos de trigo... Quem a uma pêra adiciona mais uma, tem uma e mais uma..."[92]. E concluindo as reflexões suscitadas por este texto, perguntava o Autor d'*As Farpas*: "– tudo isto lançado de chofre a cérebros descuidados e fracos, não receia a junta consultiva que irrite e escandeça demasiado as cabeças da infância, apesar do refrigério daquele teorema tão profundo e ao mesmo tempo tão simples de que 'uma pêra e mais uma é uma e mais uma pêra...'?"[93]. A grande dúvida que a nós

---

[91] Ramalho Ortigão, "Mais um compêndio!!" in *As Farpas*, ed. cit., Vol. VIII, p. 58.

[92] Idem, *ibidem*, p. 60.

[93] Idem, *ibidem*, p. 61. Registe-se mais este extracto do mesmo *Método de Leitura Elementar* e as consequentes reflexões de Ramalho: – "'*Quando eu estou alegre, quem pode ver a minha alegria? Quem a pode ouvir, quem a pode cheirar, quem a pode apalpar? Ninguém. Mas quando eu estou alegre, estou "assim de um certo modo" que faz que as outras pessoas tenham sentimento da minha alegria.*' Como é tristemente verdadeira e desoladora esta observação psicológica. Assim é infelizmente. A junta consultiva não poderá nunca, por mais que faça, ouvir, apalpar, cheirar o verdadeiro estado em que ficamos depois da leitura deste seu compêndio! Ela não nos apalpa, ela não nos cheira, mas permita Deus que compreenda, ao menos pelo sentimento íntimo, que, como ela muito bem diz, nós efectivamente nos achamos – *assim de um certo modo!*". De facto, a falta de adequação e propriedade na formulação do conceito pretendidamente descrito não mereciam um comentário com outro tom.

nos sugere a transcrição do *Método de Leitura Elementar* refere-se ao poder motivador da aprendizagem e do gosto pela leitura de um manual, mais do que nenhum outro, a isso destinado. Mas será que a indução dos hábitos de leitura se encontraria entre os objectivos dos programas pedagógicos de então?

Nas muitas páginas que consagrou ao assunto, por mais de uma vez Ramalho Ortigão se referiu ao carácter excessivamente literário do nosso ensino, em detrimento do que considerava fundamental: o culto da força física e do vigor muscular, através da ginástica, hábitos de trabalho prático, através da aprendizagem de um ofício mecânico, e uma formação científica e positiva capaz de reverter o capital investido na educação em capacidade de criar e gerir riqueza. No entanto, esse excessivo peso da componente literária parece reduzir-se ao ensino da gramática, da retórica, da prosódia e outras matérias afins, recorrentemente citadas quando põe em causa o "arcaico humanismo das nossas escolas", dissolvente de um raciocínio ágil e de um espírito curioso. Referindo-se ao programa do ensino primário que vigorava em 1876, sublinhava Ramalho a dificuldade de ensinar às crianças conceitos como os de *substantivo*, em contraponto com a facilidade de lhes fazer apreender noções de Física e de Ciências Naturais de que o mundo envolvente era a natural demonstração. E argumentava: – "Das partes da oração desafio quem quer que seja a achar uma teoria que elucide perfeitamente a compreensão rudimentar de um menino"[94]. Exactamente no mesmo sentido se viria a pronunciar Oliveira Martins, insurgindo-se contra a memorização de conceitos abstractos, desajustados da capacidade de compreensão das crianças, que tinham como única consequência "impôr aos espíritos infantis um horror fundado pelo ensino, pelo mestre, pelos livros, pela escola"[95]. Mais tarde, no ensino secundário, o "absurdo ensino da oratória, da retórica, do estilo, [obrigando] a saber o que são o anacoluto e aposiopese, a protese e a para-

---

94 Idem, "Tentativa de uma reforma do ensino público" in *As Farpas*, ed. cit., Vol. VIII, p. 107. Note-se que deste programa, a par da gramática "com todas as suas partes", constavam ainda, segundo Ramalho Ortigão, a doutrina cristã, a geografia, a história e a civilidade.

95 Oliveira Martins, "Gramatiquices" in *Dispersos*, ed. cit., p. 11.

goge, o epizeusis e a anáfora"[96], dava continuidade ao processo de esterilização da memória e, naturalmente, à possível relação de prazer com o texto literário e com a leitura. A partir das palavras de Oliveira Martins, cremos poder concluir que não seriam exageradas as críticas de Ramalho, nem redutora a sua visão dos programas vigentes nas escolas portuguesas, tanto no ensino primário, como no secundário.

Voltando um pouco atrás no tempo, é de recordar que nem os dois escritores que entusiasticamente se envolveram na generalização do ensino pareceram encontrar na leitura mais do que um meio de acesso aos conhecimentos necessários e suficientes para fazer de cada homem um cidadão, e deste um instrumento do desenvolvimento material do País. Como afirma Luís de Albuquerque, o almejado progresso nacional implicava elevar o baixo nível cultural da população: – "Apresentava-se este fito como um sopro de humanitarismo emancipador, mas o que principalmente o ditava era a necessidade de criar mão-de-obra rendosa para uma indústria que entrava em prometedor desenvolvimento"[97]. Neste contexto se devem entender os conteúdos dos dois níveis de ensino primário que Herculano propunha, e o modestíssimo lugar que entre eles ocupava a componente literária da instrução: no primeiro desses níveis, o ensino geral elementar, o aluno aprenderia a ler manuscritos e impressos, a escrever, mas a gramática da língua seria substituída com proveito por algumas noções de aritmética e pelos princípios religiosos. Sendo a leitura uma eventualidade muito remota na vida posterior dos que não ultrapassassem esta fase da aprendizagem, a gramática seria facilmente esquecida e, como tal, o tempo gasto no seu ensino redundaria em desperdício. Ler e escrever correctamente era um objectivo que se remetia para o segundo nível, o ensino geral superior, recomendando-se para a prática da leitura os textos do Novo Testamento[98]. Esta mesma limitação de horizontes, impondo à leitura uma funcionalidade isenta de qualquer vestígio de natureza lúdica, estava já manifesta num artigo publicado n'*O Panorama*, em 1837,

---

[96] Idem, *ibidem*.

[97] Luís de Albuquerque, *op. cit.*, pp. 259-260.

[98] Cf. Alexandre Herculano, "Instrução Pública" in *Opúsculos*, ed. cit., Vol. III, pp. 87-106.

parecendo indissociável da concepção de "instrução popular" que Herculano defendia: "[...] há livros, cuja leitura é sempre boa e útil, e talvez necessária em qualquer situação ou estado do homem. Os meninos que frequentam as escolas, aprendendo bem o seu catecismo, dão o primeiro passo para o amor da religião: depois de grandes lerão com gosto e utilidade o divino Evangelho... [...] Outros lerão, também com fruto, as obrinhas elementares e populares, que tratam de seus ofícios, artes, e misteres. O hábito destas leituras influi pouco a pouco nos costumes, e é um dos meios de evitar os vícios, que acompanham a ociosidade"[99]. Repare-se como a associação entre leitura e lazer não tinha ainda substituído a utilidade moral ou profissional a que o livro estava restringido e que a escola, desde os primeiros anos, se encarregava de sublinhar.

Se não mais originais, decerto mais extravagantes eram as sugestões de Castilho relativamente aos textos para ensinar a ler e às "obras prestadias" que dessem continuidade à acção cultural da escola, depois do período obrigatório de aprendizagem. Não tendo, contudo, concretizado as segundas, apesar de ter chegado a organizar o plano de uma colecção com o título genérico de "Livrinhos de Oiro", indicava para as primeiras uma História de Portugal em oitava rima, um resumo de higiene em forma de "rifões rimados" e outras igualmente pertinazes, segundo Luís de Albuquerque[100].

Seria uma falta, nesta tentativa de associar a escola, tal como ela se organizava em Portugal no século passado, ao despertar do gosto e dos hábitos de leitura, não referir a perspectiva de Adolfo Coelho que, curiosamente, parece contrariar frontalmente a de Ramalho Ortigão, ao afirmar a sua convicção "de que os nossos estadistas, na sua incapacidade de ver o que deviam ver só por consideração pela tradição e pelas outras nações, é que deixam no quadro do ensino o que não oferece uma aplicação prática imediata; [...] que consideração têm dado à filosofia e às ciências históricas e filológicas?"[101] Mas denunciava também

[99] Alexandre Herculano, "Instrução popular", *O Panorama*, 1837, Vol. I, p. 37.

[100] Cf. Luís de Albuquerque, *op. cit.*, pp. 277-278.

[101] Adolfo Coelho, "O ensino" in Carlos Reis, *As Conferências do Casino*, Lisboa, Alfa, 1990, p. 157.

o recurso à memorização a que obrigava o modo como nos liceus, já que era este o nível de ensino em causa, se leccionavam as matérias da vertente humanista, particularmente as que agora nos interessam: a literatura, reduzida à retórica e à metrificação; a língua portuguesa confinada à análise gramatical; os instrumentos operatórios limitados às definições; e não deixava ainda de acentuar a subalternização do texto literário ao conhecimento da respectiva língua de expressão.

Tudo o que tem vindo a ser recordado torna mais inteligível a pergunta e a subsequente resposta de Trindade Coelho, depois de descrever o seu percurso de aluno, na escola primária e num colégio interno do Porto: – "E literatura? [...] – só me lembro de ter lido às escondidas uma tradução dos *Três Mosqueteiros* de Dumas, e dois ou três romances portugueses, o *Mário* e não sei que mais"[102]. Mas esclarece que no "colégio eram proibidos os romances ou quaisquer livros que não fossem de estudo"[103] e que estes, desde cedo, tinham conquistado o ódio dos alunos.

Pelo que atrás ficou dito, compreende-se o ódio. Por outro lado, a proibição imposta reitera a natureza pragmática das leituras sancionadas pela escola e a inevitável exclusão de todas as outras que perniciosamente construíam um espaço de contenda entre dever e prazer. Era, pois, pela via da clandestinidade que o prazer da leitura se insinuava, alimentando a fantasia, permitindo a fuga e desafiando, ao mesmo tempo, os limites que a autoridade impunha. Talvez por isto mesmo, no pequeno excerto seleccionado para concluir este assunto, no qual se desenha o percurso de um jovem entre a escola primária e a Universidade, Ramalho Ortigão tenha associado o cumprimento da regra ao gosto da transgressão: – "No ano seguinte começa a estudar as línguas e a fumar cigarros às escondidas. // Penetra finalmente na retórica e na leitura dos romances, em que passam visões de mulheres que o tornam cada vez mais amarelo. // Chega da cor de uma cidra ao fim do curso dos liceus, tendo, além de todos os preparatórios, mau hálito, as pernas cambadas, a espinha torcida, algum tédio da vida e

---

[102] Trindade Coelho, "Autobiografia" in *Os meus amores*, introd. por João Bigotte Chorão, *s.l.*, Ulisseia, 3ª ed., [1986], p. 275.

[103] Idem, *ibidem*.

muita caspa"[104]. Será que Ramalho conseguia avaliar, relativamente ao produto que descreve, a parte de responsabilidade que cabia à retórica e aquela que deveria ser imputada aos romances?

[104] Ramalho Ortigão, "O estado da educação física – Sua importância na evolução nacional" in *As Farpas*, ed. cit., Vol. VIII, p. 145.

Capítulo 2

O mercado do livro

> "Um fardo de fazendas gasta quatro dias a vir de Londres a Lisboa – e os nomes de Tennyson, Browning, Swinburne [...] que há quarenta anos são a sua mais pura glória, ainda cá não chegaram. É verdade que todo o mundo necessita flanelas – e nem todo o mundo suporta Poesia." (*Cartas de Inglaterra,* 95)

Em 1837, Alexandre Herculano alertava para a necessidade de criar hábitos de leitura entre a população portuguesa, insistindo na urgência de duas ordens de medidas que se prendiam, por um lado, com o preço dos livros, e, por outro lado, com o seu poder de sedução. Era preciso dar livros ao povo "por preço tão módico, que a qualquer pessoa de medianos teres fosse possível comprá-los"[1], assim como amenizar a aridez das matérias, de forma a cativar os leitores: segundo uma estratégia que partiria do mais fácil e do mais agradável, o gosto de ler acabaria por tornar-se numa necessidade.

Este processo de amenização do produto literário deveria incidir, segundo Herculano, sobre os clássicos da língua portuguesa, através da organização de boas antologias, sendo ainda de incentivar a tradução

---

[1] Alexandre Herculano, "Galicismos" in *Opúsculos*, org., introd. e notas de Jorge Custódio e José Manuel Garcia, Lisboa, Presença, 1984, Vol. V, p. 134.

"dos bons livros estrangeiros". E especificava: – "Entendemos que as primeiras obras que devem verter-se são as dos historiadores, porque é esta a leitura mais fácil, e o degrau que sem custo subirão os leitores de novelas"[2]. Donde se depreende que o que estava em causa era não tanto ou, pelo menos, não só suprir a falta de hábitos de leitura, mas elevar o nível de exigência da grande massa do público, a quem se tornava necessário, nas palavras do Autor, proporcionar uma maior variedade de opções: – "Dizem que o povo não lê senão novelas; mas que há-de ele ler, se não lhe dão outra coisa?"[3].

Esta observação sobre o consumo literário da população portuguesa não perderá actualidade. Quase vinte anos depois, o mesmo Herculano voltará a referir-se-lhe, falando então da "literatura-mercadoria" que, na sua perspectiva, se reduzia "a adornar os vícios, a exagerar as paixões, a trajar ridiculamente os afectos mais puros, a corromper a mocidade e as mulheres"[4]. A verdade é que esta "literatura-agiotagem", como também lhe chamou, conquistara definitivamente o público, ao associar o recreio à leitura e o prazer ao livro. E também não parece ser menos verdade que os romances e novelas, que tantos protestos continuaram a suscitar ao longo da segunda metade do século, terão desempenhado um papel determinante no comércio e na indústria livreira nacionais, cuja vitalidade não deixa de ser surpreendente perante as baixas taxas de alfabetização e os reduzidos níveis de escolaridade já mencionados.

Servindo-se, como exemplo, dos romancistas portugueses de maior sucesso editorial na época, e do facto de uma tiragem de 1.000 ou 1.500 exemplares precisar de alguns anos para se esgotar, Joel Serrão retira significado à grande quantidade de títulos que anualmente os catálogos de editores e livreiros punham à disposição do público[5]. Por outro lado, contudo, os dados avançados por Fernando Guedes sobre as edições e respectivas tiragens, até 1900, dos romances de Júlio

---

[2] Idem, *ibidem*, p. 135.

[3] Idem, *ibidem*.

[4] Idem, "Da propriedade literária e da recente convenção com França. Ao Visconde d' Almeida Garrett" in *Opúsculos*, ed. cit., Vol. I, p. 233.

[5] Cf. Joel Serrão, "Sondagem cultural à sociedade portuguesa cerca de 1870" in *Temas de cultura portuguesa II*, Lisboa, Portugália, 1965, pp. 79-80.

Dinis[6] indiciam um dinamismo editorial que só podia existir com base em oportunidades de mercado estimulantes, dinamismo esse que ultrapassava largamente, como se sabe, a publicação de escritores portugueses. Sendo naturalmente reduzido o número de consumidores, há que concluir que a prática da leitura, entre os privilegiados que a ela tinham acesso e independentemente do grau de exigência por estes revelado, ganhara, de facto, a natureza do hábito e a força da necessidade.

Com efeito, à medida que o século XIX avança, também entre nós o livro abandona a rigidez imposta pela frequência dos espíritos eruditos e cultos, adquire uma desenvoltura que definitivamente o atira para as mãos burguesas do comércio e, consequentemente, acrescenta à sua primeira natureza toda intelectual o valor material do lucro. Entre a inspiração do autor e o espírito do leitor, interpõe-se então o hábil pragmatismo do editor, que alguém traduziu por "expediente" e "audácia", ao explicar a estratégia empresarial de Chardron: – "facultar livros a um país que não sabia ler, para o ensinar a ler e o habilitar a comprar-lhe os livros"[7].

Ernesto Chardron foi apenas um dos franceses que em Portugal se entregaram à indústria e ao comércio do livro. Instalado no Porto, tornou-se concorrente da famosa livraria Moré, também de proprietários franceses, onde fora empregado até 1869. Para além destes, o Porto contava ainda com muitas outras empresas editoras, Coimbra era, neste aspecto, incomparavelmente mais modesta, registava-se uma escassa actividade editorial em algumas cidades do norte do País, como Braga,

[6] Cf. Fernando Guedes, "A lenda negra do escritor explorado" in *O livro e a leitura em Portugal. Subsídios para a sua história. Séculos XVIII e XIX*, Lisboa, Verbo, 1987, pp. 211-233. São os seguintes os números referidos pelo Autor, relativamente às obras em prosa: *As Pupilas do Senhor Reitor* (1ª ed., 1867) – 14 edições (num total de 28.000 exemplares); *Uma Família Inglesa* (1868) – 9 edições (16.000 exemplares); *A Morgadinha dos Canaviais* (1868) – 9 edições (14.000 exemplares); *Serões da Província* (1870) – 7 edições (12.000 exemplares); *Os Fidalgos da Casa Mourisca* (1871) – 8 edições (13.000 exemplares).

[7] Esta afirmação, do redactor principal da revista *Arauto*, que assinava Beldemónio, é citada por Fernando Guedes, em "Três livreiros centenários de origem francófona: Bertrands, Férins e Chardron", *op. cit.*, p. 64.

Viana do Castelo, Vila Real ou Lamego, mas era naturalmente em Lisboa que se concentravam as actividades ligadas à edição[8].

1 – A oferta

1.1 – *Utilidade e recreio*

Ainda na primeira metade do século, os catálogos das principais casas livreiras revelam uma alteração de mercado que se faz sentir no maior espaço concedido a uma literatura mais ligeira, anunciando já o futuro protagonismo que ao romance caberá desempenhar. Mas, por enquanto, os autores são predominantemente franceses, a língua em que circulam é sobretudo o francês, e as traduções portuguesas limitam-se às obras de gosto mais popular[9]. O que significa, por um lado, que o número dos leitores não justificava o investimento na tradução e, por outro lado, que a instrução deste público restrito lhe permitia ler os originais em francês; às traduções ficava então reservado um público mais alargado e culturalmente menos exigente.

É também em língua francesa que os catálogos da Bertrand começam por oferecer os livros destinados ao lazer de crianças e adolescentes, o que aponta para um número igualmente restrito e socialmente bem diferenciado relativamente à camada mais jovem do público. Era esta, de resto, a natural consequência da tímida escolaridade, mas, além disso e com base no que foi dito a propósito das relações entre a escola e a leitura, é de crer que a literatura infantil e

---

[8] Tanto Fernando Guedes, na obra já citada, como Artur Anselmo, facultam preciosas informações sobre a actividade editorial portuguesa no século XIX. Relativamente ao segundo destes autores, é de assinalar o número de editores e livreiros de que dá notícia nos artigos "A edição romântica" e "O comércio livreiro de obras em fascículos" in *Estudos de história do livro*, Lisboa, Guimarães Editores, 1997, pp. 117-128 e 143-153, respectivamente.

[9] Cf. Fernando Guedes, "Livros e leitura na primeira metade do século XIX", *op. cit*, pp. 119-164.

juvenil só bastante tarde, e decerto por influência do que acontecia no resto da Europa, se tenha revelado importante a todos os que estavam atentos às questões da educação. Neste sentido se manifestou Eça de Queirós em 1881, num artigo enviado para a *Gazeta de Notícias* e sugerido pela literatura infantil editada em Inglaterra, por altura do Natal: a quantidade, variedade e qualidade das obras anualmente editadas constituía, segundo o Autor, o mais radical contraste com o que se passava em Portugal, onde os livros oferecidos às crianças se reduziam a edições de luxo importadas de França e destinadas a servir como peças decorativas nos salões dos pais. Não que a França não possuísse "também uma literatura infantil tão rica e útil como a de Inglaterra; mas essa, Portugal não a importa: livros para completar a mobília, sim; para educar o espírito, não. [...] Eu às vezes pergunto a mim mesmo o que é que em Portugal lêem as pobres crianças. Creio que se lhes dá Filinto Elísio, Garção, ou outro qualquer desses mazorros sensaborões, quando os infelizes mostram inclinação pela leitura"[10]. E sensível à importância do convívio com o livro desde a infância, Eça sugere o alargamento do mercado nacional ao livro infantil, que deveria ser barato para ser popular e que se tornaria numa fonte de alegria para as crianças e de rendimento para o editor, para quem o ilustrasse e para "muitas senhoras, inteligentes e pobres, [que] se poderiam empregar em escrever essas fáceis histórias: não é necessário o génio de Zola ou de Thackeray para inventar o caso dos *Três velhos sábios de Chester*"[11]. Sem nos determos agora nos sentidos presentes nesta avaliação, registe-se que será, de facto, à sensibilidade e à inteligência femininas que a literatura infantil e juvenil fica a dever a grande maioria dos títulos publicados desde a década de 80 até ao fim do século[12]. Entretanto, o

[10] Eça de Queirós, "Literatura de Natal" in *Cartas de Inglaterra*, Porto, Lello & Irmão, s/d, p. 52.

[11] Idem, *ibidem*, p. 53.

[12] Em 1886 e em co-autoria com Gonçalves Crespo, seu marido, Maria Amália Vaz de Carvalho publica *Contos para os nossos filhos*; ainda nesta década, Maria Rita Chiappe Cadet publica contos e peças de teatro infantil; em 1895 aparece *Fada tentadora* de Virgínia Castro e Almeida, então ainda muito jovem, e, a partir de 1897, começa a publicar-se a "Colecção para as crianças", da responsabilidade de Ana de Castro Osório. Recorde-se também que tanto Guerra Junqueiro como Antero de

mercado nacional oferecia já por esta altura algumas traduções de que faziam parte a Condessa de Ségur, Júlio Verne, Andersen e Grimm.

É também através das edições em língua francesa que o público português começa a ter acesso a colecções de divulgação científica e cultural, que vieram a servir de modelo a iniciativas como a que ficou a dever-se a David Corazzi: partindo de um amplo conjunto de áreas temáticas – do Direito e Jurisprudência à Geografia, das Tecnologias à Literatura, da Agronomia à Educação Corporal e Higiene – a "Biblioteca do Povo e das Escolas"[13], que começa a publicar-se em 1881, elege como alvo um público económica e culturalmente modesto, fazendo-se veículo de conhecimentos úteis essenciais e de imediata aplicação. Desta forma, ao mesmo tempo que preenchia algum do espaço vazio deixado pelo precário sistema de ensino português, esta iniciativa editorial participava também do desejo de modernização do País, concorrendo para elevar o nível cultural da população e a capacidade técnica da mão-de-obra.

Outras colecções subscreveram esta mesma intenção que tinha sido também a das inúmeras associações constituídas na primeira metade do século. Já em 1837, a Sociedade Propagadora dos Conhecimentos Úteis, que editava o *Panorama*, apontava entre os seus "propósitos mais vantajosos", nas palavras de Alexandre Herculano, "o de reimprimir e publicar os nossos bons livros por módico preço"[14]. Projectos como este, na área da literatura, foram retomados ao longo do século, numa tentativa de divulgar os autores clássicos de língua portuguesa e adoptando nesse sentido estratégias que passavam pelo preço, pela apresentação e pela selecção dos textos. Herculano sugeriu-o, como já foi referido, e António Feliciano de Castilho, juntamente com

---

Quental foram sensíveis à questão da literatura infantil: o primeiro publicou, em 1877, *Contos para a infância*, onde incluiu algumas traduções de contos tradicionais, e o segundo reuniu uma antologia de poesia portuguesa, editada em 1883, sob o título *Tesouro poético da infância*.

[13] Sobre esta colecção e o seu responsável, cf. Manuela D. Domingos, "A *Biblioteca do povo e das escolas*. Uma colecção e um público" in *Estudos de sociologia da cultura. Livros e leitores do século XIX*, Lisboa, Instituto Português de Ensino a Distância, 1985, pp. 13-134.

[14] Alexandre Herculano, "Galicismos", *loc. cit.*, p. 134.

seu irmão, foi o responsável por uma dessas realizações que, sob o nome de "Livraria Clássica Portuguesa", editou cerca de vinte e cinco volumes com antologias de um conjunto de autores até ao Pré-romantismo.

Destinados ao circuito popular mediante colecções economicamente acessíveis ou circulando em meios social e intelectualmente mais restritos, por muito tempo apenas os clássicos portugueses disputaram o mercado nacional com as traduções de obras estrangeiras, predominantemente francesas. Na segunda metade do século, porém, os contemporâneos portugueses entram na corrida e passam a ser alvo do mesmo esforço de divulgação de que os clássicos já beneficiavam. Ainda assim, em 1871 Ramalho Ortigão lamentava que "Quental, Oliveira Martins, Batalha Reis, Teófilo Braga, e outros que pensam e que trabalham ainda com dignidade, com desinteresse, com elevação, [fizessem] numa penumbra isolada da grande massa do público os seus livros que a crítica escarnece e que a opinião não lê"[15].

De facto, não é difícil aceitar que não seriam estes os autores lidos pela "grande massa do público", nem mesmo por aqueles que tinham descoberto nos bens culturais um meio de promoção em sociedade. É verdade que, como afirmava Eça, iam longe os tempos "em que os senhores feudais se gabavam com orgulho de não saber ler"[16]. Mas a camada de cultura necessária aos percursos de integração social não requeria, talvez, grande espessura, podendo ser adquirida no conjunto de obras de vulgarização científica e cultural que os catálogos dos livreiros profusamente ofereciam. E não seria por acaso que os dicionários constituíam para os editores da época um empreendimento lucrativo, tendo em conta o valor atribuído às línguas estrangeiras, especialmente ao francês, enquanto instrumento imprescindível de convivialidade e veículo de uma cultura supostamente cosmopolita[17].

---

[15] Ramalho Ortigão, "A Eça de Queirós – A separação – O mundo literário, seu aspecto, sua influência, seu encanto – [...]" in *As Farpas*, Lisboa, Clássica Editora, 1992, Vol. XIII, p. 134.

[16] Eça de Queirós, "O *Salon*" in *Ecos de Paris*, Porto, Lello & Irmão, s/d, p. 205.

[17] Nas inúmeras páginas que dedicou a questões relativas à educação, Ramalho Ortigão por mais de uma vez se referiu ao ensino das línguas em termos que

Por outro lado, parecer culto era um objectivo a ser conseguido com economia do tempo que as solicitações sociais, familiares e profissionais começavam a tornar precioso e cuja dimensão era substancialmente alterada pelo desenvolvimento das comunicações. Já quase no fim do século, comentando para a *Gazeta de Notícias,* a propósito de uma exposição de arte em Paris, a dificuldade de "conceber e formular opiniões estéticas", Eça interrogava-se: – "E onde tem o homem de trabalho, no nosso tempo, vagares para essa complicada educação, que exige viagens, mil leituras e longa frequentação dos museus, todo um afinamento particular do espírito? Os próprios ociosos não têm tempo – porque, como se sabe, não há profissão mais absorvente do que a vadiagem"[18]. O tempo, ou a falta dele, explicaria também, segundo Eça, que não se lessem os clássicos. Excluindo a obrigação escolar ou profissional – e, mesmo assim, no início do curso ou da carreira –, os clássicos não passavam já de peças decorativas que, em luxuosas edições, ornamentavam as salas e o discurso: – "Cita-se Virgílio – mas lê-se Daudet"[19].

fundamentam o que afirmamos. Particularmente no que tocava à educação feminina e convicto de que "as línguas não constituem instrução, porque não ministram conhecimentos, são apenas meios de os adquirir", Ramalho questionou não apenas o método de ensino, mas também o carácter inconsequente da presença das línguas nos *curricula* escolares: – "Ao fim de um ano de vida doméstica, D. Elvira esqueceu as línguas, das quais aprendeu precisamente o indispensável para *escapar* [...]. Esqueceu as línguas, porque as não pratica na conversação ou no estudo, e não sabe uma palavra das leis da linguística, que fixam e sistematizam os conhecimentos teóricos da formação das palavras". E em outro lugar, referindo-se a um estrato social mais elevado, pergunta-se: – "De que serve a uma mulher na convivência de seu marido ou na de seus filhos a faculdade secundária de poder exprimir em quatro ou cinco línguas diferentes o enredo de 100 ou 200 romances, que são todo o fundo da sua riqueza mental?" (Cf., respectivamente, "A educação das mulheres – Meninas examinadas no liceu – Suas mestras" in *As Farpas*, ed. cit., Vol. VIII, pp. 121-134 e "O *chic* e seus desastres", *op. cit.*, Vol. VI, pp. 187-208).

[18] Eça de Queirós, *loc. cit.*, p. 204.

[19] Idem, "Vítor Hugo (Carta ao director da *Ilustração*)" in *Notas contemporâneas*, Lisboa, "Livros do Brasil", 3ª ed., s/d, p. 93.

1.2 – *Evasão e prazer*

Era justamente o tipo de literatura que nestas palavras Daudet representa, tal como em outros locais Ponson du Terrail e Georges Ohnet representaram[20], o grande responsável pelo crescimento do mercado, constituindo para os livreiros uma área de investimento garantido, e, para os leitores, o recreio e a fuga à banalidade do quotidiano. As histórias de amor, de aventuras e também o chamado romance negro ou de terror eram então os grandes sucessos que, traduzidos, tornavam familiar junto do público português uma longa lista de autores de que vale a pena recordar, para além dos que atrás ficaram registados, Alexandre Dumas, Eugène Sue, Octave Feuillet, Paul Féval, Paul de Kock, Xavier de Montépin e Arlincourt. Por referir ficam ainda muitos outros de que apenas os envelhecidos catálogos guardaram a memória.

Sem deterem a exclusividade, os textos franceses ocupavam lugar privilegiado nas colecções cujos títulos revelavam desde logo, não só o tipo de obras oferecidas, mas também o público a que estas eram destinadas e o objectivo a que procuravam responder: distinguindo o público feminino do masculino, propondo um conteúdo recreativo ou especificamente romântico, sugerindo os momentos que a leitura poderia preencher, utilizando como estratégia de influência uma suposta exigência na selecção das obras ou, mais frequentemente, o preço e o nivelamento social do público previsto, estas colecções são o testemunho de uma actividade editorial agressiva e apostada na socialização de um comportamento auspicioso em termos comerciais. Registem-se,

---

[20] A propósito dos hábitos culturais dos portugueses, que analisou e comentou no texto que serviu de prólogo às *Farpas*, Eça constatava: – "Não se compra um livro de ciência, um livro de literatura, um livro de história. Lê-se Ponson du Terrail – emprestado!" E muitos anos mais tarde, lamentando a falta de tempo necessário à lenta sedimentação de uma sólida cultura, concluía: – "Por isso a oleografia triunfa, e Ohnet e outros tiram a cem mil exemplares, e as comédias mais desprezivelmente idiotas congregam as multidões" (Cf., respectivamente, "O primitivo prólogo das *Farpas*.– Estudo social de Portugal em 1871" in *Uma campanha alegre. De "As Farpas"*, Porto, Lello & Irmão, 1978, Vol. I, p. 37, e "O *Salon*" in *Ecos de Paris*, ed. cit., pp. 204-205).

a título de exemplo e comprovando o que acaba de ser afirmado, as designações adoptadas por algumas dessas colecções: "Leitura para homens", "Literatura para homens", "Biblioteca para Senhoras", "Biblioteca Horas de Recreio", "Horas Românticas", "Biblioteca Serões Românticos", "Noites Românticas", "Biblioteca do Viajante", "Biblioteca Escolhida", "Biblioteca Elegante", "Biblioteca Popular", "Biblioteca Económica para ricos e pobres" e ainda, para completar esta lista que não é exaustiva, o "Arquivo Popular dos Bons Romances", onde o preço se aliava à qualidade no convite ao consumo.

Pretendendo atingir amplas camadas do público, estas colecções nem sempre atendiam à qualidade final do produto, quer relativamente ao aspecto material dos livros, quer no que se refere à qualidade da tradução, cuja autoria com muita frequência ficava no anonimato. Mas no anonimato ficava também muitas vezes o autor do original, e os catálogos dos livreiros faziam depender o investimento publicitário da capacidade sugestiva de títulos como *As catacumbas de Paris*, *Um passado tenebroso*, *A bela misteriosa*, *Amor e traição*[21] e muitos mais da mesma natureza que garantiam, só por si, a dose de sentimentalismo e de intensas emoções que Eça de Queirós, como outros da sua geração, tantas vezes atribuiu, sem completo rigor, à relação da mulher com a leitura. E curiosamente, num artigo publicado n'*A Província*, em Novembro de 1886, Oliveira Martins dirigia-se ao Público em termos que acentuam o género masculino da palavra e, apontando-lhe a inconstância, as contradições e a incoerência, acusava-o de manter com a política e as instituições culturais, entre as quais, como é óbvio, a literatura, uma dúplice e ambígua relação de autor e crítico: – "Praguejas contra a literatura dissolvente, e criaste-a, procurando com furor os elixires mais refinados e venenosos, para te embriagares em sonhos lúbricos, para teres visões crapulosas, como um velho sensual"[22].

---

[21] Sobre a edição de obras traduzidas na época que nos interessa, cf. A. A. Gonçalves Rodrigues, *A tradução em Portugal. 4º Volume – 1871/1900*, Lisboa, ISLA, 1994.

[22] Oliveira Martins, "O Público" in *Dispersos*. Artigos políticos, económicos, filosóficos, históricos e críticos, seleccionados, prefaciados e anotados por António Sérgio, Lisboa, Oficinas Gráficas da Biblioteca Nacional, 1924, Tomo II, p. 90.

Independentemente das colecções particularmente destinadas às tendências do gosto masculino, a que não é possível fazer corresponder com certeza a "literatura dissolvente" a que Oliveira Martins se refere, é de concluir que também o homem, e não apenas a mulher, se deixava fascinar por esta nova literatura onde a turbulência das paixões substituía a rotina conjugal e, em contraste com a previsibilidade cautelosa do ritmo burguês, a vida, ou a sua representação, se ornamentava com mistérios, sobressaltos e a ousadia dos destinos marginais.

Entretanto, não se circunscrevia ao panorama cultural português o fenómeno que fazia do romance o género mais procurado e lido: naturalmente que a intensa produção francesa do género se dirigia, antes de mais, ao consumo interno, e Eça, fazendo transparecer a sua avaliação do produto, referia-se aos "montões, montanhas – e monturos"[23] de romances, presentes na *Book-Season* londrina. Tendo-se tornado a novela num bem de primeira necessidade entre os ingleses, conforme escrevia em 1881, "toda uma população de romancistas se emprega em manufacturar este artigo, por grosso, e tão depressa quanto a pena pode escrever, arremessando para o mercado as páginas mal secas no ansioso conflito da concorrência"[24].

Entre nós, esta concorrência instalava-se sobretudo entre a produção nacional e as traduções que procuravam corresponder às solicitações do consumo, constituindo para os editores a garantia do êxito já comprovado nos países donde provinham. Fosse como fosse, a verdade é que a tradução se veio a revelar uma oportunidade de emprego que ocupou, para além dos muitos anónimos mal remunerados e nem sempre responsáveis por um trabalho de qualidade, muitos outros com nome já conhecido no meio cultural português: estão neste caso Pinheiro Chagas, Gomes Leal ou Camilo Castelo Branco. O êxito de que gozava a novela sentimental temperada a gosto de lances melodramáticos foi aproveitado para lá da simples tradução e, a partir da receita apreendida nos originais de maior êxito, o mercado foi invadido por traduções livres, versões e imitações, devidamente assinaladas na folha de rosto dos respectivos volumes. Estas "estratégias criativas"

---

[23] Eça de Queirós, "Acerca de livros" in *Cartas de Inglaterra*, ed. cit., p. 29.

[24] Idem, *ibidem*, p. 27.

terão inspirado Garrett para descrever, numa das páginas das *Viagens*, o modo como, com tesoura e cola, se fazia "a nossa literatura original"[25], vindo depois a servir a Eça de Queirós para o mesmo propósito[26].

Mas também a literatura original, ou pelo menos aquela que como tal era publicada, percebeu as estratégias de entrada no mercado em termos competitivos e, ignorando a crítica movida por preocupações educativas – sem por isso menosprezar as económicas, deve acrescentar-se –, passou a seguir o exemplo de Camilo que afirmava, em 1867, no prefácio à segunda edição d'*A doida do Candal*: – "O melhor romancista em Portugal, por enquanto, há-de ser o que tiver mil leitores que lhe comprem o livro e o aplaudam, contra dez que o leiam de graça e o critiquem em folhetins a dez tostões"[27]. E em 1867, com efeito, Camilo era já um sucesso declarado, com uma vastíssima lista de primeiras edições distribuída por um número considerável de editores, que cobiçavam os resultados da sua agilidade como contador de histórias de amor eterno e proibido.

Outros nomes aparecem entretanto e, a partir da década de sessenta, a produção nacional entra definitivamente nos circuitos mais amplos e populares da leitura: o êxito que o romance histórico conseguira a partir das traduções de Walter Scott e dos romances de

---

[25] Cf. Almeida Garrett, *Viagens na minha terra*, introd. e notas de Augusto da Costa Dias, Lisboa, Portugália, 2ª ed., 1963, p. 35.

[26] No texto que serviu de prólogo às *Farpas* e referindo-se particularmente ao teatro, também Eça mencionou as traduções, as imitações e os supostos originais, aproximando-se bastante do que Garrett havia já afirmado: – "Mas é necessário por vezes que haja obras originais. [...] Neste lance o dramaturgo nacional tudo explora e tudo aproveita: vai, procura, tira daqui, copia dali, arranca frases dos *Miseráveis*, gracejos do *Sr. Luís de Araújo*, discursos do *Sr. Fontes* [...], recorta, cirze, cose, remenda, cola aqueles pedacinhos à língua de cada personagem, salpica-os de gestos de desespero, faz esguedelhar os cabelos, ensaia músicas tristes para os finais de actos (puxando assim ao sentimento o arco do rabecão), manda levantar o pano – e repousa na imortalidade (Eça de Queirós, "O primitivo prólogo das *Farpas*.– Estudo social de Portugal em 1871", *op. cit.*, pp. 30-31).

[27] Camilo Castelo Branco, "A doida do Candal" in *Obras completas*, publicadas sob a direcção de Justino Mendes de Almeida, Porto, Lello & Irmão, 1982--1994, Vol. VI, p. 8.

Herculano secundado por Rebelo da Silva e Andrade Corvo, prossegue com Pinheiro Chagas, Arnaldo Gama, Silva Gaio e Urbano Loureiro que, dez anos depois do *Mário* de Silva Gaio, retoma o mesmo cenário das lutas liberais e publica, em 1878, *A infâmia de Frei Quintino*. Embora os seus nomes pouco tenham resistido à acção do tempo, também Alberto Pimentel[28] e Teixeira de Vasconcelos[29] não foram imunes ao apelo do romance histórico, e, na área do romance de actualidade, são ainda de recordar Francisco Gomes de Amorim, Pedro Ivo e Manuel Maria Rodrigues. Privilegiando os temas históricos, de grande sucesso na época, ou adoptando uma visão sentimentalista na descrição dos dramas sociais contemporâneos, esta produção mantinha-se atenta às solicitações do mercado e, indiferente ao imparável movimento das ideias e da arte, afirmava-se de acordo com os modelos que a sensibilidade romântica havia consagrado. Recorde-se que em 1876, ano da segunda versão d'*O crime do padre Amaro*, Pedro Ivo lançava *O selo da roda*[30], romance que viria a constituir um assinalável sucesso, e que, seis anos antes, em 1870, aparecera *A rosa do adro*[31], de Manuel Maria Rodrigues, cuja popularidade sobreviveu largamente à data da primeira edição. Mas o público comandava e os editores obedeciam, contra-

---

[28] Entre os muitos títulos de que Alberto Pimentel foi autor, recordem-se *Contos ao correr da pena* (1866), *O anel misterioso* (1873), *A porta do paraíso* (1873) e *Um conflito na corte* (1875-6).

[29] O nome de Teixeira de Vasconcelos está ligado ao jornalismo, entre outras razões por ter fundado a *Gazeta de Portugal*, que se publicou de 1862 a 1867. Foi autor de obras de vulgarização na área da História, de peças de teatro, e dos romances *O prato de arroz doce* (1862), *A Ermida de Castromino* (1870) e *Lição ao Mestre* (1875).

[30] Para além deste romance, de que a Editora Educação Nacional, do Porto, publicava em 1943 uma 6ª edição e cujo título é indiciador da história e das intenções humanitárias que a motivam, Pedro Ivo foi autor de *Contos* (1874) e *Serões de Inverno* (1880).

[31] De fraquíssima qualidade literária, segundo a crítica, este romance apresenta os ingredientes explicativos da popularidade que alcançou: o amor entre diferentes classes sociais, a virtuosa rapariga do povo e o abandono de que, previsivelmente, se torna vítima. Manuel Maria Rodrigues foi ainda autor de outros títulos sugestivos como *As infelizes* (1865), *O que faz a ambição* (1866), *Os filhos do negociante* (1873) e *Estudantes e costureiras* (1874).

riando a avaliação feita por Eça de Queirós em 1871, relativamente aos lucros e prejuízos das partes envolvidas na leitura de romances: – "O autor, ordinariamente, tem o hábito de Sant'Iago. O editor tem a perda. O leitor tem o tédio. – Santa distribuição do trabalho!"[32].

2 – **A difusão**

O alargamento do público leitor passava inevitavelmente por tornar mais barato o acesso à leitura, para o que se tornava necessário conciliar os interesses do consumidor e o das empresas editoras, com base numa relação de equilíbrio entre o preço final do produto, a sua qualidade material e as expectativas de tiragem. Neste sentido, a leitura em Portugal, sob a sugestão do que ocorria em outros países, veio a conhecer meios de difusão que modificaram a tradicional apresentação do livro, alteraram os seus habituais circuitos de comercialização e chegaram mesmo a proceder à sua substituição.

Um destes meios foi a publicação em fascículos por assinaturas que, como o nome indica, lançava as obras no mercado em cadernos que obedeciam a uma certa periodicidade, competindo ao leitor, depois de terminada a publicação, encadernar em volume os fascículos que fora adquirindo sem grande esforço económico. Estas iniciativas editoriais eram amplamente divulgadas na imprensa da época, recorrendo, como estratégia publicitária, às vantagens económicas relativamente às publicações em volume, aos brindes oferecidos aos assinantes e aos benefícios destinados aos que, para além de assinantes, se faziam angariadores de assinaturas. Muitas das colecções atrás referidas foram por este meio lançadas no mercado, constituindo, pelo tipo de obras que ofereciam, uma garantia contra a desistência dos assinantes: romances de amor, de capa-e-espada, de terror e mistério, e romances de divulgação de temas históricos, nomeadamente os de Rocha Martins, Campos Júnior e César da Silva, "três portugueses calhados para extrair da

---

[32] Eça de Queirós, *loc. cit.*, p. 29.

história pátria os episódios mais insinuantes ou escabrosos"[33]. De acordo com o êxito previsto, um só autor e até por vezes um só título podiam ser alvo de uma iniciativa deste tipo, como foi o caso d'*O conde de Monte-Cristo*, de Alexandre Dumas, dos romances de Paul de Kock, dos vários volumes do *Rocambole*, de Ponson du Terrail, e ainda de outros autores menos conhecidos, mas com títulos suficientemente sugestivos para captar a atenção do público e o interesse do editor. Deve registar-se, contudo, que os riscos diminutos ou mesmo nulos que representava a publicação desta literatura de fácil e rápido consumo permitiram frequentemente aos editores suportar os desaires económicos provocados por obras de outro fôlego, sujeitas ao mesmo sistema de publicação, embora com diferente poder de mobilização do público: para lá dos romances e novelas, aos fascículos por assinatura ficaram também a dever-se muitos volumes de natureza enciclopédica, dicionários de língua portuguesa, colecções de História de Portugal e textos clássicos como os de Camões, Dante, Garrett e Padre António Vieira.

Bastante mais barato do que comprar o livro, na sua forma tradicional ou fragmentado em fascículos, era alugá-lo num dos vários gabinetes de leitura que, importados na primeira metade do século, continuavam activos nos primeiros anos do século XX. Funcionando autonomamente ou na dependência de livrarias já firmadas no mercado[34], tratava-se de uma extensão do negócio relacionado com o livro

[33] Artur Anselmo, "O comércio livreiro de obras em fascículos", *op. cit.*, p. 152.

[34] São também de recordar os gabinetes de leitura que funcionavam no âmbito das associações de instrução e recreio ou de associações de carácter profissional. Destes últimos, e entre os referidos por Manuela D. Domingos ("O público dos gabinetes de leitura" in *Estudos de sociologia da cultura. Livros e leitores do século XIX*, ed. cit., pp. 135-191), seleccionamos como exemplos o da Associação Promotora da Indústria Fabril, criado em Lisboa em 1863, e o do Grémio dos Empregados do Comércio e Indústria, de 1885, em Coimbra. Estes gabinetes supriam de algum modo a escassez de bibliotecas públicas, cujo horário de funcionamento não se compadecia com os tempos livres das classes trabalhadoras. Ramalho Ortigão mostrava-se atento a este assunto: – "Temos uma companhia lírica onerosamente subsidiada para entreter o luxo e distrair os tédios da burguesia rica, e temos algumas bibliotecas públicas, que se fecham à noite e se fecham ao domingo, precisamente nos únicos dias e nas únicas

e dirigido a um público com poder económico compatível com o valor de uma cota mensal inferior ao preço de um só volume, mas propiciando a leitura de vários. Não seria, pois, natural que este público se localizasse entre as classes de maiores meios materiais e culturais para quem a leitura não dispensava a posse do livro, nem tão pouco entre aqueles cujo orçamento dificilmente comportaria a mensalidade requerida. A estes últimos, aliás, para além do dinheiro faltaria o tempo que os catálogos dos diversos gabinetes de leitura se propunham preencher com leituras predominantemente recreativas, sem esquecer os interessados numa cultura filtrada por textos fáceis e amenos. A este objectivo respondiam as biografias e os livros de história, de memórias e de viagens. Da gestão do conforto doméstico, em alta na cotação da pequena e média burguesia, ocupavam-se obras como a *Colecção de várias receitas e segredos particulares*. Quanto aos romances e novelas, constituíam naturalmente a secção mais completa de cada catálogo, satisfaziam as expectativas de um público ávido das últimas novidades importadas e, como mostra o exemplo retirado do Diário de Notícias, em 1880, garantiam a eficácia de uma publicidade que tomava a mulher como alvo preferencial: – "A todas as *damas* recomendamos o gabinete de leitura estabelecido na Livraria Bordalo [...] onde pela módica quantia de 400 réis mensais, se encontra uma completa colecção de *romances* originais e traduções dos melhores autores, muito próprios *para passar agradavelmente as longas noites da presente estação*"[35]. É bem possível, de facto, que fosse maioritariamente feminino o público a quem se oferecia uma forma agradável e barata de passar o tempo: a uma disponibilidade que as solicitações profissionais não disputavam, a mulher aliava uma tradicional dependência económica mais consentânea com o sistema de aluguer. Além disso, circunscrita como estava à esfera doméstica, convinha-lhe a leitura domiciliária que os gabinetes ofereciam e na qual investiam, como mostra o anúncio publicitário reproduzido, valorizando sabiamente o tempo e o espaço da intimidade. Mas o sistema não deixava de contemplar o

---

horas em que os operários poderiam ler" ("A educação do povo – As feiras – A música popular – [...]" in *As Farpas*, ed. cit., Vol. VIII, p. 203).

[35] Citado por Manuela D. Domingos, *op. cit.*, p. 172.

público masculino e, para além das obras que poderiam ser lidas por toda a família, os catálogos ofereciam outras, dentro do género romanesco, que classificavam sob a rubrica "Novelas para homens". Mais algumas classificações como, por exemplo, "Novelas cuja leitura a Mãe pode permitir a suas filhas", "Novelas fúnebres, prisões e fantasmas" ou "Romances sérios"[36] salvaguardavam a adequação da leitura ao presumível leitor, evitando surpresas atentatórias da conveniência. Por outro lado, supriam a escassez de uma informação que, também aqui, frequentemente se limitava ao título da obra. Com o tempo, estes catálogos vieram a apresentar uma informação mais completa e estruturada, integrando, a par dos autores mais populares, um número crescente de nomes como os de Oliveira Martins ou Proudhon.

Substituindo-se ao livro, a imprensa periódica terá certamente constituído o meio mais eficaz de difusão da leitura: o preço tornava o jornal muito mais acessível do que o livro, e a variedade dos assuntos permitia abranger um público heterogéneo e, por isso mesmo, muito mais amplo. Daí que a imprensa tenha explicitamente reclamado uma função educativa e civilizadora que Alexandre Herculano, na "Introdução" ao primeiro número de *O Panorama*, justificava nestes termos: – "[...] o homem público, o artista, o agricultor, o comerciante, ligados a uma vida necessariamente laboriosa, poucas horas têm de repouso para dar à cultura do espírito, e nenhum ânimo, por certo, seria assaz curioso de instrução, para gastar esses curtos momentos em folhear centenares de volumes, e em embrenhar-se em meditações profundas, que só uma aplicação constante pode tornar profícuas"[37]. Perante estas limitações ao necessário e desejável progresso cultural, a Sociedade Propagadora dos Conhecimentos Úteis chamava a si a tarefa de "resumir os amplos produtos da inteligência"[38], "fazendo publicar um jornal que derramasse uma instrução variada, e que pudesse aproveitar a todas as classes de cidadãos, acomodando-o ao estado de atraso, em que

---

[36] Cf. Fernando Guedes, "Gabinetes de leitura nos séculos XIX e XX", *op. cit.*, pp. 167-208.

[37] *O Panorama. Jornal Litterario e Instructivo* da Sociedade Propagadora dos Conhecimentos Úteis, Lisboa, Vol. I, 1837, p. 2.

[38] *Ibidem.*

ainda nos achamos"[39]. Esta preocupação foi comum a dezenas de outras publicações que, tal como *O Panorama*, procuravam responder a uma vasta gama de interesses situados entre a divulgação de factos científicos ou culturais e variadíssimas instruções de aplicação prática e doméstica, como a limpeza dos metais ou o modo de preservar as plantas novas do pulgão[40]. Recorrendo a palavras como *arquivo*, *enciclopédia* ou *universal*, a natureza abrangente destas publicações ao nível dos conteúdos era muitas vezes assinalada no próprio título ou no subtítulo, mas o seu lado recreativo era igualmente sublinhado. Citem-se, a título de exemplo, *O Arquivo Popular. Leituras de instrução e recreio* (Lisboa, 1837-1843), *Jardim Literário. Semanário de instrução e recreio* (Lisboa, 1847-1854), *A Esmeralda. Semanário universal* (Porto, 1850-1851), *Enciclopédia Literária. Jornal de instrução e recreio* (Lisboa, 1863), *A Aurora Literária. Revista literária, instrutiva e recreativa* (Funchal, 1868)[41].

O recreio amenizava a cultura e, como os títulos atrás citados também demonstram, fazia participar a literatura dessa hábil estratégia que se servia do agradável para fazer passar o útil. Imitando mais uma vez o que se passava em França e reproduzindo em tradução os êxitos aí verificados, os jornais e revistas tornaram-se no suporte de muitos romances que eram lidos parcelarmente, ao ritmo da periodicidade da publicação que os acolhia. O romance-folhetim constituía assim um meio de garantir a circulação do jornal ou revista, já que, deixando o público suspenso dos lances de uma intriga geralmente tumultuosa, o estimulava a comprar o número seguinte para acompanhar o desenvolvimento ou o desfecho dos transes a que o destino sujeitava os heróis. Como é sabido, esta forma de difusão do texto romanesco não podia deixar de se fazer sentir na qualidade das obras publicadas: o acto de escrita tinha de obedecer ao ritmo da publicação, os temas e a sua gestão dramática ao gosto de um público pouco exigente literariamente, mas cuja atenção era preciso estimular e conservar apesar dos

---

[39] *Ibidem.*

[40] Cf. *O Panorama*, Vol. I, pp. 279 e 300, respectivamente.

[41] Cf. E. Rodrigues, "Revistas literárias" in Helena Carvalhão Buescu (Coord.), *Dicionário do Romantismo Literário Português*, Lisboa, Caminho, 1997, pp. 472-476.

hiatos temporais a que era sujeito o processo de leitura: – "Para captar a benevolência da leitora" – escrevia Camilo na "Introdução" ao *Anátema*, romance cuja primeira publicação foi justamente sob a forma de folhetins no jornal portuense *A Semana* – "precisava-se da história de uns amores trágicos, urgentes e lamentosos"[42].

Foram estes amores, trágicos e urgentes, que alimentaram a fantasia e a necessidade de evasão de um público alargado que o jornal criara e a quem proporcionara decerto um primeiro contacto com a literatura, ainda que esta se afastasse da definição que um consumo muito mais exigente e restrito havia consagrado. E não eram apenas de natureza estética as condenações que essa literatura suscitava. Como autor d'*As Farpas*, Ramalho Ortigão afirmava em 1878 que "nenhuma das publicações periódicas que precederam esta se dirigiu jamais às mulheres, a não ser para lhes consagrar romances de uma moralidade suspeita, ou versos de uma honestidade duvidosa"[43]. Contudo, ao contrário do que as palavras de Ramalho fazem supor, a literatura que circulava através da imprensa periódica, particularmente os romances em forma de folhetim, não era exclusiva das revistas femininas, nem a qualidade dos textos podia ser alvo de uma apreciação generalizada. Se o desejo de conquistar ou garantir a fidelidade do público consumidor levava as publicações periódicas a recorrer aos estereótipos conformes às expectativas do leitor comum, também não era raro que disputassem a colaboração de nomes prestigiados no panorama literário nacional. Recorde-se que os romances de Herculano foram alvo de uma primeira publicação nas páginas d'*O Panorama* e que as *Viagens* de Garrett saíram pela primeira vez em folhetins na *Revista Universal Lisbonense*. A publicação na imprensa era ainda para os jovens autores uma forma de publicidade, uma primeira via de introdução no mercado e, dependendo do sucesso conseguido, uma aposta na posterior publicação em livro: muitos dos romances de Camilo Castelo Branco chegaram por esta via ao público pela primeira vez, assim como os de Rebelo da

[42] Camilo Castelo Branco, "Anátema" in *Obras completas*, ed. cit., Vol. I, p. 10.

[43] Ramalho Ortigão, "A crítica de uma senhora às teorias das *Farpas* sobre a educação das mulheres" in *As Farpas*, ed. cit., Vol. VIII, p. 186.

Silva, Andrade Corvo, António Pedro Lopes de Mendonça, Teixeira de Vasconcelos e, entre muitos outros, também os de Júlio Dinis.

Segredos, mistérios e revelações, amores clandestinos, culpas e punição terão sido os ingredientes mais poderosos na conquista do público que, em 1870, Eça de Queirós e Ramalho Ortigão pretenderam acordar "a berros, num romance tremendo, buzinado à *Baixa* das alturas do *Diário de Notícias*"[44]. Nessa altura, "encarregava-se também de falar às imaginações o Sr. Octave Feuillet" e "Ponson du Terrail trovejava no Sinai dos pequenos jornais e das bibliotecas económicas"[45], emprestando ao tal "romance tremendo" as fórmulas que, embora parodiadas, souberam prender os leitores do *Diário de Notícias* aos folhetins onde o suposto mistério da Estrada de Sintra se adensava e, por fim, se desvendava. Passados catorze anos, o romance foi considerado "execrável" pelos "velhos escritores, que há muito desviaram os seus olhos das perspectivas enevoadas da sentimentalidade"[46]. Mas as obras de ficção que Eça deixou nas páginas da *Gazeta de Portugal*, da *Revista Ocidental*, do *Diário de Portugal*, da *Gazeta de Notícias* do Rio de Janeiro, d'*O Repórter*, da *Revista de Portugal* – que criou e dirigiu – e da *Revista Moderna* não deixaram de reiterar a íntima relação que a imprensa periódica do século XIX instituiu com a literatura.

3 – **O consumo**

Voltando à primeira metade do século, importa recordar que o entusiasmo de que se revestiram os esforços para generalizar a educação e elevar o nível cultural das classes populares não anulava a consciência das limitações e dificuldades que só o tempo gradualmente permitiria superar. Essa consciência demonstrava-a Alexandre Herculano ao responder às críticas que *O Panorama*, enquanto órgão da Sociedade Propagadora dos Conhecimentos Úteis e ao serviço dos

---

[44] Eça de Queirós e Ramalho Ortigão, "Prefácio. Carta ao editor do *Mistério da Estrada de Sintra*" in *O Mistério da Estrada de Sintra. Cartas ao "Diário de Notícias"*, Porto, Lello & Irmão, 1979, p. 7.

[45] Idem, *ibidem*, p. 8.

[46] Idem, *ibidem*, pp. 8-9.

projectos sintetizados na designação adoptada por aquela associação, teria suscitado: – "Se os que nos repreendem querem dizer que tratemos exclusivamente de artes e ofícios, e das aplicações práticas das ciências, responder-lhes-emos que faltaríamos à nossa obrigação e à confiança que em nós pôs a Sociedade, se lhe escrevêssemos resmas de papel, que só servissem de ir dormir repousadamente nas lojas dos livreiros. A verdade é, que a porção do povo, para quem querem que escrevamos, ainda comumente nem sabe ler"[47].

Passados quarenta anos, contudo, a percentagem de analfabetos era de 83%, e dez anos antes do fim do século, em 1890, não tinha descido significativamente. Não podia, pois, deixar de ser restrito o número dos que, para além de saber ler, dispunham de tempo para o fazer, de dinheiro para comprar ou alugar os livros e da privacidade que a leitura requeria. E para estes, de acordo com as necessidades e as pretensões, o livro podia ser uma forma de passar ou "matar" o tempo, mas também um precioso instrumento de prestígio social.

Cultura e elegância foram, aliás, dois conceitos cuja associação Eça de Queirós insistentemente apontou como exigência que um homem de bom gosto não podia dispensar: – "Hoje, em todas as classes que estão para cima do lavrador e do carrejão, é tão indispensável mostrar um certo gosto pelas coisas do espírito, como usar, pelo menos ao domingo, camisa engomada. É um preceito de decência e respeitabilidade. Por mais bacalhoeiro que se seja, e enfronhado no bacalhau, e indiferente a tudo, fora o arrátel e o meio arrátel, não se ousa desprezar publicamente (ainda que se desprezem em particular) as Letras e as Artes, como não se ousa ir ao passeio em chinelos e sem gravata"[48]. Embora com o natural exagero a que obrigava a estratégia argumentativa em defesa do seu ponto de vista, Eça realçava a importância da educação artística e literária que, substituindo-se à distinção conferida por um nome aristocrático, permitia "aparecer na sociedade com o ar e a elegância moral de um ser culto"[49]. A cultura, ou pelo menos a sua aparência, tornava-se assim num complemento indispen-

---

[47] Alexandre Herculano, "Galicismos", *op. cit.*, p. 135.

[48] Eça de Queirós, "O *Salon*" in *Ecos de Paris*, ed. cit., p. 205.

[49] Idem, *ibidem*, p. 206.

sável às vantagens que o poder económico conferia aos parceiros no jogo do relacionamento social. O que poderá explicar o número de leilões, sobretudo a partir da segunda metade do século, que se realizaram sobre os livros provenientes dos conventos extintos em 1834 e das antigas casas senhoriais, cujo património se desmembrava em consequência da abolição dos morgadios: símbolos de um saber antigo, esses livros emprestavam aos novos proprietários oriundos da burguesia endinheirada a nobreza que o nome e a tradição familiar não davam.

Mas o livro ultrapassou a função decorativa, e, mais do que confirmar uma posição na hierarquia social, revelou o seu poder de mudança, subtraindo-se frequentemente à vigilância dos que, por razões de saber, de experiência e de poder, se achavam no dever ou no direito de tutelar o comportamento e as opções do público mais recente. Deste faziam parte, naturalmente, a mulher e o operário – jovens leitores para quem se reclamava o acesso ao livro, mas aos quais se procurava impor a distinção entre as boas e as más leituras.

3.1 – *Emancipação ou tutela*

Das "piores leituras", considerava Ramalho Ortigão em 1876 que a classe operária era uma "triste vítima", em conformidade, aliás, com o resto do País, entregue a uma falta generalizada de educação e de cultura. Ramalho não define o sentido contido no adjectivo "piores", mas ao enumerar tudo aquilo que ao operário fazia falta, apontava "a boa leitura de preceitos práticos, lúcidos, sobre o trabalho, a economia, a ordem, a perseverança"[50]. Estaria muito distante esta perspectiva da de Herculano, quando em 1837, delimitava o alcance da instrução popular? Recorde-se que, segundo escrevia n'*O Panorama* desse mesmo ano, o objectivo da alfabetização não era "encher o mundo de

[50] Ramalho Ortigão, "A instrução pública – Carta ao Sr. Ministro do Reino [...] – Resultados dissolventes da anarquia intelectual pelo regime vigente: o indivíduo, a família, a pátria, o solo, o clima, o trabalho – Comprovação pelos factos – Conclusões" in *As Farpas*, ed. cit., Vol. XV, p. 67.

sábios e eruditos"[51], mas apenas permitir uma valorização pessoal com proveito para o próprio e para a comunidade. Esta valorização não seria, contudo, um factor de mobilidade social – "nada os excitará a abandonar, e ainda menos a desprezar, o ofício de seus pais: nada concorrerá para alterar essa igualdade, que se deseja conservada"[52] –, antes contribuindo para uma tranquilidade garantida pela correcta escolha das leituras populares, que deveriam situar-se entre as obras de edificação moral e religiosa e as de carácter técnico e profissional. Em qualquer dos casos, essas leituras deveriam constituir o meio mais eficaz de "evitar os vícios, que acompanham a ociosidade"[53].

Apesar dos quarenta anos de intervalo, as propostas de Ramalho não diferiam muito das de Herculano: a mesma dimensão estritamente pragmática da leitura através da qual o operário deveria tomar contacto com os valores de sustentação da estabilidade e da moral burguesas. São estes valores, aliás, que se projectam nas ideais condições de vida que, segundo Ramalho, o operário desconhecia e de que faziam parte, obviamente, a habitação e a saúde, mas também "os conhecimentos de economia doméstica, a importante arte de arranjar a casa, de cozinhar, de dispor a mobília, de distribuir os quartos, de manter irrepreensíveis no interior doméstico o asseio, a comodidade e a graça"[54]. Depois de ler as descrições feitas por Abel Botelho do operariado industrial dos arredores de Lisboa, já perto do fim do século, é legítimo duvidar da pertinência das observações de Ramalho: será que à população retratada no romance *Amanhã* faltaria a arte de dispor a mobília e distribuir os quartos, ou faltariam os próprios quartos e os móveis para os encher? E, nestas condições, será que a leitura poderia sequer ter lugar? O mais surpreendente, contudo, neste texto d'*As Farpas*, para além da ausência de relação entre o acto de ler e o contexto económico e social dos eventuais leitores, é o facto de se retirar à leitura qualquer poder de intervenção nas circunstâncias descritas e aparentemente lamentadas, a não ser como veículo transmissor dos modelos de vida burguesa. Atri-

---

[51] Alexandre Herculano, "Instrução popular", *O Panorama*, Vol. I, 1837, p. 37.

[52] Idem, *ibidem*.

[53] Idem, *ibidem*.

[54] Ramalho Ortigão, *op. cit.*, p. 67.

buindo ao operário uma ignorância dentro da qual as aspirações republicanas ou socialistas se dissolviam numa amálgama confusa e vaga de convicções e princípios, Ramalho não lhe reconhecia o poder de fazer a sua própria leitura do mundo e do lugar que nele ocupava. Reconheceria o direito?

Bem mais próximo de o reconhecer estava Oliveira Martins, para quem se tornava claro o duplo sentido da relação entre a falta de instrução da classe operária e as precárias condições de vida a que estava sujeita: – "se a falta de instrução é uma causa de atraso e de pobreza, a miséria por outro lado impede a aquisição dos conhecimentos e a frequência da escola"[55]. Assim o afirmava n'*A Província*, em 1875, em artigos onde defendia a educação popular como reabilitação, face às consequências intelectualmente castradoras da divisão e automatização do trabalho industrial. Por isso a protecção a conceder ao assalariado deveria converter-se nos meios necessários a um permanente enriquecimento intelectual através do estudo e da leitura. Sem especificar o conteúdo dessas leituras, ainda que insistindo nas vantagens de uma instrução de natureza enciclopédica, Oliveira Martins já não limitava a cultura popular ao âmbito técnico-profissional, nem às normas de moral e bons costumes.

Alguns anos antes, Antero de Quental tinha levado ainda mais longe o conceito de leitura popular: conforme afirmava em 1860, "só a ilustração, que dá ao homem a consciência de seus direitos, pode derribar ruins governos e opressores"[56]. Era, pois, necessário pôr ao alcance do trabalhador a instrução, que reverteria em capacidade reivindicativa e de oposição à prepotência dos poderes instituídos. Mas para que essa instrução não degenerasse "em leituras prejudiciais e sem proveito", caberia à intervenção tutelar de "pessoa versada e idónea" a selecção das leituras oferecidas em "pequenos volumes sobre ciências naturais, medicina doméstica, livros de religião, de agricultura, de política geral,

---

[55] Oliveira Martins, "A instrução operária (1-10)" in *Obras completas. "A Província" I, 1885-1887*, Lisboa, Guimarães Editores, 1958, p. 279. Cf. ainda, no mesmo volume, "A instrução operária (8-10)", pp. 304-307.

[56] Antero de Quental, "Leituras populares" in *Prosas sócio-políticas*, publicadas e apresentadas por Joel Serrão, Lisboa, Imprensa Nacional-Casa da Moeda, 1982, p. 116.

de administração, história, geografia e viagens"[57]. Para além do velho critério de utilidade e proveito a que muitas iniciativas editoriais procuraram responder, é a dimensão política da leitura que nas palavras de Antero ganha relevo e que estimulou o aparecimento de colecções com designações significativas relativamente aos conteúdos privilegiados, como a "Biblioteca Revolucionária Socialista" ou a "Biblioteca Republicana Democrática".

Até que ponto coincidiriam as "piores leituras" de Ramalho com as "leituras prejudiciais" de Antero? Em comum teriam certamente a natureza gratuita, por oposição a um sentido utilitário e prático, quer este se concretizasse num desempenho cada vez mais perfeito de deveres, ou numa consciência cada vez mais lúcida de direitos. É esta segunda alternativa que está presente nas palavras de Eça de Queirós, quando, a propósito da imigração chinesa para o Ocidente, antevia o agravamento dos conflitos entre o capital e o trabalho europeus, "à maneira que as nossas classes operárias, mais educadas, se tornarem mais indisciplinadas (ou antes mais legitimamente exigentes)"[58].

O sentido emancipador da leitura foi aproveitado por Abel Botelho na construção do protagonista do romance *Amanhã*, que na última década do século fizera sua a tarefa de organizar a população operária de Lisboa sob a frágil direcção do movimento anarquista: – "Fora na leitura apaixonada e tenaz, na assimilação exclusiva e ardente dessa fascinadora ideologia de piedade e rancor, de amores e ódios, de iconoclastas fúrias e utopias generosas, que se embarulhara a confusão ingenuamente caótica do seu espírito, que se forjara a dura têmpera do seu carácter, misto singular de iluminismo desinteressado e violência cega e brutal"[59]. Trata-se, como deixa claro o pequeno extracto citado, de um herói marcado pelo excesso de emoções tão violentas como contrárias, que faz dos livros armas de subversão e de combate. Mas igualmente clara é a imaturidade intelectual que o

[57] Idem, *ibidem*, p. 122.

[58] Eça de Queirós, "Chineses e Japoneses" in *Cartas familiares e bilhetes de Paris (1893-1897)*, Porto, Lello & Irmão, s/d, p. 70.

[59] Abel Botelho, *Amanhã (Patologia Social)*, texto estabelecido por Justino Mendes de Almeida, Porto, Lello & Irmão, 1982, p. 194.

narrador lhe atribui e que, concretizada numa deficiente assimilação das leituras, acabará por conduzir ao mais retumbante fracasso.

3.2 – *A mulher leitora*

Se parece legítimo supor que, no final do século, o operário era ainda um leitor que vivia mais nos discursos dos intelectuais do que na realidade de um país cujos contornos procurámos esboçar no capítulo anterior, a leitora tinha desde há muito conquistado o direito de cidadania. Tinha sido, porém, uma conquista pouco pacífica, não isenta de contradições, mas apesar de tudo irreversível.

A seu favor, a mulher tinha o tempo que as obrigações domésticas deixavam livre e que os deveres profissionais não preenchiam: – "Em Portugal, as mulheres, excluídas da vida pública, da indústria, do comércio, da literatura, de quase tudo, pelos hábitos e pelas leis, ficam apenas de posse de um pequeno mundo, seu elemento natural – a família e a *toilette*"[60]. Assim o afirmava Eça de Queirós n'*As Farpas*, sem contudo pôr em causa os autores das leis e os interessados na preservação dos hábitos que limitavam a mulher ao espaço da casa e da família. E como já vimos antes[61], era real a preocupação masculina face aos inquietantes sinais que faziam Oliveira Martins afirmar que "A mulher sábia é detestável"[62]. Eça, porém, pelo menos na altura em que colaborava na redacção d'*As Farpas*, não se mostrava atento a uma suposta ameaça de emancipação feminina. Ao fazer o balanço dos erros de que enfermava a educação da mulher portuguesa, o que realçava era a debilidade intelectual de um ser que, "pela simples constituição do seu cérebro, é advers[o] ao estudo e à ciência"[63]. E um pouco mais à frente, insistindo na ciência e lamentando que as senhoras não se

---

[60] Eça de Queirós, "As meninas da geração nova em Lisboa e a educação contemporânea" in *Uma campanha alegre. De "As Farpas"*, ed. cit., Vol. II, pp. 122--123.

[61] Cf. *supra*, pp. 48-52.

[62] Oliveira Martins, "O reino da mulher" in *Dispersos*, ed. cit., Tomo II, p. 152.

[63] Eça de Queirós, *op. cit.*, p. 126.

ocupassem com leituras dessa natureza, ressalvava pressurosamente: – "Não da profunda ciência (o seu cérebro não a suportaria)"[64]. Desta forma, a exclusão feminina da vida pública ficaria a dever-se a uma fatal idiossincrasia, na qual as leis e os hábitos encontravam plena justificação.

A este preconceito intelectual não é alheia a estreita associação que no século XIX prevaleceu entre a leitura feminina e o romance, género menor que Ramalho Ortigão desvalorizava, destinando-o ao "recreio das meninas sentimentais e das criadas de servir"[65]. Em todo o caso, foi como leitora de romances que a mulher se fez alvo directo da publicidade ligada à venda ou aluguer de livros, deu origem à publicação de colecções que lhe eram expressamente dirigidas e se transformou em interlocutora privilegiada dos que escreviam sobre delicadas emoções e sentimentos, sem contudo esquecerem a fortuna editorial da sua inspiração. A atenção que o público feminino passou a merecer do autor não excluía, no entanto, da parte deste, uma certa condescendência que Garrett interpretou nas *Viagens*, ao fazer das "belas e amáveis leitoras" as destinatárias da novela sentimental, mas ignorando-as sempre que o fio das divagações convidava a uma reflexão mais séria[66]. A leitora que Garrett assim desenhava na década de 40 teria ficado indiferente à passagem do tempo, já que, no início dos anos 70, a mulher portuguesa a quem Eça traçava o perfil nas páginas d'*As Farpas*, acrescentava à fragilidade das aptidões intelectuais uma cultura limitada e uma restrita área de interesses: – "Rara a mulher que lê um livro. Rara a que tem um interesse intelectual..."[67]. Escusado será dizer que o livro a que Eça aqui se refere excluía o romance,

---

[64] Idem, *ibidem*, p. 127.

[65] Ramalho Ortigão, "A instrução pública – Carta ao Sr. Ministro do Reino [...] – Resultados dissolventes da anarquia intelectual pelo regime vigente: o indivíduo, a família, a pátria, o solo, o clima, o trabalho – Comprovação pelos factos – Conclusões" in *As Farpas*, ed. cit., Vol. XV, p. 73.

[66] Cf. Carlos Reis, "Leitura e leitora nas *Viagens* de A. Garrett", sep. de *A mulher na sociedade portuguesa. Actas do Colóquio. Coimbra, 20 a 22 de Março 1985*, Coimbra, 1986.

[67] Eça de Queirós, "O primitivo prólogo das *Farpas*.– Estudo social de Portugal em 1871", *op. cit.*, Vol. I, p. 36.

género que as referidas mulheres supostamente devoravam, feito à medida da sua frivolidade, mas também, perigosamente, da sua insaciável fantasia.

De facto, um outro tipo de preconceito, desta vez de natureza moral, desencadeava uma atitude censória que, de resto, não se limitava à leitura exclusivamente feminina, mas a um público tão alargado quanto imaturo. Pelo menos assim o considerava Oliveira Martins, ao manifestar o seu desacordo relativamente à circulação popular de um livro como *L'Abesse de Jouarre*, de Renan: – "Os livros dos antigos por escabrosos que pudessem ser, e muitos o eram com efeito, não passavam de um círculo restrito de leitores. Não havia imprensa. As letras eram aristocráticas"[68]. Nesta altura, porém, as letras conheciam já um processo irreversível de democratização, condenando ao fracasso o impulso tutelar que procurava orientar o exercício da capacidade recentemente adquirida.

No que à leitora especificamente dizia respeito, essa tutela fazia-se desde logo sentir na distribuição de alguns dos títulos lançados no mercado em colecções que à partida lhe estavam vedadas. Sob a designação de "Leituras para homens" ou qualquer outra do mesmo teor, estas colecções traduziam a conveniente submissão dos editores aos padrões morais de comportamento, através de uma leitura sexualmente dirigida, que aparentemente confirmava a distinção entre o permitido a uma senhora e o permissivo a que só o homem podia ter acesso. A divisão da leitura em masculino/feminino baseava-se, obviamente, na ousadia dos temas e no grau de subtileza com que eram tratados. Para Ramalho Ortigão, contudo, nela se projectava a mais acabada hipocrisia, face ao conteúdo da "literatura de imaginação", expressão com que abrangia "todos os romances, todos os dramas, todas as comédias dos últimos anos"[69]: inspirando-se exclusivamente nas questões relativas ao sexo, mas tratando-as de uma forma tão velada quanto insidiosa, esta literatura era uma fonte de imoralidade,

---

[68] Oliveira Martins, "Ciências e Letras (3-1-1887). *A abadessa de Jouarre* de E. Renan" in *Obras completas. "A Província" III, Agosto a Dezembro de 1886 e Janeiro e Fevereiro de 1887*, Lisboa, Guimarães Editores, 1959, p. 390.

[69] Ramalho Ortigão, "A obra de Offenbach e o seu papel na arte – A noção do pudor" in *As Farpas*, ed. cit., Vol. XV, p. 95.

"destinada a acordar em redor de um fenómeno – o mais profundo da natureza – todas as curiosidades obscenas, todas as perversões imagináveis, todos os impulsos do temperamento, todos os desfalecimentos do carácter"[70].

Oliveira Martins viria a retomar estas considerações de Ramalho com a mesma veemência, mas com uma maior clareza, ao tomar como leitora a mulher casada a quem exortava: – "Deixa as novelas para os pares cujo amor não é santo e piedoso como o teu – esse amor do matrimónio, em que a chama dos sentidos, depurada, se aquece ainda, já não queima". E logo a seguir, emprestando as palavras à suposta interlocutora: – "Que tenho eu, esposa, a ver como amaram Gauthier ou Manon? [...] O meu amor é outro; o meu marido não é meu amante, nem eu sou uma cortesã. Esses casos só podem estontear a cabeça, como os licores capitosos. Esses amores dos livros, dos bastidores, dos leitos venais ou poluídos nada têm de comum com o meu"[71]. À mulher honesta cumpria, pois, distinguir entre o comportamento do marido e o do amante, o da esposa e o da cortesã, entre o amor conjugal e o "outro", entre a ficção e a realidade. Ou, por outras palavras, entre o prazer e o dever: o primeiro era uma mentira inventada pelos livros, o segundo era a justa dimensão do casamento. Daí que as aventuras romanescas e as histórias sentimentais, estimulando a imaginação e dando origem a inoportunas expectativas, constituísse uma séria ameaça à tranquilidade masculina e, como afirmava Ramalho, levasse ao "desdém da vida real e da moral burguesa em que se cria o vulgo abjecto das mulheres honestas e dos homens honrados"[72].

Inócua e útil deveria ser a leitura feminina: útil na formação da mulher como agente do bem-estar doméstico, como educadora e garantia da estabilidade familiar; inócua relativamente à submissão que, quer no espaço privado, quer em público, dela se esperava. Por isso Ramalho Ortigão evocava como modelos as mulheres da sua família, delas dizendo que "não tiveram nunca de que corar nos folhetins dos

---

[70] Idem, *ibidem*.

[71] Oliveira Martins, "O reino da mulher" in *Dispersos*, ed. cit., Tomo II, p. 151.

[72] Ramalho Ortigão, *loc. cit.*, p. 91.

periódicos", mas sublinhando também o seu desconhecimento de Proudhon ou Taine[73]. Por isso Eça, ao lamentar a falta de cultura feminina, recomendava os "livros de Michelet, tão profundamente sentidos, de uma tão grande harmonia moral, o *Pássaro*, o *Insecto*, o *Mar*, a *Montanha* [...] livros de família, leituras de serão, doce ciência para espíritos delicados que amam a vida e os seres"[74].

Curiosamente, a mulher ideal de quem Maria Amália Vaz de Carvalho faz o retrato num dos capítulos da obra *Mulheres e crianças* é culta e despretensiosa, avessa ao "sentimentalismo tão dissolvente" da música italiana, e lê *L'Insecte* de Michelet. O capítulo em que esta mulher é descrita e louvada chama-se "Cartas de um marido", mas a perspectiva supostamente masculina que dá origem à descrição identifica-se, afinal, com a da própria Autora. De facto, tal como acontecia na obra já citada *Cartas a uma noiva*, as considerações que Maria Amália tece ao desempenho feminino traduzem uma pacífica aceitação dos valores segundo os quais a hierarquia familiar não se discute, cabendo à mulher uma atitude de submissão e de modéstia. Quanto à instrução e à cultura, seriam os meios destinados a valorizar o seu papel de educadora e a reforçar a sua função como elemento agregador da família. Neste contexto, é surpreendente a posição defendida relativamente à leitura a que a mulher pode e deve ter acesso.

A maior surpresa reside no facto de se reconhecer à mulher o direito à liberdade de ler, não dispensando, contudo, a intervenção materna na selecção das leituras permitidas às jovens e às adolescentes. E se, nesta selecção, Maria Amália Vaz de Carvalho não se afasta muito do que era geralmente aceite, associa o prazer à leitura, e cede espaço à fantasia, associando esta última ao romance. Destes, recomenda os ingleses, desaconselha com veemência os franceses, mas declara sem preconceitos nem falso pudor: – "Nós as mulheres para quem a vida já não tem segredos, adoramos esses escritores, porque eles contam-nos o que já tínhamos adivinhado, relembrando-nos o que tínhamos sentido;

---

[73] Idem, "A crítica de uma senhora às teorias das Farpas sobre a educação das mulheres", *op. cit.*, Vol. VIII, pp. 192-193.

[74] Eça de Queirós, "As meninas da geração nova em Lisboa e a educação contemporânea", *op. cit.*, p. 128.

descrevem-nos o que tínhamos a curiosidade de conhecer"[75]. Culta e instruída, tendo aprendido com os livros "a conhecer, comparar, julgar e a pensar"[76], esta mulher que o discurso de Maria Amália constrói nada tem a ver com o ser intelectual e moralmente débil que os discursos masculinos seus contemporâneos condescendentemente procuravam tutelar. E a emancipação que a Autora tantas vezes afirmou não só impossível, como indesejável, acaba por ser reivindicada na relação da mulher com o livro, com inevitáveis consequências na relação da mulher com a vida: – "Conhecendo o bem e o mal, e compreendendo o que um e outro significam e valem, saberá escolher o caminho que tem de seguir se lhe confiarem a escolha"[77]. Num capítulo com o título "Leitura para nossas filhas", cabe ao livro, obviamente, facultar esse conhecimento do bem e do mal, abrindo caminho a uma formulação afirmativa do poder de escolher. Talvez por isso, ao tomar como referência a jovem leitora, Maria Amália Vaz de Carvalho tivesse afirmado: – "A leitura pode fazer-lhe muito mal ou muito bem; não pode de modo algum ser-lhe indiferente"[78].

---

[75] Maria Amália Vaz de Carvalho, *Mulheres e creanças (Notas sobre educação)*, Porto, Empreza Litteraria e Typographica – Editora, 2ª ed., 1887, p. 116 (Foi actualizada a grafia dos excertos citados). Vale a pena recordar as apreciações da Autora aos escritores franceses a que se refere e que uma mulher adulta podia ler sem perigo: – "Balzac é um anatomista implacável. // Os seus romances matam a flor da fé na alma dos inocentes. // Georges Sand é um belo anjo revoltado. // Tem o orgulho de Satanás na imaginação de uma mulher apaixonada. // Octave Feuillet tão fino, tão delicado, só deve ser lido depois dos trinta anos. // Daudet um delicioso romancista, começou a escrever numa época doentia; há nele um não sei quê de mórbido que entristece e que faz mal" (pp. 115-116).

[76] Idem, *ibidem*, p. 112.

[77] Idem, *ibidem*, p. 118.

[78] Idem, *ibidem*, p. 105.

CAPÍTULO 3

Da realidade à ficção

"– Egipto! Egipto! Eu te saúdo, negro Egipto! E que me seja em ti propício o teu Deus Phtah, deus das Letras, deus da História, inspirador da obra de Arte e da obra de Verdade!..." (*A Relíquia*, 68)

1 – Eça, os livros e a leitura

Como é sabido e amplamente testemunhado pelos textos que, fora do registo ficcional, guardam as reflexões saídas da observação do real seu contemporâneo, Eça de Queirós dirigiu um olhar particularmente atento ao fenómeno da leitura. O que era de esperar, de resto, e se explica por diversas razões.

Em primeiro lugar, porque era um homem de cultura que frequentemente registou como sinónimo de desenvolvimento civilizacional a cultura humanística. Com as adaptações que lhe exigia a matéria imediatamente em causa, de formas diferentes o afirmou pressupondo, em cada uma dessas afirmações, a supremacia do pensamento, da imaginação e do saber sobre as conquistas conseguidas pelas máquinas ou prometidas pelo dinheiro: – "uma nação só vive porque pensa"[1], "o homem

---

[1] Eça de Queirós, "Um génio que era um santo" in *Notas contemporâneas*, Lisboa, "Livros do Brasil", 3ª ed., s/d, p. 285.

só vale pela fantasia"[2], "Há mais civilização num beco de Paris, do que em toda a vasta Nova Iorque"[3], "Só um livro é capaz de fazer a eternidade de um povo"[4]. E mesmo quando, por necessidade de fundamentação e defesa de um argumento, se via obrigado a reter da "civilização" uma visão mais abrangente, não deixava de incluir na lista, ao lado das ciências naturais, os sistemas de filosofia, das novas indústrias, a beleza das artes e, para além "[d]a imprensa, [d]a electricidade, [d]o gás, [d]o vapor, [d]os teares, [d]os telégrafos, milhões de livros, toda a sorte de ideias!..."[5].

Como homem de cultura, Eça de Queirós foi naturalmente um leitor – entusiasta, atento e perseverante. Foi um leitor entusiasta já antes de se revelar como escritor, deixando nas páginas em que evocou os anos da juventude as marcas do fascínio perante as novas ideias e as renovadas formas que chegavam nos livros importados de França, nos quais procurava saciar-se "a gula tumultuosa da mocidade que devora"[6]; foi um leitor atento, e nessa qualidade fundamentou as apreciações críticas que constantemente exerceu e registou em textos de natureza programática[7] ou em crónicas como, por exemplo, as que nos

[2] Idem, "A Europa em resumo", *loc. cit.*, p. 181.

[3] Idem, "Carta a Ramalho Ortigão, 20/Jul./1873" in *Correspondência*, leitura, coord., pref. e notas de Guilherme de Castilho, Lisboa, Imprensa Nacional-Casa da Moeda, 1983, 1º vol., p. 82.

[4] Idem, "Prefácio dos *Azulejos* do conde de Arnoso" in *Notas contemporâneas*, ed. cit., p. 110.

[5] Idem, "A propósito da doutrina de Monrói e do nativismo" in *Cartas familiares e bilhetes de Paris (1893-1897)*, Porto, Lello & Irmão, s/d., p. 133.

[6] Eça de Queirós, "Um génio que era um santo", *loc. cit.*, p. 255. Também na carta a Carlos Mayer passa a mesma imagem de uma juventude febrilmente consumida por leituras situadas entre fronteiras tão remotas como a Bíblia e Diderot, ou Virgílio e Balzac (Cf. "Uma carta (A Carlos Mayer)" *in Prosas bárbaras*, Porto, Lello & Irmão, s/d, pp. 185-199).

[7] Refiram-se, a título de exemplo, os prefácios às próprias obras ou a obras de outros autores: estão no primeiro caso o prefácio a *O Mandarim*, originalmente escrito para acompanhar a publicação da tradução francesa da novela na *Revue Universelle Internationale*, e o texto "Idealismo e Realismo (A propósito da 2ª edição de *O Crime do Padre Amaro*)", de que apenas uma parte serviu de prefácio à terceira versão do romance e postumamente publicado em *Cartas inéditas de Fradique Mendes e mais páginas esquecidas*, Porto, Lello & Irmão, 1965, pp. 165-183; ao segundo

seus primeiros anos de Inglaterra enviava para *A Actualidade*, constando de cada uma dessas crónicas uma secção particularmente destinada à resenha das "novidades literárias"[8]. Desta forma, leu com os olhos do escritor que pondera sobre o fenómeno de que é parte activa, avaliando a beleza ou a eficácia de formas e estratégias, e leu com os olhos do crítico, especialmente atento à relação entre a quantidade e a qualidade dos produtos; quanto à perseverança, a que fizemos referência no início do parágrafo, ela ressalta em cada página da obra queirosiana e, independentemente do registo em causa, traduz-se na vastíssima cultura literária que a cada passo alarga e aprofunda o alcance dos comentários que a realidade lhe suscitou e das formas que escolheu para a representar na ficção.

Mas Eça foi também um arguto analista social e, por isso, fatalmente permeável a um fenómeno que, pelas dimensões que entretanto atingia, se transformava num precioso indicador do funcionamento da sociedade portuguesa do tempo – quer pelas circunstâncias que a sua emergência e posterior desenvolvimento exigiam, quer pelas consequências a que eventualmente conduzia. Com efeito, os índices de leitura apareciam inseparáveis dos níveis de educação e cultura da população, que por sua vez dependiam do estádio de desenvolvimento sócio-económico do país e das grandes opções da sua direcção política. A esta apertada malha de relações foi Eça sempre sensível, assim como o foi à fundamental importância da instrução na evolução individual e social do homem, e à ordem segundo a qual a leitura e os seus hábitos se sucedem obrigatoriamente à aquisição das necessárias competências e à conquista dos direitos que lhes dão acesso – aprender a ler, poder

---

caso pertencem os três prefácios – aos *Azulejos* do conde de Arnoso, ao *Brasileiro Soares* de Luís de Magalhães e às *Aquarelas* de João Dinis – posteriormente integrados em *Notas contemporâneas*, ed. cit., pp. 95-113, 114-122 e 123-129, respectivamente.

[8] Cf. Eça de Queiroz, *Crónicas de Londres. Novos dispersos. Contribuição para o centenário de Eça de Queiroz*, pref. de Eduardo Pinto da Cunha, Lisboa, Editorial Aviz, 1944. De acordo com Ernesto Guerra Da Cal, as quinze crónicas reunidas neste volume foram escritas entre 1877 e 1878, e enviadas para *A Actualidade*, jornal do Porto de que era director e proprietário Anselmo de Morais Sarmento.

comprar livros ou jornais, ter tempo para pôr em prática e desenvolver a leitura.

A colaboração com Ramalho Ortigão n'*As Farpas* constituiu, como se sabe, o primeiro grande exercício de observação e crítica à realidade portuguesa, exercício no qual recolheu muito do material que posteriormente lhe viria a servir para compor os espaços e respectivos habitantes a que deu vida nos romances. E, já então, algumas das questões mais ou menos directamente ligadas aos hábitos de leitura dos seus contemporâneos foram alvo de um olhar irresistivelmente atraído pelos aspectos menos edificantes do comportamento colectivo nacional. O que se explica, tanto pelo comportamento em si mesmo, concreta e objectivamente considerado, como pelos declarados propósitos de reforma social que, na sequência dos princípios ideológicos comuns aos membros da chamada Geração de 70, comandam as farpas que se prometem cravar "na epiderme de cada facto contemporâneo"[9]. Já então, portanto, Eça se apercebe da ignorância generalizada e do baixo nível cultural que pesa sobre a nação – dos bacharéis ao clero –, do deficiente sistema de escolaridade e das consequências que daí decorrem para o número e qualidade dos leitores. Mas quanto ao fenómeno da leitura propriamente dito, mais do que as causas que estimulam ou travam o seu crescimento, são as consequências que lhe interessam e lhe permitem comentar o que, por vocação, constituiu um dos temas incessantemente retomados, independentemente do modo e do registo: trata-se do facto literário em si mesmo, ainda que duplamente dimensionado em termos de produção e de consumo. Por outras palavras: não foram os números, as ofertas do mercado, as carências e progressos ou as componentes sociais do fenómeno que n'*As Farpas* preencheram as reflexões sobre a leitura, mas antes os vícios que, resumindo para o jovem Eça a portuguesa maneira de ser e de estar no mundo, se estendiam naturalmente aos nossos comportamentos culturais: entre eles, o

---

[9] Eça de Queirós, "O primitivo prólogo das *Farpas*.– Estudo social de Portugal em 1871" in *Uma campanha alegre. De "As Farpas"*, Porto, Lello & Irmão, 1978, vol. I, p. 15. Este foi o texto de que nos servimos, tendo-o cotejado previamente com o texto original de *As Farpas*. Nenhuma alteração entre as duas edições nos pareceu impeditiva de trabalhar sobre a colaboração de Eça de Queirós reunida em volume.

lirismo sentimental ou, nas palavras do Autor, "a nossa perpétua inclinação nacional de escutar odes"[10]. E assim traçou, por um lado, a caricatura dos "vates líricos e outras espécies sentimentais não menos torpes"[11] que se empregavam nas secretarias, ao mesmo tempo que produziam uma literatura de lugares-comuns e divorciada da realidade, gabando-se, em verso, de amar "uma virgem pálida com olheiras"[12] e fazendo, em prosa, "a apoteose do adultério"[13]; por outro lado, compôs a imagem de um público pouco exigente, contaminado pela inércia geral e procurando na leitura não mais do que uma forma fácil e ligeira de ocupar o tempo. E entretanto deu, como é sabido, um especial relevo à parte feminina deste público.

Pelos factos aduzidos no capítulo anterior, sempre que esteve em causa a mulher leitora ou a tal candidata, torna-se compreensível a particular atenção por Eça concedida a esta parte do público: é por ela que passa a estabilidade da família e o bem-estar do homem, é nela que a sensibilidade e a imaginação se transformam numa ameaça, e a ela se dirige uma parte considerável dos esforços de saneamento moral da sociedade. Deste modo, a relação que com a mulher, enquanto leitora, entretece a literatura em pouco pode ultrapassar os limites do desastre. Esta literatura é naturalmente aquela que, na justa medida das suas capacidades intelectuais – que não são grandes, como o próprio Eça assinala em alguns passos já citados[14] –, responde às expectativas do sentimentalismo doentio a que uma falsa educação deu lugar. Além disso, antes de vir a tomar na ficção o nome de Luísa, a leitora de que se ocupa a intervenção queirosiana n'*As Farpas* é já o espírito facilmente impressionável que sonha a vida segundo os modelos que lhe propõe um romantismo tardio e de vasto consumo[15].

---

[10] Idem, "A abertura das Conferências do Casino", *loc. cit.*, p. 45.

[11] Idem, "Acerca da redacção das portarias", *op. cit.*, vol. II, p. 40.

[12] Idem, "O primitivo prólogo das *Farpas*.– Estudo social de Portugal em 1871", *loc. cit.*, p. 27.

[13] Idem, *ibidem*, p. 28.

[14] Cf. Cap. 2, pp. 88-89.

[15] Cf. particularmente os dois textos de Eça que, n'*As Farpas*, se ocuparam da educação e da condição femininas – "As meninas da geração nova em Lisboa e a educação contemporânea" e "O problema do adultério" in *Uma campanha alegre*, ed. cit., vol. II, pp. 107-133 e 195-218, respectivamente.

Tudo o que até aqui temos vindo a recordar relativamente às crónicas com que Eça de Queirós colaborou n'*As Farpas* remete, em nosso entender, para os sentidos que prevalecem no conjunto das referências feitas à leitura e nos quais transparece claramente a divulgação de um comportamento que se transforma em hábito e adquire a notoriedade de fenómeno social. Este comportamento é, contudo, predominantemente perspectivado em função do sujeito – neste caso um sujeito restrito a um público burguês que aprendeu a associar o ócio à leitura e dentro do qual a mulher, justamente por ser a maior contemplada pelo primeiro daqueles factores, ocupa um lugar de privilégio. Por outro lado, a "ironia" e a "justiça", reclamadas como princípio orientador das "farpas" e justificadas pelas várias manifestações do "progresso da decadência" que estas tomam como alvo, conduz necessariamente a uma selecção parcial dos aspectos abordados e, decerto, a não menos parciais formas de abordagem. Donde resulta que, pelo menos no referente à sociedade portuguesa dos princípios da década de setenta, tal como a configuram as crónicas d'*As Farpas*, a questão da leitura fica sobretudo reduzida a um passatempo de desocupados, cuja importância passa pelos perigos a que submete a tranquilidade familiar burguesa.

Quando passa a viver em Inglaterra e a preencher as crónicas que de lá envia – primeiro para *A Actualidade*, do Porto, depois para a *Gazeta de Notícias*, do Rio de Janeiro – com as ocorrências e os hábitos que observa na vida inglesa, Eça de Queirós não perde de vista a realidade nacional, tendo então debaixo dos olhos um termo de comparação que lhe permite falar, talvez com mais fundamento, da "espessura da ignorância lusitana" a que uma "época tão intelectual, tão crítica, tão científica como a nossa"[16] dá o justo relevo. A esta comparação, em que um dos termos sai obviamente diminuído, também já nos referimos no capítulo anterior como ponto de partida para recordar as perspectivas que entre nós se ofereciam ao crescimento do número de leitores. Mas para lá desse inevitável cotejo e a ele estreitamente associado,

---

[16] Eça de Queirós, "O Brasil e Portugal" in *Cartas de Inglaterra*, Porto, Lello & Irmão, s/d, p. 180. Recorde-se, por curiosidade, que foi este artigo a origem da polémica com Pinheiro Chagas em torno do conceito de patriotismo.

aliás, as crónicas escritas em Inglaterra revelam sobretudo a surpresa de quem descobre a intensa actividade intelectual e a correlata indústria livreira de que a melhor imagem é "essa vasta, ruidosa, inundante torrente de livros, alastrando-se, fazendo pouco a pouco, sobre a crosta da terra vegetal do globo, uma outra crosta de papel impresso em inglês"[17]. Por isso Eça se reconhece naquela "pastora meio-selvagem das Ardenas, que nunca vira outro espectáculo mais grato ao seu coração do que as cabras que guardava" e que, assistindo um dia em Paris ao desfile de um regimento, "só pôde murmurar, numa beatitude suprema: // – Jesus! Tanto homem!"[18]. E temendo pela clareza da mensagem, reforça-a com o grito do beduíno que pela primeira vez avista o Nilo:

> "– Alá! Tanta água!
>
> A água é a sua preocupação: todas as tristezas das areias que habita, vêm da falta da água: mais que ninguém sente as maravilhas que a água produz; e no seu grito há uma tímida repreensão a Alá! 'Tanta água aqui, e tão pouca lá de onde eu venho!...'
>
> Assim eu venho... Mas o resto da comparação complete-a, antes, o leitor astuto"[19].

Este deslumbramento ante a proliferação do livro, por tudo o que tal significa ao nível da educação e da cultura, não se há-de manter inalterado, dando lugar a um outro tipo de reacções à medida que o século avança e se torna cada vez mais num "século escrevinhador"[20] ou num "século de papel [devido ao] nosso desalmado furor de escrevinhar"[21]. Na verdade, depois de ter sido vista sobretudo como uma ameaça a certos princípios de natureza moral, entre um público maioritariamente ignorante, mal preparado e alimentando-se de uma errada selecção dos objectos de leitura, e passando em seguida a despertar uma admiração fascinada à vista de uma sociedade onde a cultura

[17] Idem, "Acerca de livros", *loc. cit.*, p. 26.

[18] Idem, *ibidem*, pp. 29-30.

[19] Idem, *ibidem*, p. 30.

[20] Idem, "Espiritismo" in *Notas contemporâneas*, ed. cit., p. 204.

[21] Idem, *ibidem*, p. 205.

circula como um bem essencial, a multiplicação da palavra impressa acaba por levar a uma sensação de demasia, em resposta a um ritmo editorial que ultrapassa os limites do razoável. É então o ponto de vista do leitor que prevalece, do leitor a quem falta o tempo, "nesta nossa idade de colossal e quase abusiva produção [...] para ler os autores – quanto menos os comentadores!"[22]. E é também por esta altura – e referimo-nos à década de noventa – que, ao escrever o artigo de apresentação da *Revista Moderna*, Eça justifica o aparecimento desta nova publicação pela utilidade que oferece a "todos aqueles, inumeráveis, que no imenso in-fólio do mundo apenas têm o vagar de percorrer açodadamente o índice!"[23]. Ou seja, a utilidade de concentrar em breves notícias e escolhidas imagens as múltiplas manifestações da vida contemporânea e, entre elas, as obras da "civilização" que, sujeita a um ritmo de produção tão intenso, requer o árduo trabalho da selecção: – "Pensemos que a França escreve cada ano dez mil livros! e a Inglaterra catorze mil! e a Alemanha dezasseis mil!..."[24]. É por esta mesma época, cabe aqui recordá-lo, que Fradique Mendes afirma a responsabilidade dos "quarenta mil volumes que todos os anos [...] a Inglaterra, a França e a Alemanha depositam às esquinas"[25] pelas sucessivas camadas de lugares-comuns e ideias feitas de que se compõe o cérebro de um europeu do século XIX. E esta avalanche da palavra impressa, sob a forma de jornais, de revistas e de livros, ao mesmo tempo que impede uma perspectivação original das coisas e dos seres, torna-se num factor determinante da uniformização cultural do planeta, fenómeno a que muitos anos antes o próprio Eça já se mostrava sensível:

> "O Mundo vai-se tornando uma contrafacção universal do Boulevard e da Regent-street. E o modelo das duas cidades é tão invasor que, quanto mais uma raça se desoriginaliza, e se curva à moda francesa

[22] Idem, "Outra bomba anarquista – O sr. Brunetière e a imprensa" in *Ecos de Paris*, Porto, Lello & Irmão, s/d, p. 169.

[23] Idem, "A Revista" in *Notas contemporâneas*, ed. cit., p. 289.

[24] Idem, *ibidem*, p. 292.

[25] Idem, *A correspondência de Fradique Mendes*, Lisboa, "Livros do Brasil", s/d, p. 63.

ou britânica, mais se considera a si mesma civilizada e merecedora dos aplausos do *Times*. O Japonês julga-se, na escala dos seres, muito superior ao Chinês, porque em Yedo já o indígena se penteia como o tenor Capoul, e lê Edmond About no original, enquanto que a China, obsoleta nas vetustas ruas de Pequim, ainda vai no rabicho e em Confúcio"[26].

Por tudo o que até agora recordámos, parece-nos poder concluir que o livro, como registo da memória cultural e local de novas aprendizagens, como instrumento de fruição e testemunho do poder imaginativo do homem, foi para Eça de Queirós um objecto de constante questionação e permanente fascínio. E foi-o sempre: foi-o até quando um certo Outono inglês, aliado ao cepticismo relativo à qualidade da intensa produção livreira então lançada no mercado, fez com que Eça nele encontrasse "folhas às vezes tão efémeras como as das árvores, e não tendo como elas o encanto do verde, do murmúrio e da sombra"[27]; foi-o ainda quando Fradique escrevia a Clara que "Qualquer folha de olmo te ensina mais que todas as folhas dos livros"[28]; e foi-o nos inúmeros momentos em que se fez metáfora e invadiu o discurso do Escritor, ora servindo-lhe para conseguir a justa caracterização da campanha europeia do Danúbio, na guerra entre a Rússia e a Turquia – "como um livro de que apenas se escreveu o título"[29] –, ora permitindo-lhe justificar o comportamento de Fradique Mendes para com "a 'mulher de exterior', flor de luxo e de mundanismo culto", por este comparada a "um volume impresso" que era legítimo folhear, "anotá-lo nas margens acetinadas, criticá-lo em voz alta com independência e

---

[26] Idem, "Paris e Londres – O aniversário da Comuna – Flaubert" in *Ecos de Paris*, ed. cit., pp. 8-9. Apesar do que parece indiciar a sua inclusão no volume intitulado *Ecos de Paris*, onde foram recolhidas as crónicas publicadas na *Gazeta de Notícias* em 1892, 1893 e 1894, esta crónica, e a que se lhe segue no referido volume, foram publicadas no mesmo jornal, mas em Julho de 1880 (Cf. Ernesto Guerra Da Cal, *Bibliografía queirociana sistemática y anotada e iconografía artística del hombre y la obra*, Coimbra, Por ordem da Universidade, 1975, Tomo 1ª, p. 215, verbete 755).

[27] Idem, "Acerca de livros" in *Cartas de Inglaterra*, ed. cit., p. 17.

[28] Idem, *A correspondência de Fradique Mendes*, ed. cit., p. 229.

[29] Idem, *Crónicas de Londres*, ed. cit., p. 38.

veia, levá-lo no coupé para ler à noite em casa, aconselhá-lo a um amigo, atirá-lo para um canto percorridas as melhores páginas"[30].

O lugar que o livro e a leitura ocuparam entre as preocupações de Eça, lugar esse que de uma forma quase constante as suas crónicas testemunham, leva-nos a citar Jorge Luis Borges, que disse um dia: – "Hay quienes no pueden imaginar un mundo sin pájaros; hay quienes no pueden imaginar un mundo sin agua; en lo que a mí se refiere, soy incapaz de imaginar un mundo sin libros"[31]. E esta mesma afirmação, cremos que Eça de Queirós a tinha já previamente formulado, ainda que num outro registo, isto é, servindo-se da ficção e povoando de livros os diversos mundos que nela criou.

2 – **A inscrição do livro e da leitura na ficção**

A grande maioria dos livros que fazem parte dos mundos ficcionais de Eça pertencem à classe dos objectos que usufruem de uma "modalidade mista de existência"[32]: fazendo parte da ficção e coexistindo com tudo o que nesta se constrói, são igualmente detentores de uma existência historicamente comprovada que, no caso do livro, se revela através do título, de uma autoria, ou de ambas as coisas. Nestas condições, o livro é um importante factor de veridicção dos universos ficcionais, onde as personagens que discutem Zola, lêem Charles Dickens ou citam Garrett são como que contaminadas pela verdade da existência dos objectos da discussão ou da leitura. Este processo é particularmente relevante, como é óbvio, em obras que se fixam como objectivo uma representação fiel da realidade, para isso recorrendo a todas as estratégias que com maior eficácia sirvam, não tanto para reproduzir o real, como para criar uma aparência de real. O que equivale à afirmação de Marthe Robert, segundo a qual "A verdade do

---

[30] Idem, *A correspondência de Fradique Mendes*, ed. cit., p. 89.

[31] Citado por Gregorio Salvador, "La lengua y el libro" in *Un mundo con libros*, Madrid, Espasa Calpe, 1996, p. 231.

[32] Utilizamos a terminologia de John Woods, citado por Vítor Manuel de Aguiar e Silva, *Teoria da literatura*, Coimbra, Almedina, 8ª ed. (2ª reimp.), 1990, pp. 640-641.

romance nunca é outra coisa senão um acréscimo do seu poder de ilusão"[33]. Esta ilusão ou aparência de real, este "fazer de conta" que se instala sobre a conivência dos dois contratantes a que o chamado "pacto da ficção" diz respeito, convoca uma outra noção, aparentada ao fenómeno ou processo de veridicção, mas não exigindo como este a presença das entidades a que há pouco se atribuía a tal "modalidade mista de existência". Requer, contudo, a representação de valores, de convicções, de hábitos e de comportamentos que instituam, entre o mundo da ficção e o da nossa experiência quotidiana[34], uma relação de familiaridade por onde passa, necessariamente, a construção da verosimilhança.

É sabido que a ficção queirosiana privilegiou como universo de referência[35] a representação da sociedade portuguesa que lhe foi con-

---

[33] Marthe Robert, *Romance das origens e origens do romance*, Lisboa, Via Editora, 1979, p. 23.

[34] Cf., a este respeito, Greimas e Courtés, para quem "le discours vraisemblable n'est pas seulement une représentation 'correcte' de la réalité socioculturelle, mais aussi un simulacre monté pour faire paraître vrai". Por outro lado, esta "construction du simulacre de vérité, tâche essentielle de l'énonciateur, est tout autant liée à son propre univers axiologique qu'à celui de l'énonciataire" (Algirdas Julien Greimas et Joseph Courtés, *Sémiotique. Dictionnaire raisonné de la théorie du langage*, Paris, Hachette, 1979, pp. 423 (Vraisemblable) e 418 (Véridiction), respectivamente).

[35] Esta expressão conduz-nos inevitavelmente à questão da referencialidade e dos limites que, no caso dos textos ficcionais, lhe são ou não reconhecidos. Porque uma longa explanação teórica do assunto ultrapassa o âmbito deste trabalho, limitamo-nos a fundamentar o nosso raciocínio sobre a posição de Catherine Kerbrat-Orecchioni: – "[...] tout texte parle d'une certaine manière du 'monde réel', et [...] l'interpréter, c'est toujours faire appel à certaines représentations de U [Univers d'expérience] – [...] même ses composantes les plus évidemment soustraites aux contraintes de U ne sont perçues comme telles que lors d'une mise en rapport spontanée de la fiction et du monde d'expérience, lequel fonctionne comme un monde-étalon que la fiction représente en quelque sorte en négatif, comme l'aune à laquelle se mesure le degré de déviance" ("Le texte littéraire: non-référence, auto-référence, ou référence fictionnelle?, *Texte*, 1, 1982, p. 37). Ao dilucidarem o conceito de *ficcionalidade*, também Carlos Reis e Ana Cristina M. Lopes afirmam que "o contrato da ficção não exige um corte radical e irreversível com o mundo real". O que, rejeitando uma visão "imanentista" que anula qualquer tipo de relação entre o "mundo possível" do texto e o mundo real, nem por isso pressupõe, obviamente, uma leitura "imedia-

temporânea. O próprio Eça se encarregou de o recordar com frequência, lamentando numa dessas ocasiões as dificuldades de uma rigorosa aplicação do método que então procurava pôr em prática: – "Longe do grande solo de observação, em lugar de passar para os livros, pelos meios experimentais, um perfeito resumo social, vou descrevendo, por processos puramente literários e *à priori*, uma sociedade de convenção, talhada de memória. De modo que estou nesta crise intelectual: ou tenho de me recolher ao meio onde posso produzir, por processo experimental – isto é, ir para Portugal – ou tenho de me entregar à literatura puramente fantástica e humorística"[36]. Entretanto, escrevera já dois romances – um deles contendo uma "intriga de clérigos e de beatas, tramada e murmurada à sombra de uma velha Sé de província portuguesa"[37], o outro com personagens decalcadas sobre "*puros lisboetas*, educados entre o Cais do Sodré e o Alto da Estrela"[38] – e projectava as *Cenas da Vida Portuguesa*[39], título geral só por si significativo quanto ao raciocínio que neste momento procuramos desen-

---

tista" da ficção, como "reflexo especular do real, projecção *à clef* e não modelizada de eventos e figuras empiricamente verificáveis como existentes" (Carlos Reis e Ana Cristina M. Lopes, *Dicionário de narratologia*, Coimbra, Almedina, 1987, pp. 154 e 155, respectivamente).

[36] Eça de Queirós, "Carta a Ramalho Ortigão, 8/Abr./1878" in *Correspondência*, ed. cit., 1º vol., p. 144.

[37] Idem, "Idealismo e realismo (A propósito da 2ª edição de *O Crime do Padre Amaro*)" in *Cartas inéditas de Fradique Mendes e mais páginas esquecidas,* Porto, Lello & Irmão, 1965, p. 171.

[38] Idem, "Carta a Rodrigues de Freitas, 30/Mar./1878" in *Correspondência*, ed. cit., 1º vol., p. 141. É por esta mesma altura que, em carta a Teófilo Braga, Eça submete as suas ambições literárias ao tema que, de facto, não deixou de ser sucessivamente actualizado em cada um dos seus romances e novelas: – "A minha ambição seria pintar a Sociedade portuguesa, tal qual a fez o Constitucionalismo desde 1830 – e mostrar-lhe, como num espelho, que triste país eles formam – eles e elas. É o meu fim nas *Cenas da Vida Portuguesa*" (Eça de Queirós, "Carta a Teófilo Braga, 12/Mar./1878" in *Correspondência*, ed. cit., 1º vol., p. 135).

[39] Registe-se, contudo, que este título foi apenas uma das alternativas por que passou a designação deste inconcretizado projecto. Nas diversas cartas que sobre ele escreveu aos editores, sucedem-se outras hipóteses, tais como *Cenas da Vida Real*, *Crónicas da Vida Sentimental* e *Cenas Portuguesas* (Cf. *Correspondência*, ed. cit., 2º vol. pp. 300-303).

volver. Acrescente-se ainda que, depois de se afastar da rigidez que lhe impunha o cumprimento fiel do programa naturalista, Eça conservou a atenção que o colectivo nacional sempre lhe despertara e o poder de observação com que reproduziu os homens e as situações, fosse qual fosse a espessura do traço ou a intenção do desenho.

Mas voltemos aos livros de que nos afastámos pelo tempo de um parágrafo, necessário à relação que agora pretendemos afirmar: os termos dessa relação são os textos de ficção de Eça de Queirós e a sociedade portuguesa de que nos ocupámos nos capítulos anteriores; a natureza da relação é metonímica[40]; e o seu instrumento – aquele que o nosso trabalho seleccionou – é justamente constituído pelos livros, pela acção a que directamente conduzem e pelo sujeito que a desempenha. Queremos deixar claro, porém, antes de prosseguirmos, que, assim como a criação literária não se reduz a um reflexo especular do real, também a presença na ficção queirosiana do livro, do sujeito leitor e do acto de leitura está longe de se esgotar na construção de cenários verosímeis. Em todo o caso, pelas razões atrás enunciadas, que se prendem com a representatividade social da ficção em causa, é também este um aspecto importante e dele fazemos agora o nosso ponto de partida.

À primeira vista e tomando em bloco os mundos ficcionais por Eça construídos, parece difícil fazer corresponder a presença do livro que neles tem lugar à presença do livro num país como o que tentámos descrever anteriormente. Com efeito, fazendo parte do universo diegético e participando, portanto, das coordenadas espacio-temporais das personagens, o número de livros e de leitores vai muito além das expectativas oferecidas por um universo de referência onde, apesar das

---

[40] Utilizamos esta expressão no sentido em que é utilizada por Aguiar e Silva a propósito das relações entre o mundo construído pelo texto literário e a realidade, relações sobre as quais se configura o conceito de ficcionalidade: – "[...] tanto na literatura fantástica como na literatura realista, existe sempre uma inderrogável correlação semântica com o mundo real – uma correlação que tanto pode revestir uma modalidade metonímica como uma modalidade metafórica, que tanto pode apresentar-se sob a espécie de uma fidelidade mimética como sob a espécie de uma deformação grotesca ou de uma transfiguração desrealizante" (Vítor Manuel de Aguiar e Silva, *Teoria da literatura*, ed. cit., p. 646).

alterações que já se fazem sentir e daquelas que já se anunciam, os leitores são ainda muito poucos e a difusão livro é ainda um fenómeno bastante reduzido. No entanto, é de reconhecer a pouca diversidade dos meios sociais representados, o que se pode considerar como argumento a favor da verosimilhança em princípio pretendida. E para a sublinhar, outros elementos podem ser avançados.

Comecemos então por apontar, na distribuição geográfica dos leitores e dos livros, a enorme distância entre a capital e a província, aparecendo esta última como um espaço culturalmente pobre, onde o leitor, de tão raro e de tão estranho, aufere uma posição de marginalidade, umas vezes procurada, outras imposta. Coerentemente, é sobretudo no espaço provinciano que o livro é encarado com mais ou menos desconfiança e temida a sua ameaça à ordem. Também as diferenças sociais e, por extensão, as diferenças económicas se fazem sentir, como é natural, na distribuição dos leitores, com inevitáveis consequências sobre a presença efectiva, nos vários cenários, dos objectos concretos que são os livros. Estreitamente associado a este aspecto encontra-se a variedade dos meios de difusão da leitura, que subtilmente perpassam na ficção: há quem compre livros e há quem, por falta de meios, os peça emprestados; há quem recorra ao empréstimo formalizado nos gabinetes de leitura e há também aqueles em relação aos quais não se esclarece a forma de acesso ao livro, que surge assim como um bem natural ou um bem de família, implicitamente tributário de uma velha tradição de cultura e riqueza.

Uma outra clivagem, para lá das que já foram assinaladas, é alvo de uma particular atenção e francamente aproveitada como núcleo gerador de sentidos. Trata-se da inevitável divisão em género que, também ao nível da leitura, traça uma linha fronteiriça entre o masculino e o feminino, por onde transparece, decerto, o confronto entre os direitos que uma das partes tinha então por adquiridos e que a outra mal começava a experimentar. Especialmente a respeito desta questão, é curioso perceber, através das personagens e das situações que estas protagonizam, o discurso masculino a que os amigos Oliveira Martins e Ramalho Ortigão deram voz e com o qual Eça até certo ponto se solidarizou. Note-se que esta ressalva encontra a sua razão de ser na própria ficção que, por um lado, parece colher informações e fundamento naquele discurso, mas, por outro lado, como haverá ocasião de observar, adopta por vezes face a esse mesmo discurso uma atitude marcadamente irónica, concretizada em encenações em que é tão clara a natureza paradoxal ou medíocre das personagens em confronto, como a perversa agudeza de quem, nos bastidores, comanda o espectáculo.

Da mesma forma, sempre que a educação ou a escola são mencionadas, o que é tão natural como próxima é a relação que com elas mantêm livros e leitura, as opiniões de Ramalho fazem-se ouvir e, neste caso, ao contrário do anterior, ao abrigo de modulações que, se as não derrogam totalmente, pelo menos as problematizam. Deste modo, as páginas d'*As Farpas* que só Ramalho assinou, depois de Eça se ter ausentado do País e da empresa que começara por ser comum, surgem com nitidez por entre as linhas da ficção queirosiana, não só quando se confrontam diferentes perspectivas sobre uma boa educação ou quando está em causa a própria instituição escolar – seja qual for o nível de ensino –, mas ainda quando qualquer uma destas realidades conduz às leituras por ambas impostas ou censuradas.

Nesta ponte ou prolongamento do mundo da experiência no da ficção, tão importante como o livro e o leitor considerados separadamente, é a relação entre ambos. Esta é passível de ser concretizada numa variedade de comportamentos que, reproduzidos no romance, em muito contribuem para fazer dele a parte delimitada e coerente onde se projecta o *continuum* incongruente do todo que é o mundo. Por isso, assistimos à passagem, de um para o outro lado, dos diferentes objectivos que podem levar ao acto da leitura: compensar, pela imaginação, a falta de brilho do dia-a-dia, satisfazer curiosidades, seja qual for a sua natureza, ou apenas iludir o tempo. Entretanto, os livros descobrem-se e são devorados na onda do entusiasmo que despertam ou são serenamente revisitados como velhos amigos que regularmente se reencontram. Mas podem também não passar de meros pretextos para o isolamento, para um encontro ou até mesmo para seduzir: através dos livros que se recomendam ou emprestam, mandam-se recados com as palavras que outro escreveu e constroem-se cumplicidades. Daí que os livros possam constituir um factor de aproximação entre leitores que se reconhecem semelhantes num gosto comum, podendo tornar-se, pelo contrário, num motivo de afastamento entre aqueles que mutuamente se descobrem interesses diversos ou até opostos. O livro pode ainda ser um objecto de ostentação, tanto cultural como social, e, por isso, há os que se revelam enquanto há outros que se escondem como sinais indiscretos de um temperamento, de uma emoção ou de uma cedência. Lê-se por prazer, porque a isso se é obrigado, por hábito e também por vício. Lê-se sentado ou deitado, e a posição escolhida pode só por si ser reveladora acerca do leitor e do que este pretende da leitura. Lê-se sozinho, a dois ou em grupo, havendo normalmente neste caso alguém que o faz em voz alta para outro ou outros ouvirem. E também assim se alimentam cumplicidades e se reforçam laços familiares ou sociais. Quanto à leitura, tanto pode ser uma fuga como uma audácia, um acto de submissão ou uma rebeldia.

Como assinala Joëlle Gleize ao escrever sobre a especificidade do livro como objecto romanesco, "Alors que toutes les tables d'une fiction ne peuvent être que fictives, les livres peuvent être fictifs ou non"[41]. E este último caso ocorre, como é evidente, sempre que um livro, identificado por uma autoria ou por um título, imigra da realidade para a ficção. Mas porque são produtos culturais, mesmo quando aparecem num romance reduzidos à sua materialidade de objecto sem autor e sem título, os livros comportam potencialidades significativas que resultam – e continuamos a recorrer a Gleize – "de touts les comportements humains qu'ils présupposent ou rendent possibles"[42]. Possuidores de um "rosto" que os identifica e define dentro do sistema de cultura de que o leitor empírico faz parte ou que pelo menos conhece, então os livros passam a significar duplamente, transformando-se num emblema relativamente à personagem a que surgem associados. Quer isto dizer, portanto, que o trabalho de selecção e de distribuição dos muitos livros com que o autor de *Os Maias* povoou esse e todos os outros universos romanescos obedeceu necessariamente a estratégias de significação, onde o livro, por ser uma privilegiada via de acesso ao conhecimento do leitor, se torna num instrumento não menos privilegiado na caracterização da personagem.

---

[41] Joëlle Gleize, *Le double miroir. Le livre dans les livres de Stendhal à Proust*, Paris, Hachette, 1992, p. 17.

[42] Idem, *ibidem*, p. 16.

São naturalmente os livros a que nos temos vindo a referir, isto é, aqueles que têm uma existência real e que, como já observámos, constituem na ficção de Eça de Queirós o maior número, são estes livros, com os géneros a que pertencem e os códigos estéticos e ideológicos que os estruturam, a servir de quadro paradigmático dentro do qual tomam lugar e são avaliados os títulos fictícios produzidos pelas próprias personagens, sempre que estas se revelam escritores de maior ou menor fôlego. É, contudo, por estes títulos fictícios, algumas vezes objectos de leitura colectiva, outras vezes de breve comentário ou rápida alusão, é sobretudo por eles, dizíamos, e pela recepção de que são alvo, que passa um corrosivo discurso crítico que põe em causa a totalidade do sistema literário – da produção ao consumo, dos códigos artísticos aos jogos de influência, das tendências do gosto às competências de leitura.

Como atrás foi ressalvado, a presença do livro – e dos comportamentos que dele resultam – na ficção que é objecto desta análise não se esgota na construção de mundos verosímeis relativamente aos modelos que a realidade oferece. Carregando consigo as virtualidades semânticas que lhe são próprias como objecto cultural, ao integrar o "mundo possível" de cada romance, o livro passa a integrar igualmente uma construção narrativa onde é chamado a um desempenho que Joëlle Gleize explicita do seguinte modo: – "Elément de la socialité du texte romanesque mais aussi de sa poétique, le livre se voit attribuer ce que Tynianov nommait une fonction constructive, qui en fait un facteur de cohérence narrative et de cohésion textuelle particulièrement important"[43]. Neste sentido, a função de que se vê mais frequentemente investido tem a ver com a personagem, na construção da qual participa, mostrando-se capaz de a definir psicológica, moral e socialmente, segundo um processo dinâmico de correlação em que livros e leitores mutuamente se atraem ou se excluem. Definindo a personagem repete-a, ao tornar-se num prolongamento das suas características, repetindo-a também em cada espaço a que empresta significados apenas por estar presente ou ausente[44]. E a sua presença acompanha ainda o jogo

[43] Idem, *ibidem*, p. 34.

[44] Note-se que o significado da ausência resulta, por oposição, da frequência e do poder significativo que marcam a presença do livro nos mundos fictícios de Eça

de xadrez de que as diferentes personagens são as peças, sublinhando ou até mesmo revelando o sentido das tensões que entre elas se instalam e a que as diversas faces do poder e da cumplicidade dão o tom.

Mas também ao nível da acção o livro é chamado a interferir: ora porque concorre para o seu desenvolvimento quando se faz elemento adjuvante de um processo ou de um objectivo a atingir, ora porque é o papel que lhe cabe cumprir a orientar o sentido da evolução das personagens e da intriga. O resultado é por vezes uma estrutura recorrente, cujo ritmo é marcado pelo livro ou, mais concretamente, pela leitura a que este dá lugar.

Outras funções, não menos importantes do que as que já foram referidas, são ainda desempenhadas pela inscrição do livro e da leitura na ficção queirosiana. Estas convocam necessariamente o texto que o objecto livro contém, e ganham forma no quadro do diálogo que com ele entretece o texto do romance que o acolhe. E são duas as consequências deste diálogo: por um lado, ao nível da sintagmática narrativa, uma eventual relação de mimetismo leva a que o livro representado repita a história narrada no livro que o representa, antecipando-lhe o desfecho ou, pelo contrário, obrigando a um movimento inverso, no sentido da recuperação de um passado que pode até ser anterior ao início da acção. Por outro lado, o diálogo entre os dois textos instala um processo de "mise en abyme", no qual o jogo de espelhos ultrapassa a história narrada e, devolvendo-nos a nossa imagem de leitores, põe-nos em causa a nós, ao nosso processo de leitura e ao seu objecto, que é o próprio romance e o género literário nele actualizado. E por aqui passa

---

de Queirós. Acrescente-se ainda que, sendo a repetição um factor fundamental em termos de coerência textual, julgamos que se deve atribuir ao livro um importante papel na construção da coerência do texto narrativo queirosiano. A repetição de que falamos tem que ver, obviamente, não só com os mecanismos que se fazem sentir ao nível da superfície textual, mas também com a "activação de informações semânticas implícitas, não verbalizadas, que pertencem ao universo de conhecimento do receptor: neste sentido, a coerência é sempre relativa, na medida em que as conexões de índole pragmática dependem dos quadros de referência, do conhecimento do mundo, da 'enciclopédia' do receptor" (Carlos Reis e Ana Cristina M. Lopes, *Dicionário de narratologia*, ed. cit., p. 65). Este último aspecto afigura-se-nos particularmente relevante quando está em causa um objecto cultural, como é o caso do livro.

também a questão a que Carlos Reis se refere como "a persistente preocupação queirosiana com a literatura, enquanto tema literário e enquanto fenómeno cultural desdobrado em várias facetas articuladas entre si: nos actos sociais em que a literatura se revela, nos pressupostos e estratagemas da sua criação, nas funções que procura cumprir, nas entidades que a protagonizam, nos efeitos receptivos que suscita, etc."[45]. Na verdade, se a representação da literatura passa pela figura do escritor, com os seus tiques e traumas, as suas ambições e fracassos, se passa ainda pela representação das "várias facetas" de que fala Carlos Reis e que há pouco também mencionámos a propósito dos títulos fictícios incluídos em cada um dos universos ficcionais queirosianos, ela passa igualmente por um movimento auto-reflexivo a que o jogo intertextual não fica alheio, como oportunamente será demonstrado.

Resta-nos apenas acrescentar uma última nota que, por fim, assinala a modernidade de Eça de Queirós ao questionar, como outros depois dele também fizeram, o papel da palavra impressa na relação do homem com o mundo: por meados do século XX, Jorge Luis Borges concebe uma Biblioteca que, composta por um número indefinido de galerias hexagonais, se apresenta como uma "*esfera cujo centro cabal é qualquer hexágono, e cuja circunferência é inacessível*"[46]. Nesta Biblioteca interminável no tempo e no espaço, os livros, pelas possíveis combinações de vinte cinco símbolos ortográficos (incluindo o ponto, a vírgula e o espaço), contêm "tudo o que nos é dado exprimir: em todos os idiomas. Tudo: [desde] a história minuciosa do futuro [até a] os livros perdidos de Tácito"[47]. O problema de quem vive na Biblioteca, porém, reside na impossibilidade de encontrar o livro certo entre todos os que, preenchidos por indecifráveis combinações dos vinte cinco símbolos, apenas parecem oferecer "léguas de insensatas cacofonias, de embrulhadas verbais e de incoerências"[48].

---

[45] Carlos Reis, "Eça de Queirós e a literatura como ficção" in *Estudos queirosianos. Ensaios sobre Eça de Queirós e a sua obra*, Lisboa, Presença, 1999, p. 19.

[46] Jorge Luis Borges, "A Biblioteca de Babel" in *Ficções*, trad. de José Colaço Barreiros, Lisboa, Teorema, 1998, p. 68.

[47] Idem, *ibidem*, pp. 71-72.

[48] Idem, *ibidem*, p. 70.

Mais recentemente, já no limiar do século XXI, Juan José Millás leva um adolescente, vítima de uma crise de anginas com febre muito alta, a penetrar numa realidade paralela à que até então conhece, assistindo aí a uma extraordinária fuga dos livros que se servem das folhas como asas e, deixando cair na debandada letras e palavras, levam ao desaparecimento dos objectos e conceitos por aquelas denotados[49].

Quanto a Eça, nos finais do século XIX, também ele começa por dar forma a uma biblioteca que, pelas dimensões e sobretudo pela intenção que procura materializar, apresenta contornos que hoje se podem designar por "borgesianos". Além disso, vale-se, não da febre, mas do estado onírico de uma das suas últimas personagens, e deixa que os livros tomem conta do mundo, substituindo os tijolos das casas, as folhas das árvores, os fatos dos homens e os das senhoras, assim "vestidos de papel impresso, com títulos nos dorsos [e mostrando] em vez de rosto um livro aberto, a que a brisa lenta virava docemente as folhas"[50].

Protagonista, neste caso, de um processo de transfiguração do real, muito distante das funções que o subordinam às exigências da personagem, o livro é testemunha, em qualquer das facetas sob que se apresenta, da importância que teve para Eça o fenómeno de que ele foi o centro, mas revela também a mestria e a sensibilidade do artista que dele fez um objecto de romance de tão grandes potencialidades significativas. Perspectivando aquele fenómeno a partir dos objectos em si mesmos, dos sujeitos que os utilizam e dos comportamentos a que dão origem, são os modos como a ficção dele se apropria e a mais valia que daí resulta em termos semânticos que os próximos capítulos procurarão pôr em relevo.

---

[49] Cf. Juan José Millás, *A ordem alfabética*, trad. de Artur Guerra e Cristina Rodriguez, Lisboa, Temas e Debates, 2000.

[40] Eça de Queirós, *A Cidade e as Serras*, Lisboa, Livros do Brasil, s/d, p. 73.

PARTE II

O TEXTO

"Todavia, ao mesmo tempo, sentia uma tentação de falar *dela* ao Ega, e de tornar vivas, e como visíveis aos seus próprios olhos, dando-lhes o contorno das palavras e o seu relevo, as coisas divinas e confusas que lhe enchiam o coração." (*Os Maias*, 417)

Capítulo 1

O livro – imagens e sentidos

"Desejava chegar num *coupé* seu, com rendas de centos de mil réis, e ditos tão espirituosos como um livro..." (*O primo Bazilio*, 196)

1 – **Os objectos...**

Quando Maria Eduarda faz a visita preambular à instalação na Toca, a primeira imagem que os seus olhos retêm é a do gabinete onde se senta à chegada, para se recuperar do cansaço da viagem e das emoções:

"– É muito confortável, é encantador tudo isto – dizia ela olhando lentamente em redor os cretones do gabinete, o divã turco coberto com um tapete de Brousse, a estante envidraçada cheia de livros. – Vou ficar aqui adoravelmente..."[1]

Nesta imagem interessa-nos assinalar antes de mais, entre os objectos que compõem o espaço descrito, a presença dos livros inde-

[1] Eça de Queirós, *Os Maias*, Lisboa, "Livros do Brasil", s/d, p. 430. A esta edição referem-se todas as posteriores citações do romance, para que passam a remeter as páginas indicadas entre parênteses no texto.

pendentemente de um presumível leitor ou dos resultados possíveis da leitura a que estão directamente destinados. De facto, aqui, como em muitos outros locais do texto queirosiano[2], é o livro, na sua qualidade de objecto, que se faz presente no mundo do romance, ocupando espaços e configurando cenários. Ao fazê-lo, participa na construção de um universo verosímil, povoado de objectos familiares – os cretones, o divã, a estante envidraçada – através dos quais a ficção assegura a sua legibilidade. Por outro lado, participa ainda no processo de redundância que, relativamente à personagem, institui a descrição do espaço e dos objectos que a rodeiam: nem é insólita a presença de livros numa casa até então habitada por Craft, nem casual o olhar da personagem que os selecciona nesse espaço onde recebe uma imediata sensação de bem-estar.

Quer isto dizer que, mesmo sem qualquer elemento que o identifique, objecto anónimo reduzido à sua materialidade, o livro é ainda assim portador de sentidos pelos comportamentos que pressupõe ou permite, pelas marcas sociais ou psicológicas que indicia, em suma, pelas conotações ideológicas que a sua qualidade de objecto cultural não lhe permite evitar. Muitas vezes, porém, é o próprio texto a ser convocado a partir de uma identificação pela qual o livro deixa de representar apenas uma classe de objectos. Dotado de um título ou de uma autoria que o individualizam, o livro não se limita a reforçar o índice de referencialidade do discurso da ficção ou a natureza verosímil das suas construções, mas dá origem a um jogo de sentidos e cumplicidades em que a personagem ganha consistência, as malhas da intriga se entretecem e se definem os sentidos estruturantes do mundo representado: não é indiferente que uma personagem se entregue à leitura de um texto de Guizot ou à de um romance de Paul de Kock; se o fosse, os contornos de duas personagens como Afonso da Maia e Dâmaso Salcede esbater-se-iam, e o signo ideológico[3] que é cada uma delas deixaria de ser pertinente; aliás, é justamente esse jogo de

[2] Utilizamos aqui a palavra texto no sentido abrangente da produção ficcional do Autor.

[3] Conforme pode ler-se no *Dicionário de narratologia*, de Carlos Reis e Ana Cristina M. Lopes (Coimbra, Almedina, 1987), a importância da personagem não é apenas o resultado das funções que preenche em termos de desencadeamento e evo-

sentidos e cumplicidades ainda agora referido – e a coerência interna que sobre ele se constrói – que nos dispensa de explicitar qual o sujeito e o respectivo objecto de leitura no exemplo apresentado. Mais do que isso: que torna credível a associação de Paul de Kock à personagem de Dâmaso, sem que o texto d'*Os Maias* alguma vez a tenha referido[4]. Ainda quanto ao desempenho a que é chamado o livro enquanto objecto textual, recorde-se que também não é arbitrária, como teremos ocasião de referir mais demoradamente, a distribuição das funções que, n'*O crime do padre Amaro*, serão atribuídas ao volume dos *Cânticos a Jesus* e ao das *Vidas de Santos*.

Sem se limitar à representação de uma classe de objectos, mas eximindo-se a uma identificação individualizadora, o livro pode representar uma classe de textos, recaindo então sobre o género ou subgénero a responsabilidade dos sentidos que remetem, tanto para um traço de carácter que os hábitos culturais eventualmente ajudaram a moldar, como para um transitório estado de alma:

> "[Carlos] antes da visita à Rua de S. Francisco, não podia disciplinar o espírito, inquieto, num tumulto de esperanças; e depois de voltar de lá, passava o dia a recapitular o que ela dissera, o que ele respondera, os seus gestos, a graça de certo sorriso... Fumava então *cigarettes*, lia os poetas." (372)

---

lução da acção narrativa. Aquela importância decorre também, ou sobretudo, de a personagem constituir um "lugar preferencial de afirmação ideológica", configurando-se então como signo ideológico, isto é, como "substituto representativo" de valores, atitudes ou convicções. Estes sentidos, "confirmados em função de conexões sintácticas e semânticas com outras personagens da mesma narrativa e até em função de associações intertextuais com personagens de outras obras de ficção", manifestam-se através de processos como a caracterização, para a qual concorrem, como é óbvio, as opções de leitura que à personagem são atribuídas (Cf., na obra citada, PERSONAGEM e SIGNO, pp. 306-310 e 363-368, respectivamente).

[4] De facto, é Daudet o autor – aliás o único – que a personagem refere como objecto das suas leituras: – "A leitura entretinha-o, e ninguém o pilhava sem livros à cabeceira da cama; ultimamente andava às voltas com Daudet, que lhe diziam ser muito chique, mas ele achava-o confusote" (188). É possível que a recepção queirosiana de Alphonse Daudet (1840-1897) – a julgar pela breve menção já citada (cf. p. 70) – tenha levado Eça a fazer da personagem de Dâmaso Salcede um leitor ou,

E repare-se como o discurso começa por descrever os movimentos interiores de Carlos plasmados em sensações e sentimentos, depois substituídos pelo poder suficientemente sugestivo do acto de leitura e do género lido.

Associar um género a determinados hábitos culturais leva-nos directamente a referir Luísa, tradicionalmente considerada a leitora por excelência de romances. Assim a encontramos no início do romance de que é protagonista, imersa na leitura de *A dama das camélias*. Este título anuncia um texto rico de sentidos no diálogo com o romance que o acolhe, mas é sobre a materialidade do objecto que primeiro se estabelece o nosso contacto com o "livro um pouco enxovalhado, [que Luísa] saltando na ponta do pé descalço, foi buscar ao aparador por detrás de uma compota" (17). Adiando para momento mais oportuno a consideração do aspecto, e também da localização no cenário, do romance que a personagem lê enquanto decorre a nossa própria leitura das primeiras páginas d'*O primo Basílio*, queremos por agora sublinhar que o texto poderá ser tão importante, como elemento gerador de sentidos, quanto as características materiais do seu suporte, a que uma descrição mais ou menos circunstanciada atribuirá o justo relevo.

Tomando como referência o texto de Barthes sobre o "efeito de real" conseguido a partir da anulação do significado em proveito do próprio referente[5], Joëlle Gleize afirma que "La spécificité de l'objet livre est précisément de toujours nécessairement signifier. Sans titre, il connote une pratique culturelle à fonction distinctive; doté d'un nom propre, il réfère à un secteur particulier de l'encyclopédie et à un

---

pelo menos, uma tentativa de leitor do escritor francês. Seja como for, a relação de leitura que a ficção instala, relação que interpretamos como uma referência muito pouco elogiosa para o autor em causa, leva-nos a transcrever as seguintes considerações: – "Alphonse Daudet souffre d'avoir été lu d'une façon à la fois restrictive et abusive. Enfermé dans une image d'auteur provençal facile, le conteur des *Lettres de mon moulin* éclipse le romancier; partiellement vulgarisée par des éditions pour la jeunesse ou pour l'école, son oeuvre est dénaturée et perd sa force et son originalité" (Anne-Simone Dufief, "DAUDET Alphonse" in Laffont-Bompiani, *Dictionnaire encyclopédique de la littérature française*, Paris, Robert Laffont, 1999, p. 256).

[5] Cf. Roland Barthes, "L'effet de réel" in R. Barthes *et alii*, *Littérature et réalité*, Paris, Seuil, 1982, pp. 81-90.

système sémiotique particulier. Objet de signes, c'est aussi un objet--signe"[6]. Reduzido à sua materialidade, tirando partido do texto de que é depositário ou valendo-se da sua dupla dimensão de palavra e suporte, o livro comporta virtualidades significativas a que a ficção queirosiana foi sensível e insistentemente aproveitou: por vezes fez dele um objecto lido, outras abandonado, frequentemente aberto mas esquecido, em alguns momentos arremessado com tédio ou raiva. As personagens possuem livros, algumas possuem até bibliotecas. E sobre elas os livros fazem sentir a sua influência: povoam o seu imaginário, interferem no seu comportamento, distinguem-nas cultural e socialmente. Os livros concentram-se em locais especialmente reservados à sua preservação e fruição, ou aparecem espalhados pelas dependências de um interior que mobilam e ao qual emprestam vida – pressupondo os olhos que o lêem ou simplesmente a mão que lhe toca. E as personagens fazem dos livros armas de confronto ideológico, passatempo, meio de sedução, objecto decorativo ou até mesmo arma de arremesso. E neles vão projectando os desejos, a vaidade, a solidão, os sonhos e, em alguns casos, o gosto de saber.

1.1 – *Implícitos*

Como ficou referido, a presença do livro no mundo romanesco limita-se com frequência ao objecto que pode ser alvo de uma descrição ou apenas referido, que é lido ou apenas manuseado, que ocupa o espaço e por vezes o tempo. É o objecto em si mesmo, ou a sua presença, que ganha significado, independentemente do texto que contém. E com igual frequência, esta presença pode ocorrer sem exigir que o discurso lhe faça uma referência explícita, como sucede, de resto, com muitos outros objectos: como um copo ou uma chávena cuja presença está implícita no acto de beber, também o livro se faz presente no acto de ler, sem obrigar o discurso a referir-se ao objecto que é alvo da

[6] Joëlle Gleize, *Le double miroir. Le livre dans les livres de Stendhal à Proust*, Paris, Hachette, 1992, p. 25.

leitura. Sirva como exemplo a situação que envolve duas personagens tão diferentes como Luísa e Dâmaso Salcede:

> "Repetiu ainda que as corridas eram chiques. Depois não achou mais nada – e falou de Penafiel, onde chovera sempre tanto que ele vira-se forçado a ficar em casa, estupidamente, a ler..." (376)
>
> "Mas durante todo o dia, Luiza em roupão não saiu do seu quarto ou da sala, ora estendida na *causeuse* lendo aos bocados, ora batendo distraidamente no piano pedaços de valsas."[7]

Nestas circunstâncias, o objecto é desvalorizado em proveito da acção que dele depende e do significado que esta adquire como comportamento individual ou social. É óbvio que, tanto num caso como noutro, as personagens reflectem os hábitos adquiridos por uma sociedade que fez do livro um objecto familiar e um natural recurso no preenchimento do tempo livre. Luísa concentra-se exclusivamente no momento em que, à noite, encontrará Basílio no Passeio Público. Daí, a pouca e entrecortada atenção que nessa longa tarde de domingo concede ao piano e ao livro. Mas se a atitude de Luísa traduz a indiferença perante uma acção e um objecto que, naquela altura, apenas lhe servem para enganar o tempo em que espera, Dâmaso parece projectar no livro o rancor pelo desperdício de tempo a que a chuva o obriga. De tal forma que, contradizendo o alegado gosto pelos livros – "ninguém o pilhava sem livros à cabeceira da cama" (188) –, acaba por revelar os dividendos sociais que verdadeiramente espera auferir da sua imagem de leitor.

Também Afonso da Maia é muitas vezes surpreendido a ler sem que o livro seja explicitamente referido, mas cuja presença é indispensável à leitura que o ocupa. Há contudo uma ocorrência em que não é o livro, mas a sua ausência que está implicada na atitude da persona-

[7] Eça de Queirós, *O primo Bazilio*, Lisboa, "Livros do Brasil", s/d., p. 88. A esta edição referem-se todas as posteriores citações do romance, para que passam a remeter as páginas indicadas entre parênteses no texto.

gem que nos aparece insistentemente no espaço da sua livraria ou do seu escritório, "ao canto da chaminé, na sua coçada quinzena de veludilho, sereno, risonho, com um livro na mão" (12) ou com "o livro aberto sobre os joelhos" (30). Por isso, quando Vilaça o surpreende em Santa Olávia depois da morte do filho, é também no espaço vazio de livros das suas mãos inertes que se projecta a crise emocional provocada pelo suicídio de Pedro:

> "E Vilaça foi encontrar Afonso na livraria, com as janelas cerradas ao lindo sol de Inverno, caído para uma poltrona, a face cavada sob os cabelos crescidos e brancos, as mãos magras e ociosas sobre os joelhos." (52)

Não é o livro, mas a sua ausência que o discurso sugere, e, tal como as janelas fechadas à vida, a face cavada e os cabelos crescidos e brancos, essa ausência constrói a imagem de desistência que, neste ponto da narrativa, nos é dada de Afonso da Maia.

Um situação um pouco diferente rodeia os livros de Amaro: poder-se-ia dizer, neste caso, que não é o acto de leitura que torna implícita a sua presença, mas o espaço a eles destinado. Logo à chegada do padre a Leiria, quando as beatas acorrem a casa da S. Joaneira, diz-se que esta "Foi-lhes mostrar o quarto do padre, o baú de lata, uma prateleira que lhe arranjara para os livros"[8]. E mais tarde, depois da saída de Amaro da Rua da Misericórdia, Amélia, "Quando vira no quarto dele os cabides sem a sua roupa, a cómoda sem os seus livros, rompeu a chorar" (371). Que livros seriam estes que, com excepção do Breviário, nunca se vêem? Aqueles que um padre deveria possuir como sinal de uma cultura de excepção num meio provinciano e pouco letrado? Não é, contudo, nesse sentido que Amaro se destaca em Leiria, e daí a natureza fantasmática dos livros que lhe são atribuídos.

---

[8] Eça de Queirós, *O crime do padre Amaro* (2ª e 3ª versões), ed. de Carlos Reis e Maria do Rosário Cunha, Lisboa, Imprensa Nacional-Casa da Moeda, 2000, p. 191. A esta edição referem-se todas as posteriores citações do romance, para que passam a remeter as páginas indicadas entre parênteses no texto.

1.2 – *Ausentes*

Simultaneamente objecto material e texto, o aproveitamento semântico do livro pode recorrer a cada a um destes aspectos isoladamente. Por outro lado, é também esta dupla dimensão, material e textual, que nos permite considerar como ocorrência do livro na ficção a presença do texto, ainda que o objecto se encontre ausente do tempo e do espaço da acção. Excluindo as intervenções de um narrador heterodiegético, porque nos interessa questionar o livro como elemento ficcional e diegético, a intervenção de uma personagem que cita um texto, que o refere ou que o usa como modelo, introduz o livro no mundo ficcional e na própria diegese: a referência ao texto actualiza o livro materialmente ausente, mas nem por isso alheio à configuração psicológica e cultural de quem o cita ou refere e, consequentemente, aos sentidos dominantes da própria intriga.

Com bastante frequência, é no discurso das personagens que o livro se faz presente, através de referências culturais em que a História, a Mitologia e a Literatura – e é este o campo que agora nos ocupa – fornecem os modelos para a interpretação do mundo. É verdade que, neste caso, muito mais do que o livro, o que está em causa é a literatura como universo cultural de acessos difusos em que o lido e o ouvido se misturam. Seja como for, tomemos o livro enquanto texto, e este, independentemente da via por que se faz conhecido, como galeria de personagens e situações prontas a utilizar na avaliação e no conhecimento da realidade. Assim faz Julião, ao ouvir as preocupações de Sebastião relativamente ao comportamento de Luísa:

> "– Mas isso é o enredo da 'Eugénia Grandet', Sebastião! Estás-me a contar o romance de Balzac! Isso é a 'Eugénia Grandet'!" (135)

Do mesmo modo, também João da Ega recorre à figura de Don Juan para melhor definir o comportamento emocional de Carlos:

> "– Tu és extraordinário, menino!... Mas o teu caso é simples, é o caso de Don Juan. Don Juan também tinha essas alterações de chama e cinza. Andava à busca do seu ideal, da 'sua mulher', procurando-a prin-

> cipalmente, como de justiça, entre as mulheres dos outros. E *après avoir couché*, declarava que se tinha enganado, que não era aquela. Pedia desculpa e retirava-se. Em Espanha experimentou assim mil e três. Tu és simplesmente como ele um devasso; e hás-de vir a acabar desgraçadamente como ele, numa tragédia infernal!" (152)

Tal como João da Ega, também Carlos e alguns dos frequentadores do Ramalhete enriquecem e ornamentam o discurso que os define como homens cultos, detentores de um património literário comum que lhes permite introduzir na sua coloquialidade títulos, autores, personagens e situações ficcionais que fazem da literatura, e naturalmente do livro, uma presença quase constante. Uma vez que esta questão será retomada com mais demora a propósito do diálogo intertextual que dela resulta, limitamo-nos a observar, neste momento, que todas estas referências literárias configuram uma espécie de código cujo acesso requer interlocutores com competência para decodificar a relação metafórica que elas implicam, por vezes evitando que o outro se alongue em explicações que num só termo se condensam – "byroniano", a propósito do temperamento de Craft, é apenas um exemplo[9]. Por outro lado, é claro que o livro, e os conteúdos de que é portador, constitui um instrumento social de aglutinação ou de segregação na base do qual está o acesso à cultura e, num segundo estádio, o reconhecimento e adopção dos valores emblemáticos dos grupos que se formam. Recorde-se, a propósito, que é numa certa atmosfera mental de Coimbra que funciona como instrumento de ridículo o epíteto que uma primeira e tumultuosa ligação adúltera faz conquistar a Carlos:

> "Infelizmente a rapariga tinha o nome bárbaro de Hermengarda; e os amigos de Carlos, descoberto o segredo, chamavam-lhe já "Eurico, o Presbítero", dirigiam para Celas missivas pelo correio com este nome odioso." (93)

[9] É João da Ega quem fala, dirigindo-se a Carlos: – "O Craft é filho de um *clergyman* da igreja inglesa do Porto. Foi um tio, um negociante de Calcutá ou da Austrália, um nababo, que lhe deixou a fortuna. Uma grande fortuna. Mas não negoceia, nem sabe o que isso é. Dá largas ao seu temperamento byroniano, é o que faz" (108).

Mas também de uma forma directa o livro ausente é muitas vezes mencionado, mantendo sempre o poder de cumplicidade, que pode ser meramente cultural ou enraizar no mundo mais complexo das emoções. É o que sucede quando se recordam leituras antigas e a recepção que os livros evocados então suscitaram –

> "A 'Traviata' lembrou a Luiza 'A Dama das Camélias'; falaram do romance; recordaram episódios...
> – Que paixão que eu tive por Armando em rapariga! – disse Leopoldina.
> – E eu foi por D'Artagnan – exclamou ingenuamente Luiza.
> Riram muito." (169)

– ou se faz o balanço das que foram feitas e das que ficaram por fazer:

> "– Oh Zé Fernandes, como sucedeu que eu chegasse a esta idade sem ter lido Homero?...
> – Outras leituras, mais urgentes... o 'Figaro', Georges Ohnet...
> – Tu leste a 'Ilíada'?
> – Menino, sinceramente me gabo de nunca ter lido a 'Ilíada'."[10]

Em algumas situações muito concretas, o discurso dos padres de Leiria pressupõe igualmente um prévio manuseio do livro que, no caso e rejeitando aparentemente qualquer função de cumplicidade, se transforma numa arma de confronto ideológico, cuja autoridade é irrefutável:

> "– A confissão é a essência mesma do sacerdócio, soltou o padre Amaro com gestos escolares, fulminando Natário. Leia Santo Inácio! Leia S. Tomás!" (313)

É esta a autoridade de que o padre se serve, autoridade que a palavra escrita representando a posição da Igreja torna inquestionável

---

[10] Eça de Queirós, *A Cidade e as Serras*, Lisboa, "Livros do Brasil", s/d, p. 179. A esta edição referem-se todas as posteriores citações do romance, para que passam a remeter as páginas indicadas entre parênteses no texto.

e o exime de fazer a sua própria leitura do mundo. É, porém, no jantar em casa do cónego, quando este discute com Amaro sobre questões de ritual, que os livros mencionados, através da respectiva autoria, são chamados a revelar a relação que com eles mantêm os padres da Sé de Leiria:

> "– Alto lá, padre-mestre! exclamou o padre Amaro. É o texto da rubrica. *Facta reverentia cruci*, feita a reverência à cruz: isto é, a reverência simples, abaixar ligeiramente a cabeça...
>
> E, para exemplificar, fez uma cortesia a D. Josefa que lhe sorriu toda, torcendo-se.
>
> – Nego! exclamou formidavelmente o cónego que em sua casa, à sua mesa, punha de alto as suas opiniões. E nego com os meus autores. Eles aí vão! – E deixou-lhe cair em cima, como penedos de autoridade, os nomes venerandos de Laboranti, Baldeschi, Merati, Turrino e Pavonio.
>
> Amaro afastara a cadeira, pusera-se em atitude de controvérsia, contente de poder, diante de Amélia, "enterrar" o cónego, mestre de teologia moral e um colosso de liturgia prática.
>
> – Sustento, exclamou, sustento com Castaldus...
>
> – Alto, ladrão, bramiu o cónego, Castaldus é meu!
>
> – Castaldus é meu, padre-mestre!
>
> E encarniçaram-se, puxando cada um para si o venerável Castaldus e a autoridade da sua facúndia. D. Josefa pulava de gozo na cadeira, murmurando para Amélia com a cara franzida de riso:
>
> – Ai, que gostinho vê-los! Ai, que santos!
>
> Amaro continuava, com o gesto alto:
>
> [...]
>
> – É meia cortesia. Leia a rubrica: *Caput inclinat*. Leia Gavantus, leia Garriffaldi. E nem podia deixar de ser assim! Sabe porquê? Porque depois da missa o sacerdote está no auge da dignidade, uma vez que tem dentro de si o corpo e sangue de Nosso Senhor Jesus Cristo. Logo, o ponto é meu!" (679-81)

Note-se, antes de mais, que a familiaridade dos dois padres com os livros a que recorrem se explica, no caso do cónego pelas funções pedagógicas em tempos exercidas, no caso de Amaro pela memória recente das leituras feitas no seminário. A relação de aparente hostilidade é evidente e sublinhada pela atitude física das personagens que falam alto, procuram a posição mais adequada ao combate, tratam-se de uma forma pouco urbana – a idade e o estatuto do cónego relativamente a Amaro assim o permite – e, depois do confronto "encarniçado", registam a vantagem que, no momento, reverte a favor de Amaro: – "[...] o ponto é meu!" E os livros, metonimicamente substituídos pelos nomes dos respectivos autores, surgem em catadupa arremessados como armas, o que é justamente traduzido na metáfora sugerindo a passagem de objectos textuais a objectos puramente materiais: – "E deixou-lhe cair em cima, como penedos de autoridade, os nomes venerandos de Laboranti [...] e Pavonio".

É claro que a hostilidade não passa de uma aparência atrás da qual os padres exibem a sua erudição e se exibem a si mesmos perante o auditório feminino: D. Josefa manifesta claramente o efeito produzido, mas Amélia é o alvo declarado do espectáculo. Em qualquer dos casos, contudo, tanto Amélia como a velha irmã do cónego antecipam aqui o que teremos ocasião de sublinhar mais adiante, isto é, o essencial do que caracteriza a relação dos padres com o círculo feminino que os rodeia, relação em que aqueles retiram do livro, ou da autoridade que este representa, uma cumplicidade preciosa ao exercício da sua tirania.

Apesar do lugar excêntrico que ocupa relativamente ao mundo eclesiástico de Leiria, é curioso verificar que o abade Ferrão assume uma atitude de algum modo paralela à dos padres de quem em todos os outros aspectos se demarca: a mesma ausência de opiniões pessoais, de originalidade e de flexibilidade na discussão provocada pelo Dr. Gouveia, mostra-o na sala da Ricoça, enquanto espera pelo médico que se deslocara ao quarto de Amélia já moribunda, "ruminando toda uma argumentação eriçada de textos, de nomes formidáveis de teólogos, que ia fazer desabar sobre o doutor Gouveia" (979). Será que fica assim demonstrada a verdade da definição do médico sobre a educação do sacerdote? Referimo-nos, particularmente, ao objectivo que, nas suas palavras, consiste "em evitar todo o conhecimento e toda a ideia que seja capaz de abalar a fé católica; isto é, a supressão forçada do espírito de indagação e de exame, portanto de toda a ciência real e humana..." (975).

Também com alguma frequência o imaginário das personagens é responsável pela actualização de um texto que torna presente um livro anteriormente lido. As imagens colhidas e guardadas na memória surgem então por comparação ou em alternativa ao real vivido, revelando em geral um tipo de leitura marcada por um envolvimento da personagem de forte componente emocional. Será Luísa[11], obviamente, a demonstração mais clara deste processo, em que desejos, expectativas e os próprios medos se modelam sobre as experiências que os livros representam:

> "Como desejaria visitar os países que conhecia dos romances – a Escócia e os seus lagos taciturnos, Veneza e os seus palácios trágicos; aportar às baías, onde um mar luminoso e faiscante morre na areia fulva; e das cabanas dos pescadores, de tecto chato, onde vivem as Grazielas[12], ver azularem-se ao longe as ilhas de nomes sonoros! E ir a Paris! Paris sobretudo!" (70)

Estimulada pela presença de Basílio e pela vida aventurosa e cosmopolita que lhe adivinha, o cenário dessa vida interessante que julga ser a do primo é composto por elementos literários facilmente identificáveis. Aliás, segundo as informações que nos são facultadas no início da narrativa, Walter Scott cedera um pouco do seu espaço, nas preferências da personagem, aos temas contemporâneos tendo por cenário "Paris, as suas mobílias, as suas sentimentalidades" (18). Não é, pois, de estranhar a veemência com que anseia por Paris, onde, para além do mais, decorre a acção do romance que no momento a ocupa – *A dama das camélias*. E se à banalidade do quotidiano os livros oferecem o exótico como alternativa, é decerto a este contraste que fica

---

[11] Particularmente neste aspecto, Artur Corvelo constitui a réplica masculina de Luísa. A ele nos referiremos com mais demora no capítulo dedicado à leitura.

[12] Graziela é a heroína de Lamartine que dá o nome a um episódio das *Confidences* (1849), episódio que vem a ser publicado autonomamente em 1852. À boa maneira romântica, Graziela morre de amor, pois o jovem francês que é objecto da sua intensa paixão não vê nela mais do que um amor de passagem, que dura o tempo da sua estadia em Nápoles. O paralelo com a situação vivida por Luísa torna-se inevitável.

a dever-se a intensidade das sensações que a transgressão lhe faz experimentar:

> "Ia, enfim, ter ela própria aquela aventura que lera tantas vezes nos romances amorosos! Era uma forma nova do amor que ia experimentar, sensações excepcionais! Havia tudo – a casinha misteriosa, o segredo ilegítimo, todas as palpitações do perigo! [...] Lembrava-lhe um romance de Paulo Féval em que o herói, poeta e duque, forra de cetins e tapeçarias o interior de uma choça; encontra ali a sua amante; os que passam, vendo aquele casebre arruinado, dão um pensamento compassivo à miséria que decerto o habita – enquanto dentro, muito secretamente, as flores se esfolham nos vasos de Sèvres e os pés nus pisam Gobelins veneráveis! Conhecia o gosto de Bazilio – e o 'Paraíso' decerto era como no romance de Paulo Féval." (195)

Como nesse mundo excepcional dos romances, a vida parece enfim facultar-lhe os condimentos das sensações fortes – o mistério, o segredo, o perigo de um amor ilegítimo – a que Paul Féval emprestaria o cenário imprescindível a uma experiência tão romanesca. Logo a seguir, Luísa dar-se-á conta de que raramente a vida responde às expectativas criadas pela ficção, mas ainda quando descobre irremediavelmente a distância que separa uma da outra e se refugia por momentos na construção imaginosa de um percurso longe dos sobressaltos que a atormentam, é Walter Scott que lhe fornece a configuração desse percurso:

> "Onde estaria? Longe, nalgum mosteiro antigo entre arvoredos escuros, num vale solitário e contemplativo: na Escócia, talvez, país que ela sempre amara desde as suas leituras de Walter Scott. Podia ser nas verde-negras terras de Lamermoor ou de Glencoe, nalguma velha abadia saxónia. Em redor os montes cobertos de abetos [...]." (324)

Ainda quanto ao papel do imaginário da personagem na emergência do livro na ficção, questão para a qual nos temos vindo a socorrer de Luísa, é de assinalar, finalmente, o facto curioso de a presença material do livro no espaço criado pelo romance *O primo Basílio* ser relativamente discreta: apenas uma vez Luísa é surpreendida a ler um livro de que sabemos o autor e o título. Esta identificação, que ocorre logo no início, serve de pretexto à informação sobre as preferências literárias da personagem, preferências reiteradamente confirmadas ao longo da narrativa, não através de cenas de leitura, mas através da permanência, no imaginário da leitora, das imagens colhidas nos livros que supostamente leu.

2 – ...e os cenários

2.1 – *Arranjos de flores e livros: a construção da intimidade*

Numa cena em muito simétrica àquela com que iniciámos este capítulo[13], Carlos visita João da Ega pela primeira vez na Vila Balzac e, entrando numa sala onde a cor predominante é "um verde feio e triste", observa que "Não havia um quadro, uma flor, um ornato, um livro" (146). Sensível à componente estética das coisas e dos seres, Carlos deixa-se naturalmente impressionar por um espaço que, além de feio, é despojado e nu. Nudez que estará certamente de acordo com o "humilde tugúrio do filósofo" (146), conforme João da Ega classifica a sua casa, mas onde faltam os livros necessários "ao estudo, às horas de arte e de ideal" (145). Mas o livro a cuja ausência Carlos é sensível, tal como à falta de um quadro, de flores ou de uma peça decorativa, é aquele que transporta a marca de uma presença humana que se projecta e se prolonga nos objectos que compõem o espaço da intimidade. É evidente, como sabemos, que as funções a que está destinada a Vila Balzac são alheias à construção de um espaço doméstico, mas antes se prendem com a exuberância estridente do quarto, verdadeiro centro da casa e onde se encontram os poucos livros que nela existem.

[13] Trata-se, em ambos os casos, da primeira visita a uma casa que se define, antes de tudo, pela privacidade oferecida aos que nela habitam. Ao olhar de Carlos, na Vila Balzac, corresponde o de Maria Eduarda, na Toca, abrangendo, quer num caso quer no outro, um campo de visão de que os livros, ou a sua ausência, fazem parte.

Note-se que não é à natureza e ao comportamento pouco convencional de João da Ega que se deve a presença de livros no quarto, amontoados sobre a mesinha-de-cabeceira. Na verdade, os hábitos sociais que os romances queirosianos representam já pouco têm a ver com os que o Autor descrevia no prefácio destinado aos *Azulejos* do Conde de Arnoso: – "[...] 'a leitura', há cem anos, sugeria logo a imagem de uma livraria silenciosa, com bustos de Platão e de Séneca, uma ampla poltrona almofadada, uma janela aberta sobre os aromas de um jardim: e neste retiro austero de paz estudiosa, um homem fino, erudito, saboreando linha a linha o *seu livro*, num recolhimento quase amoroso"[14].

De acesso cada vez mais fácil, originando comportamentos que ganham a força do hábito, o livro torna-se num objecto familiar a ponto de invadir a privacidade mais restrita, levando à mudança de cenário da leitura: esta ultrapassa então os limites da livraria silenciosa, conquista o espaço do quarto e adquire os contornos de um ritual na indução do sono. E de facto, várias são as personagens que testemunham mais esta mudança que, segundo o Autor do prefácio citado, resultou da "democratização" do alfabeto e, consequentemente, do livro. Tal como se verifica no quarto de Ega, Dâmaso afirma que "ninguém o pilhava sem livros à cabeceira da cama" (188), e, contíguo ao quarto de Carlos, há um gabinete de estudo com estantes de livros que Maria Eduarda percorre quando entra pela primeira e única vez no Ramalhete:

> "Depois, impaciente, curiosa, ela percorreu os quartos, miudamente, até à alcova do banho; leu os títulos dos livros, respirou o perfume dos frascos, abriu os cortinados de seda do leito..." (467-8)

E repare-se como é sugestiva a descrição de um percurso que não só coloca os livros no espaço mais privado de Carlos, mas os mistura com as marcas dessa mesma privacidade: a alcova do banho, os frascos de perfume e o leito. Quanto ao Conselheiro Acácio, enfim, é na "gavetinha da mesa-de-cabeceira" que a curiosidade inoportuna de Julião lhe

---

[14] Eça de Queirós, "Prefácio dos *Azulejos* do Conde de Arnoso" in *Notas contemporâneas*, Lisboa, "Livros do Brasil", s/d, p. 96.

faz descobrir, "espantado, uma touca e o volume brochado das poesias obscenas de Bocage" (329). Ignorando por agora os sentidos para que remete o livro descoberto por Julião, registe-se apenas, e mais uma vez, a presença do livro na intimidade, numa coabitação com objectos a que as circunstâncias que rodeiam a personagem emprestam certamente um tom algo promíscuo.

Os quartos femininos são menos permeáveis a uma presença visível dos livros, o que não impede que as personagens leiam na cama: no dia do jantar do Conselheiro diz-se que "Quando Jorge entrou, às onze horas, Luiza já deitada lia, esperando-o" (341), e na ligeira doença de Miss Sara, Carlos anima a sua paciente "provando-lhe que nesse feio tempo de Inverno, a felicidade era estar ali na cama, com bons cuidados em redor, alguns romances patéticos, e apetitosa dieta portuguesa" (366). Entretanto, o quarto de solteira de Gracinha Ramires, na Torre, não desmente o poder de ocupação do livro do espaço mais privado das dependências familiares:

> "E sempre que voltava à Torre Gracinha gostava de reviver, no seu quarto, as horas de solteira, remexendo as gavetas, folheando velhos romances ingleses na estantezinha envidraçada, ou simplesmente da varanda contemplando a querida quinta estendida até aos outeiros de Valverde [...]." (402)

Voltando à imagem que Carlos retém da sala de João da Ega, o livro cuja ausência fica registada é simultaneamente o objecto de leitura, mas é também, de algum modo, o objecto que, como qualquer outro, preenche o espaço, concorre para a sua configuração e lhe transmite a vida de quem nele habita. Longe de remeter para uma cultura poeirenta e distante, de acesso limitado, o livro torna-se no objecto a que os olhos se habituaram e que as mãos dispõem, comunicando-lhes o poder revelador da personalidade que os possui e os manuseia:

> "Ao pé da porta havia um piano antigo de cauda, coberto com um pano alvadio; sobre uma estante ao lado, cheia de partituras, de músicas, de jornais ilustrados, pousava um vaso do Japão onde murchavam três belos lírios brancos; [...] Como no Hotel Central, esta instalação sumária

de casa alugada recebera retoques de conforto e de gosto: [...] o tapete de pelúcia de uma mesa oval, colocada ao centro, desaparecia sob lindas encadernações de livros, álbuns, duas taças japonesas de bronze, um cesto para flores de porcelana de Dresda, objectos delicados de arte que não pertenciam decerto à mãe Cruges." (347)

Entre os "retoques de conforto e de gosto" que Maria Eduarda imprime à velha casa da Rua de S. Francisco, imprimindo-lhe a *sua* noção de conforto e o *seu* próprio gosto, os livros, assim como os álbuns e os jornais ilustrados, ocupam um lugar que desvenda o perfil cultural de quem deles sente necessidade, dão testemunho da vida de quem os escolheu, participando, ao mesmo tempo, desse conjunto de "objectos delicados de arte" que são mais um elo de aproximação entre os futuros amantes.

É n'*Os Maias*, efectivamente, que o livro assume com maior insistência os contornos de objecto estético, não tanto em si mesmo, por uma exuberância ostentatória de encadernações próprias de novo rico, mas por participar com significativa frequência da enumeração de objectos cuja beleza ou elegância fazem da descrição um verdadeiro acto de volúpia. O extracto atrás citado, ainda que incompleto, parece-nos bastante elucidativo a este respeito; mas o processo repete-se, como já dissemos, acontecendo por vezes que a brevidade da descrição ganha em subtileza e poder sugestivo, como ocorre, por exemplo, em casa da Condessa de Gouvarinho:

> "A condessa esperava-os na salinha ao fundo [...] Uma cesta de esplêndidas flores quase enchia a mesa, onde se acumulavam também romances ingleses, e uma "Revista dos Dois Mundos" em evidência, com a faca de marfim[15] entre as folhas." (388)

[15] Esta faca de marfim repete uma outra, de Maria Eduarda, que ao marcar o ritmo da leitura, desvenda um ritmo quotidiano que Carlos procura surpreender nos objectos: – "Esperava um instante na sala, de pé, saudando com o olhar os móveis, os ramos, a clara ordem das coisas; ia examinar no piano a música que ela tocara essa manhã, ou o livro que deixara interrompido, com a faca de marfim entre as folhas" (365).

Indício cultural, sinal de um conforto elegante, o livro é também uma peça fundamental na construção de uma intimidade doméstica que, no caso feminino, rivaliza com as ocupações habituais do quotidiano, como o piano ou o bordado. E, desta maneira, não perdendo nenhum dos outros atributos, adquire uma dimensão de familiaridade por onde passa o ambiente acolhedor e íntimo que ajuda a construir. Daí as modificações a que a presença de Maria Eduarda sujeita a Toca, onde o "jornal esquecido", no exemplo agora seleccionado, desempenha a mesma função que seria desempenhada por um livro:

> "A casa dentro resplandecia com um arranjo mais delicado. Já se podia usar o salão nobre, que perdera o seu ar rígido de museu, exalando a tristeza de um luxo morto: as flores que Maria punha nos vasos, um jornal esquecido, as lãs de um bordado, o simples roçar dos seus frescos vestidos, tinham comunicado já um subtil calor de vida e de conchego aos mais empertigados contadores do tempo de Carlos V [...]." (454)

De tal forma incorporado no cenário e prolongamento das vidas de que faz parte, é ainda o livro que ajuda a construir a imagem que Carlos colhe da sala da Rua de S. Francisco, outrora tão acolhedora, depois de saber do parentesco que o une a Maria Eduarda:

> "Melanie, que veio abrir, disse-lhe que a senhora, um pouco cansada, se fora encostar sobre a roupa – e a sala, com efeito, parecia abandonada por essa noite, com as serpentinas apagadas, o bordado ocioso e enrolado no seu cesto, os livros num frio arranjo orlando a mesa, onde o candeeiro espalhava uma luz ténue, sob o *abat-jour* de renda amarela." (655)

2.2 – *O espaço do livro: do escritório à biblioteca*

Se o escritório ou a biblioteca são o espaço do livro por excelência, são também o espaço do homem. Locais de trabalho, de leitura atenta e séria a exigir recolhimento, não se abrem à natureza ligeira e puramente lúdica das leituras femininas, tal como na época eram consideradas e a ficção queirosiana representou. Esta divisão de espaços aparece com toda a clareza quando a casa é partilhada pelos dois géneros: recorde-se que é na biblioteca dos Cunhais que os homens se refugiam no momento da chegada das Lousadas, desse modo garantindo o desejado isolamento face às temíveis mulheres[16]; Basílio, por outro lado, vinca claramente os naturais limites de domínio e circulação dos membros do casal, quando comenta, escandalizado, a figura e a presença de Julião em casa da prima:

> "Mas não era necessário ter meios para escovar o casaco e limpar a caspa! Não devia receber semelhante homem! Envergonha uma casa. Se seu marido gostava dele, que o recebesse no escritório!..." (104)

E significativamente, os momentos em que Luísa entra e permanece no escritório do marido são indissociáveis da transgressão que constituem as cartas que escreve a Basílio. Da primeira vez, a empresa, interrompida por Sebastião, fica reduzida a duas linhas; da segunda, depois de consumado o adultério, é pretexto para uma descrição do espaço face ao qual Luísa se confronta com a sua culpa:

> "E resolveu ir responder-lhe. Foi ao escritório. Logo ao entrar o seu olhar deu com a fotografia de Jorge – a cabeça de tamanho natural – no seu caixilho envernizado de preto. Uma comoção comprimiu-lhe o coração; ficou como tolhida – como uma pessoa encalmada que entra na frieza de um subterrâneo; e examinava o seu cabelo frizado, a barba negra, a gravata de pontas, as duas espadas encruzadas que reluziam por cima. Se ele soubesse matava-a!... Fez-se muito pálida. Olhava vagamente em redor o casaco de veludo de trabalho dependurado num prego, a manta em que ele embrulhava os pés dobrada a um lado, as grandes

[16] É esta a passagem: – "A sineta do portão tilintara, temerosa! E a fila acavalada, onde Padre Soeiro rebolava a reboque, enfiou para a livraria que o Barrolo aferrolhou, gritando ainda a Gracinha, com uma inspiração: // – Esconde as sangrias!" (Eça de Queirós, *A Ilustre Casa de Ramires*, ed. de Elena Losada Soler, Imprensa Nacional-Casa da Moeda, 1999, p. 183. A esta edição referem-se todas as posteriores citações do romance, para que passam a remeter as páginas indicadas entre parênteses no texto).

folhas de papel de desenho na outra mesa ao fundo, e o potezinho do tabaco, e a caixa das pistolas!... Matava-a decerto!" (182)

Alguns dos elementos agora enumerados repetem os que compõem a primeira imagem que nos é dada do escritório de Jorge, antes da partida deste para o Alentejo: é o caso da fotografia por cima da qual "duas espadas encruzadas reluziam" (49). A estas acrescentam-se agora as pistolas, associadas, tal como as espadas, ao acto de punição a que Luísa se crê sujeita. De resto, objectos comuns no espaço que prolonga os contornos sociais e psicológicos de quem o ocupa: objectos de conforto austero e de trabalho próprio de um engenheiro – "as grandes folhas de papel de desenho" –, sem que seja assinalada a presença de livros[17]. O que, se não quer dizer que a personagem não lê – sabemos logo de início que o faz e quais as suas preferências[18] – demonstrará, pelo menos, que o livro não entra, como peça fundamental, na definição do seu percurso e carácter. Neste caso, não será do livro, mas da sua ausência que a personagem retira significado no específico mundo romanesco a que pertence.

Ao contrário de Jorge, o Conselheiro Acácio orgulha-se de possuir, no seu "quarto de estudo", "os autores mais ilustres" que, como é sabido, costuma referir e citar para sua própria ilustração. Entre as obras aí reunidas, a *Enciclopédia Roret* permite-lhe o rápido acesso a uma cultura comodamente estruturada com que alimenta as suas intervenções sociais, intervenções a que o *Dicionário da Conversação*[19]

---

[17] Cf. p. 49: – "Era uma saleta pequena, com uma estante alta e envidraçada, tendo em cima a estatueta de gesso, empoeirada e velha, de uma bacante em delírio. A mesa, com um antigo tinteiro de prata que fora de seu avô, estava ao pé da janela; uma colecção empilhada de 'Diários do Governo' branquejava a um canto; por cima da cadeira de marroquim escuro, pendia, num caixilho preto, uma larga fotografia de Jorge; e sobre o quadro, duas espadas encruzadas reluziam. Uma porta, no fundo, coberta com um reposteiro de baeta escarlate, abria para o patamar." Relativamente à ausência de livros, repare-se como a narrativa passa em branco o conteúdo da "estante alta e envidraçada".

[18] Quando a narrativa se inaugura, Jorge folheia um volume de Luiz Figuier, e, duas páginas à frente, diz-se que "admirava Luiz Figuier, Bastiat e Castilho" (13).

[19] A posse desta obra constitui um significativo elo de aproximação entre o Conselheiro e Alípio Abranhos que, ao formar "a sua biblioteca de homem de Estado

prestará decerto um não menos precioso auxílio. Completam o conjunto as obras de Delille, poeta admitido na Academia Francesa ainda muito jovem, o *Parnaso Lusitano*, antologia poética da responsabilidade de Garrett, e, além destes nomes ilustres que atestam o rigor da selecção, a *História do Consulado e do Império*, como compete a um homem atento à evolução política das sociedades. E também aqui, todos os objectos, para além dos livros, repetem a personagem, actualizando as suas marcas distintivas[20]:

> "Numa saleta muito espanejada, a que as cortinas de cassa, a luz de duas janelas de peitoril e o papel claro davam um aspecto alvadio, estava a larga escrivaninha de trabalho, com um tinteiro de prata, os lápis muito aparados, as réguas bem dispostas. Via-se o sinete de armas do Conselheiro, pousado sobre a Carta Constitucional ricamente encadernada. Encaixilhada na parede, pendia a carta régia que o nomeara conselheiro; defronte uma litografia de el-rei; e sobre uma mesa, era eminente o busto em gesso de Rodrigo da Fonseca Magalhães[21], tendo no alto da cabeça uma coroa de perpétuas – que ao mesmo tempo o glorificava e o chorava." (327-8)

Todo o espaço se define pela ordem e a ostentação: ordem na vida privada, presente na disposição e arranjo dos objectos, em consonância com um ritmo assente na solidez dos hábitos ritualizados; ordem na vida pública, presente nos símbolos tranquilizantes da sua garantia – a Carta Constitucional e a imagem do rei. A ordem ostenta-se a si mesma, e o Conselheiro ostenta os sinais do seu próprio lugar – "a carta

[...] adquiriu o útil dicionário de conversação" (Eça de Queirós, *O conde d'Abranhos*, Porto, Lello & Irmão, 1973, p. 141).

[20] A "forte redundância e previsibilidade de conteúdos" que Philippe Hamon atribui ao discurso realista, passa necessariamente pelos objectos e, entre estes, pelos livros, sobre os quais se produz a "qualificação permanente da personagem" de que fala o Autor (cf. Philippe Hamon, "Un discours contraint", *Poétique*, 16, 1973, p. 432).

[21] Rodrigo da Fonseca Magalhães (1787-1858) foi um político liberal da primeira metade do século XIX. Defensor da Carta Constitucional, mais moderada do que a Constituição de 1838, ocupou ainda a pasta do Reino nos primeiros cinco anos da Regeneração.

régia que o nomeara conselheiro" – na paz e na prosperidade com que a monarquia constitucional o mimoseia.

A biblioteca propriamente dita está reservada à alta burguesia ou é fruto da tradição familiar que ao longo do tempo a foi construindo. Assim acontece com Gonçalo Mendes Ramires e também com o seu cunhado José Barrolo. Este último possui uma "rica livraria clássica que [...] herdara do tio deão da Sé" (87), mas talvez por ser homem pouco dado a livros e a leituras[22], a única imagem que nos é dada da sua livraria limita-se à porta fechada atrás da qual os homens se refugiam das Lousadas, na cena já referida.

Já quanto a Gonçalo, Afonso da Maia e Jacinto, a biblioteca é um local frequentemente habitado pelos seus possuidores e, como tal, objecto de inúmeras referências e descrições. Em relação a este último procedimento, há contudo a ressalvar a biblioteca da Torre, a que o narrador sempre se refere utilizando a palavra livraria[23]. Apesar de ser o espaço da casa mais presente ao longo da narrativa, uma vez que é lá que Gonçalo se deixa surpreender com mais frequência – escrevendo ou tentando escrever a sua novela, lendo os jornais e algumas cartas, escrevendo outras, pensando nas oportunidades e nos desafios que a vida lhe recusa e oferece – apenas duas imagens, estrategicamente colocadas no princípio e no fim da narrativa, materializam esse espaço:

> "A livraria, clara e larga, escaiolada de azul, com pesadas estantes de pau-preto onde repousavam, no pó e na gravidade das lombadas de

---

[22] Numa das breves estadias de Gonçalo nos Cunhais, temos acesso a uma cena de intimidade doméstica, em que "Gracinha martelava o piano, estudando o *Fado dos Ramires*. E Barrolo (que não se arriscara a um passeio solitário) folheava, estendido no canapé, uma famosa *História dos Crimes da Inquisição* que começara ainda em solteiro" (190). Repare-se como o livro aparece como uma alternativa de substituição ao passeio e como, por outro lado, Barrolo não o lê, mas apenas o folheia. Fica a dúvida se o adjectivo que qualifica a obra – "famosa" – se deve às suas características ou ao tempo que dura a leitura da personagem.

[23] Muito mais antigo do que *biblioteca* (segundo José Pedro Machado, esta palavra terá entrado por via francesa), o termo *livraria* aparece associado, na ficção de Eça de Queirós, à antiguidade dos espaços e dos documentos que neles se abrigam. É o que ocorre também em relação às casas tradicionalmente habitadas pela família dos Maias – Benfica e Santa Olávia – e à velha casa de Jacinto em Tormes.

> carneira, grossos fólios de convento e de foro, respirava para o pomar por duas janelas, uma de peitoril e poiais de pedra almofadados de veludo, outra mais rasgada, de varanda, frescamente perfumada pela madressilva, que se enroscava nas grades. Diante dessa varanda, na claridade forte, pousava a mesa – mesa imensa de pés torneados, coberta com uma colcha desbotada de damasco vermelho, e atravancada nessa tarde pelos rijos volumes da *História Genealógica*, todo o *Vocabulário* de Bluteau, tomos soltos do *Panorama*, e ao canto, em pilha, as obras de Walter Scott[,] sustentando um copo cheio de cravos amarelos." (73-4)

No final, esta imagem é reduzida ao que abrange o rápido olhar de Videirinha, que "No corredor [...] espreitou para a livraria, notou o molho de penas de pato espetado no velho tinteiro de latão, que esperava, rebrilhando solitariamente sobre a mesa nua sem papéis nem livros" (452). A mesa de trabalho de Gonçalo monopoliza esta última imagem, como já, em parte, acontece na primeira, onde a atenção do narrador se divide predominantemente entre a "mesa imensa" e as janelas por onde entram a claridade e os perfumes do espaço exterior; mas a brevíssima imagem das "pesadas estantes de pau-preto" não se repete agora.

Uma semelhança fundamental com a biblioteca de Afonso da Maia – quer em Benfica, quer em Santa Olávia ou no Ramalhete – é de assinalar. Tanto na Torre, como nas três casas dos Maias, o espaço do livro comunica com o espaço aberto da Natureza, rejeitando a velha oposição entre os livros e a vida que, sob a forma de luz, de flores, árvores e cheiros, impede que o leitor se esqueça dela: se Gonçalo não prescinde de "um copo cheio de cravos amarelos", Afonso "passava ali [em Benfica], Inverno e Verão, entre os seus livros e as suas rosas" (28); ainda em Benfica, a sua poltrona, na livraria, situa-se "ao pé da janela" e, quando Vilaça lhe transmite a notícia do casamento de Pedro, "Um bando de pardais veio gralhar um momento nos ramos de uma alta árvore que roçava a varanda" (31); e se o Ramalhete não pode repetir os cheiros do pomar e da madressilva da Torre, como seria possível em Santa Olávia, nem por isso menospreza o amplo contacto com o local donde se avista a exígua paisagem por entre o casario de Lisboa:

> "O terraço comunicava por três portas envidraçadas com o escritório – e foi nessa bela câmara de prelado que Afonso se acostumou logo a passar os seus dias, no recanto aconchegado que o neto lhe preparara ternamente, ao lado do fogão. A sua longa residência em Inglaterra dera-lhe o amor dos suaves vagares junto do lume. Em Santa Olávia as chaminés ficavam acesas até Abril; depois ornavam-se de braçadas de flores, como um altar doméstico; e era ainda aí, nesse aroma e nessa frescura, que ele gozava melhor o seu cachimbo, o seu Tácito, ou o seu querido Rabelais." (11)

"Braçadas de flores" e Tácito ou Rabelais parecem retirar à mulher o privilégio de associar o livro ao conforto de um interior elegante. Contudo, aqui, para lá da motivação de ordem estética, trata-se também de uma preocupação em lógica correspondência com a mágoa sentida por Afonso da Maia face à educação de seu filho Pedro:

> "O Pedrinho no entanto estava quase um homem. [...] Desenvolvera-se lentamente, sem curiosidades, indiferente a brinquedos, a *animais*, a *flores*, a *livros*." (20; itálicos nossos)

É decerto esta forma de amar a vida, nas suas manifestações naturais, que impedem que "as velhas estantes de pau-preto" e "a feição severa de paz estudiosa", expressões tantas vezes presentes no discurso do narrador, sempre que este se refere à livraria ou ao escritório de Afonso da Maia, não se sobreponham ao ambiente de aconchego e de risonha serenidade que marcam a personagem e o seu espaço[24]. É,

---

[24] Em Santa Olávia, Vilaça acompanha Afonso à livraria, e "O aposento, a que as velhas estantes de pau-preto davam um ar severo, estava *adormecido tepidamente*, na *penumbra suave*, com as cortinas bem fechadas, um resto de lume na chaminé, e o globo do candeeiro pondo a sua *claridade serena* na mesa coberta de livros. Em baixo, *os repuxos cantavam* alto no silêncio da noite" (77; itálicos nossos). E já no Ramalhete, "Vilaça costumava dizer [de Afonso da Maia] que lhe lembrava sempre o que se conta dos patriarcas, quando o vinha encontrar ao canto da chaminé, na sua coçada quinzena de veludilho, *sereno*, *risonho*, com um livro na mão, *o seu velho gato aos pés*" (12; itálicos nossos).

porém, aquela austeridade, com que no final se defrontará a fraqueza de Carlos, o timbre da primeira imagem que temos do escritório do avô no Ramalhete, imagem que virá a repetir-se em dois outros momentos fortes da acção:

> "Ao fundo do corredor ficava o escritório de Afonso, revestido de damascos vermelhos como uma velha câmara de prelado. A maciça mesa de pau-preto, as estantes baixas de carvalho lavrado, o solene luxo das encadernações, tudo tinha ali uma feição austera de paz estudiosa [...]." (9)

Quando Maria Eduarda visita o Ramalhete, é justamente o escritório do avô que mais a impressiona, causando-lhe premonitoriamente uma sensação de medo. E sob o seu olhar, os damascos são como os de uma "câmara de prelado", as estantes são "pesadas" e a paz estudiosa que aí se respira tem uma feição "severa" (468). Finalmente, é no escritório que repousa o corpo já morto de Afonso, entre os mesmos damascos e as mesmas estantes lavradas, e entre os livros nos quais a personagem se prolongou e que agora, nesta última imagem, são explicitamente referidos:

> "À tarde, com o auxílio de Vilaça, que voltara 'para dar o último olhar ao patrão', desceram-no ao escritório, que Ega não quisera alterar nem ornar, e que, com os damascos escarlates, as estantes lavradas, os livros juncando a carteira de pau-preto, conservava a sua feição austera de paz estudiosa." (674)

Se em relação à personagem de Afonso da Maia os livros não fazem esquecer a Natureza, antes a ela se associam numa contiguidade que a gestão do espaço faz questão de sublinhar, relativamente a Jacinto não só é possível afirmar o contrário, como os próprios livros aparecem como objectos desprovidos de vida. Mas limitemo-nos por agora ao local próprio do livro que, na economia do espaço do 202, detém a posição de maior relevo:

> "Jacinto empurrou uma porta, penetrámos numa nave cheia de majestade e sombra, onde reconheci a Biblioteca por tropeçar numa pilha monstruosa de livros novos. O meu amigo roçou de leve o dedo na parede: e uma coroa de lumes eléctricos, refulgindo entre os lavores do tecto, alumiou as estantes monumentais, todas de ébano. Nelas repousavam mais de trinta mil volumes, encadernados em branco, em escarlate, em negro, com retoques de ouro, hirtos na sua pompa e na sua autoridade como doutores num concílio." (26)

Depois de uma ausência de sete anos, é assim que o olhar de Zé Fernandes, entre as remodelações que entretanto Jacinto fizera introduzir no 202 em nome da civilização, nos revela a Biblioteca. E o que esse olhar regista nesta primeira visão nada tem de comum com o espaço correspondente de Afonso da Maia ou de Gonçalo. O que agora sobressai é o carácter monumental e solene do recinto: são monumentais as estantes, é monumental o número de volumes que elas contêm e é monstruosa a pilha de livros em que Zé Fernandes tropeça e que, à falta de luz, lhe faz reconhecer o local onde se encontra. Local a que as dimensões e a sombra, associada à cor negra do ébano, emprestam o ar de uma catedral majestosa e solene, como solenes e distantes são os livros que a ocupam. E por mais de uma vez Zé Fernandes insiste nesta imagem, ao referir-se à "erudita nave", onde "perenemente se adensava um pensativo crepúsculo de Outono enquanto fora Junho refulgia" (72). Ironicamente, neste "santuário" fechado são as obras de Religião que, acumulando-se junto às janelas, impedem a entrada de Deus através do que foi por Ele criado:

> "Contornei essa colina, mergulhei na secção das Ciências Naturais, peregrinando, num assombro crescente, da Orografia para a Paleontologia, e da Morfologia para a Cristalografia. Essa estante rematava junto de uma janela rasgada sobre os Campos Elísios. Apartei as cortinas de veludo – e por trás descobri outra portentosa rima de volumes, todos de História Religiosa, de Exegese Religiosa, que trepavam montanhosamente até aos últimos vidros, vedando, nas manhãs mais cândidas, o ar e a luz do Senhor." (30)

Este espaço vedado à luz e ao rumor da vida, inquietante de tão solene, leva-nos a evocar um outro que, nada tendo a ver com livros, é tão pouco atraente como este:

> "Que diferente da soturna doutrina que desde pequena a trazia aterrada e trémula! Tão diferente – como aquela pequena capela de aldeia da vasta massa de cantaria da Sé. Lá, na velha Sé, muralhas da espessura de côvados separavam da vida humana e natural: tudo era escuridão, melancolia, penitência, faces severas de imagens; nada do que faz a alegria do mundo ali entrava, nem o alto azul, nem os pássaros, nem o ar largo dos prados, nem os risos dos lábios vivos; alguma flor que havia era artificial; o enxota-cães lá se postava ao portal para não deixar passar as criancinhas; até o sol estava exilado, e toda a luz que havia vinha dos lampadários fúnebres." (911)

Trata-se da Sé de Leiria, que Amélia redescobre depois de conhecer o abade Ferrão e a capelinha dos Poiais. As imagens que Zé Fernandes colhe da Biblioteca do amigo permitem-nos fazer esta comparação entre os dois espaços, cujo ponto comum reside fundamentalmente na distância entre os objectivos para que foram criados e a real utilização a que se prestam. Possuindo ambos a mesma natureza intimidante, ignorando a vida, o que ela ensina e do que é capaz, ao poder dissuasor da leitura que resultará da acumulação de livros no 202 dos Campos Elísios, corresponde, na Sé de Leiria, um surpreendente afastamento entre o Criador e as suas criaturas.

3 – **A posse…**

Possuir livros não equivale necessariamente a proceder à sua leitura. Já vimos que José Barrolo e a sua "rica livraria clássica" confirmam a verdade desta afirmação. Por outro lado, o processo de aluguer de livros ou o recurso ao empréstimo permitem dispensar a posse. Se estas distinções se prendem de forma directa com o extracto económico-social da personagem – e também, afinal, com o seu perfil intelectual, como ocorre com o marido de Gracinha Ramires –, não deixam de reafirmar a coerência interna dos mundos que o romance constrói. Tomemos por testemunho *O primo Basílio* e a sua protagonista: sendo Luísa tradicionalmente encarada como a leitora por excelência, não deixa de ser inesperado que ao longo de todo o romance seja tão discreta a presença material do objecto livro. Já vimos, aliás, que os contornos da personagem como leitora ficam a dever-se, muito mais do que às cenas de leitura colhidas em flagrante, ao trabalho do seu imaginário sobre os heróis de papel e as aventuras fascinantes que lhes dão vida. Mas Luísa tem uma assinatura mensal num gabinete de leitura, facto de que somos informados no início da narrativa e que o "livro um pouco enxovalhado" que a ocupa depois da saída de Jorge parece não desmentir[25]. Talvez por esta razão os livros permaneçam em sua casa apenas o tempo que dura a leitura, cabendo às mulheres da alta burguesia e às casas que habitam o toque de elegância culta que resulta da mistura de livros com porcelanas e flores.

A importância de que se reveste possuir um livro para quem tal propriedade constitui ainda uma extravagância, tão pouco comum quanto prestigiante, traduz-se no modo diligente com que João Eduardo, o modesto empregado de um cartório de província, imprime a sua marca de posse e explicita os objectivos que a justificam no volume do *Panorama*, que virá a ser objecto de um auto-de-fé na Rua da Misericórdia: – "Pertence-me este volume a mim, João Eduardo Barbosa, e serve-me de recreio nos meus ócios" (651).

Mas independentemente do modo como se processa – ou não – o acesso ao livro, o acto de leitura é uma componente importante na construção da personagem, e os livros escolhidos poderiam levar a uma adaptação do provérbio popular: – "Diz-me o que lês, dir-te-ei quem és!" Este poder revelador do livro é, de resto, uma convenção social de que a ficção se aproveita e que, passando a funcionar também como convenção literária, orienta a leitura do signo ideológico que cada uma das personagens constitui. Ou, nas palavras de Joëlle Gleize: –"La con-

---

[25] Cf. p. 120, neste capítulo, local onde deixámos em aberto a questão do estado material do romance lido por Luísa no momento. Porque se trata de um livro alugado –"tinha uma assinatura, na Baixa, ao mês (18)" –, é natural que o seu aspecto se ressinta das inúmeras mãos que o manuseiam.

vention littéraire est redoublée par sa représentation comme convention sociale et ce redoublement vaut pour un protocole de lecture: les livres lus par un personnage sont à interpréter comme enseigne ou comme emblème"[26].

3.1 – *Identidade e revelação*

Indício de cultura, de aptidões intelectuais mais ou menos desenvolvidas, do estrato social, do perfil psicológico e de uma ideologia mais ou menos acentuada e coerente, o livro funciona também como marca profissional. Assim acontece com duas personagens, ambas médicos, ainda que uma delas da profissão guarde apenas o título. Em qualquer dos casos, porém, servindo como marca distintiva em termos profissionais, o livro funciona também como linha divisória dentro da qual o respectivo leitor se isola.

Antes de prosseguir, devemos reconhecer que o isolamento, neste contexto, poderia levar-nos a falar do Dr. Gouveia, o velho médico de *O crime do padre Amaro*, cujo gabinete, preenchido por objectos exóticos aos olhos da população de Leiria – desde os livros às cegonhas empalhadas –, constitui um motivo de inquietação e desconfiança. A expressão "cela de alquimista", na qual o narrador resume os sentimentos que aquele lugar suscita, é reveladora, aliás, não apenas das coisas incompreensíveis de que pode ser cenário, mas também da solidão que as resguarda. Deixamos, no entanto, este gabinete e, sobretudo, o seu

---

[26] Joëlle Gleize, *op. cit.*, p. 26. A representação literária desta convenção social permite, aliás, que as próprias personagens dela se sirvam para traçar o perfil e avaliar os comparsas que partilham o mesmo universo diegético. Entre os exemplos que a este propósito poderiam ser mencionados, recorde-se o herói de *A Capital!*, Artur Corvelo, para quem as leituras que atribui aos outros são indissociáveis da imagem que deles constrói. Neste mesmo sentido interpretamos as seguintes palavras de Zé Fernandes: "– Temos também a D. Beatriz Veloso... Essa é bonita... Mas, menino, que horrivelmente bem-falante! Fala como as heroínas do Camilo. [...] E depois, um tom de voz que te não sei descrever, o tom com que se fala em D. Maria, em peças de sentimento. [...] Enfim, um horror! E perguntas pavorosas. 'Vossa Excelência, Senhor Doutor, não se delicia com Lamartine?' Já me disse esta, a desavergonhada!" (197-198).

proprietário para momento mais oportuno relativamente aos sentidos que pretendemos realçar.

Quanto aos dois médicos a que há pouco nos referíamos – e são eles Julião Zuzarte e Carlos da Maia –, trata-se, particularmente no que respeita ao segundo, de um isolamento pontual, mas, em nosso entender, significativo.

No caso de Julião e na cena que tomamos como exemplo, a ilha em que a personagem se transforma não é tão procurada como imposta, e para tal concorrem também razões de ordem social: interrompendo uma visita de Basílio, o médico aparece em casa de Luísa "com um livro debaixo do braço" (102), e, desde o início, uma hostilidade surda instala-se entre os três convivas – a elegância e o ar afectado de Basílio intimidam Julião cuja aparência desleixada, por sua vez, envergonha Luísa. Para marcar a inoportunidade do seu aparecimento, a conversa dos primos sobre gente de sociedade que Julião não conhece faz com que este se sinta rejeitado, aumentando ainda mais a sua irritação e constrangimento. E como o desconforto da situação o leva "maquinalmente [a abrir e a fechar] o seu grosso livro de capa amarela" (103), Luísa acaba por perguntar-lhe:

> "– É algum romance? – perguntou-lhe Luiza.
> – Não. É o tratado do dr. Lee sobre doenças de útero.
> Luiza fez-se escarlate: Julião também, furioso da palavra que lhe escapara. E Bazilio, depois de sorrir, perguntou por uma certa D. Rafaela Grijó, que costumava ir à Rua da Madalena, que usava luneta, e tinha um cunhado gago..." (103)

A revelação do teor do livro, impróprio para ser referido numa reunião social, e na presença de uma senhora, dá o toque final ao isolamento de Julião, que Basílio sublinha com o sorriso e com a conversa que retoma ignorando o intruso.

A medicina é o elo comum entre o primo de Jorge e Carlos da Maia. Antes da chegada deste último, já o Ramalhete recebia "caixas sucessivas de livros, outras de instrumentos e aparelhos, toda uma biblioteca e todo um laboratório" (96). E o entusiasmo de quem inaugura uma carreira permite que o avô o encontre "na sala de bilhar

– onde tinham sido colocados os caixotes – a despregar, a desempacotar, em mangas de camisa e assobiando com entusiasmo. Pelo chão, pelos sofás, alastrava-se toda uma literatura em rumas de volumes graves" (97). Como se sabe, Carlos em breve esquecerá a medicina e a vontade de ser útil que lhe impusera a escolha do curso, para escândalo dos amigos de Santa Olávia[27]. Mas ainda no calor de quem começa, um curto diálogo com João da Ega sublinha também um certo isolamento que, neste caso, é imposto por Carlos e se materializa na indiferença distraída com que ouve o amigo:

> "[Ega] foi grunhindo impropérios contra a imprensa, a passos de tigre pelo gabinete. Por fim, irritado com a indiferença de Carlos:
>
> – Que diabo estás tu aí a ler? 'Nature parasitaire des accidents de l'impaludisme...' Que *blague*, a medicina! Dize-me uma coisa. Que diabo serão umas picadas que me vêm aos braços, sempre que vou a adormecer?...
>
> – Pulgas, bichos, vérmina... – murmurou Carlos com os olhos no livro.
>
> – Animal! – rosnou Ega, arrebatando o chapéu." (134-5)

Uma circunstância curiosa que não podemos deixar de assinalar aqui é o facto de ser justamente a medicina a dar origem a cenas deste tipo, em que uma certa marginalidade é inseparável da profissão a que as personagens, seja por gosto ou por necessidade, se entregam. E nada mais fácil do que associar a esta "marginalidade" – que Julião com o seu ar desleixado e socialmente deslocado tão bem personifica – os "emplastros" e as mãos sujas "no jorro das sangrias", que as amigas de Santa Olávia censuravam no futuro de Carlos. Registe-se, a propósito, o modo como a ficção reelabora os dados da realidade empírica que toma por referência e que consiste num país onde o baixíssimo número

[27] De facto, o exercício da medicina aparece como carreira subalterna e imprópria para um filho de família: – "Esta inesperada carreira de Carlos (pensara-se sempre que ele tomaria capelo em Direito) era pouco aprovada entre os fiéis amigos de Santa Olávia. As senhoras sobretudo lamentavam que um rapaz que ia crescendo tão formoso, tão bom cavaleiro, viesse a estragar a vida receitando emplastros, e sujando as mãos no jorro das sangrias" (88).

de médicos contrastava com o elevado número de jovens que, ao escolherem Direito, almejavam uma carreira na política ou no funcionalismo público[28].

Mais do que o trabalho do médico, porém, julgamos poder afirmar, em relação às duas cenas que temos vindo a comentar, que é a simples ideia de trabalho a estar em causa. Se é verdade, como já foi tantas vezes apontado, que nos mundos construídos pela ficção de Eça de Queirós raros são os que trabalham, é natural que aqueles que o fazem se salientem e se distanciem do conjunto: assim acontece com Julião Zuzarte; e, por uma única vez, o trabalho de Carlos, muito antes de ser remetido para os "vagares de artista rico" (187), interrompe a perfeita consonância intelectual e afectiva entre os dois inseparáveis amigos. Em ambos os casos, não o esqueçamos, o livro é o motivo a partir do qual os sentidos se desencadeiam ou se confirmam.

Mas a identificação entre livro e personagem não se limita a relações de ordem profissional. Como foi já referido, pela riqueza de sentidos de que é portador, enquanto objecto e enquanto texto, o livro funciona como uma grelha de leitura relativamente à personagem cujas características, por outro lado, sublinha e reitera: se a incongruência comportamental de João da Ega já se afirmava em Coimbra, onde era considerado "como o maior ateu, o maior demagogo, que jamais aparecera nas sociedades humanas" (92), ao mesmo tempo que o seu fundo sentimental o trazia "enleado sempre em amores por meninas de quinze anos, filhas de empregados, com quem às vezes ia passar a *soirée*, levando-lhes cartuchinhos de doce" (93), essa incongruência, como dizíamos, projecta-se igualmente ou é reafirmada pelos livros amontoados na sua mesa-de-cabeceira, onde *O cavaleiro da casa vermelha* constitui uma nota discordante junto de Spencer, de Stuart Mill e de Baudelaire.

É ainda na Vila Balzac que o livro aparece como indício de qualquer aspecto obscuro ou desconhecido daquele a que pertence. À coerência normalmente presente na relação da personagem com os seus livros sobrepõe-se o inesperado, e a revelação ocorre sob o olhar mais ou menos surpreendido de quem a experimenta. Neste caso é o olhar de

---

[28] Cf. *supra*, pp. 41-42.

Carlos que se deixa surpreender, quando Ega o leva a conhecer o "humilde tugúrio do filósofo!":

> "Mas foi mostrar logo o seu recantozinho estudioso, formado por um biombo, ao lado da janela, e tomado todo por uma mesa de pé de galo, onde Carlos, assombrado, descobriu, entre o belo papel de cartas do Ega, um 'Dicionário de Rimas'..." (147)

Apesar do que conhece do amigo, Carlos fica "assombrado": estranhará que Ega se entregue à poesia ou que a sua imaginação necessite o auxílio de rimas por encomenda?

Também em relação a Maria Eduarda, Carlos descobre o insólito, materializado numa extravagante caixa de pó-de-arroz e num livro:

> "Depois, ao escrever a receita, Carlos notou ainda sobre a mesa alguns livros de encadernações ricas, romances e poetas ingleses: mas destoava ali, estranhamente, uma brochura singular – o 'Manual de Interpretação dos Sonhos'." (263)

Só bem mais tarde, ao tomar conhecimento da história de Maria Eduarda, Carlos compreende o significado do insólito livro entre os "romances e poetas ingleses", descobrindo-lhe então o poder revelador de um passado pouco condizente com a mulher que julgava conhecer. Refazendo o percurso da sua relação com Maria e nele tentando encontrar indícios comprovantes da verdade que lhe é brutalmente contada por Castro Gomes, o suposto marido, Carlos reencontra arquivadas na memória "outras coisas ainda, pequeninas, mas que não teriam escapado ao mais simples: jóias brutais, de um luxo grosseiro de *cocotte*; o livro da 'Explicação de Sonhos', à cabeceira da cama; a sua familiaridade com Melanie..." (484). Tal como o luxo estridente das jóias discorda da elegância sóbria e discreta da mulher, também o receituário para desvendar o sentido oculto dos sonhos remete para uma cultura de superstição e lugares-comuns, aparentemente distanciada da inteligência selectiva da leitora. Daí a estranheza de Carlos, alheio à tensão que se instala entre o ser e o parecer, e para quem, naquele momento, Maria Eduarda ainda é apenas aquilo que parece[29].

No âmbito deste mesmo jogo, recorde-se ainda o volume das poesias obscenas de Bocage que, ao abrigo de olhos indiscretos e por oposição às obras "canónicas" que o Conselheiro Acácio ostenta no seu escritório, revelam a vida dúplice e a hipocrisia do seu possuidor.

3.2 – *Proximidade e distância*

Se um qualquer objecto pode constituir um meio de aproximação entre os que a ele se referem, seja qual for a razão ou o objectivo, as probabilidades desta aproximação aumentam consideravelmente se o objecto em causa for um livro: o que se pede emprestado e o que se empresta, o que desperta as mesmas emoções ou emoções que se confrontam, o que desvenda ao outro as preferências daquele que o escolhe e lê, o que revela o mesmo gosto ou hábito de leitura, o que funciona sempre, afinal, qualquer que seja a via, de local de encontro entre leitores.

Transposto para a ficção, este dado da experiência quotidiana serve frequentemente de linha divisória entre grupos opostos e, ao mesmo tempo, de ponto de contacto e de harmonia entre os que se reconhecem na partilha de hábitos comuns. É talvez *O crime do padre Amaro* o romance que o demonstra da forma mais óbvia, o que fica a dever-se à nítida divisão das personagens em dois grupos, um dos quais é composto pelos marginais relativamente à comunidade de padres e beatas. E nesta divisão a posse ou o contacto com os livros desempenha um papel impossível de ignorar.

---

[29] Não procurámos dados bibliográficos relativos às tentativas de abordagem científica que, na época, (e, portanto, antes de Freud ter publicado, nos finais de 1899, *A interpretação dos sonhos*) eventualmente já circulassem no mercado. Julgamos, contudo, pela insistente representação de estados oníricos na ficção queirosiana, que essas tentativas efectivamente terão existido e que Eça a elas teve acesso. No entanto, a surpresa de Carlos no passo citado torna evidente que o livro em causa, tal como deixa prever a própria designação de "Manual" – que nos levou a falar de receituário –, representa um tipo de literatura sem nada de comum com qualquer perspectiva científica da questão.

Entre os elementos excêntricos ao grupo que se reúne na Rua da Misericórdia, mas que com ele mantêm algum tipo de relação, conta-se o Dr. Gouveia, "temido" e "respeitado" pelas beatas que, "apesar de se escandalizarem com a sua irreligião, dependiam humildemente da sua ciência para os achaques, os flatos, os xaropes" (577). E ao seguirmos João Eduardo, quando este lhe pede ajuda na crise sentimental em que se vê envolvido, a breve visão do gabinete do médico onde não faltam os livros, sublinha a sua excentricidade, como antes já foi anunciado, face ao meio em que habita:

> "Seguiu-o ao gabinete – o conhecido gabinete do doutor Gouveia, que com o seu caos de livros, o seu tom poeirento, uma panóplia de flechas selvagens e duas cegonhas empalhadas, tinha na cidade a reputação duma 'cela de alquimista'." (581)[30]

Também do abade Ferrão se diz que "todo o tempo que tinha vago, abismava-se num caos de livros" (865). Representação do bom padre, por oposição aos clérigos de Leiria, a interpretação evangélica da prática religiosa faz dele um estranho a D. Josefa Dias, quando esta, exilada na Ricoça, com ele contacta e lhe revela os seus terrores devotos:

> "– Ai, não presta, não presta! exclamou D. Josefa. Não me percebe. Tem ideias muito esquisitas. Não dá virtude...
>
> – Homem de livros... disse Amaro." (891)

---

[30] Encontramos neste gabinete ressonâncias do de Fausto. Cf. o seguinte passo extraído de uma fala do próprio Fausto: – "Mas ai! Desfaleço ainda neste cárcere! Miserável toca, onde a doce luz do dia só a muito custo penetra, através destes vitrais pintados, deste monte de livros poeirentos e carunchosos e da papelada empilhada até à abóbada. [...] em vez da natureza viva, na qual Deus te criou, rodeia-te apenas fumo e bolor, restos de animais e ossadas de mortos!" (Goethe, *Fausto*, trad. de Luiza Neto Jorge sobre a versão francesa de Gérard de Nerval, Lisboa, Estampa, 1984, pp. 27--28).

E, de facto, a única vez que o abade aparece em Leiria é também por uma questão de livros[31], e são ainda os livros um dos pontos de contacto que mantém com João Eduardo.

Completamente alheio ao grupo da Misericórdia, o Morgado de Poiais, "ricaço excêntrico de ao pé de Alcobaça" (901), "tinha [...] por padres um ódio maníaco" (903). Mas o abade reconhece nele uma bondade que os aproxima, além de que o "Morgado era também grande amador de alfarrábios, questionador incansável" (903).

E, finalmente, João Eduardo, encarregado da "educação das primeiras letras" dos filhos do Morgado, abastece-se de livros na residência do abade Ferrão, quando este está doente é João Eduardo quem dele cuida e lhe lê alto, e é ele, enfim, o proprietário do *Panorama*, elemento profano, intruso e incómodo, que será queimado pelas velhas beatas em casa da S. Joaneira.

Repare-se como entre estas quatro personagens se entretece uma rede de relações que passam pelas conversas do abade com o médico, quando ambos se encontram na Ricoça, pelo convívio turbulento e saudável entre o Morgado e o abade, e pela figura de João Eduardo, a quem os três homens protegem de uma ou outra forma. Por outro lado, relativamente ao grupo dos padres e beatas, a excentricidade, não apenas física mas resultante da diferença de valores e comportamentos, é uma marca comum às quatro personagens que, curiosamente, se encontram e reconhecem fora do espaço urbano de Leiria.

Também n'*Os Maias* é possível encontrar no livro este poder de aproximação. Não nos referimos aqui à selecção elitista – por onde passa a cultura e a arte, mas também a elegância de hábitos e maneiras[32] – que distingue os frequentadores do Ramalhete e, fora deste

---

[31] O abade Ferrão entra na botica, encontrando o cónego Dias que aguarda o momento de se dirigir a casa do sineiro para observar a paralítica. Convidado pelo cónego para o acompanhar na observação do que julgava ser um caso de endemoninhamento, o abade rejeita o convite: – "O abade desculpou-se polidamente. Viera falar ao senhor vigário-geral, fora depois ao Silvério para lhe pedir aqueles dois volumes, vinha ali aviar uma receita para um velho da freguesia, e tinha de estar de volta aos Poiais ao toque das duas horas" (761).

[32] Quando Carlos e Ega se ocupam do projecto de criação da famosa "Revista de Portugal" que nunca será criada, as dificuldades começam por surgir na elaboração

espaço restrito, aqueles que, seja qual for a razão, estão mais próximos de Carlos, como Alencar ou Maria Eduarda. Esta última, de resto, serve como exemplo concreto para o argumento de que o livro é motivo das afinidades que se criam ou, neste caso, se prevêem: ao colaborar inocentemente na preparação de um encontro entre Carlos e Maria Eduarda, Dâmaso assenta a inevitável simpatia que entre os dois há-de nascer no gosto comum pela literatura: – "Tu vais gostar dela; tem lido muito, entende também de literatura; e olha que às vezes a conversar atrapalha..." (311).

Mas já em Coimbra, no ambiente boémio e truculento da Academia, são também os livros, desta vez valorizados enquanto objectos textuais portadores de sentidos ideológicos definidos, que anulam a desconfiança do meio académico relativamente ao inusitado luxo com que Carlos se instala na cidade:

> "Ao princípio este esplendor tornou Carlos venerado dos fidalgotes, mas suspeito aos democratas; quando se soube, porém, que o dono destes confortos lia Proudhon, Augusto Comte, Herbert Spencer, e considerava também o país uma 'choldra ignóbil' – os mais rígidos revolucionários começaram a vir aos paços de Celas tão familiarmente como ao quarto do Trovão, o poeta boémio, o duro socialista, que tinha apenas por mobília uma enxerga e uma Bíblia." (89)

E o fenómeno repete-se entre o velho Afonso da Maia, nas suas visitas a Coimbra, e os colegas do neto que "vendo-o aparecer em chinelas e de cachimbo na boca, estirar-se na poltrona com ares simpáticos de patriarca boémio, discutir arte e literatura, [...] começaram a considerá-lo como um camarada de barbas brancas. Diante dele já se falava de mulheres e de estroinices. Aquele velho fidalgo, tão rico, que lera Michelet e o admirava – chegou mesmo a entusiasmar os democratas" (91).

---

da lista de colaboradores: – "Quase todos os escritores sugeridos desagradavam ao Ega, por lhes faltar, no estilo, aquele requinte plástico e parnasiano de que ele desejava que a revista fosse o impecável modelo. E a Carlos alguns homens de letras pareciam *impossíveis* – sem querer confessar que neles lhe repugnava exclusivamente a falta de linha e o fato mal feito..." (566-567).

Recorde-se, por fim, que o concurso dos livros está presente na aproximação que se instala entre Afonso e Craft cujas afinidades, tanto com o avô como com o neto, transformam numa das visitas mais frequentes do Ramalhete:

> "Afonso, por seu lado começara logo por sentir uma estima elevada por aquele *gentleman* de boa raça inglesa, como ele os admirava, cultivado e forte, de maneiras graves, de hábitos rijos, sentindo finamente e pensando com rectidão. Tinham-se encontrado ambos entusiastas de Tácito, de Macaulay, de Burke, e até dos poetas laquistas." (186)

4 – **...e o uso**

O livro é naturalmente o complemento directo do acto que se materializa na leitura. Nem sempre, contudo, esta relação é evidente ou sequer verdadeira, e a natural utilização de que se espera que o livro seja objecto cede a outras a primazia ou por elas é totalmente substituída. Assim acontece na Toca, onde o quiosque japonês é o local escolhido por Carlos e Maria nas tardes quentes de Verão:

> "Eles entravam, Carlos com algum livro que escolhera na presença de Miss Sara, Maria Eduarda com um bordado ou uma costura. Mas bordado e livro caíam logo no chão – e os seus lábios, os seus braços uniam-se arrebatadamente." (455)

É óbvio que o aparente leitor sabe que a função do livro que escolhe é desempenhada no exacto momento em que o escolhe sob o olhar da governanta inglesa, esperando que ela o entenda, antes de mais, como penhor de respeitabilidade.

Desde manobra de diversão, como é o caso que agora referimos, até à arma de arremesso que serve a Gonçalo para defender uns frágeis melros das intenções gulosas do gato da Rosa cozinheira, o livro presta-se a utilizações variadas e ricas de sentidos, sem que por isso a leitura esteja necessariamente em causa.

4.1 – *Desvios*

Em situações socialmente difíceis ou de constrangimento pessoal, o livro pode servir de objecto sobre o qual a personagem se apoia para compor a sua atitude física, para saber, no fundo, o que há-de fazer das mãos. Assim acontece com Julião, na cena já por nós parcialmente analisada[33]. Esse famoso livro com que aparece debaixo do braço diante de Luísa e Basílio, que coloca sobre o joelho enquanto deixa balançar a perna e que, finalmente, no auge do desconforto, se põe maquinalmente a folhear, acaba por dar origem, de tão manuseado que é, à incómoda pergunta de Luísa e à ainda mais incómoda resposta do médico.

Mas também Luísa se serve do livro no seu desconforto perante Juliana, nele procurando um refúgio e um pretexto para se isolar e evitar o menor contacto com a aterradora mulher:

> "No entretanto evitava vê-la. Nunca a chamava. Não saía da alcova de manhã, sem a ter sentido fora no quarto encher o banho, sacudir os vestidos. Ia para a sala de jantar com um livro, e nos intervalos não levantava os olhos das páginas." (283)

E a um igual isolamento se presta um velho álbum que por duas vezes aparece referido em casa da S. Joaneira. Só que então, tanto num caso como noutro, esse isolamento não é procurado, mas imposto pela rejeição a que Amélia, ao sabor das circunstâncias, vai condenando os dois homens que a disputam: a primeira vez cabe a João Eduardo que, no meio do entusiasmo causado pelo regresso do padre aos serões da Rua da Misericórdia, "isolado a um canto, ia folheando o velho álbum" (379); mas o escândalo provocado pelo comunicado precipita o casamento de Amélia, a situação dos pretendentes inverte-se e, perante a suposta felicidade dos noivos, "o padre Amaro, abandonado a um canto como outrora o escrevente, ia folheando o velho álbum" (471).

A importância que o livro assume entre uma burguesia essencialmente urbana, que nele encontra um meio de promoção social, conduz

---

[33] Cf. *supra*, p. 147.

à sua valorização como objecto estético e ornamental, funcionando como marca distintiva em termos muito mais sociais do que verdadeiramente culturais. O tipo de obras sujeitas a edições de luxo assim o sugeria, permitindo que a ficção delas se aproveitasse na construção de comportamentos de novo-rico a que Dâmaso Salcedo serve de fiel concretização. E para tal concorre "uma mesa coberta de encadernações ricas" (552), junto à qual Dâmaso aguarda ansiosamente a justificação da visita de Ega e de Cruges, na sequência da carta injuriosa publicada na *Corneta do Diabo*. Mas o pobre Dâmaso nega o seu procedimento culposo, o que leva à exposição das provas, motivo para completar a descrição dos adereços sobre a mesa:

> "Ega, muito friamente, tirou do bolso um maço de papéis. E veio colocá-los um por um, ao lado do Dâmaso, na mesa, sobre um magnífico volume da Bíblia de Doré." (553)

E uma vez que sobre este repositório sagrado das normas de conduta moral se encontram espalhadas as provas da vileza cometida, o magnífico volume voltará a ser referido quando Ega, "como se a missão estivesse finda, abotoara a sobrecasaca e recolhia os papéis espalhados sobre a Bíblia" (555). Supomos poder afirmar que, na fugidia imagem da casa de Dâmaso, o volume ricamente encadernado da Bíblia faz valer a sua dupla qualidade de objecto e texto: serve de legenda ao novo-rico e simultaneamente sublinha, por contraste irónico[34], a falta de verticalidade que o caracteriza.

Algo de semelhante sucede em casa de Jorge, com o volume do *Inferno* de Dante, igualmente ilustrado por Gustavo Doré, que surge

[34] Também a partir da Bíblia, mas em circunstâncias muito diferentes, um outro contraste se instala nos encontros clandestinos de Carlos com a condessa de Gouvarinho, em casa de "uma apóstola militante da Igreja Anglicana" e tia da condessa. As expansões amorosas dos dois amantes têm aí por cenário um quarto que "era um ninho de Bíblias" e cujas "paredes resplandeciam, forradas de cartonagens impressas em letras de cor, irradiando versículos duros da Bíblia, ásperos conselhos de moral, gritos dos salmos, ameaças insolentes do Inferno..." (301). Ao cómico que daqui resulta, junta-se ainda a estreita relação, tão presente no texto queirosiano, entre o sagrado e o erótico.

pela primeira vez na narrativa como ornamento do cenário a que as encadernações emprestam cor, e a qualidade da edição algum prestígio:

> "Os estofos das cadeiras e as bambinelas eram de repes verde-escuro; o papel e o tapete com desenhos de ramagens tinham o mesmo tom, e naquela decoração sombria destacavam muito as molduras douradas e pesadas de duas gravuras (a 'Medeia' de Delacroix e a 'Mártir' de Delaroche), as encadernações escarlates dos dois vastos volumes do Dante de G. Doré, e entre janelas o oval de um espelho onde se reflectia um napolitano de *biscuit* que, na *console*, dansava a tarantela". (25)

Mais à frente na acção[35], porém, os volumes de Dante ultrapassarão o seu papel de objectos puramente decorativos: num serão em que Jorge ainda se encontra ausente e o adultério foi já consumado, Julião explica as gravuras a D. Felicidade e estabelece, sem o saber, um paralelo entre a acção do livro representado e a acção daquele que o representa: o adultério com a mesma marca algo incestuosa, já que o primo é substituído pelo cunhado, a ira do marido que espia os amantes e a vingança anunciada na espada que aquele se prepara para utilizar. A conversa que se gera a partir da observação das gravuras impacienta Luísa, cuja culpa só pode conduzir ao paralelo entre a história de Paulo e Francesca de Rimini e a sua própria história. Teremos oportunidade de retomar o jogo intertextual que a cena agora mencionada exemplifica, mas fique desde já registada a paráfrase resultante de um diálogo que, noutros momentos, toma por interlocutores a música ou a pintura.

Um outro tipo de ostentação a que o livro se presta está emblematicamente representado na personagem do Conselheiro Acácio, que sistematicamente transpõe para o discurso uma erudição à medida da imagem que de si próprio constrói como intelectual, votado ao estudo e à escrita:

> "– Lisboa porém tem belezas sem igual! A entrada, ao que me dizem (eu nunca entrei a barra), é um panorama grandioso, rival das

[35] Cf. pp. 296-297 de *O primo Basílio*, na edição aqui utilizada.

> Constantinoplas e das Nápoles. Digno da pena de um Garrett ou de um Lamartine! Próprio para inspirar um grande engenho!...
>
> Luiza, receando citações ou apreciações literárias, interrompeu-o, perguntou-lhe o que tinha feito?" (106)

A própria Luísa está atenta à componente de ostentação cultural do conselheiro e, temendo-a na presença de Basílio, decide interrompê-lo. Mas trata-se, como é sabido, de uma cultura feita de lugares-comuns, de afirmações gerais e cansadas, que o tom enfatuado e o discurso que caracteriza a personagem cobrem de ridículo[36].

A ostentação cultural é também apanágio dos padres da Sé de Leiria, como atrás foi já mencionado. Esclareça-se que aqui, como no caso anterior, não se trata rigorosamente do livro em si mesmo, mas do conhecimento que faculta; por outro lado, o sentido da palavra "cultura" vê-se limitado a uma área restrita, mas suficiente para alcançar os resultados que se desdobram em dois objectivos de algum modo complementares e obviamente favoráveis aos detentores do saber em causa.

Vejamos: ao descobrir o volume do *Panorama* pertencente a João Eduardo, depois de este ter sido definitivamente expulso da Rua da Misericórdia e depois do "atentado" cometido contra Amaro, Natário declara o estado de excomunhão do ímpio e dos seus pertences, e, perante a admiração das beatas, recorre ao cónego, cuja reconhecida autoridade em questões de ritual e doutrina confirma as declarações do colega:

> "E este caso de pôr mãos sacrílegas num sacerdote era tão especial, continuava o cónego num tom profundo, que a bula do Papa Martinho V, limitando os casos de excomunhão tácita, conserva-a todavia para o que maltrata um sacerdote... – Citou ainda mais bulas, as Constituições de Inocêncio IX e de Alexandre VII, a Constituição Apostólica, outras legislações temerosas; rosnou latins, aterrou as senhoras." (651-3)

---

[36] Como o extracto citado bem ilustra, a utilização do plural e do artigo indefinido para referir uma entidade individual, sublinha a generalidade das noções em que assenta a vacuidade intelectual da personagem, ao mesmo tempo que lhes confere o tom do saber definitivamente adquirido.

E enquanto as senhoras, numa fúria histérica, revivem os tempos inquisitoriais atirando para o fogo os objectos de João Eduardo e fazendo o divertimento dos três padres, Natário comenta, revelando o verdadeiro sentido da sua actuação:

> " – É para lhes fazer sentir que se não perde impunemente o respeito à batina, dizia Natário baixo a Amaro.
>
> O pároco assentiu, com um gesto mudo de cabeça, contente daquelas cóleras beatas que eram como a afirmação ruidosa do amor que lhe tinham as senhoras." (653)

É esta uma das cenas em que a manipulação das velhas beatas pelos padres adquire um tom de crueldade que o cómico que dela resulta não é capaz de anular. A permeabilidade feminina ao saber exibido e à natureza inquestionável com que se apresenta projecta-se numa relação de forças em que o poder pertence ao que detém o conhecimento, ao que tem acesso, afinal, à palavra escrita que o transmite. Por isso o grupo feminino da Rua da Misericórdia é facilmente manipulável pelos padres que despudoradamente utilizam os textos na consecução dos seus mais vis objectivos. Aprendiz diligente, Amaro fará uso do método frequentes vezes, como quando se trata de procurar os argumentos para levar Amélia a romper o noivado:

> "Não, não podia casar com um homem que lhe impediria a *vida perfeita*, lhe achincalharia as boas crenças! Não a deixaria rezar, nem jejuar, nem procurar no confessor a direcção salutar, e, como diz o santo padre Crisóstomo, 'amadureceria a sua alma para o Inferno'!" (495)[37]

Confundindo-se com a manipulação em que os padres são exímios, a sedução que Amaro exerce sobre Amélia retira iguais vanta-

[37] Num outro passo, quando monta a estratégia dos encontros em casa do sineiro e justifica perante as beatas as visitas de Amélia à paralítica, são de S. Clemente as palavras citadas: "– Ali está aquela rapariga, todo o santo dia, pregada na cama! Não sabe ler, não tem devoções habituais, não tem o costume da meditação; é por consequência, para empregar a expressão de S. Clemente – *uma alma sem defesa*" (715).

gens da exibição de uma suposta erudição, a que títulos e autores emprestam forma:

> "E ao mesmo tempo martelava-lhe os ouvidos com a glorificação do sacerdócio. Desenrolava-lhe com pompa a erudição dos seus antigos compêndios, fazendo-lhe o elogio das funções, da superioridade do padre. [...] Mesmo a Virgem Maria, tinha ela um poder maior que ele, padre Amaro? Não: [...] ele podia dizer com S. Bernardino de Sena: 'O sacerdote excede-te, ó mãe amada!' – porque, se a Virgem tinha incarnado Deus no seu castíssimo seio, fora só uma vez, e o padre, no santo sacrifício da missa, incarnava Deus todos os dias! E isto não era argúcia dele, todos os santos padres o admitiam...
>
> – Hem, que te parece?
>
> – Oh, filho! Murmurava ela pasmada, desfalecida de voluptuosidade.
>
> Então deslumbrava-a com citações venerandas: S. Clemente, que chamou ao padre 'o Deus da Terra'; o eloquente S. Crisóstomo, que disse 'que o padre é o embaixador que vem dar as ordens de Deus'. E Santo Ambrósio que escreveu: 'Entre a dignidade do rei e a dignidade do padre há maior diferença que a que existe entre o chumbo e o ouro!'
>
> – E o ouro é cá o menino, dizia Amaro com palmadinhas no peito. Que te parece?" (737)

A própria personagem anula uma eventual suspeição de argúcia pessoal na construção argumentativa a que procede para afirmar uma superioridade que a Igreja lhe confere e lhe confirma. A "erudição dos antigos compêndios", materializada nas citações de S. Bernardino de Sena, S. Clemente, S. Crisóstomo e Santo Ambrósio, desdobra-se como compensação da liberdade que a Igreja lhe retira e das diferenças que simultaneamente lhe impõe. Tirando partido da formação ou deformação religiosa de Amélia, Amaro constrói uma estratégia de sedução que erotiza o texto dos santos padres e o faz a ele como padre, e não como homem, o objecto da volúpia feminina.

Presente na acção e valorizada a sua componente textual, o livro é ainda instrumento de sedução a que Amaro também recorre, tal como o fará Basílio. Aliás, o empréstimo ou a troca de livros são estratégias comuns de aproximação, servindo por isso mesmo os objectivos de qualquer tentativa de aliciamento do outro para fins mais ou menos inocentes. É justamente a coberto da inocência aparentemente garantida por uma obra religiosa e aprovada pela Igreja, que Amaro induz Amélia na leitura dos *Cânticos a Jesus*, "deixando-lhe o livrinho uma noite no cesto da costura" (283). Este acto meio furtivo, assim como a breve referência ao comportamento de Amélia no dia seguinte, seriam suficientes para concluir sobre o conteúdo do "livrinho" e as intenções do padre. Mas o narrador, de uma forma inusitadamente veemente, procede à descrição crítica da obra que Amaro lia à noite no seu quarto, depois de um serão em que a excitante proximidade de Amélia o fazia entregar-se à leitura do livro devoto, onde "Jesus é invocado, reclamado com as sofreguidões balbuciantes duma concupiscência alucinada" (281). Partilhada enfim a leitura e naturalmente as emoções, no dia seguinte Amélia "não ergueu os olhos para Amaro. Parecia triste – e sem razão, às vezes, o rosto abrasava-se-lhe de sangue" (283).

Em resposta ao mesmo objectivo de excitar o desejo no alvo a ser atingido, Basílio serve-se igualmente de um livro, em relação ao qual começa, contudo, por fazer nascer a curiosidade:

> "Também ele passara a manhã deitado no sofá a ler 'A Mulher de Fogo' de Belot. Tinha lido, ela?
> – Não, que é?
> – É um romance, uma novidade.
> E acrescentou sorrindo:
> – Talvez um pouco picante; não to aconselho!" (94)

O livro não voltará a ser mencionado, até que, perante a resistência da prima, Basílio altera as estratégias de abordagem, fazendo participar dessa alteração, que de resto surtirá efeito, o referido livro:

> "Mas no dia seguinte, muito habilmente, Bazilio não falou no passeio, nem no campo. Não falou também do seu amor, nem dos seus desejos. Parecia muito alegre, muito superficial; tinha-lhe trazido o romance de Belot, 'A Mulher de Fogo'. E sentando-se ao piano, disse-lhe canções de café-concerto, muito picantes; imitava a rouquidão acre e canalha das cantoras; fê-la rir." (130)

De uma forma bastante discreta, passando quase despercebido no conjunto dos comportamentos de Basílio, o livro está presente, o título é sugestivo e as intenções que serve não precisam de legenda. É, no entanto, a realidade extratextual que nos permite confirmar os sentidos que se insinuam: a tradução portuguesa de *A mulher de fogo* de Adolphe Belot integrou uma colecção, em 1873, com o título "Biblioteca para Homens"[38].

4.2 – *O útil, o inútil e o desconforto*

Com excepção dos livros sobre a sua mesa de trabalho, que lhe servem de ferramenta na redacção da novela, apenas uma vez Gonçalo se refere a um livro – *King Salomon's Mines* – que lera recentemente e que o entusiasmara. A este livro associa Gonçalo as "ideias de ir para a África" (165), essa África que de quando em quando reaparece no seu discurso, ora como tema político ao qual se consagraria ao atingir a carreira desejada, ora como projecto pessoal de fuga ao desconforto da sua situação presente. Este desconforto tem na sua origem uma nova relação de forças que se joga em termos de *deve* e *haver*, sendo o segundo termo aquele que, de facto, rima com *poder*. Apesar da fidalguia de sangue, do nome e da família mais antiga que o Reino, Gonçalo deve mais do que tem, vendo-se por isso obrigado a procurar a via mais favorável e útil para superar uma escassez de meios que contrasta com a abundância dos que, no tempo dos seus longínquos avós, "só abordava[m] o seu senhor de joelhos e tremendo!" (141)[39]. Mudados os

---

[38] Cf. A.A. Gonçalves Rodrigues, *A tradução em Portugal. 4º Volume – 1871/1900*, Lisboa, ISLA, 1994, p. 57.

[39] A inversão de posições resultante do novo tipo de relações sociais e económicas projecta-se metaforicamente nas figuras de Gracinha e da mulher de Sanches Lucena, num baile casualmente recordado: – "D. Ana também se recordava do baile dos Marges: // – O cavalheiro, porém, está equivocado. Eu não fui de russa, fui de imperatriz... // – Sim, de imperatriz da Rússia, de Grande Catarina... E com um gosto! Com um luxo!" // Sanches Lucena voltou vagarosamente para Gonçalo os óculos de ouro, apontou um dedo alongado e lívido: // – Pois também eu me lembro que sua mana, e minha senhora, a Srª D. Graça, trazia um traje de lavradeira de Viana..." (150).

tempos, as veneráveis vidraças da Torre ficam sujeitas ao desrespeito de um caseiro embriagado, e o Fidalgo é fisicamente ameaçado por homens do povo, rudes e grosseiros, ensinando-lhe um deles, aliás, o valor da palavra e a honra que nela deve caber; a sua sobrevivência está nas mãos do Pereira "brasileiro" que lhe arrenda a quinta, e de um outro "brasileiro", o rico visconde de Rio-Manso, dependem alguns dos votos de que precisa para se eleger deputado; entretanto, o lugar político que cobiça está nas mãos de um representante dessa "Gente que engordou, que trepou..." (135), enquanto ele se vê reduzido a "um desses seres vergados que *dependem*" (356). Por isso, D. Ana, depois da morte de Sanches Lucena, com uma sólida fortuna de duzentos contos de réis, apesar do pai carniceiro, do irmão assassino e do tom empapado da sua voz medonha, lhe aparece como uma via possível para se livrar da dependência económica que o limita; por isso, aceita esquecer velhos agravos "para entrar na Política, onde conquistaria pela destreza o que os velhos Ramires recebiam por herança – fortuna e poder" (440-1); e por isso se empenha em escrever a novela histórica, já que, como lhe recorda o Castanheiro, "a literatura leva a tudo em Portugal [e] de folhetim em folhetim, se chega a S. Bento!"(84). Por uma questão de conveniência, portanto, para conseguir um prestígio que tão útil lhe seria ao tentar a carreira política, o Fidalgo da Torre lança-se ao trabalho naquele Verão em que acaba por se eleger deputado.

A noção do útil à satisfação de um objectivo ou necessidade, noção por que se pautam, em grande parte, as relações pessoais do protagonista, perpassa por toda a narrativa e dela se ressente a presença do livro, com o qual Gonçalo mantém uma relação idêntica. Esta concretiza-se essencialmente na redacção da novela que lhe exige o recurso a certos instrumentos:

> "Duas semanas depois, de volta a Santa Ireneia, Gonçalo mandou um criado da quinta, com uma carroça, a Oliveira, [...] para lhe trazer da rica livraria clássica que o Barrolo herdara do tio deão da Sé, todos os volumes da 'História Genealógica' – 'e' (acrescentava numa carta) 'todos os cartapácios que por lá encontrares com o título de *Crónicas do Rei Fulano...*' Depois, do pó das suas estantes, desenterrou as obras

de Walter Scott, volumes desirmanados do *Panorama*, a *História* de Herculano, *O Bobo*, *O Monge de Cister*. E assim abastecido, com uma farta resma de tiras de almaço sobre a banca, começou a repassar o poemeto do tio Duarte [...].” (87-8)

E são estas as obras que ocupam a sua mesa de trabalho quando a narrativa se inaugura e que, durante o tempo que dura a redacção da sua novela, Gonçalo folheia, relê e consulta. Como qualquer instrumento de trabalho braçal é numa carroça conduzida por um criado da quinta, pouco condizente com a carga que transporta, que chegam à Torre os valiosos volumes da “rica livraria clássica” do Barrolo, reduzidos à qualidade de “cartapácios”. Entretanto, *desenterra* do pó das estantes as obras de um poeirento Romantismo há muito esquecido, que revive e sem que se esgote, afinal, na redacção da famosa novela: na verdade, e retomando a cena já referida, é um dos volumes de Walter Scott que Gonçalo transforma em arma de arremesso, para subtrair a vida dos pequenos melros ao instinto predador do gato da Rosa cozinheira. Poderá significar esta atitude o desrespeito pelo velho romance histórico romântico de que o escritor inglês foi o emblema? Julgamos que sim. Mas é também o desrespeito pelo próprio livro, em contraste com a utilidade que dele se espera retirar.

Esta cena, em que a impiedade para com o livro se redime amplamente – há que reconhecê-lo – na piedade para com a Vida, repete de algum modo uma outra, e é no paralelo entre as duas que procuramos o fundamento para a afirmação que acabámos de fazer. Desta vez está em causa um valioso pergaminho de família pelo qual Gonçalo demonstra uma idêntica indiferença:

> “E Gonçalo, retomado pela ideia de artigos para os *Anais*, folheava, rente à janela, a *História da Administração Pública em Portugal*, quando Bento voltou com um rolo de pergaminho, donde pendia, por fitas roídas, um selo de chumbo.
>
> – Esse mesmo! exclamou o Fidalgo atirando o volume para o poial da janela. É esse mesmo que eu enrolei no pergaminho para se não quebrar. Desembrulha, deixa em cima da cómoda... [...]

> Com cuidado, o Bento desenrolara o frasco, estendendo sobre o mármore da cómoda o pergaminho duro, onde a letra do século XVI se encarquilhava amarela e morta. E Gonçalo, abotoando o colarinho:
> – Ora aí está o que eu levo preciosamente para deslindar o foro de Praga! Um pergaminho do tempo de D. Sebastião... E só percebo mesmo a data, mil quatrocentos... Não, mil quinhentos e setenta e sete. Nas vésperas da jornada para África... Enfim! Serviu para embrulhar o frasco." (100)"

Através do que parece não passar de um pormenor sem importância, mas a que o narrador se mantém atento, Gonçalo manifesta relativamente à *História da Administração*, que *atira* para o poial da janela, a mesma displicência que há-de mostrar no momento de *atirar* ao gato o romance inglês. Mas o que desejamos sobretudo sublinhar é a surpreendente indiferença face ao testemunho de uma linhagem com a qual, de resto, Gonçalo convive nos limites de uma ambiguidade em que a simplicidade do Fidalgo e o republicanismo do jovem[40] não anulam o prazer que por mais de uma vez transparece perante fugidias figurações da submissão outrora devida ao senhor da Torre e ao seu poder absoluto: nomeadamente quando recebe as desculpas de um Casco humilde e grato, "gozando mesmo a submissão daquele valente que tanto o apavorara" (293), do mesmo modo que, face ao velho suplicante apanhado na famosa briga da Grainha, "gozava soberbamente aquelas calosas mãos que se erguiam para a sua misericórdia, invocavam o nome de Ramires, de novo temido, repossuído do seu prestígio heróico" (390-1). E se é verdade que as histórias mais ou menos lendárias e as ligações parentescas do nome que herdou não dão a Gonçalo a solidão da arrogância, não é menos verdade que a indiferença que lhe suscitam tais histórias e parentes cessa quando umas e outros se podem transformar numa via de acesso ao poder que não tem ou à carreira que

[40] É no jantar oferecido nos Cunhais ao Cavaleiro que Gonçalo faz referência à orientação republicana que, pelo menos nos tempos da juventude, o norteava: – "O espanto de Gonçalo era como o republicanismo alastrara em Portugal – até na velhota, na devota Oliveira... // – Quando eu andava em Preparatórios existiam simplesmente dois republicanos em Oliveira, o velho Salema, lente de Retórica, e eu. Agora há partido, há comité, há dois jornais..." (288).

ambiciona: assim se deixa seduzir pela sugestão do Castanheiro, utilizando oportunamente "a antiguidade da sua raça, mais antiga que o Reino", como tema da sua estreia literária "no momento em que tentava a carreira do Parlamento e da Política!..." (84); e assim há-de ser seduzido pela sugestão de João Gouveia, autoconvencendo-se de que "deveres muito santos para consigo e para com o seu nome" (225) se sobrepõem à coerência do político e ao amor-próprio do homem.

Em resumo: com um défice de carinho e reverência, a relação de Gonçalo Mendes Ramires com os livros parece construir-se dentro de limites estritamente utilitários, à imagem da relação que as suas necessidades e ambições lhe sugerem que mantenha com os outros e até com a sua própria história. Mas se é injusto reduzir a figura de Gonçalo e o seu comportamento aos termos de um mero contrato de débitos e receitas, também o livro e a leitura que lhe dá sentido hão-de ultrapassar os limites da utilidade imediata cuja observação agora privilegiámos.

Ao escasso número de livros de que Gonçalo se serve correspondem os trinta mil volumes da Biblioteca do 202, número invulgar e em expansão, já que Jacinto se revela um comprador compulsivo de livros:

> "Solitários, aos pares, em pacotes, dentro de caixas, franzinos, gordos e repletos de autoridade, envoltos em plebeia capa amarela ou revestidos de marroquim e ouro, perpetuamente, torrencialmente, invadiam por todas as largas portas a Biblioteca, onde se estiravam sobre o tapete, se repimpavam nas cadeiras macias, se entronizavam em cima das mesas robustas, e sobretudo trepavam contra as janelas, em sôfregas pilhas, como se, sufocados pela sua própria multidão, procurassem com ânsia espaço e ar!"(72)

Filtrados pelo olhar de Zé Fernandes, estes livros adquirem contornos antropomórficos que se desdobram nas diferenças de aspecto, de importância social, nas atitudes de quem conquista e arrogantemente se apodera do território conquistado, sofrendo por fim as consequências da sofreguidão do assalto. E é também Zé Fernandes a vítima directa desta agressividade quando, depois de expulsar da sua cama "um pavoroso Dicionário de Indústria em trinta e sete volumes", acaba por magoar "a preciosa rótula do joelho, contra a lombada de um tomo que velhacamente se aninhara entre a parede e os colchões" (73). Em alternativa ao antropomorfismo que o homem das serras projecta nos livros que invadem o 202, emprestando-lhes intenções e sentimentos pouco amistosos, os volumes que compõem a transbordante Biblioteca surgem como uma massa compacta de informação, cuja arrumação nas estantes, muito mais do que títulos ou autores – que podendo ser reconhecidos, recordados ou reencontrados, abrem caminho a uma relação de proximidade –, permite sobretudo uma visão panorâmica e distante dos temas, alguns dos quais são significativamente referidos como entidades mensuráveis no espaço – oito metros de Economia Política, uma parede inteiramente revestida por sistemas filosóficos e mais uma estante de Poetas[41].

Entretanto, enquanto objectos singulares, os livros misturam-se com outros objectos, transformando-se nos produtos indiferenciados que as aparentes necessidades de conforto do homem moderno banalizam: quando Zé Fernandes parte para Guiães, Jacinto, aterrado, recomenda-lhe que leve uma poltrona, a *Enciclopédia Geral* e caixas de aspargos (cf. 23); quando projecta a sua própria viagem a Portugal, Jacinto pondera nos arranjos prévios a fazer na velha casa do Douro e depois, segundo diz ao amigo que o há-de acompanhar, "Levamos livros, uma máquina para fabricar gelo..." (114-5); e quando partem finalmente, não antes de se colocar a questão do difícil transporte dos sacos, das peles e dos livros na fronteira de Irun (cf. 121), tudo se repete até ao momento fatal do extravio das bagagens e do Grilo:

> "Enfim, partimos! Sob a doçura do crepúsculo que se enublara deixámos o 202. O Grilo e o Anatole seguiam num fiacre atulhado de

[41] Cf. pp. 31-32 do romance. Esta quantificação do que não é materialmente quantificável surge mais uma vez com este mesmo objectivo de traduzir o excesso. Através da substituição do tema pelo livro que o descreve ou analisa, o discurso do narrador reveste de um corpo físico noções abstractas, a fim de relatar o complicado processo de seleccionar e empacotar os livros enviados para Tormes: – "Despejámos depois para dentro, às braçadas, Geologia, Mineralogia, Botânica... Espalhámos por cima uma camada aérea de Astronomia. E, para fixar bem no caixote estas Ciências oscilantes, entalámos em redor cunhas de Metafísica" (119).

> livros, de estojos, de paletós, de impermeáveis, de travesseiras, de águas minerais, de sacos de couro, de rolos de mantas [...] Na estação, Jacinto ainda comprou todos os jornais, todas as ilustrações, horários, mais livros, e um saca-rolhas de forma complicada e hostil." (123)

Deixaremos o comportamento de Jacinto como leitor para mais tarde, até porque em Paris, com excepção dos teóricos do pessimismo, Jacinto não lê. Dirige aos livros um "olhar farto" (82), e a única relação que com eles mantém é o tédio que o excesso lhe provoca. Por isso o livro se torna inútil, fonte de desconforto psicológico – enquanto para Zé Fernandes chega a ser causa de desconforto físico – e sobretudo opaco relativamente à personagem que o possui, sem que dele se sirva ou nele se projecte, para lá do acto mecânico de acumular informação.

A última visão dos livros do 202, naturalmente filtrada pelo olhar do narrador que é Zé Fernandes, é muito pouco positiva quanto à importância do livro e pouco auspiciosa quanto ao destino que lhe está reservado:

> "Logo na antecâmara, grandes lonas recobriam as tapeçarias heróicas – e a mesma lona parda escondia os estofos das paredes e dos móveis, as largas estantes de ébano na Biblioteca, onde os trinta mil volumes, nobremente enfileirados como doutores num concílio pareciam assim *separados do Mundo*, por aquele pano que sobre eles descera, depois de finda a *comédia da sua força e da sua autoridade*." (240; itálicos nossos)

"Separados do mundo", os livros parecem afirmar a sua incompatibilidade com a vida e com a verdade, depois de caída a máscara de um suposto e mítico poder. Esta imagem repete de perto a que integra o final do conto *Civilização*, onde certos vocábulos insistem na ideia da morte e na certeza "de que naqueles vinte mil volumes não restava uma verdade viva!"[42]. É de crer que um tão grande engano tenha alimen-

[42] Cf. Eça de Queirós, "Civilização" in *Contos*, Lisboa, "Livros do Brasil", s/d, p. 92 (os itálicos são da nossa responsabilidade): – "Na livraria, todo o vasto saber dos séculos *jazia* numa imensa *mudez, debaixo de uma imensa poeira*. Sobre as lombadas dos sistemas filosóficos alvejava o *bolor*: *vorazmente a traça devastara* as Histórias

tado o raciocínio e a imaginação do homem durante séculos, e que seja o próprio livro – este que inventa Jacinto e reinventa Tormes – a anunciar a sua natureza irrisória e fugaz? Será o próprio Jacinto a esclarecer esta questão através do seu percurso de leitor.

Universais: errava ali um cheiro mole de literatura *apodrecida* – e eu abalei, com o lenço no nariz, certo de que naqueles vinte mil volumes não restava uma verdade viva!"

CAPÍTULO 2

A leitura – I Circunstâncias…

"Tinha tomado afeição a João Eduardo, o abade Ferrão: e [...] quisera, segundo a sua expressão querida, 'folhear o homem aqui e além'." (*O crime do padre Amaro*, 905)

Para grande surpresa de Teodoro, protagonista d'*O Mandarim*, o Diabo resolve um dia visitá-lo no rigoroso exercício das funções que lhe valeu a expulsão do Paraíso, à qual se refere nos seguintes termos:

> "Um trambolhão considerável, meu caro senhor! Grandes desgostos! O que me consola é que o OUTRO está também muito abalado: porque, meu amigo, quando um Jeová tem apenas contra si um Satanás, tira-se bem de dificuldades mandando carregar mais uma legião de arcanjos; mas quando o inimigo é um homem, armado de uma pena de pato e de um caderno de papel branco – está perdido…"[1]

Tão velho como o Mundo e com a sabedoria de quem muito o observou, o Diabo que assim se dirige ao incauto e pacífico Teodoro conhece o poder de uma pena de pato e uma folha de papel, sobretudo

[1] Eça de Queirós, *O Mandarim*, ed. de Beatriz Berrini, Lisboa, Imprensa Nacional-Casa da Moeda, 1992, p. 97.

quando aliadas aos meios de reprodução industrial, às novas dimensões do tempo e do espaço, e à avidez de um público cada vez mais vasto. E é justamente este último factor que concretiza o poder da palavra escrita e lhe determina o sentido – temível ou benéfico, conforme os casos, as perspectivas e as figuras ou valores que toma por objecto. Resta saber qual o saldo que lhe cabe no processo.

É bem conhecida a fórmula de que Jacinto, como recorda Zé Fernandes no início d'*A Cidade e as Serras*, fazia depender uma existência feliz: a "suma potência" alcançada a partir dos avanços da técnica, aliada à "suma ciência" conseguida pelo acumular de noções, factos, teorias e sistemas de que os livros eram, no final do século XIX, fiéis depositários e seguros divulgadores. A correcta execução deste objectivo e a garantia do seu sucesso requeriam, pois, entre outras coisas de menor importância para o riquíssimo proprietário do 202, a capacidade, o gosto e o hábito de ler. No entanto, como é sabido, depois de vários anos diligentemente ocupados na reunião das circunstâncias exigidas pela famosa fórmula, Jacinto vem a substituí-la por uma outra, desta vez não original, mas a que tivera acesso, paradoxalmente, na concretização da sua competência de leitor: – "Quanto mais se sabe mais se pena" (104). E depois de reconhecer o sofrimento que resulta do saber, há-de ainda lamentar, nos seus passeios pela serra, a falta de conhecimentos botânicos que não lhe permite distinguir um amieiro de um sobreiro[2].

Mais culto e mais informado, colhendo nos livros experiências que alargam a sua visão do mundo e redimensionam as relações de que este se compõe, é legítimo supor no leitor um ser humano mais rico, mais lúcido e atento. Muitas personagens o demonstram, com efeito, e entre elas Carlos, ainda em Coimbra, ao pôr fim a uma esporádica ligação adúltera, porque a visão da criança que o marido traído ternamente amparava coincidiu com o "momento em que ele lia Michelet – e enchia-lhe a alma a veneração literária da santidade doméstica" (93).

[2] É naturalmente Zé Fernandes que relata o "tormento" do amigo, desta vez por "não conhecer os nomes das árvores, da mais rasteira planta brotando das fendas de um socalco... Constantemente me folheava como a um Dicionário Botânico. // – Fiz toda a sorte de cursos, passei pelos professores mais ilustres da Europa, tenho trinta mil volumes, e não sei se aquele senhor além é um amieiro ou um sobreiro..." (161).

Por outro lado, duas personagens como António Vilalobos, n'*A Ilustre Casa de Ramires*, e Sebastião, n'*O primo Basílio*, tendem a desmentir a coincidência da imagem do leitor com a do homem que desperta o respeito pela verticalidade do comportamento e do carácter. Parentes pela lealdade e generosidade que lhes é atribuída, estas duas personagens reencontram-se ainda na distância que mantêm relativamente aos livros: de Titó sabemos "que depois de *Simão de Nântua*, em pequeno, não abrira mais as folhas dum livro, e não lera a *Torre de D. Ramires*" (455); quanto a Sebastião, num universo onde até Juliana é surpreendida por Jorge "comodamente deitada na *chaise-longue*, lendo tranquilamente o jornal" (362), sobressai por ser o único a quem a leitura ou sequer a posse de um livro não pode ser associada[3].

Não é, pois, de sentido único a inscrição da leitura na ficção, onde se torna, pelo contrário, num problema desdobrado em múltiplas imagens: valor acrescido na conformação ética e intelectual do indivíduo, origem de uma visão deformada ou redutora do mundo, motor de comportamentos pedantes e risíveis, próprios dos "novos-ricos" do dinheiro e da cultura. Tudo depende, afinal, da relação entre o sujeito e o objecto que a concretizam.

1 – **Poucos leitores e menos livros**

No serão em Santa Olávia, onde a narrativa da história dos Maias se demora recuperando a infância e a educação de Carlos, é perante o pasmo de Vilaça, e sob a promessa de dormir nessa noite com a mãe, que o pequeno Silveira, ao recitar o texto completo da *Lua de Londres*, "sem se mexer, com as mãozinhas pendentes, os olhos mortiços pregados na titi" (76), demonstra a sua prodigiosa memória e uma sur-

[3] De facto, apenas uma vez, em todo o romance, Sebastião folheia o *Jornal do Comércio*, com o único objectivo de procurar nos anúncios dos teatros a melhor estratégia de se encontrar a sós com Juliana. E quando nos é dado conhecer o seu interior doméstico que, segundo o narrador, "condizia com o dono" (118), nem sequer fazendo parte da decoração se refere a presença de um livro.

preendente precocidade de leitor, precocidade que já antes, aliás, havia sido explicitamente anunciada:

> "Quase desde o berço este notável menino revelara um edificante amor por alfarrábios e por todas as coisas do saber. Ainda gatinhava e já a sua alegria era estar a um canto, sobre uma esteira, embrulhado num cobertor, folheando in-fólios, com o craniozinho calvo de sábio curvado sobre as letras garrafais da boa doutrina; e depois de crescidinho tinha tal propósito que permanecia horas imóvel numa cadeira, de perninhas bambas, esfuracando o nariz [...]." (68-9)

Com é sabido, Eusebiozinho transporta as marcas ideológicas de um ambiente cultural anacrónico, que se mantém ao ritmo de um ressequido Romantismo aqui satirizado à custa da figura e do desajustado comportamento da criança. E nada mais óbvio do que o contraste entre a flacidez de corpo e de vontade do pequeno Silveira, aliada ao "craniozinho calvo de sábio" precocemente envelhecido, e a vivacidade e alegria de Carlos, educado de forma insólita no contexto cultural que o romance recria.

Desta educação, no entanto, ficamos sem saber qual o lugar ocupado pela leitura ou até mesmo se esta fazia parte das preocupações pedagógicas de Afonso da Maia em relação ao neto[4]. A única certeza é que, enquanto este se forma em Medicina, anunciando-se ao mesmo tempo como o homem interessante e culto que se destacará na provinciana mediania de Lisboa, "Eusebiozinho, molengão e tristonho, já sem vestígios sequer do seu primeiro amor aos alfarrábios e às letras" (91), será para sempre a imagem da mais cinzenta mediocridade.

Leitor precoce, mas indefinidamente adiado, Eusébio Silveira não é o único a quem a formação dos primeiros anos torna irreconciliável com a leitura, cabendo também à escola a anulação do prazer no con-

[4] Porque esta questão ultrapassa o âmbito do nosso trabalho, limitamo-nos a observar que nas posições defendidas por Afonso da Maia transparecem com franca nitidez as propostas reiteradamente sugeridas por Ramalho Ortigão no sentido de uma reforma do sistema educativo nacional. Comprova-o o mais rápido confronto entre o texto d'*Os Maias* e os textos d'*As Farpas* relativos ao assunto, alguns dos quais foram já referidos e citados.

tacto com os livros e, consequentemente, a castração do potencial leitor adulto. Embora os anos de aprendizagem de Amaro decorram no seminário, a verdade é que da sua experiência ressalta a mesma indiferença e a mesma ânsia de libertação vivida por Teodorico, cuja memória dos anos do colégio selecciona e regista, não tanto o martírio, mas a sua diária interrupção pelo toque da sineta – "todos, a um tempo e de estalo, fechávamos a cartilha"[5]. Os livros ao alcance de um e de outro esgotam-se nos compêndios decorados com maior ou menor regularidade, nos dicionários e no fatal Tito Lívio. Quanto ao prazer da leitura, é por Amaro evocado como um desafio às regras e à reclusão do seminário, situando-se, por isso, entre os delitos de uma fascinante clandestinidade como "jogar com um velho baralho, ler um romance, obter de intrigas demoradas um maço de cigarros – quantos encantos do pecado!" (155).

Não é nosso objectivo saber se a ficção se aproxima do real empírico na representação da educação em tempo escolar e do lugar aí ocupado pela leitura. O certo é que é reduzido o número dos pequenos leitores que a povoam: com excepção dos livros de estampas que esporadicamente aparecem folheados por algumas crianças, como a filha de Maria Eduarda, um pequeno vizinho de Afonso da Maia e também o pequeno Teodorico em casa da tia, a leitura parece ser assunto de gente grande, reservando-se ao adulto o papel de leitor. E quando assim não acontece, o perfil dos leitores e o seu destino como adultos servem apenas como denúncia da sobrevivência anacrónica de certos valores culturais e das estéreis sensibilidades que neles se formaram.

Entretanto, se o seminário não despertou em Amaro uma vocação oculta, também não lhe fez descobrir o gosto, o prazer ou sequer a competência de leitura. Quanto a Teodorico, a sua passagem pelos "Isidoros" abriu o caminho à posterior passagem por Coimbra e pela Universidade, onde o grau de bacharel lhe poderia ter conferido o "grau" suplementar de leitor. Mas no mundo ficcional em que nos encontramos, estes dois "graus" não são equivalentes e nem sequer parecem compatíveis.

---

[5] Eça de Queirós, *A Relíquia*, Lisboa, "Livros do Brasil", s/d, p. 19. A esta edição referem-se todas as posteriores citações do romance, para que passam a remeter as páginas indicadas entre parênteses no texto.

A razão do que afirmamos começa a delinear-se nas palavras de Afonso da Maia quando, conversando amenamente com Vilaça sobre as incompatibilidades do neto com Eusebiozinho, comenta a educação recebida pelo pequeno fenómeno de memória e compostura:

> "Passava os dias nas saias da titi a decorar versos, páginas inteiras do 'Catecismo de Perseverança'. Ele por curiosidade um dia abrira este livreco e vira lá 'que o Sol é que anda em volta da Terra (como antes de Galileu), e que Nosso Senhor todas as manhãs dá as ordens ao Sol, para onde há-de ir e onde há-de parar, etc., etc.' E assim lhe estavam arranjando uma almazinha de bacharel..." (78)

Esta "almazinha de bacharel" a que se refere Afonso é aquela que a Universidade se encarregará de apurar "com as suas formas diferentes de comprimir, escurecer as almas"[6] – conforme escrevia Eça ao evocar a sua passagem por Coimbra –, exercendo como primeiro efeito dos seus superiores estudos um considerável aumento de caspa sobre a cabeça do candidato a bacharel – como afirmava Ramalho[7]. Dos resultados obtidos na frequência da instituição universitária coimbrã retirou a ficção a inépcia mental – ora discretamente gerida no conforto do funcionalismo público como o Tribunal de Contas onde Taveira, n'*Os Maias*, se emprega e onde, segundo o próprio, se faz "um bocado de tudo, para matar tempo... Até contas!" (128), ora alardeada na imbecilidade da classe política, ora impudentemente confessada por Teodorico, que por mais de uma vez se refere à sua "inculta natureza de bacharel em leis" (269):

> "Raramente compreendia as suas sentenças, sonoras e bem cunhadas, tendo a preciosidade de medalhas de ouro; mas, como diante da porta impenetrável de um santuário, eu reverenciava, por saber que lá dentro, na sombra, refulgia a essência pura da Ideia. Por vezes tam-

---

[6] Idem, "Um génio que era um santo" in *Notas contemporâneas*, Lisboa, "Livros do Brasil", 3ª ed., s/d, p. 257.

[7] Cf. Ramalho Ortigão, "O estado da educação física – sua importância na evolução nacional", in *As Farpas*, Lisboa, Clássica Editora, 1992, Vol. VIII, p. 145.

bém o dr. Topsius rosnava uma praga imunda; e então uma grata comunhão se estabelecia entre ele e o meu singelo intelecto de bacharel em leis." (70-1)

De facto, o seu "singelo intelecto de bacharel" não lhe permite evitar os fracassos em que redundam as suas ambições e desejos: o amor de Adélia, a herança da titi e, por fim, a subsistência como vendedor de supostas relíquias. E quando começa a prosperar através do trabalho na firma do velho companheiro de colégio, não é às aptidões de bacharel que Crispim atribui os progressos do futuro cunhado, considerando, pelo contrário, que "apesar de Coimbra e dos compêndios que lhe meteram no caco, [Teodorico] tem dedo para as coisas sérias!" (269). Quando finalmente é respeitado e festejado como homem de negócios, caberá ao dr. Margaride, a propósito do esperto padre Negrão, fazer-lhe descobrir a vacuidade do título tantas vezes invocado por Teodorico como parte integrante e definidora da sua "individualidade de Raposo, de católico, de bacharel, contemporâneo do 'Times' e do gás" (176):

> "– Chame-lhe besta, amiguinho!... Tem carruagem, tem casa em Lisboa, tomou a Adélia por conta...
>
> – Que Adélia?
>
> – Uma de boas carnes, que esteve com o Eleutério... Depois esteve em segredo com um basbaque, um bacharel, não sei quem..." (273)

De Teodorico se aproxima Zé Fernandes, ao reconhecer, embora de forma bastante menos eufemística, a "espessa crosta de ignorância com que saí[ra] do ventre de Coimbra, [sua] Mãe Espiritual" (145). E se o primeiro guarda os seus compêndios no baú da roupa velha (cf. 61), o segundo "met[e] solicitamente entre calças e peúgas um Tratado de Direito Civil, para aprender enfim, nos vagares da aldeia, estendido sob a faia, as leis que regem os homens" (23).

Mas Teodorico Raposo apenas beneficiou de uma parte daquela formação que a passagem por Coimbra propiciava à margem da Universidade. Uma formação boémia e marginal, ruidosa e turbulenta, que Eça evocou por mais de uma vez fora do registo ficcional: – "[...] o ideal nunca o dispensávamos, e nem as sardinhas assadas das tias Camelas nos saberiam bem se não lhes juntássemos, como um sal divino, migalhas de metafísica e de estética. A pândega mesmo era idealista. Ao segundo ou terceiro decilitro de carrascão rompiam os versos. O ar de Coimbra, de noite, andava todo fremente de versos. Por entre os ramos dos choupos, mal se via com a névoa das nossas quimeras."[8] Exclusivamente sensual e permeável aos prazeres de efeito mais imediato, Teodorico entregar-se-á também à "pândega", substituindo, contudo, o "idealismo" por heróicas bebedeiras, passageiros amores, fados ao luar e a ostentação de uma força física que o uso da moca tornava ainda mais temível. Já Carlos da Maia e Artur Corvelo experimentarão na passagem por Coimbra algo mais do que "as fortes delícias da vida" (22) seleccionadas pelo Raposão, embora com resultados que serão igualmente inconsequentes para o futuro de um e de outro, como adiante se verá.

Uma última observação nos sugerem as leituras esporadicamente referidas como parte do passado das personagens adultas. Recorde-se que o perfil racional e pragmático do marido de Luísa é em grande parte definido por oposição às preferências literárias dos "seus condiscípulos, que liam Alfred Musset suspirando e desejavam ter amado Margarida Gautier" (13). Se Jorge passa por "proseirão" e "burguês" a partir das leituras que não faz, Zé Fernandes, para vincar o destino venturoso do amigo, serve-se da ausência de certos movimentos íntimos de sentimento e de sensibilidade, nunca surpreendidos em Jacinto "Na idade em que se lê Balzac e Musset" (15). E também por esta idade, certamente, a "Outras leituras, mais urgentes... o 'Figaro',

[8] Eça de Queirós, "Um génio que era um santo", *loc. cit.*, p. 256. Sobre a influência em Eça da experiência vivida em Coimbra, cf. António José Saraiva, "A educação coimbrã" in *As ideias de Eça de Queirós*, Lisboa, Bertrand, 1982, pp. 63-91. Considerando que é em Coimbra que Eça "desperta para a vida literária e intelectual" (64), A. J. Saraiva afirma ser essencialmente estética essa experiência iniciadora. Daí que nas suas evocações de Coimbra, quer estas ocorram na ficção ou num registo de natureza memorialista, ganhem relevo os aspectos mais insólitos e fantásticos, paralelamente a um "cepticismo que aflora em toda esta descrição da vida intelectual coimbrã: a enorme actividade pensante da sua geração académica aparece nas palavras de Eça vã e frívola, embora isto seja expresso de maneira muito discreta, numa ironia geralmente velada" (72-73).

Georges Ohnet..." (179), terá cabido a responsabilidade de só muito mais tarde Jacinto vir a ler Homero. Finalmente, é ainda Georges Ohnet[9] que, no tempo de Gonçalo Mendes Ramires em Coimbra, reocupa o lugar por algum tempo preenchido pelo entusiasmo patriótico de Castanheiro. Com efeito, depois da partida deste entusiasta da tradição, "os moços zelosos, que na Biblioteca esquadrinhavam as crónicas de Fernão Lopes e de Azurara, desamparados por aquele apóstolo que os levantava, recaíram nos romances de Georges Ohnet e retomaram à noite o taco nos bilhares da Sofia" (79-80).

O que acabamos de observar permite concluir que um certo tipo de literatura habitualmente associado à expressão da sensibilidade e do sentimento não se confina, afinal, ao consumo feminino. Note-se, porém, que em relação ao público masculino, é entre os jovens que a ficção localiza essas leituras, responsabilizando-as pelo tempo roubado a outras de maior alcance ou nivelando-as por ocupações tão reprováveis como "o taco nos bilhares da Sofia". Pecadilhos da juventude, em suma, e de menor importância, ao contrário do que sucede se for a mulher o sujeito da leitura.

---

[9] Georges Ohnet (1848-1918) foi autor de muitos romances de amena leitura, tendo sido talvez *O grande industrial* (no original, *Le Maître de forges*) aquele que alcançou maior sucesso entre o público português. A propósito de Georges Ohnet, vale a pena recordar que Eça, referindo-se à falta de tempo necessário à sedimentação de uma sólida cultura e de uma apurada sensibilidade estética, concluía: – "Por isso a oleografia triunfa, e Ohnet e outros tiram a cem mil exemplares, e as comédias mais desprezivelmente idiotas congregam as multidões. E não é culpa da multidão. Ela pode dizer como o amanuense a Voltaire: 'Não me sobra tempo para ter bom gosto'" (Eça de Queirós, "O '*Salon*'" in *Ecos de Paris*, Porto, Lello & Irmão, s/d, pp. 204-205). Parece-nos que esta observação de Eça é suficiente para localizar na sua escala de valores o escritor em causa.

2 – Momentos de leitura

2.1 – *Leitura colectiva ou em voz alta*

As circunstâncias que se associaram para difundir a leitura enquanto actividade privada, de encontro íntimo entre o leitor e o texto, não poderiam ter anulado súbita e drasticamente a leitura colectiva, fosse esta determinada pelas limitações do público, por práticas sociais correntes ou simplesmente por hábitos longamente enraizados. É, pois, natural que nos diferentes romances queirosianos a leitura em voz alta esteja presente, variando embora o tipo de público a que se destina e as intenções a que procura responder.

É decerto uma manifestação de carinho e deferência que determina a leitura feita aos doentes, ficando claro além disso que o livro tinha definitivamente assumido o preenchimento do tempo que, voluntária ou involuntariamente, se encontrava vazio de outras obrigações ou deveres: por isso Jorge, contrariando o corte nos hábitos e gostos a que a doença obriga Luísa, lhe lê romances nos primeiros tempos da convalescença; também por deferência e carinho ocupa João Eduardo as longas horas da doença do abade Ferrão, a quem o liga, para além de tudo o mais, o gosto comum da leitura; e é ainda a hipócrita exibição dos mesmos sentimentos que leva Teodorico Raposo a ler o jornal à tia Patrocínio, como refere o Dr. Margaride ao contabilizar as vantagens dos candidatos à herança da velha senhora:

> " – Nem tudo está perdido, Teodorico. Não me parece que esteja tudo perdido... É possível que a senhora sua tia tenha mudado de ideia... Você é bem comportado, anima-a, lê-lhe o jornal, reza o terço com ela... Tudo isto influi. Que é necessário dizê-lo, o rival é forte!" (42)

No meio provinciano que *O crime do padre Amaro* representa é a leitura em voz alta do jornal a indiciar um conjunto de hábitos e de regras de vida a que se associam os naturais limites, no meio em questão, do convívio e da familiaridade com a palavra escrita. O discurso iterativo utilizado no pequeno extracto a que nos referimos pressupõe, como é óbvio, a rotina sobre a qual se constrói o quotidiano das personagens:

> "Riam; vinham as histórias do dia. O cónego costumava trazer no bolso o *Diário Popular*; Amélia interessava-se pelo romance, a S. Joaneira pelas correspondências amorosas nos anúncios." (279)

Mais barato e capaz de responder às preferências dos diferentes ouvintes, o jornal substitui vantajosamente o livro que, de facto, não se espera fazer parte dos hábitos de consumo da modesta burguesia que as duas personagens femininas representam. É, de resto, ao cónego, que em si reúne a tripla tutela de pai – em relação a Amélia–, de homem – em relação à S. Joaneira – e de padre – em relação às duas –, que cabe a posse do jornal, competindo-lhe a ele a generosidade da leitura e até uma eventual selecção da matéria lida. Recorde-se, a propósito, que é também ao cónego que cabe a leitura da *Voz do Distrito* e do funesto "Comunicado" que a todos interessa e que todos ouvem em simultâneo pela voz de maior prestígio e autoridade. E as expectativas culturais do grupo que tem como ponto de encontro a casa da Rua da Misericórdia completam-se com o romântico elenco que Amélia interpreta ao piano e contando por vezes com a colaboração da voz e da viola de Artur Couceiro, para gáudio e deleite espiritual da pequena assembleia.

A ingenuidade destes serões tem uma contrapartida bem mais sofisticada na capital, onde a leitura colectiva igualmente ocorre e cujas cenas a que dá origem são diversamente aproveitadas pela narrativa, segundo o espaço que lhes serve de cenário, os convivas que nelas participam e as intenções que lhes empresta o narrador.

N'*Os Maias*, com excepção do famoso sarau do Trindade, as cenas de leitura colectiva não passam de meras intenções, mas ainda assim remetendo para uma prática comum que, no caso deste romance, se restringe a um pequeno número de eleitos ligados por afinidades de gosto, de cultura e de elegância. A natureza comum e habitual deste tipo de reuniões transparece no momento em que no Ramalhete se alude à instalação de João da Ega em Lisboa, instalação que, segundo informa Afonso da Maia, inclui as intenções de "Montar casa, comprar *coupé*, deitar libré, dar *soirées* literárias, publicar um poema, o diabo!" (116). Como se sabe, as realizações de João da Ega ficarão muito aquém destes projectos: os convivas reduzidos a Raquel Cohen e as *soirées* substituídas pelas "manhãs na colcha de cetim preto, os seus beijos delicados, os versos de Musset que lhe lia, os *lunchezinhos* de perdiz, tantos encantos poéticos" (563). Mas o desejo de "arranjar um cenáculo, uma boemiazinha doirada, umas soirées de Inverno, com arte, com literatura..." (108) será uma ideia recorrente que Carlos vai pretender adaptar, mais tarde, ao interior familiar de Maria Eduarda, na Rua de S. Francisco:

> "Tencionava arranjar a sala com mais gosto e conforto, converter o quarto ao lado num *fumoir* forrado com as suas colchas da Índia, depois ter um dia certo em que viessem os amigos cear... Assim se realizava o velho sonho, o cenáculo de diletantismo e de arte... Além disso havia a lançar a revista, que era a suprema pândega intelectual. Tudo isto anunciava um Inverno *chique a valer*, como dizia o defunto Dâmaso." (585)

Com uma ideia bastante mais exacta agora da que tinha no início da acção, ao chegar a Lisboa, acerca dos limites que a vontade impõe aos desejos, Carlos envolve os seus interesses intelectuais no conforto elegante que o dinheiro permite e o gosto exige, assume-se como um diletante para quem a cultura é uma questão de prazer e sentido estético, e prepara-se para se entregar à construção de mais um interior – depois do Ramalhete e da Toca – que deverá funcionar como um espaço de convivialidade restrita e, por isso mesmo, de isolamento relativamente a uma sociedade marcada pela mediocridade de inteligência e de maneiras. A precipitação do desenlace da história já não permitirá a realização destes planos, apenas vislumbrados na proposta feita por Carlos ao amigo nessa mesma noite em que acabam, afinal, por se dirigir ao sarau do Teatro da Trindade:

> " – Espera. Descobri melhor, fazemos o sarau aqui! Maria toca Beethoven; nós declamamos Musset, Hugo, os parnasianos; temos padre

Lacordaire, se te apetece a eloquência; e passa-se a noite numa medonha orgia de ideal!...

– E há melhores cadeiras – acudiu Maria.

– Melhores poetas – afirmou Carlos.

– Bons charutos!

– Bom conhaque!" (584-5)

O grande espaço de leitura colectiva que o sarau da Trindade justamente representa, ou, na visão acutilante de João da Ega, "a alma sentimental de um povo exibindo-se num palco, ao mesmo tempo nua e de casaca" (582), não é mais do que o pretexto para o desenho de um dos painéis que procedem à encenação dos tiques mais ridículos de um grupo, em muitos aspectos representativo do todo nacional. Trata-se, neste caso, de uma manifestação cultural em que a mediocridade dos lugares-comuns perpassa ao mesmo tempo pelos textos lidos, pela leitura que os respectivos autores efectuam e pelo comportamento do público que os ouve.

Especifiquemos: Rufino, no género oratório, e Alencar, na poesia, debitam os lugares-comuns de um humanitarismo literário feito de cansadas imagens, onde o "Anjo da Esmola" (587) de Rufino rivaliza com a "Pomba da Fraternidade" (609) de Alencar. E se este último manifesta a sua cólera contra o "pulha" que "Numa noite daquelas [...], quando os homens de letras se deviam mostrar como são, filhos da democracia e da Liberdade, [vinha] pôr-se ali a lamber os pés à família real" (591), a verdade é que no seu poema de louvor à república mal se deixa perceber se "Essa que se invocava e se esperava, era a Deusa da Liberdade – ou Nossa Senhora das Dores" (611). Mas o público corresponde e por ele passa o lugar-comum da emoção ligeira e fácil, testemunho fiel da "paixão meridional do verso, da sonoridade, do liberalismo romântico, da imagem que esfuzia no ar com um brilho crepitante de foguete, [...] no entusiasmo daquela república onde havia rouxinóis!" (611). Finalmente, a teatralidade dos gestos lentos e dos olhares inspirados, com que os dois artistas compõem a encenação da palavra, completam o quadro que toma por tema a literatura enquanto fenómeno de criação e recepção, mas sem esquecer a sua dimensão institucional aqui duplamente caucionada pelo "intuito beneficente do sarau e [pelo] poder político que a ele comparece"[10].

Entretanto, os olhares que filtram tudo isto – os de Carlos e Ega – vão tomando como alvo, alternadamente, as figuras que se sucedem no palco, as que assistem aos vários desempenhos – poéticos, musicais e oratórios – e aquelas que, ao sabor das preferências e do tédio, vão circulando pelos locais de acesso mais ou menos directo à sala onde decorre o espectáculo. Trata-se, pois, de uma ampla e prolongada cena de leitura colectiva em que todos os elementos necessários à sua efectivação – texto, leitor directo e leitor diferido – se associam na justificação das palavras de Alencar à pergunta do marquês:

> "– Ouve lá, isso que tu vais recitar, "A Democracia", é política ou sentimento? [...]
>
> – Eu vos digo, rapazes... Uma coisa não vai sem a outra [...] Está claro, é necessário lógica... Mas, também, caramba, sebo para uma política sem entranhas e sem um bocado de infinito!" (604-5)[11]

---

[10] Carlos Reis, "Eça de Queirós e a literatura como ficção" in *Estudos queirosianos. Ensaios sobre Eça de Queirós e a sua obra*, Lisboa, Presença, 1999, p. 28. Numa obra anterior, Carlos Reis ocupa-se já do famoso Sarau da Trindade, referindo-se aí, não apenas à figura de Alencar e ao seu "lirismo de conotações sociais", mas também à representação da "oratória, corporizada em Rufino" (Carlos Reis, *Introdução à leitura d' "Os Maias"*, Coimbra, Almedina, 4ª ed., 1982, p. 72). A esta cena refere-se também Isabel Pires de Lima, nela assinalando, a propósito da pluralidade de linguagens que integram *Os Maias*, a paródia de que é alvo, na personagem de Alencar, "a linguagem típica do liberalismo romântico" (Isabel Pires de Lima, *As máscaras do desengano. Para uma abordagem sociológica de "Os Maias" de Eça de Queirós*, Lisboa, Caminho, 1987, p. 258).

[11] Esta concepção de "política" repete fielmente a que está presente na evocação a que se entrega Alencar na primeira conversa com Carlos, depois do jantar no Hotel Central. Da comparação entre os dois momentos – a Lisboa para que remetem as palavras do poeta e o Sarau no presente da acção – sobressai, na mesma confusão entre acção política e literatura, uma teimosa sobrevivência de valores. Cf. p. 178: – "[...] a Regeneração literata e galante ia engrandecer o país [...]; os bacharéis chegavam de Coimbra, frementes de eloquência; os ministros da Coroa recitavam ao piano; o mesmo sopro lírico inchava as odes e os projectos de lei... [...] Não existiriam esses ares científicos, toda essa palhada filosófica, esses badamecos positivistas... Mas havia coração, rapaz! Tinha-se faísca! Mesmo nessas coisas da

Dando também lugar à representação da literatura – aquela em que se inscrevem os textos do protagonista e candidato a escritor –, as várias cenas de leitura colectiva d'*A Capital!* permitem uma visão dos diferentes meios por que passa Artur Corvelo na sua experiência de Lisboa: a *soirée* em casa de D. Joana Coutinho onde habitualmente se recita, devendo por isso Artur, na qualidade de poeta, levar uma poesia preparada para esse fim; a sessão no "*club*" republicano; e o jantar oferecido a políticos e a literatos no Hotel Universal, com vista à leitura de algumas cenas da peça *Amores de Poeta*. No primeiro caso referido, a leitura destinada a conferir à reunião social o apregoado toque de cultura e distinção, e na qual Artur deveria participar recitando emocionado um poema seu intitulado "A Pomba", não passa de uma promessa, afinal substituída por um baile improvisado ao som de algumas valsas tocadas ao piano; no segundo caso, Artur é mais um dos que ouvem o texto sobre os mártires da liberdade, tão longo e monótono como desatentos são os ouvintes e risível a sua organização como força política; no terceiro, é ele o centro da cena como leitor e autor, mas partilhando o protagonismo com a falta de originalidade do texto e a falta de atenção dos convivas que impacientemente aguardam o início da farta e graciosa jantarada. Em todos os casos, porém, a cena de leitura – ou a sua promessa – permite um aproveitamento narrativo de amplos recursos na construção dos sentidos atinentes às diversas personagens convocadas, ao meio social que configuram e, obviamente, à qualidade literária dos textos lidos.

Essa espécie de ante-estreia literária de Artur Corvelo perante uma assembleia escolhida entre políticos e homens de letras que se reúnem para jantar no Hotel Universal tem uma réplica, ainda que de natureza mais privada e familiar, na leitura de uma das cenas do drama *Honra e Paixão* de Ernestinho Ledesma, feita pelo próprio no primeiro serão a que assistimos em casa de Luísa e de Jorge. Trata-se de um drama romântico, como o de Artur, como este é construído sobre os lugares-comuns de um Romantismo já sem surpresas nem alma, e, tal como n'*A Capital!*, também aqui o autor testa perante o público que a

política... [...] Nesse tempo ia-se ali à Câmara e sentia-se a inspiração, sentia-se o rasgo!..."

ocasião lhe oferece, se não a qualidade literária do texto, pelo menos a eficácia da recepção aos meandros da intriga. O momento é, pois, igualmente favorável para sublinhar a fragilidade do texto, do autor e também, neste caso, dos gostos de um público cujos critérios, naturalmente, não ultrapassam o nível da arte que lhe é dado consumir. Recorde-se ainda o já sabido e que tem a ver com o diálogo que o texto fictício de Ernestinho entretece com o texto do romance que os cria a ambos, ao autor e ao drama: como haverá ocasião de observar posteriormente com demora, esse diálogo anuncia, por um lado, o percurso de Luísa relativamente ao adultério que lhe está reservado cometer e, por outro lado, antecipando a questão do castigo, antecipa o confronto de Jorge com os critérios morais em relação aos quais, neste momento da acção, se mostra inflexível:

> " – [...] Falo sério e sou uma fera! Se enganou o marido, sou pela morte. No abismo, na sala, na rua, mas que a mate. Posso lá consentir que, num caso desses, um primo meu, uma pessoa da minha família, do meu sangue, se ponha a perdoar como um lamecha! Não! Mata-a! É um princípio de família. Mata-a quanto antes!" (47)

2.2 – *Recolhimento, silêncio e prazer*

A inscrição do prazer da leitura num ambiente de recolhimento e silêncio remete-nos para aquelas personagens relativamente às quais estas três circunstâncias se reúnem, nem sempre sendo preciso, em todo o caso e por paradoxal que pareça, que a primeira delas, ou seja, a leitura, efectivamente se verifique. Esta estranha afirmação é-nos sugerida pela personagem de Carlos da Maia: tal como o seu íntimo, João da Ega, Carlos é um homem que também pela cultura abissalmente se afasta da sociedade lisboeta; essa cultura pressupõe um sem número de leituras feitas que frequentemente, aliás, irrompem no discurso, nas mais triviais situações do quotidiano; a verdade, porém, é que são raras as cenas de leitura efectiva que protagoniza, o que não impede que muitas vezes se faça acompanhar de um livro ao qual o narrador não se esquece de fazer referência:

> "Carlos foi buscar um livro ao gabinete de estudo, entrou no quarto, estendeu-se, cansado, numa poltrona. À luz opalina dos globos, o leito entreaberto mostrava, sob a seda dos cortinados, um luxo efeminado de bretanhas, bordados e rendas.
>
> – Que há hoje no "Jornal da Noite"? – perguntou ele bocejando, enquanto Baptista o descalçava.
>
> [...]
>
> Depois, enquanto Baptista preparava com esmero um grogue quente, Carlos já deitado, aconchegado, abriu preguiçosamente o livro, voltou duas folhas, fechou-o, tomou uma *cigarette*, e ficou fumando com as pálpebras cerradas, numa imensa beatitude. Através das cortinas pesadas sentia-se o sudoeste que batia o arvoredo, e os aguaceiros alagando os vidros." (138)

Este parece ser, de facto, o ambiente perfeito para uma cena de leitura: a solidão e a intimidade de um quarto de dormir, circunstâncias que a hora da noite sublinha, enquanto uma sensação de isolamento e silêncio é igualmente criada por aquele quarto fechado ao vento e à chuva que de fora se fazem ouvir. Este quadro completa-se com o conforto luxuoso que a descrição enfatiza na selecção dos pormenores recolhidos do cenário perfeito de mais, talvez, para que a leitura, que o gesto inicial da personagem anuncia, ultrapasse a intenção. O cansaço que cede à poltrona onde não se senta, mas se estende, prolonga-se no bocejo que acompanha o pedido de notícias e depois na preguiça com que vira as duas folhas do livro. Carlos deixa-se envolver no amolecimento daquele ambiente aconchegante, e o prazer do grogue quente e do cigarro substituem, afinal, o da leitura.

Por mais de uma vez Carlos protagoniza uma situação análoga à que acabamos de analisar, isto é, uma situação em que a leitura é uma promessa traduzida num livro aberto, mas em que o leitor se anula no conforto de um sofá, resistindo, quando muito, à menor exigência de "uma revista inglesa" que lê "no terraço, estendido numa vasta cadeira índia de bambu, à sombra do toldo, acaba[ndo] o seu charuto [...], banhado pela carícia tépida daquele bafo de Primavera que aveludava o ar, fazia já desejar árvores e relvas..." (187). Como todos os outros aspectos da vida de Carlos, a partir do momento em que chega a Lisboa disposto a iniciar um percurso de profissional sério e de intelectual empenhado, a sua relação com a leitura carrega a marca da desistência, e o prazer dos sentidos sobrepõe-se à tenacidade da vontade.

Esta associação entre sensualidade e leitura que a personagem de Carlos nos sugere conduz-nos directamente a Luísa, deixando por agora os Maias a que voltaremos ainda neste ponto. Já tivemos oportunidade de afirmar que *O primo Basílio* não é um romance pródigo em cenas de leitura. O que não deixa de ser surpreendente face à importância de que a leitura – quando o sujeito é feminino e o objecto romances sentimentais – se reveste como factor desencadeante de sentidos na construção da personagem e do seu percurso[12]. Esta questão será retomada, já que, por agora, apenas nos interessa a imagem de prazer que se desenha da leitora que é Luísa, a partir de duas breves cenas estrategicamente colocadas no capítulo inaugural do romance. Recorde-se, a propósito do advérbio ainda agora utilizado, o investimento semântico de que é normalmente objecto o início ou *incipit* do sintagma narrativo, assim como o seu encerramento ou *explicit*: locais reservados a uma concentração de sentidos que se antecipam, no primeiro caso, ou se desvendam, no segundo, os momentos inicial e final do texto narrativo são sujeitos a um protocolo relativamente ao qual o romance realista/naturalista institui regras próprias, de acordo com o programa estético-ideológico que o sustenta. Não é, pois, por mero acaso, que as únicas cenas de leitura a suscitarem uma demorada atenção do narrador se situam no primeiro capítulo, cuja função emol-

---

[12] Permitimo-nos discordar da desvalorização da leitura a que procede Mário Sacramento ao defender que "O Primo Basílio é o romance do tédio": – "Onde está, porém, a educação sentimental de Luísa? Nas suas vagas leituras? Nas canções que canta ao piano? É com certeza bem pouco: Eça não nos faz sentir de modo algum a importância que o devaneio sentimental possa ter em Luísa. Ela parece, muito pelo contrário, solidamente instalada no amor sensato, calmo, positivo, do seu Jorge. E, quando este parte para o Alentejo, apenas o tédio se apossa dela – um tédio cheio de compostura e de deleitosas modorras" (Mário Sacramento, *Eça de Queirós – uma estética da ironia*, Coimbra, Coimbra Editora, 1945, p. 185). Consideramos que a natureza aparentemente vaga das leituras se deve à discreta presença na narrativa do livro como objecto, e mais ainda como objecto identificado. Mas nos devaneios de Luísa transparece claramente a origem literária que os alimenta. O que já foi sugerido a este respeito, será oportunamente completado.

durante é marcada por um elevado índice de previsibilidade relativamente à posterior evolução da intriga[13].

Limitemo-nos, porém, à questão que aqui nos ocupa e que, de momento, tem a ver com o prazer de Luísa enquanto leitora. Trata-se de um prazer que se renova, como se sabe, ao ritmo servido pela assinatura mensal num dos gabinetes de leitura da Baixa. É decerto esta fugaz relação com os livros que faz de Luísa uma leitora pouco atenta ao objecto que não é seu, mas guardando na memória a magia dos cenários, o poder sedutor dos heróis e a intensidade dos dramas e das paixões. Daí que "um livro um pouco enxovalhado" que espera no "aparador por detrás de uma compota", adquira identidade apenas no exacto momento em que a personagem "começou a ler, toda interessada[:]

> "Era a 'Dama das Camélias'. Lia muitos romances; tinha uma assinatura, na Baixa, ao mês. [...] Havia uma semana que se interessava por Margarida Gautier: o seu amor infeliz dava-lhe uma melancolia enevoada: via-a alta e magra, com o seu longo xale de caxemira, os olhos negros cheios da avidez da paixão e dos ardores da tísica; nos nomes mesmo do livro – Júlia Duprat, Armando, Prudência, achava o sabor poético de uma vida intensamente amorosa; e todo aquele destino se agitava, como numa música triste, com ceias, noites delirantes, aflições de dinheiro, e dias de melancolia no fundo de um *coupé*, quando nas avenidas do Bois, sob um céu pardo e elegante, silenciosamente caem as primeiras neves." (18)

É claro que esta cena de leitura é pretexto para revelar o tipo de recepção da leitora, cujo ponto de vista passa a prevalecer numa evocação em que o cenário elegante de Paris e o fascínio da sua vida social, assim como a idealização dos sentimentos e das emoções, cobrem de poesia as "aflições de dinheiro" e os "ardores da tísica". É, contudo, da responsabilidade do narrador a acentuada sensualidade que se des-

---

[13] Sobre a construção do *incipit* e do *explicit* na narrativa queirosiana, cf. Maria do Rosário Cunha, *Molduras: articulações externas do romance queirosiano*, Coimbra, Universidade Aberta–Delegação Centro, 1997. Aí se remete para a bibliografia sobre o assunto então consultada.

prende da imagem de Luísa, sensualidade que naturalmente se estende da personagem ao acto por ela praticado:

> "Luiza espreguiçou-se. [...] Sacudiu a chinelinha; esteve a olhar muito amorosamente o seu pé pequeno, branco como leite, com veias azuis, pensando numa infinidade de coisinhas [...] Tornou a espreguiçar--se. E saltando na ponta do pé descalço, foi buscar ao aparador por detrás de uma compota um livro um pouco enxovalhado, veio estender-se na *voltaire*, quase deitada, e, com o gesto acariciador e amoroso dos dedos sobre a orelha, começou a ler, toda interessada." (17-8)

A atitude de relaxamento que a mais estrita privacidade permite, a nudez do pé, o conforto físico que se procura e a relação de prazer com o próprio corpo materializada no olhar e no gesto, tornam quase impossível dissociar a satisfação do interesse que a história lida suscita na personagem das circunstâncias materiais em que a leitura decorre e nas quais o narrador se demora, consciente da sensualidade que tudo envolve. Por isso o seu olhar insiste no "gesto acariciador e amoroso dos dedos sobre a orelha" que já surpreendera na cena de abertura, quando Luísa, ao ler o *Diário de Notícias*, "com o cotovelo encostado à mesa acariciava a orelha, e, no movimento lento e suave dos seus dedos, dois anéis de rubis miudinhos davam cintilações escarlates" (11); por isso se fixa na nudez do "pé descalço", "pequeno, branco como o leite", que não desmente "a brancura tenra e láctea" (11) da pele, a que já se referira; por isso, enfim, surpreende a personagem numa atitude que se ressente ainda da hora matutina, tal como "o cabelo louro um pouco desmanchado, com um tom seco do calor do travesseiro" (11). Depois destas duas cenas iniciais, os momentos de leitura de Luísa serão apenas vagamente mencionados. Mas a imagem que dela permanece como leitora é marcada pela sensualidade – em primeiro lugar, a que lhe é própria e que projecta na recepção das histórias que lhe estimulam os sentidos e a vida emocional: como se pode verificar na evocação do mundo aventuroso de Margarida Gautier, sensações de cor e de forma, de sons e silêncios, de gostos e sabores e até mesmo tácteis, enquadram emoções fortes que oscilam entre o delírio e a melancolia, a intensidade da paixão e da doença, as privações e a elegância dos passeios no Bois; em segundo lugar, a este fundo de sensualidade onde enraíza o perfil psicológico e comportamental da personagem, julgamos dever acrescentar a que lhe empresta o erotismo presente no olhar que voluptuosamente a descreve.

Com Luísa, Afonso da Maia partilha a imagem de prazer que como leitor nos transmite, mas aqui termina o que há de comum entre os dois. Nem outra coisa seria de esperar, dadas as diferenças de sexo, de idade e de cultura. E, no entanto, longe da figura ascética de quem, experimentando os prazeres do espírito, se esquece do bem-estar do corpo, Afonso da Maia a si mesmo se descreve como "um antepassado bonacheirão que amava os seus livros, o conchego da sua poltrona, o seu *whist* ao canto do fogão" (12). Homem culto, mantendo ao longo da vida uma relação privilegiada com os livros e a leitura, a sua presença na narrativa, seja qual for o espaço em que se move, é indissociável do silêncio e da paz de uma livraria, biblioteca ou escritório, a que as "altas estantes" do palacete de Benfica, as "velhas estantes de pau-preto" da quinta de Santa Olávia e as "estantes baixas de carvalho lavrado" do Ramalhete conferem uma feição alternadamente "severa" e "austera", mas sempre de "paz estudiosa".

O conforto que rodeia Carlos mantém-se em volta desse "antepassado bonacheirão", mas a sensualidade que marca a relação do neto com o espaço físico em que se prolonga cede o lugar a uma serenidade suave e tépida, a um conforto tranquilo, a que as flores, a passividade do gato, já velho e obeso, e o fogo na chaminé imprimem o tom próprio de um leitor sem a avidez de quem procura o desfecho de uma intriga, sem o entusiasmo do conhecimento novo que se adquire e muito menos sem o tédio de quem julga "matar" o tempo. Mas com o prazer demoradamente saboreado de quem revisita textos e autores, numa relação de afecto a que o longo e atento convívio deu lugar:

> "Em Santa Olávia as chaminés ficavam acesas até Abril; depois ornavam-se de braçadas de flores, como um altar doméstico; e era ainda aí, nesse aroma e nessa frescura, que ele gozava melhor o seu cachimbo, o seu Tácito, ou o seu querido Rabelais." (11)

3 – Motivos para ler

3.1 – *Hábitos*

Jorge, marido de Luísa, é por duas vezes sujeito de uma acção de leitura que, apenas esboçada, não chega a concretizar-se. O que, curiosamente, ocorre quando Luísa, doente, lhe impõe o espaço e o tempo de que até aí era ela a dispor e a preencher com a ajuda de um livro. Mas em ambos os casos, porém, e apesar das circunstâncias aparentemente favoráveis, alguma coisa se opõe às intenções de Jorge: no primeiro, a curiosidade que lhe desperta uma carta fechada e dirigida a sua mulher – "Voltou ao escritório, mas aquela carta sobre a mesa irritava-o: quis ler um livro, atirou-o logo impaciente; e pôs-se a passear, torcendo muito nervoso o forro das algibeiras" (412); no segundo, a curiosidade mais pungente ainda, que resulta dessa carta a que não foi capaz de resistir:

> "De noite Jorge dormia vestido, num enxergão sobre o chão; mas apenas cerrava os olhos uma ou duas horas. O resto da noite procurava ler: começava um romance, mas nunca ia além das primeiras linhas; esquecia o livro, e com a cabeça entre as mãos punha-se a pensar: era sempre a mesma ideia – *como* tinha sido?" (419)

Tal como Jorge, muitas outras são as personagens de Eça para quem, em diversos momentos, a leitura não passa de uma intenção que um pensamento teimoso, mais ou menos inoportuno, não deixa levar a cabo: a lembrança de Basílio, em momentos opostos, isto é, antes e depois da aventura em que com ele se envolve naquele Verão que será o último da sua vida, faz com que Luísa se esqueça de um livro caído no regaço (70 e 285), enquanto a excitação das novas e picantes experiências que ele lhe dá a conhecer a fazem "arremessar" o livro com que tenta atingir uma tranquilidade então impossível (231); é também uma insuperável impaciência, embora com causas bem diferentes, que, na viagem de Paris a Tormes, prega Jacinto a um canto do comboio, "esquecido do livro fechado nos joelhos", erguendo-se depois e "arremessando o livro" para ir "continuar o seu tédio para outro canto, enterrado noutra almofada, com outro livro fechado" (125); Gracinha Ramires, por seu lado, na quinta da Murtosa entrega-se à memória do romance findo com André Cavaleiro e a um "cansado cismar [...] pelos bancos musgosos da mata, com um romance esquecido no regaço" (349); a própria Amélia folheia o missal na vã tentativa de rezar, no que é impedida pelas tentadoras e lascivas imagens do beijo e da nudez do pároco que naquele momento, ricamente paramentado, celebra a missa no altar (300); Carlos, na "casita" que aluga junto à Toca, estende-se "no sofá, com um livro aberto, os olhos no ponteiro do relógio" (461) e o pensamento na mulher com quem pouco depois se há-de encontrar; e até Afonso da Maia, deixando-se vencer pela melancolia que lhe causa a morte do fiel Vilaça, é por uma vez surpreendido "na livraria [de Santa Olávia] com um jornal esquecido nas mãos" (85).

A leitura aparece assim frequentemente como um impulso que a força do hábito comanda, embora nem sempre seja capaz de se sobrepor às imagens e memórias que despoticamente invadem a consciência do leitor. Em todo o caso e seja qual for a razão imediata que lhe dá origem, só um hábito longamente enraizado explica a insistência com que ela solicita o gesto e o olhar, embora por vezes seja um tão maquinal como o outro é distraído: – "Depois do jantar Carlos percorreu o 'Figaro', folheou um volume de Byron, bateu carambolas solitárias no bilhar, assobiou malaguenhas no terraço – e terminou por sair, sem destino, para os lados do Aterro" (448).

Ao contrário de muitas experiências quotidianas, em que prazer e hábito não só não combinam mas frontalmente se opõem, acabando o segundo por anular o primeiro, a leitura geralmente exige o hábito para prodigalizar o prazer. Algumas vezes, contudo, depois de esgotado o prazer, permanece o hábito impondo tiranicamente certos rituais onde o sentido abandonou o gesto que lhe deu forma. A ilustração perfeita do que acabamos de afirmar reside em Jacinto entregando-se à leitura dos anúncios do *Jornal do Comércio*, na despojada sala onde passa a sua primeira noite em Tormes, porque, como ele próprio justifica, "Não [pode] adormecer sem um livro":

> "– Tens tu – volveu o meu amigo secamente – alguma coisa que eu leia? Não posso adormecer sem um livro.

> Eu? Um livro? Possuía apenas o velho número do 'Jornal do Comércio', que escapara à dispersão dos nossos bens. Rasguei a copiosa folha pelo meio, partilhei com Jacinto fraternalmente. Ele tomou a sua metade, que era a dos anúncios..." (149)

E assim Jacinto conseguiu dormir – na enxerga improvisada, dentro da camisa de estopa e folhos da mulher do Melchior e depois de ter lido "as partidas dos paquetes" que o *Jornal do Comércio* anunciava.

No sentido inverso ao de Jacinto, mas afirmando ainda a recíproca relação entre o hábito e o prazer de ler, exprime-se a personagem de D. Felicidade ao intervir na conversa de circunstância entre Luísa e Basílio no Passeio Público, quando livros e leituras surgem como tema fortuito, a propósito do modo como fora por ambos preenchido aquele domingo de calor. Conversadora e participativa, D. Felicidade não se alheia do assunto, informando que "andava a ler o 'Rocambole'. Tanto lho tinham apregoado! Mas era uma tal trapalhada! Embrulhava-se, esquecia-se... E ia deixar, porque tinha percebido que a leitura lhe aumentava a indigestão" (94).

O prazer não cabe, decididamente, na relação de D. Felicidade com a leitura. Pelo menos, com a leitura das aventuras vividas pelo herói de capa e espada que, na época, tanta popularidade valeu a Ponson de Terrail. E é esta a única referência às leituras da infeliz e fogosa enamorada do conselheiro. Não serão os livros, porém, que lhe permitirão compensar a sua paixão frustrada, como ocorre em outros casos, já que D. Felicidade não tem o hábito da leitura. Por isso se atrapalha, perdendo o fio à meada que a intriga vai tecendo, fazendo lembrar Amaro ao tentar enganar o tédio e a solidão do seu temporário exílio da Rua da Misericórdia:

> "Era aquela a pior hora, a da noite, quando ficava só. Procurava ler, mas os livros enfastiavam-no: desabituado da leitura não compreendia 'o sentido'" (365).

Se, como leitora, D. Felicidade vê aumentar o sofrimento físico que decorre das suas difíceis digestões, Amaro, na mesma qualidade, vê aumentar o tédio. E ambos se aproximam na falta do hábito de ler, hábito que nunca terá existido ou se perdeu.

3.2 – *Necessidades*

São poucas, em toda a ficção queirosiana, as personagens que se ocupam efectivamente numa profissão, e menos ainda as que se fazem leitoras por exigência do trabalho a que se entregam. Na verdade, o país aqui representado aparece maioritariamente composto por pequenos e grandes proprietários vivendo de rendas mais ou menos generosas, e por um contingente de burocratas que o Estado espalha pelas diversas repartições da província ou nas secretarias da capital. Poucos médicos, alguns comerciantes de reduzida dimensão e muitos empregados no trabalho doméstico ganham a vida trabalhando, políticos e jornalistas gastam-na em pequenas estratégias de auto-promoção, e um número considerável de padres frui confortavelmente desta vida enquanto vai preparando as almas para a outra.

Neste panorama de poucas ou nenhumas exigências profissionais, os deveres de leitura são quase inexistentes. Há, no entanto, quem os invente, em perseguição da imagem promotora de um projecto pessoal. É o caso de Gouvarinho, ao queixar-se "amargamente da sua falta de memória. Uma coisa tão indispensável em quem segue a vida pública". E para demonstrar a pertinência do lamento, acrescenta:

> "Por exemplo, lera (como todo o homem devia ler) os vinte volumes da "História Universal" de César Cantu; lera-os com atenção, fechado no seu gabinete, absorvendo-se na obra. Pois, senhores, escapara-lhe tudo – e ali estava sem saber história!" (143)

É claro que a memória de Gouvarinho dá, na proporção inversa, a medida da sua mediocridade intelectual, do ridículo de quem se entrega à leitura sistemática de uma obra de referência em vinte volumes, e das ambições políticas que veladamente trata de anunciar a Carlos da Maia, no exacto momento em que lhe é apresentado. Ainda assim acabará por integrar o Governo na pasta da Marinha, transformando-se desse modo no mais eloquente produto da classe política que o romance representa e confirmando as previsões de João da Ega, feitas sobre as qualidades exigidas a um ministro: a leitura de Maurício Block[14] e a natureza do asno (cf. 199).

Na ausência de um dever externa e rigidamente imposto, a necessidade de ler pode adquirir outras formas e objectivos, sem perder de vista a configuração psicológica da personagem que lhe dá corpo: Gouvarinho, Dâmaso Salcede e o Conselheiro Acácio exibem-na, como já tivemos ocasião de referir; sem grandes surpresas, Teodorico Raposo leva consigo, para se "recrear no país do Evangelho, 'O Homem dos Três Calções'" (98) – o recreio ocupa, de facto, as suas expectativas de viagem, Paul de Kock as expectativas culturais do seu "intelecto de bacharel", e o Evangelho o cenário exigido pelas expectativas da herança; num processo em que o prazer se confunde com a necessidade de satisfazer uma tirânica curiosidade, Fradique Mendes entrega-se à leitura "com intensidade e paixão"[15]; e o virtuoso abade Ferrão, sem conseguir resistir ao prazer sobre que pesa a gravidade de um pecado capital, encontra nas "descrições das caçadas selvagens que ele lera com *gula*" (871; itálico nosso) a compensação para o acto que a consciência lhe proíbe.

Finalmente, a um outro tipo de necessidade, para lá da compensação, da curiosidade intelectual ou do simples recreio, responde por vezes a leitura. Necessidade premente, genuína e reveladora do estado emocional do leitor que procura prolongar sensações e alimentar desejos e sentimentos. Já antes nos referimos a Carlos da Maia e à exaltação sentimental que o levava, depois de cada encontro com Maria Eduarda, a "passa[r] o dia a recapitular o que ela dissera, o que ele respondera, os seus gestos, a graça de certo sorriso... Fumava então *cigarettes*, lia os poetas" (372). E à imagem de Carlos, também Ega se deixa conduzir pela paixão até à poesia, num impulso aproveitado para reforçar a natu-

---

[14] Maurice Bloch (n. 1816, em Berlim; m. 1901, em Paris), filho de pais judeus e naturalizado francês, foi economista e estatístico. Editou o *Anuário de economia política e estatística* e publicou, entre outras obras, *Die Bevolkerung Spaniens und Portugals* (1861).

[15] Eça de Queirós, *A correspondência de Fradique Mendes*, Lisboa, "Livros do Brasil", s/d., p. 72.

reza inconsequente e afinal romântica da personagem: excessivo, como é de seu natural, a devastadora paixão por Raquel provoca-lhe uma fundamental reformulação de critérios, e Victor Hugo, antes vilipendiado – "saco-roto de espiritualismo", "boca-aberta de sombra", "avôzinho lírico" – passa então a ser "o campeão heróico de verdades eternas..." (132). Neste grupo cabem ainda duas personagens tão distantes como Pedro da Maia e Jacinto, embora não seja o amor que os faz procurar na leitura um eco ou uma confirmação das próprias emoções e sentimentos. Ambos, contudo, nela alimentam as crises de melancolia e depressão que ciclicamente se abatem sobre Pedro e de que Jacinto continuamente padece. Mas porque um habita na capital francesa do fim do século, enquanto a juventude do outro se desenrola numa Lisboa romântica e devota, as *Vidas de Santos* (cf. 21) darão lugar aos textos filosóficos de Schopenhauer, ao *Ecclesiastes* ou, no resumo de Zé Fernandes, a "todos os líricos e todos os teóricos do Pessimismo" (104). E talvez por neles procurar "a reconfortante comprovação de que o seu mal não era mesquinhamente 'jacíntico' – mas grandiosamente resultante de uma Lei Universal" (104), o Jacinto finissecular não tenha repetido a solução encontrada pelo romântico Pedro da Maia.

3.3 – *A fuga*

É difícil, se não impossível, falar de rotina, ignorando a dimensão temporal que uma tal noção ou experiência pressupõe: a rotina implica uma repetição sentida no tempo que, por seu lado, faz sentir a sua passagem numa linha contínua sem surpresas nem mudanças. Se tentar iludir a rotina é também uma tentativa para iludir a sensação de uma passagem lenta e demorada das horas, o que em linguagem coloquial se traduz pela expressão "matar o tempo", o tempo a que se foge não significa necessariamente apenas o fluir dessa linha contínua que o sujeito toma como referência para medir e contabilizar a sua própria passagem.

Comecemos, porém, por este último aspecto, ou seja, pela monótona e pálida repetição que o tempo frequentemente arrasta na sua passagem, recordando que é a personagem de Luísa a maior responsável pela tradicional associação entre mulher, tédio e leitura. O próprio Autor o confirmou quando, na carta a Teófilo Braga em que procurava demonstrar que o romance publicado nesse ano de 1878 se integrava também na "Arte de combate a que pertencia o Padre Amaro"[16], definiu a sua protagonista associando a ociosidade ao excesso de leituras de romances:

> "*O Primo Basílio* apresenta, sobretudo, um pequeno quadro doméstico, extremamente familiar a quem conhece bem a burguesia de Lisboa: a senhora sentimental, mal-educada, nem espiritual (porque, Cristianismo, já o não tem; sanção moral da justiça, não sabe o que isso é) arrasada de romance, lírica, sobreexcitada no temperamento pela ociosidade e pelo mesmo fim do casamento peninsular, que é ordinariamente a luxúria, nervosa pela falta de exercício e disciplina moral, etc., etc. – enfim, a *burguesinha da Baixa*."[17]

Como é sabido, o romance em causa constituía a transposição para a ficção de certos conceitos relativos à condição feminina, que configuravam um programa de reforma social explanado já nas páginas d'*As Farpas*. Relendo as duas crónicas que de uma forma mais directa e sistemática abordam as questões relativas à mulher, às funções que deveria preencher e aos vícios de formação a que estava sujeita, a falta de ocupação aparece recorrentemente como origem dos males que põem em perigo a instituição da família e, através desta, a boa saúde de todo o corpo social: como "Toda a mulher que se não cansa, idealiza"[18], a consequência lógica desta premissa "É que as mulheres mais ocupadas são as mais virtuosas"[19]. Deixando por agora a ponderação dos significados presentes, neste contexto, no verbo "idealizar" e, a partir daqui, na relação estabelecida entre as duas sentenciosas afirma-

[16] Eça de Queirós, "Carta a Teófilo Braga, 12/Mar./1878" in *Correspondência*, leitura, coord., pref. e notas de Guilherme de Castilho, Lisboa, Imprensa Nacional-Casa da Moeda, 1983, vol. I, p. 134.

[17] Idem, *ibidem*.

[18] Eça de Queirós, "O problema do adultério" in *Uma campanha alegre. De "As Farpas"*, Porto Lello & Irmão, 1978, Vol. II, p. 208.

[19] Idem, *ibidem*, p. 211.

ções, registe-se apenas que é sobretudo em relação à mulher, liberta das obrigações e deveres impostos por uma carreira profissional, que se atribui e lamenta o tédio da ociosidade que a educação, ou a falta dela, não contraria, mas antes alimenta:

> "A sua preguiça é um dos seus males. O dia de uma menina de dezoito anos é assim dissipado: almoça, vai-se pentear, corre o *Diário de Notícias*, cantarola um pouco pela casa, pega no croché ou na costura, atira-os para o lado, chega à janela, passa pelo espelho, dá duas pancadinhas no cabelo, adianta mais dois pontos no trabalho, deixa-o cair no regaço, come um bocadinho de doce, conversa vagamente, volta ao espelho, e assim vai puxando o tempo pelas orelhas, derreada com a sua ociosidade, e bocejando as horas."[20]

É em grande parte este o dia que o quotidiano de Luísa pretende retratar: sem as ocupações resultantes da maternidade, pouco absorvida pelas obrigações domésticas a cargo das criadas e sem a presença do marido, Luísa passa o tempo "ora estendida na causeuse lendo aos bocados, ora batendo distraidamente no piano pedaços de valsas" (88), ficando fatalmente sujeita ao peso do vazio das horas e da solidão:

> "Havia doze dias que Jorge tinha partido e, apesar do calor e da poeira, Luiza vestia-se para ir a casa de Leopoldina. Se Jorge soubesse, não havia de gostar, não! Mas estava tão farta de estar só! Aborrecia-se tanto! De manhã, ainda tinha os arranjos, a costura, a *toilette*, algum romance... Mas de tarde!" (58)

A leitura que ocupa a personagem não aparece, pois, como um fim em si mesma, mas apenas como um meio, nem sempre muito eficaz, para iludir o tédio de quem não dispõe de grandes recursos para preencher as longas horas do quotidiano. Daí que com frequência tédio e leitura se confundam num processo em que esta última não é mais do que o sinal exterior e visível do primeiro: – "Tinha-se aborrecido muito. Estivera todo o santo dia a ler" (93).

---

[20] Idem, "As meninas da geração nova em Lisboa e a educação contemporânea", *loc cit.*, p. 115.

À imagem de Luísa, todas as mulheres da ficção queirosiana sofrem da mesma falta de ocupação e, como adiante se verá, as leituras que à maior parte delas são atribuídas estão longe de constituir um traço de sinal positivo relativamente à definição do seu temperamento e percurso. E é justamente neste aspecto, e apenas neste aspecto, que se situa a linha demarcadora que as separa das personagens masculinas, em relação às quais a mesma associação entre tédio e leitura é igualmente pertinente e explicitamente referida. Até uma personagem como Dâmaso, para quem a leitura, como foi já notado, não passa de um adereço próprio do homem "chique" – ou justamente por isso mesmo – demonstra a pertinência de tal afirmação: – "Depois não achou mais nada – e falou de Penafiel, onde chovera sempre tanto que ele vira-se forçado a ficar em casa, estupidamente, a ler..." (376). Neste contexto, o que poderá encontrar-se de comum entre Dâmaso Salcede e Amaro, o pároco da Sé de Leiria? A desocupação, antes de mais; também, decerto, a falta de correspondência entre o acto de ler e a vontade genuína que o motiva; e, finalmente, a noção de leitura como simples e precária estratégia de substituição de outras actividades bem mais apetecíveis que a chuva impede, no caso de Dâmaso, e o isolamento, no caso de Amaro, contraria. Para este último, contudo, a estratégia revela-se improfícua, e "ao fim das dez primeiras linhas bocejava de tédio e de fadiga" (401).

Também para Carlos da Maia a leitura pode ser uma alternativa à falta de solicitações de um meio nada estimulante e, por isso mesmo, uma tentativa de iludir ou de fugir ao tédio que esse meio lhe desperta:

> "O seu gabinete, no consultório, dormia numa paz tépida entre os espessos veludos escuros, na penumbra que faziam os estores de seda verde corridos. Na sala, porém, as três janelas abertas bebiam à farta a luz; tudo ali parecia festivo; as poltronas em torno da jardineira estendiam os seus braços, amáveis e convidativos; o teclado branco do piano ria e esperava, tendo abertas por cima as 'Canções' de Gounod; mas não aparecia jamais um doente. E Carlos – exactamente como o criado que, na ociosidade da antecâmara, dormitava sob o 'Diário de Notícias', acaçapado na banqueta – acendia um cigarro 'Laferme', tomava uma revista, e estendia-se no divã. A prosa, porém, dos artigos estava como

embebida do tédio moroso do gabinete: bem depressa bocejava, deixava cair o volume." (102-3)

Esta cena, que tem como cenário o consultório no Rossio, constitui uma réplica da cena atrás citada e comentada, que decorre no ambiente requintado e quase feminino dos aposentos de Carlos no Ramalhete. E tanto numa como na outra, a mesma natureza sensitiva não oferece resistência ao prazer do conforto de que a personagem insistentemente se rodeia. Não é, de resto, por acaso que também aqui o olhar do narrador arrasta o nosso pelos veludos e pelas sedas dos cortinados, pelo aspecto convidativo das poltronas e pela promessa de festa do piano aberto, tão pouco de acordo com a tristeza da doença e com a austeridade da ciência que lhe há-de acudir. Por outro lado, o que distingue realmente o comportamento de Carlos do do seu criado, que não tem a responsabilidade do médico, nem certamente a cultura do homem? Nada mais do que distingue o "Diário de Notícias" de uma revista não identificada e, por isso mesmo, aberta a uma gama de conjecturas em que pode caber a suposição de se tratar de uma publicação científica. Para além desta diferença, porém, é apenas o discurso do narrador que estabelece a distância entre a situação dos dois homens: um deles "dormitava", "acaçapado na banqueta"; o outro, "estendi[do] no divã", limitava-se a bocejar, preambularmente ao acto cuja referência é discretamente substituída pela consequência que dele resulta – "deixava cair o volume". A presença do cigarro e, não menos importante, a sua qualidade dada pela marca mencionada completam o quadro e os sentidos que nele ganham expressão. Note-se, por último, a presença no pequeno trecho citado das duas palavras – "ociosidade" e "tédio" – sobre as quais António Sérgio construiu a tese relativa ao "fenómeno psicológico fundamental na obra romanesca queirosiana"[21] e que designou justamente por "Tédio do Ócio" – fenómeno que não confinou ao comportamento das personagens femininas, nem particularmente ao de Luísa, mas considerou ser a raiz de um drama

---

[21] António Sérgio, "Notas sobre a imaginação, a fantasia e o problema psicológico-moral na obra novelística de Queirós" in *Obras completas. Ensaios*, Tomo VI, Lisboa, Sá da Costa, 3ª ed., 1980, p. 65.

partilhado, ainda que sob formas variadas, pelos diversos protagonistas da ficção de Eça. E com eles, convém agora acrescentar, ficou a leitura definitivamente associada aos conceitos contidos naquelas duas palavras – ora como forma de preencher o ócio, ora como meio de fugir ao tédio, em todo o caso como ponto de partida ou de chegada para os dois.

Efectivamente concretizada, intenção apenas ou estratégia premeditada, é ainda a leitura a servir de refúgio a personagens tão díspares como Amaro perante a odiosa presença do coadjutor na solidão da casa da Rua das Sousas, "fingi[ndo]-se todo ocupado numa leitura" (397); Luísa que, para evitar Juliana quando esta lhe arrumava o quarto pela manhã, "Ia para a sala com um livro, e nos intervalos não levantava os olhos das páginas" (283); e mais uma vez Carlos, "refugiando-se mais no fundo da revista" para se subtrair às constantes e inoportunas interrupções de Dâmaso que, "vendo Carlos confortavelmente mergulhado na revista, recaía também na sua indolência de homem chique, investigando o 'Figaro'" (191). A causa próxima e concreta que nestes três casos se concentra no outro – que incomoda, ou amedronta ou se intromete – situa-se por vezes numa realidade mais vasta, mas igualmente próxima e concreta, e suscitando o mesmo movimento de repúdio. A este movimento corresponde o desejo de Carlos de "voltar para o Ramalhete", naquela tarde de Corridas, de poeira, de sol e de decepcionantes ausências, e "acabar tranquilamente a tarde, dentro do seu *robe-de-chambre*, com um livro, longe de todo aquele tédio" (319). De forma semelhante, também o avô e Craft fazem da leitura um reduto protector contra um meio social cuidadosamente mantido à distância. Mas porque no caso de um e de outro se torna mais difícil separar a fuga da demissão, fica para o próximo capítulo a análise dos sentidos que a leitura em ambos desencadeia ou simplesmente confirma.

3.4 – *Burocracia do espírito e apelo da carne*

Já se viu que Amaro retira da relação com os livros a ostentação de um saber e de uma autoridade que utiliza como estratégia de sedução e de poder, numa demonstração óbvia de que uma e outro são frequentemente inseparáveis[22]. E por essa relação passa a representação, como então foi sugerido, de uma outra mais ampla e onde o jogo do poder ocorre entre os padres e o círculo feminino que em volta deles gravita. Em qualquer dos casos, recorde-se, à relação de forças que se tece não é alheia a menor ou maior familiaridade com a palavra escrita enquanto suporte e garantia de conhecimento, cabendo a segunda hipótese à parte masculina da questão.

Limitemo-nos, porém, à figura de Amaro, relativamente ao qual as cenas de leitura são reduzidas, mas nem por isso menos eloquentes na construção da sua individualidade psicológica e da sua identidade como membro de um grupo definido.

Com a memória ainda viva das leituras a que o Seminário o obrigou, Amaro parece dar por finda uma formação que se revela mera garantia de sobrevivência. Daí que nos poucos momentos em que recorre aos livros para iludir o vazio de uma vida solitária, a falta de hábitos de leitura e a pouca convicção do gesto acabam por frustrar o que não ultrapassa a timidez da tentativa. São dois esses momentos, em tudo paralelos:

> "Era aquela a pior hora, a da noite, quando ficava só. Procurava ler, mas os livros enfastiavam-no: desabituado da leitura não compreendia o 'sentido'." (365)

E bem mais à frente, no decurso diegético:

> "Voltava para casa mais triste, – e a sua longa noite começava, infindável. Tentava ler; mas ao fim das dez primeiras linhas bocejava de tédio e de fadiga." (853)

A situação repete-se, pois, repetindo o padre: a mesma atitude, a exigir o esforço por ausência do hábito; a mesma motivação que em ambos os casos é fruto do isolamento afectivo e social – o primeiro ocorre depois de sair da casa da S. Joaneira, o segundo segue-se à partida de Amélia para a Ricoça e do resto dos amigos para a Vieira; e,

---

22 Cf. *supra*, pp. 159-162.

por fim, o mesmo resultado, isto é, o abandono de uma intenção que o curto fôlego da vontade não chega para concretizar, justificando a imagem fantasmática dos livros cuja presença, como foi já mencionado[23], se limita ao espaço que a eles se destina ou que por eles foi ocupado.

Apenas um livro – o Breviário – acompanha frequentemente a personagem, funcionando como marca distintiva da sua condição de sacerdote: presente no momento de cumprir certas obrigações rituais, como as que estão ligadas à morte – o Breviário é referido quando Amaro vela o cadáver da tia de Amélia e, mais tarde, o da Totó –, é também a esse livro obrigatoriamente presente no quotidiano do padre que Amaro associa a sua própria morte para o mundo dos afectos:

> "De que lhe servia ser um homem com sangue nas veias, e as paixões fortes dum corpo são? Tinha de dizer adeus à rapariga, – vê-la partir de braço dado com o *outro*, com o marido, irem ambos para casa brincar com o filho, um filho que era seu! E ele assistiria à destruição da sua alegria de braços cruzados, esforçando-se por sorrir, voltaria a viver só, eternamente só, e a reler o Breviário!..." (807-9)

Amaro equaciona assim o seu destino no confronto entre Vida e Morte, desdobrando-se aqui a primeira no sangue, no corpo e no filho que os prolonga, e a segunda na eterna solidão de que o Breviário é a imagem, e a sua leitura os limites de uma regra que a personagem conscientemente ignora e transgride.

Por isso o Breviário é também um instrumento denunciador dos desvios cometidos por Amaro como membro de uma Igreja a que determinados votos o vinculam, e nesse sentido competindo com Amélia num desafio em que a vitória cabe invariavelmente à tentação objectivada na imagem, na voz ou simplesmente no ruído revelador da presença feminina:

> "Amaro abriu o seu Breviário, ajoelhou aos pés da cama, persignou-se; mas estava fatigado, vinham-lhe grandes bocejos; e então por

[23] Cf. *supra*, p. 123.

cima, sobre o tecto, através das orações rituais que maquinalmente ia lendo, começou a sentir o *tic-tic* das botinas de Amélia e o ruído das saias engomadas que ela sacudia ao despir-se." (133)

Este é o primeiro momento – e, como tal, fortemente indiciador do sentido de evolução da intriga – de outros momentos em que a situação se repete. O que ocorre enquanto Amaro é hóspede da S. Joaneira[24], e a proximidade física de Amélia dá origem a esta competição que no espírito do padre opõe o sacerdote ao homem. Mas Amaro sai da Rua da Misericórdia, vindo a saber mais tarde que a sua paixão é, afinal, correspondida. A partir daí, a relação entre a figura de Amélia e a leitura do Breviário ganha novos contornos, permitindo entrever, para lá da transgressão que se anuncia, a natureza da relação do padre com Deus. Deixando de existir competição, uma vez que a vitória se afigura garantida para uma das partes, Amaro deixa de ser solicitado em alternância pelo seu Breviário e pela imagem tentadora da mulher que deseja, passando a cumprir o dever que o primeiro lhe impõe e, simultaneamente, a fruir o prazer que a segunda lhe promete. Por outras palavras: Amaro cumpre os seus deveres quotidianos de sacerdote, entre os

---

[24] A situação é referida por três vezes: logo depois do primeiro serão de que Amaro participa na Rua da Misericórdia – "Amaro foi para o seu quarto, começou a rezar no Breviário; mas distraía-se, lembravam-lhe as figuras das velhas, os dentes podres de Artur, sobretudo o perfil de Amélia. Sentado à beira da cama, com o Breviário aberto, fitando a luz, via o seu penteado, as suas mãos pequenas com os dedos um pouco trigueiros picados da agulha, o seu buçozinho gracioso..." (219); quando, dois capítulos à frente, se trata de descrever o quotidiano de Amaro em casa da S. Joaneira, particularmente a sua reacção aos estímulos eróticos que resultam do convívio com Amélia, sendo de notar o sentido iterativo do discurso – "Descia, ia folhear o seu Breviário; mas a voz de Amélia falava em cima, o *tic-tic* das suas botinas batia o soalho... Adeus! A devoção caía como uma vela a que falta o vento; as boas resoluções fugiam, e lá voltavam as tentações em bando a apoderar-se do seu cérebro, frementes, arrulhando, roçando-se umas pelas outras como um bando de pombas que recolhem ao pombal." (275); e, finalmente, quando, na hora de abandonar a Rua da Misericórdia, é a própria memória de Amaro que associa a leitura do Breviário ao som da voz que nela interfere – "Amaro no entanto em baixo ia emalando a sua roupa. Mas a cada momento parava, dava um *ai* triste, ficava a olhar em redor o quarto, a cama fofa, a mesa com a sua toalha branca, a larga cadeira forrada de chita onde ele lia o Breviário, ouvindo, por cima, cantarolar Amélia" (349).

quais ganha maior expressão justamente a leitura do Breviário, nos momentos em que as expectativas quanto à ligação com Amélia são auspiciosas, como é o caso quando, a pedido dela, volta a frequentar os serões da S. Joaneira:

> "E antes de sair rezou cuidadosamente o seu Breviário – porque, em presença daquele amor adquirido, viera-lhe um susto supersticioso que Deus ou os santos escandalizados o viessem perturbar: e não queria, com desleixos de devoção, *dar-lhes razão de queixa.*" (377-9)

Pelo contrário, o afastamento da promessa de prazer e pecado coincide com o abandono do Breviário: assim sucede quando se debate com a solidão de Leiria enquanto Amélia espera o nascimento do filho na Ricoça[25], tal como havia já sucedido quando a si próprio se impusera a solidão da sua casa na Rua das Sousas:

> "Quando acabaria aquela vida? Acendia o cigarro, e do lavatório para a janela recomeçava os seus passeios, com as mãos atrás das costas. Deitava-se sem rezar às vezes: e não tinha escrúpulos: julgava que ter renunciado a Amélia era já uma penitência, não necessitava cansar-se a ler orações no livro; celebrara o 'seu sacrifício' – sentia-se vagamente quite com o Céu!" (365)

Os excertos citados são suficientemente claros e fornecem por si só a explicação para a coexistência harmoniosa da obediência ao ritual e da transgressão aos votos que, em ambos os casos, a mesma Igreja lhe impõe. Contrariando a imagem do padre que vive intensamente a experiência íntima da Fé e que, sucumbindo à tentação, se sente indigno do diálogo com o divino, Amaro não ultrapassa uma concepção mercan-

---

[25] Cf. p. 855: "A não serem os deveres estritos que ele não podia desleixar sem escândalo e sem censura – desembaraçara-se, pouco a pouco, de todas as práticas do zelo interior: nem a oração mental, nem as visitas regulares ao Santíssimo, nem as meditações espirituais, nem o rosário à Virgem, nem a leitura à noite do Breviário, nem o exame de consciência – todas estas obras da devoção, estes meios secretos de santificação progressiva substituía-os pelos infindáveis passeios pelo quarto, do lavatório à janela, e por maços de cigarros fumados até ao negro dos dedos".

tilista e burocrática da prática religiosa, ao serviço de um Deus que se esgota na contabilidade dos rituais cumpridos. Deste modo, o livro de orações é, ora um excedente inútil na penitência diária dos desejos fracassados, ora a garantia de preservação da felicidade conseguida. E daí a coloração supersticiosa que do sentimento religioso se estende ao acto da leitura e que se prolonga ainda no hábito adquirido por Amaro ao retomar a intimidade dos serões na Rua da Misericórdia onde, "depois [de ler] o seu Breviário [...] e apenas na igreja batiam as sete horas [...] por superstição entrava sempre com o pé direito" (381).

Enquanto padre, Amaro não possui afinal uma vivência mais consistente e profunda da religião, quando a comparação se faz com Amélia que, em criança, "se às vezes ao deitar lhe esquecia uma salve-rainha, fazia penitência no outro dia, porque temia que Deus lhe mandasse sezões ou a fizesse cair na escada" (227) e, mais tarde, ao defrontar-se com o terror do pecado, vê no meticuloso cumprimento das obrigações do amante – entre as quais a leitura do Breviário – uma possível garantia de resgate[26]. Se alguma coisa os distingue, aliás, é a desenvoltura de quem, à imagem dos seus pares, nos faz duvidar da convicção do ministro relativamente à eficácia e à transcendência do próprio ministério. Sem pretender fazer uma análise do comportamento de Amaro como membro da Igreja, é contudo no contexto desse comportamento que ganha expressão a funcionalidade semântica do livro, da acção a que dá origem e do sujeito que a pratica. É que por este triângulo passa também o sentido da profanação a que a personagem é conduzida: obrigado em ambos os casos ao cumprimento de um dever que não interioriza, Amaro revela-se um mau leitor e um mau padre.

---

[26] Referimo-nos ao momento em que Amélia acorda para a culpa, sem que por isso seja capaz de renunciar aos motivos que lhe dão origem: – "Depois vinham perguntas singulares que o desesperavam, repetidas agora todos os dias. Se tinha dito a missa com fervor? Se tinha lido o Breviário? Se tinha feito a oração mental?... [...] Era com efeito a sua preocupação, agora, que Amaro *fosse um bom padre*. Contava, para se salvar e para se livrar da cólera de Nossa Senhora, com a influência do pároco na corte de Deus: e temia que ele por negligência de devoção a perdesse, e que, diminuindo o seu fervor, diminuíssem os seus méritos aos olhos do Senhor. Queria-o conservar santo e favorito do Céu, para colher os proveitos da sua protecção mística" (783-785).

4 – Más leituras e piores leitores

Falando de leitura, podemos afirmar que Artur Corvelo é a réplica masculina de Luísa: ambos apresentam o gosto e o hábito da leitura, ambos são leitores de romances e novelas sentimentais, e tanto um como outro são frequentemente levados a confundir os dois lados da fronteira que separa a ficção da realidade. Mas algumas diferenças há que registar, e na origem delas encontra-se a fatal oposição de género.

Em primeiro lugar, Artur tem um projecto – o de se tornar num escritor reconhecido – que não cabe no percurso de Luísa, nem de qualquer outra das mulheres presentes na ficção de Eça de Queirós. Há, como sempre, uma excepção, mas, também como sempre, essa excepção constitui a derrogação irónica do que parece afirmar: trata-se de Madame Rughel, tão vaga e longínqua como o amor que despertou em Carlos a quem permaneceu ligada por "puras relações de inteligência", e autora de um romance que aquele, significativamente, nunca leu por ser em holandês[27].

Mas voltemos ao herói d'*A Capital!* e ao seu projecto, que tem raízes no jovem "quieto" e "triste", "melancólico" e "ingénuo", que assim anuncia a personagem de Eusebiozinho Silveira, mas sem nunca perder, ao contrário deste, o gosto pela leitura precocemente manifestado:

> "Já então os seus fins de tarde depois da aula eram passados encostado à janela do quintal, lendo algum volume da pequena livraria do papá, um tomo de Filinto Elísio, os *Mártires* de Chateaubriand, sobretudo as novelas da BIBLIOTECA DAS DAMAS." (101)

Educado ao sabor da vivência passadista e provinciana de um romantismo tão "quieto" e "triste" como ele, e estimulado pelos dese-

---

[27] Cf. pp. 151-2: – "[...] Madame Rughel é uma mulher de muito espírito. Escreveu um romance, um desses estudos íntimos e delicados, como os de Miss Broughton: chama-se as 'Rosas Murchas'. Eu nunca li, é em holandês... // – As 'Rosas Murchas'... em holandês! – exclamou Ega apertando as mãos na cabeça." Note-se como à reacção de João da Ega cabe sublinhar as virtualidades semânticas da situação, onde o próprio título do romance não é casual.

jos do pai que o antevia "autor dum livro querido como o *Amor e Melancolia!*"[28] (100), o jovem Corvelo fica pronto a experimentar, no meio dos literatos de Coimbra, o deslumbramento responsável pela sofreguidão confusa e desordenada dos entusiasmos literários e artísticos, das "leituras [que] lhe enchiam vagamente o cérebro" (107) e dos impulsos criativos que, para lá de uma elegia com o título de *Ofélia*, casualmente publicada no *Pensamento*, passam pelo "plano dum poema dramático, que seria a explicação do Universo" (109), pelo lirismo derramado em quadras ditadas por uma paixão que o fez compreender "René, Werther, Rolla, Manfredo, Lara, outros piores"[29] (109), pela composição de um poema histórico sobre D. Sebastião, sugerido pela publicação do *D. Jaime*[30], por um poema social inspirado na leitura da *Vida de Jesus* de Renan, e ainda por outras produções nascidas da paixão e posterior traição da "meretriz mais cara de Coimbra" (111), paixão que lhe permitiu, pelo menos, sentir-se irmão de Armand Duval[31] e assumir uma pose de cinismo "à Musset e à Byron; quis como eles dar à sua vida um delírio romântico, recomeçou a embebedar-se" (112).

As referências literárias acumuladas no parágrafo anterior, não só demonstram a desordenada sofreguidão das experiências literárias de Artur, como configuram o universo cultural marcadamente romântico

[28] A publicação deste volume de poesias de A. F. de Castilho data de 1828.

[29] Recordemos brevemente a paternidade e a "data de nascimento" desta galeria de heróis românticos que em si contêm os fundamentais sentidos ideológicos do Romantismo europeu. Respectivamente: Chateaubriand (1802), Goethe (1774), Musset (1833), Byron (1817) e novamente Byron (1814).

[30] Da autoria de Tomás Ribeiro e publicado em 1862, este poema em nove cantos toma como tema os amores contrariados e de trágico desenlace entre uma jovem espanhola e o filho de uma velha e fidalga família portuguesa. A acção decorre sob a dominação filipina, pretendendo simbolizar a opressão de Castela. Daí que, na "Conversação Preambular" que antecede o texto de Tomás Ribeiro, Castilho encontre nesta coloração nacionalista motivo para sugerir a substituição nas escolas de *Os Lusíadas* pelo poema do seu apadrinhado.

[31] Armand Duval serve-lhe de modelo, tanto no desejo de regenerar a "dama das camélias" à dimensão coimbrã, como no gesto de insultuoso desprezo com que pretende responder à traição, mas que não chega a concretizar por temer os músculos do seu substituto.

que o absorve desde criança, tornando-o no alvo do correcto vaticínio de um dos colegas de Coimbra: "– Este Artur é prodigioso, dizia o Cesário; está aos dezanove anos como Byron aos trinta. Com esta precocidade de sentimento, há-de vir a ser um grande idiota" (111).

Mas porque a sua ambição é escrever, Artur é um leitor especial, preambular ao acto da escrita, mas do qual, no entanto, o escritor nunca será capaz de se libertar. Daí que o seu trabalho de criação literária seja mais um trabalho da memória, e os seus textos os locais onde se cruzam reminiscências das leituras feitas: Rabecaz sugere-lhe que escreva para o teatro, e o primeiro movimento de Artur consiste na hesitação entre escrever uma "comédia à Sardou" ou um "drama à Hugo" (151); escreverá então os *Amores de Poeta* onde, por entre os lugares-comuns do mais cansado romantismo, o herói debita um monólogo "à maneira de Hamlet" (151) e a heroína é um composto "de reminiscências de Julieta, de Carlota, de Lélia, da Dama das Camélias" (152). Ainda em Oliveira de Azemeis e sob a influência da visão, na estação de Ovar, da senhora do vestido de xadrez, escreve um soneto "trabalhado à maneira de João de Deus, com toques de idealismo camoniano" (146). E num pequeno poema dos *Esmaltes e Jóias*, compara a sua alma a um pombal, "retomando uma antiga imagem do velho Gautier" (305).

Como escritor, portanto, Artur Corvelo repete o mau leitor que o aproxima de Luísa: servindo-se exclusivamente da emoção no contacto com o mundo e com a literatura, e incapaz de estabelecer uma nítida fronteira entre as duas ordens de valores, copia com perigosa fidelidade as poses e os comportamentos dos heróis que a literatura inventa.

A aproximação de que falamos, convém reconhecer, tem fundamento na caracterização de que é objecto a personagem e na qual ganha relevo a natureza efeminada da sua personalidade. Uma natureza em parte atribuída à superprotecção exercida pelos pais, de que resultara "a palidez, a graça nervosa duma menina" (100), e que é de vários modos indiciada[32] quando a narrativa recupera os anos de formação da criança

[32] Limitamo-nos a enumerar brevemente: as "capas cor de rosa" com que cobria os seus caderninhos de papel; as emoções prontas e o choro fácil; o comportamento quieto e a atitude melancólica; e ainda o "pudor ingénuo" com que reage ao assalto lúbrico da cozinheira, que o faz "escarlate como uma Ofélia insultada" (cf. pp. 100-102).

e do jovem, vindo a ser depois por mais de uma vez retomada para justificar o comportamento pouco viril do adulto, pelo próprio reconhecido:

> "Sentia um espanto, como um terror revoltado do Destino. Porque merecia tudo o que lhe sucedia? Que tinha feito? Era bom, era amante, era inteligente, era honrado – e a cada passo que dava na vida, surgia-lhe uma indiferença, um escárnio, uma humilhação, uma traição, uma desfeita! – Teve a consciência da sua fraqueza moral, da sua debilidade efeminada – revoltou-se contra si. [...] Teve ódio à estrutura anémica do seu corpo, à debilidade romanesca da sua alma: sentiu-se um fraco, um maricas, um trémulo, um piegas..." (364)

Fraco e nervoso como uma mulher, o comportamento de Artur não constitui assim uma ameaça à imagem que é legítimo esperar do homem leitor, a quem o natural bom senso põe a salvo da perniciosa influência da leitura. Recorde-se a propósito a figura de Godofredo Alves, grande amador de dramas e romances, de emoções violentas e paixões exaltadas, mas sabendo que nem umas nem outras pertencem à prosaica dimensão da sua vida[33].

No entanto, a fundamental diferença de género de que há pouco se falava, determina algumas dissonâncias no processo por ambos ilustrado, a primeira das quais tem a ver com o âmbito das construções fantasiosas a que a leitura dá origem: tais construções restringem-se, no caso de Luísa, aos sentimentos e às emoções que o amor é capaz de despertar, enquanto Artur, de acordo com as perspectivas que a vida lhe oferece, ambiciona ser o herói de histórias e lances em que a paixão, a carreira literária e a política se sucedem ao sabor do momento e das

---

[33] Assim o comprova o sentido que acaba por tomar o seu comportamento, apesar das intenções de reparação e vingança após a descoberta da dupla traição de que é vítima: a da mulher e a do amigo. Cf. p. 31: "[...] assim, gostava de teatro, de dramalhões, de incidentes violentos. Lia muitos romances; as grandes acções, as grandes paixões exaltavam-no, e sentia-se por vezes capaz dum heroísmo ou duma tragédia. Mas tudo isto era vago [...] e se as paixões românticas o interessavam, decerto não pensara nunca em lhes provar o mel ou as amarguras! [...] somente gostava de as ver no teatro ou nos livros".

exigências que lhe dita o amor-próprio. Assim, se a fugaz visão da senhora vestida de flanela à janela do comboio lhe faz "entrev[er], num relance, uma correspondência romanesca trocada entre eles, mais tarde um encontro em Lisboa, ou em Sintra, e um grande amor à Rafael, todo cheio de glórias e martírios..." (98), a paixão romântica com que na realidade terá de se contentar e que terá por objecto a Concha, espanhola e paga à hora, satisfaz-lhe "aquele vago desejo dum amor romântico, por uma Dama das Camélias, dum sentimento à Armando, com ideias de reabilitação" (280) e, ao mesmo tempo, vai ao encontro de um imaginário onde, "desde Coimbra, desde as suas leituras de Musset – as andaluzas, *les andalouses au sein bruni*, se tinham conservado para ele como um ideal de voluptuosidade" (319); se a perspectiva de frequentar a casa de D. Joana Coutinho faz com que se veja "já lá, numa *soirée*, a um recanto menos alumiado, murmurando palavras poéticas" (209), numa atitude consonante, aliás, com o que já idealizara da sociedade lisboeta com a ajuda dos romances de Balzac[34], o fracasso que resulta da experiência leva-o a transferir para a acção política as suas energias que não ultrapassam, porém, as imagens literárias em que é ele o herói:

> "E ao mesmo tempo, recordações de leituras da *História da Revolução Francesa* lhe voltavam ao espírito, dando-lhe moldes para conceber atitudes, situações, episódios, na insurreição feita pelos seus amigos: via-se, brandindo uma espada, à frente de operários, que um antigo

---

[34] Cf. p. 148, onde as reminiscências literárias compõem a imagem de Lisboa que Artur Corvelo então ainda não conhece: "Mas era a existência nocturna de Lisboa, que o fascinava: imaginava sentir nos cafés, entre os ouros dos espelhos, balançar-se a sussurração das conversas literárias; [...] E mais longe os balcões dos salões aristocráticos, donde sai uma claridade discreta tamisada pela seda das bambinelas; [...] aí diplomatas cujos sorrisos têm a frieza da razão de Estado, trocam ditos à Talleyrand; aí, sentadas em móveis de veludo e cetim, ideais figuras de beleza patrícia, respiram ramos de violeta com olhares onde brilha, sob um fluido, o ardor dos adultérios; [...] E em redor, no mistério da vasta cidade, imaginava a existência das personalidades atormentadas, de romance ou de teatro – os Rastignacs pungidos de ambição, os Vautrins fazendo tenebrosamente a caça aos milhões, os Camors cépticos, os Giboyers sublimes, e os visionários que num quinto andar planeiam a destruição das sociedades".

opróbio enchia de furor; via-se, de noite, numa vaga sala baixa, onde vagas sombras se agitam, decretando o incêndio dos palácios – ou, severo, interrogando o rei prisioneiro, como uma volta de Varennes." (278)

Como era previsível, também a experiência política do *Club Republicano* há-de fracassar e, de desengano em desengano, Artur acaba por voltar a Oliveira de Azeméis depois de desbaratar a herança do padrinho. Longe de Lisboa, então, "Tudo lá lhe parecia [...] bom – até as aflições de dinheiro que sofrera. As amarguras, quando perdera a Concha, ao menos tinham uma alta feição sentimental, romântica: lá, vivia, ainda que contrariado: aqui, bom Deus, bocejava" (395). É impossível não encontrar nas "aflições de dinheiro" que Artur romantiza, vendo-as ao longe, o eco das "aflições de dinheiro" vividas por Margarida Gautier e nas quais, por entre as ceias e as "noites delirantes", Luísa encontra "o sabor poético de uma vida intensamente amorosa" (18). Só que o romance lido por Luísa dá lugar, no caso de Artur, à cidade de Lisboa – mau livro de ficção por ele próprio criado como estratégia compensatória para o tédio da realidade e de si mesmo, que não é um génio nem um forte.

A mesma ausência de distanciamento crítico e, por conseguinte, o mesmo envolvimento emocional com os conteúdos das leituras a que se entrega "para matar o tempo" – envolvimento desde logo manifesto nas "duas lágrimas a tremer-lhe nas pálpebras [com] que acabou as páginas da 'Dama das Camélias'" (19) – esse envolvimento, recordamos, faz-se sentir na única área que se encontra ao alcance de Luísa, isto é, a do amor e das suas circunstâncias: dos cenários – "o 'Paraíso' decerto era como no romance de Paulo Féval" em que "o herói, poeta e duque, forra de cetins e tapeçarias o interior de uma choça" (195) – aos sobressaltos exaltantes da paixão clandestina – "a casinha misteriosa, o segredo ilegítimo, todas as palpitações do perigo!" (195).

Iniciada nos segredos do prazer e das emoções do sentimento pela leitura[35], e pelas confidências picantes de Leopoldina, Luísa encontra

---

[35] Cabe aqui recordar Ramalho Ortigão e a imprecação que dirigiu contra "todos os romances, todos os dramas, todas as comédias dos últimos anos", modos e géneros que designava amplamente por "literatura de imaginação" e que, segundo

em Basílio a oportunidade de saciar todas as curiosidades que uma e outras lhe estimularam, e de "ter ela própria aquela aventura que lera tantas vezes nos romances amorosos!" (195). De resto, será ela mesma a concluir neste sentido quando, depois da partida de Basílio, se questiona sobre as razões do sucedido e as enumera: – "não ter nada que fazer, a curiosidade romanesca e mórbida de ter um amante, mil vaidadezinhas inflamadas, um certo desejo físico..." (224). E encontrando entre as causas da nefasta aventura, o tédio ocioso e os caprichos de um amor-próprio vulnerável ao desejo do outro, é ainda a própria Luísa que, continuando as suas amargas reflexões, nos abre caminho à segunda dissonância relativamente ao processo ou modo de leitura do seu comparsa de ficção:

> "E sentira-a, porventura, essa felicidade que dão os amores ilegítimos, de que tanto se fala nos romances e nas óperas, que faz esquecer tudo na vida, afrontar a morte, quase fazê-la amar? Nunca! Todo o prazer que sentira ao princípio, que lhe parecera ser o amor – vinha da novidade, do saborzinho delicioso de comer a maçã proibida, das condições de mistério do 'Paraíso', de outras circunstâncias talvez, que nem queria confessar a si mesma, que a faziam corar por dentro!" (224)

O facto de ter desempenhado a leitura um papel de relevo na condução à experiência aqui escalpelizada atribui-lhe uma natureza transgressiva que n'*A Capital!* nunca apresenta, nem quando Artur, ainda muito jovem, através dela se inicia nas melancolias do amor, nem quando, mais tarde, sobre as leituras feitas decalca o drama onde glorifica o adultério, ou alimenta uma ardente e poética paixão a partir da fugidia visão de uma mulher supostamente casada. Quando o verbo ler,

---

afirmava, se destinava "a acordar em redor de um fenómeno – o mais profundo da natureza – todas as curiosidades obscenas, todas as perversões imagináveis, todos os impulsos do temperamento, todos os desfalecimentos do carácter". (Cf. *supra*, pp. 90--91). Por outro lado, a frequente associação entre *sentimento* e *fantasia* (no já citado texto sobre o adultério, Eça procedeu a esta associação, defendendo as ocupações domésticas como terapia contrária aos "vagares para o sentimento" e "hostil à fantasia") torna a realidade incompatível com a realização afectiva e confere à leitura um inevitável papel compensatório na vivência feminina dos afectos.

no entanto, passa a conjugar-se no feminino, a leitura abre caminho à transgressão dos "amores ilegítimos", ao apelo da "maçã proibida" a que Eva não resiste e que acabará por levá-la à expulsão do "Paraíso", carregando a vergonha do pecado.

CAPÍTULO 3

A leitura – II ...e consequências

> "Era como se todo o passado, o sofá que rolava, a casa da titi em Santa Isabel, as tipóias em que ela deixava o seu cheiro de verbena – fossem coisas lidas por ambos num livro e por ambos esquecidas." (*Os Maias*, 604)

Retomamos a personagem de Teodoro no início desde capítulo, porque a consideramos um caso exemplar na representação da importância da leitura e do seu poder. Não no sentido de encontrar no texto que se lê a sugestão de um percurso ou de um modelo de vida, nem tão pouco de aceder ao conhecimento do mundo e de si mesmo através do conhecimento que outro já conseguiu. O que Teodoro permite à narrativa onde mora é a encenação da magia da leitura a partir do poder evocador da palavra escrita, poder antigo e já temido pelos judeus dos tempos bíblicos, "crentes de que todas as palavras têm um poder sobrenatural e tornam vivas as coisas pensadas"[1].

Tudo começa, porém, segundo os moldes mais banais a que obedecia já então, ou talvez melhor, *sobretudo* então, o processo da leitura: alguém solitário, com tempo livre que nem o dinheiro nem o talento

[1] Eça de Queirós, *A Relíquia*, Lisboa, "Livros do Brasil", s/d, p. 164.

permitiam preencher, procura "distrair-[se]" e, ao mesmo tempo, iludir o tédio de um rotineiro quotidiano de funcionário público. A única nota insólita ou, pelo menos, menos comum deste passatempo que ocupa os pacatos serões da personagem, numa não menos pacata casa de hóspedes da capital, é dada pelo tipo de obras lidas: não se trata, como seria compreensível, desses romances – de amor, de aventuras ou de histórias fantásticas – próprios para o consumo nas horas vagas de um modesto amanuense, mas de velhos volumes comprados na Feira da Ladra, cujos títulos "ponderosos", como a própria personagem os define, apontam para velhos tratados de natureza moral, e cujo aspecto material, onde o tempo imprimiu as suas marcas, tem igual responsabilidade no encanto em que envolvem o leitor: – "O tipo venerando, o papel amarelado com picadas de traça, a grave encadernação freirática, a fitinha verde marcando a página"[2]. Constituindo só por si uma ruptura relativamente ao perfil, ao ritmo de vida e ao próprio espaço da personagem, todos eles marcados pela natureza previsível e prosaica de uma existência burguesa, estes antigos e venerandos volumes, mesmo antes da materialização do Diabo – de guarda-chuva, chapéu alto e luvas pretas, como convém a uma época de Positivismo e de iluminação a gás –, dão passagem a uma magia que Teodoro capta no texto, na sua dupla dimensão de materialidade[3] e palavra, acabando por ceder à "influência sobrenatural [que,] apoderando-se de [si], [o] arrebatava devagar para fora da realidade, do raciocínio"[4].

Ao apropriar-se do que ficou conhecido pelo "paradoxo do mandarim", cuja fórmula original Coimbra Martins encontra em Chateaubriand, mais propriamente em *Le génie du christianisme*[5],

---

[2] Idem, *O Mandarim*, ed. de Beatriz Berrini, Lisboa, Imprensa Nacional-Casa da Moeda, 1992, p. 85.

[3] Cf. na mesma página da edição citada: – "Mas aquele sombrio in-fólio parecia exalar magia; cada letra afectava a inquietadora configuração desses sinais da velha cabala, que encerram um atributo fatídico; as vírgulas tinham o retorcido petulante de rabos de diabinhos, entrevistos numa alvura de luar; *no ponto de interrogação* final eu via o pavoroso gancho com que o Tentador vai fisgando as almas que adormeceram sem se refugiar na inviolável cidadela da Oração!..."

[4] *Ibidem*.

[5] Cf. António Coimbra Martins, "O mandarim assassinado" in *Ensaios queirosianos*, Lisboa, Europa-América, 1967, pp. 11-266.

Eça de Queirós escolhe o livro como origem do drama da consciência em luta contra o remorso, e faz da leitura a via de acesso a um tempo e a um espaço fora da realidade circundante e tangível do leitor. A leitura abre-se então como espaço para a realização do desejo, num processo de que o Diabo sabiamente se aproveita para reforçar a tentação das miragens com que acena às confessadas ambições da sua vítima. E ao tornar-se, deste modo, na própria origem da história e do destino de Teodoro, a leitura transforma-o no maior alvo, entre todas as personagens de Eça, do seu poder e sortilégio.

Outras personagens são vítimas de um sortilégio semelhante. Em circunstâncias bem diferentes, é certo, que não passam pela intervenção sobrenatural de um Diabo, por muitos que sejam os adereços à moda do tempo que o enfeitem. E bem diferentes são também as consequências. Não tanto pelo facto de o gesto de Teodoro ter significado o assassínio de um indefeso e longínquo mandarim. Mas porque, ao contrário dele, poucas são as personagens, por falta de poder ou de vontade, que se mostram capazes de tocar a campainha.

1 – **Leitura e transgressão**

1.1 – ***A mudança por fazer***

Já foi mencionado anteriormente[6] que n'*O crime do padre Amaro* é possível observar uma nítida divisão entre as personagens, na qual o livro interfere de uma forma clara e significativa: de um lado, o grupo das beatas e dos padres, cabendo a estes últimos a proeminência que lhes confere o sexo, a dignidade eclesiástica e o acesso ao conhecimento e à cultura que, no entanto, pelo menos durante o tempo em que decorre a acção, se alimenta apenas da leitura indiferente e pouco atenta do Breviário; do outro, um pequeno grupo francamente marginal

---

[6] Cf. *supra*, pp. 151-153.

em relação aos interesses e às intrigas que se cozinham na Rua da Misericórdia e cujos membros, para além dos laços de diversa natureza que a todos unem a João Eduardo, apresentam em comum um reconhecido gosto por livros e uma particular apetência pela leitura. Este gosto, aliás, como então foi referido, é comummente considerado como um sinal de excentricidade, dando origem a uma desconfiança que deixa em volta de cada uma das personagens em causa um espaço vazio de relações e contactos com o grupo que comanda a evolução da intriga. Recordemos: a esporádica presença do doutor Gouveia no círculo das velhas e dos padres é somente tolerada pelos benefícios que a ciência do médico pode prodigalizar. O abade Ferrão é um marginal relativamente a quem detém o poder na diocese de Leiria e "ali [o deixara] esquecido naquela freguesia pobre, de côngrua atrasada, numa residência onde chovia pelos telhados"; entre as razões deste esquecimento, facilmente se deixam adivinhar as "ideias *esquisitas*" (itálico nosso) que a "virtude da vida" e a "ciência de sacerdote" (863) lhe conferem. Finalmente, o morgadinho dos Poiais, que aliava ao "ódio maníaco" (903) pelos padres uma imensa bondade, "não era nem morgadinho nem de Poiais, e apenas um ricaço *excêntrico* de ao pé de Alcobaça" (901; itálico nosso).

O dito Morgadinho traz João Eduardo de volta a Leiria, convencido de que traz consigo um "ímpio" para educar os pequenos morgados num "ateísmo desbragado" e "pra quebrar a cara a toda a padraria..." (903). Mas como é sabido, nada disto se vem a verificar. Em primeiro lugar, porque João Eduardo não é um "ímpio", mas apenas um bom rapaz que tem da religião a romântica visão de uma prática fraternal e evangélica, à margem dos rituais impostos; e, em segundo lugar, porque a violência praticada sobre Amaro necessitou da influência do álcool para se materializar num único murro que o pároco desvaloriza para evitar inoportunas especulações e que será, de resto, rapidamente anulado pelo ar de resignação humilde do agressor, "sentado à beira do banco, com as orelhas em brasa, olhando estupidamente o soalho" (629). E é esta imagem de abandono e desolação que nos leva a indagar sobre o efectivo apoio que João Eduardo encontra neste grupo em que o livro e a leitura aparecem como marca distintiva a que significativamente se associam um espírito esclarecido ou um coração bondoso.

No auge da sua crise, sem noiva e sem emprego, o ex-amanuense recorre ao doutor Gouveia, esperando que o temor e o respeito que este inspira entre as beatas sejam os instrumentos de uma ordem resgatada e, enquanto o ouve, "parec[e]-lhe, mais que nunca, que se um homem de palavras tão sábias, de tantas ideias, se interessasse por ele, toda a intriga seria facilmente desfeita e a sua felicidade, o seu lugar na Rua da Misericórdia recobrados para sempre" (587). Mas o médico não se interessa por ele a esse ponto. Apressado, olhando diversas vezes para o relógio, o doutor Gouveia debita um discurso em que a indiferença do cientista se tempera com a ironia do homem, recorre à teoria darwinista da sobrevivência e a diversos conceitos de moral, e elabora por fim uma argumentação que João Eduardo, leitor do *Panorama* e de novelas românticas, apreende confusamente, dela retirando a única certeza da sua solidão e da impossibilidade de justiça. Quando regressa a Leiria, João Eduardo conta já com o apoio do Morgado e conquista o do abade Ferrão. Mas este vê-se limitado pelas regras que o sacerdócio lhe impõe, nomeadamente no que diz respeito ao segredo da confissão, e também por uma bondade ou caridade cristã com a qual a passividade facilmente se confunde[7]. Seja como for, os seu esforços, que procuram aliar a relativa felicidade dos dois jovens à superação de uma situação moral e socialmente indesejável, acabam por fracassar. Finalmente, a intervenção do Morgado, tal como a do abade, é demasiadamente tardia para impedir a vitória de Amaro no confronto pela presa, como diria o doutor Gouveia, e o espalhafato com que pretende rodear o regresso do protegido dilui-se no comportamento habitualmente singular do protector que "passava no distrito por maluco" (903).

No meio provinciano que serve de pano de fundo à acção do romance, parece-nos verosímil o concurso da leitura para a singula-

[7] Esta afirmação leva-nos a recordar a reacção do abade, no momento em que o cónego Dias, a propósito da pintura que mandara fazer na sua casa da Ricoça, manifesta sentimentos muito pouco cristãos a que não é alheia uma infantil rivalidade com o Morgado dos Poiais: – "O abade estava justamente lamentando consigo aquele sentimento de vaidade num sacerdote; mas, por caridade cristã, para não contrariar o colega, apressou-se a dizer: // – Está claro, está claro. A limpeza é a alegria das coisas..." (761). Fica claro que a inércia dos que seriam moral e culturalmente mais capazes de intervir abrange igualmente o clero, por mais esclarecido que este seja.

ridade que temos vindo a pôr em relevo. Mas como também julgamos ter demonstrado, essa singularidade carece de consequências concretas relativamente à evolução da intriga, tornando-se por isso praticamente nulo o peso que um acto como o de ler, com tudo o que naturalmente se espera que dele resulte em termos éticos e culturais, representa para o leitor e, sobretudo, para a sua capacidade ou vontade de interferência no mundo que o rodeia. O que, fundamentalmente num romance como *O crime do padre Amaro*, é surpreendente por duas ordens de razões: em primeiro lugar, porque desmente o optimismo inseparável de um projecto de reforma no qual o Naturalismo literário pretendeu participar, acreditando veementemente na possibilidade de mudança dos homens e das instituições. Em segundo lugar, porque ao desvalorizar o livro e a leitura como instrumentos conducentes à acção, desmente o papel da arte, e da literatura em particular, no progresso e renovação da sociedade, pondo-se em causa a si mesmo enquanto romance naturalista, isto é, portador do poder interventivo que a "Arte de combate" pressupunha.

É certo que o doutor Gouveia, justamente o representante da ciência no romance, faz o discurso da denúncia. É o médico, com efeito, que diagnostica as causas do mal, que desenha o quadro clínico que o propicia e que traduz o drama sentimental num mecânico encadeamento de causas e efeitos previsíveis, chegando mesmo a sugerir que o papel do coração naquela história não passa talvez de um efeito de linguagem:

> "– [...] Mas escuta. Olha que isso às vezes não é paixão, não está no coração... O coração é ordinariamente um termo de que nos servimos, por decência, para designar outro órgão. É precisamente esse órgão o único que está interessado, a maior parte das vezes, em questões de sentimento. E nesses casos o desgosto não dura. Adeus, estimo que seja isso!" (591)

A este desejo se limita, porém, a intervenção do médico, assim reduzida à neutralidade amoral do cientista que verifica a ocorrência de fenómenos previamente intuídos, mas na qual nos parece igualmente legítimo ler a indiferença perante um mal que não é seu, ou então a consciência de que tentar anulá-lo é uma tarefa votada ao fracasso.

A imagem concreta deste fracasso é João Eduardo, também ele leitor, primeiro moldado pelo tom do *Panorama* e dos romances que lhe permitem idealizar a trivialidade do seu "destino, [sentindo-se] igual a tantos heróis que lera nas novelas sentimentais..." (901), e depois presumivelmente por outras leituras, a que tem acesso na casa do Morgado e na residência do abade. É, contudo, o ciúme que o leva a denunciar o que de outro modo permaneceria intocado. Mesmo assim, os efeitos da sua denúncia são tão reduzidos e passageiros, quão reduzido é o poder social e económico de quem, como ele, não tem os "nove ou dez mil réis" necessários para o papel do folheto revelador das intrigas da Rua da Misericórdia, "nem um amigo que, por dedicação aos princípios, lhos adiantasse" (609). Deste modo, nem "em forma de romance, de enredo negro, dando ao personagem do pároco os vícios e as perversidades de Calígula e de Heliogábalo" (609), nem, como pretende Gustavo, em tom "filosófico, de estilo e de princípios, que demolisse duma vez para sempre o ultramontanismo" (609), o folheto será publicado, permitindo a um simples amanuense e a um tipógrafo a ousadia do confronto com o poder. E mais tarde, a reabilitação social de João Eduardo, para a qual concorrem os passeios por Leiria na garbosa égua baia, com os pequenos morgados "e atrás, a distância, num passo de respeito e de cortejo, um criado de farda" (947), acabará por perder o sabor da recompensa com a morte anunciada pela voz dos padres[8].

À semelhança do médico d'*O crime do padre Amaro*, um outro médico, desta vez Carlos da Maia, oscilará entre a indiferença e a con-

[8] Repare-se na crueldade que sobressai do facto de serem precisamente os autores do mal que recai sobre João Eduardo aqueles a quem se deve a notícia da doença que se prevê o levará à morte, quando, no final do romance, fazem da conversa no Largo de Camões o olhar retrospectivo que recupera os factos e o destino de cada um dos participantes na acção. Além disso, o facto de o cónego fazer saber que nunca mais vira o escrevente remete para a diluição da presença da personagem no cenário de Leiria e, portanto, para o precário resultado da reabilitação pretendida pelo Morgado dos Poiais, também ele atingido pela doença: "– E da besta do João Eduardo? // – Eu mandei-lhe dizer, não? Lá está ainda nos Poiais. O Morgado está mal do fígado. E o João Eduardo diz que está tísico... Que eu não sei, nunca mais o vi... Quem mo disse foi o Ferrão" (1027).

vicção de causa perdida, perante a hipótese de actuação que o seu estatuto intelectual plenamente justificaria, que a educação recebida garantia e a que directamente convidava o lugar de proeminência social por ele ocupado. Caberá, contudo, a João da Ega proceder à denúncia desta inércia de que também ele participa:

> "Agora que Carlos se instalava para sempre numa felicidade estável (dizia ele) era necessário trabalhar! E relembrou então a sua velha ideia do cenáculo [...] Carlos, pelo seu espírito, pela sua fortuna (até pela sua figura, ajuntava o Ega rindo) devia tomar a direcção deste movimento. [...]
>
> – Sem contar – acrescentava o Ega – que o país precisa de nós! Como muito bem diz o nosso querido e imbecilíssimo Gouvarinho, o país não tem pessoal... Como há-de tê-lo, se nós, que possuímos as aptidões, nos contentamos em governar os nossos *dog-carts* e escrever a vida íntima dos átomos? Sou eu, minha senhora, sou eu que ando a escrever essa biografia de um átomo!... No fim, este diletantismo é absurdo. Clamamos por aí, em botequins e livros, 'que o país é uma choldra'. Mas que diabo! Porque é que não trabalhamos para o refundir, o refazer ao nosso gosto e pelo molde perfeito das nossas ideias?..." (521-2)

Tal como o discurso que o doutor Gouveia debita ao infeliz e surpreendido João Eduardo contém, para o leitor do romance, indicações quanto aos sentidos da leitura a ser feita, também estas palavras de Ega podem funcionar como uma das legendas possíveis para os protagonistas d'*Os Maias*. Só que o campo de visão alarga-se agora, e o desamparado escrevente, vítima do abuso do poder de meia dúzia de padres de uma diocese de província, cede o lugar a um país abandonado à mediocridade pelo autismo de um pequeno número de privilegiados que, indiferente e comodamente, usufruem dos seus privilégios. Em dois espaços tão diferentes como Leiria e Lisboa, como diferentes são as histórias encenadas em cada um deles e as personagens que lhes dão corpo, a leitura, funcionando embora como sinal distintivo entre as personagens, não ganha a dimensão de um acto decisivo na construção de uma singularidade que se define no desafio ao que está moral, social, política e culturalmente instituído. De facto, como acto de ousadia e transgressão é muito reduzido o papel que a ficção lhe atribui.

1.2 – *Tímidos rebeldes e demissionários convictos*

A propósito da inscrição da leitura na ficção de Stendhal, afirma Joëlle Gleize que "Dans toute réflexion, tout 'examen personnel', donc dans toute lecture, existe de façon latente une contestation possible de l'autorité, de toute autorité, religieuse ou laïque. Toute lecture est révolte virtuelle"[9].

O que foi dito no ponto anterior anuncia já que na ficção de Eça de Queirós a revolta ou a contestação de que fala Gleize adquire proporções modestas: à excepção de Afonso da Maia – excepção fugidia, como veremos – não habitam nos romances queirosianos leitores que se formem ideologicamente em oposição ao poder político, que contestem a estrutura do poder económico, nem que das leituras feitas retirem o fundamento de padrões comportamentais em conflito com os valores que regem e definem as estruturas sociais existentes. As poucas personagens que de alguma forma encenam a contestação social fazem-no, não porque a leitura lhes tenha revelado alternativas mais justas, mas porque a experiência vivida a isso as conduz, sem que o motivo seja necessariamente dos mais nobres: para grande desgosto do Carlos da Botica, que assim vê defraudado o seu momento de glória, o comportamento agressivo de João Eduardo não "é o primeiro excesso duma grande revolução social!", de "uma conspiração contra a Ordem, a Igreja, a Carta e a Propriedade!" (629), mas apenas a expressão do vulgar ciúme; Juliana e também Julião Zuzarte[10] são movidos pela

---

[9] Joëlle Gleize, *Le double miroir. Le livre dans les livres de Stendhal à Proust*, Paris, Hachette, 1992, p. 89.

[10] A referência a Julião – o médico d'*O primo Basílio* e primo de Jorge – justifica-se pelas críticas que dirige ao sistema, onde "a ciência, o estudo, o talento são uma história, o principal são os padrinhos!" (194). A elas, contudo, e ao azedume que as acompanha, não é alheio o ressentimento pessoal, nem o desejo de fazer parte daqueles que o injusto sistema beneficia: – "[…] entalado na sua vida mesquinha, via os outros, os medíocres, os superficiais, 'furar', 'subir', instalar-se à larga na prospe-

inveja e pelo despeito; quanto a Artur Corvelo, é também o despeito, resultante das falhadas tentativas de inserção no meio supostamente elegante da capital, que o leva a desejar-se revolucionário e republicano[11]. Neste quadro de pequenos motivos pessoais, não há dúvida de que perdem pertinência as líricas increpações de Alencar no poético Sarau do Trindade: – "Receais a grande luz? // Tendes medo do á-bê-cê?... // Então castigai quem lê, // Voltai à plebe soez!" (610).

Tanto Carlos como João da Ega, n'*Os Maias*, são leitores com interesses que ultrapassam o lugar que a classe e a fortuna lhes destinam no xadrez social. O que vale a Carlos, de resto, nos confortáveis anos em que, como médico e como homem, se forma em Coimbra, o convívio e a amizade dos fidalgos deslumbrados pelo luxo, mas também dos "democratas" e "revolucionários", convencidos de que, pelas leituras e pelo juízo que fazia do País, Carlos da Maia era um revolucionário e um democrata:

> "Ao princípio este esplendor tornou Carlos venerado dos fidalgotes, mas suspeito aos democratas; quando se soube, porém, que o dono destes confortos lia Proudhon, Augusto Comte, Herbert Spencer, e considerava também o país uma 'choldra ignóbil' – os mais rígidos revolucionários começaram a vir aos Paços de Celas tão familiarmente como ao quarto do Trovão, o poeta boémio, o duro socialista, que tinha apenas por mobília uma enxerga e uma Bíblia."[12] (89)

A natureza contestatária destas amizades e das entusiásticas controvérsias sobre Arte, Filosofia e Política não são, contudo, incompa-

---

ridade! [...] e esperava, com a tenacidade do plebeu sôfrego, uma clientela rica, uma cadeira na Escola, um *coupé* para as visitas, uma mulher loura com dote" (35-36).

[11] Cf., por exemplo, p. 269: – "Estava bem resolvido a não voltar lá [a casa de D. Joana Coutinho], nem a outra *soirée*! Isolar-se-ia na Poesia, na Arte! Frequentaria Nazareno, seria um republicano, conspiraria contra aquele mundo burguês, bancário, fictício, idiota! E faria sátiras contra os jogadores de *whist* grotescos, e contra as viscondessas gordas! Canalhas! – murmurou, conchegando-se aos lençóis".

[12] É este mais um exemplo do modo como a ficção se apropria da convenção social, facto a que anteriormente nos referimos (cf. pp. 145-146).

tíveis com o conforto e os hábitos luxuosos da "linda casa em Celas, isolada, com graças de *cottage* inglês, ornada de persianas verdes, toda fresca entre as árvores" (89), onde, segundo nos informa o narrador com considerável ironia, "as discussões metafísicas, as próprias certezas revolucionárias adquiriam um sabor mais requintado com a presença do criado de farda desarrolhando a cerveja, ou servindo croquetes" (90). Carlos da Maia não precisa, pois, de mudar o mundo para nele auferir sem esforço a melhor fatia, e a utilidade que supostamente o atrai na vida profissional acabará por se diluir no diletantismo de que pode usufrir, conforme as palavras da própria personagem, "o homem rico que vive bem" (713).

Esta imagem onde Carlos acaba por se fixar é desde cedo anunciada no prematuro abandono dos "compêndios de lógica e retórica para se ocupar de anatomia" (88), vindo mais tarde "a deixar pelas mesas, com as folhas intactas, os seus expositores de medicina [porque] A Literatura e a Arte, sob todas as formas, absorveram-no deliciosamente" (90). E nesta "dissipação intelectual" que, facto importante, "No segundo ano [lhe valeria] um *R* se não fosse tão conhecido e rico" (90), encontra João da Ega o fundamento para lhe predizer um futuro igual a um "desses médicos literários que inventam doenças de que a humanidade papalva se presta logo a morrer!" (90). Mas nem isto, como se sabe, virá a acontecer. Muito menos a vivência militante de uma carreira médica em luta permanente contra a doença e a morte. Mas a Arte e a Literatura hão-de permanecer, tendo em Carlos um espectador atento e um artista que rapidamente se esgota em dois artigos escritos "com laboriosos requintes de estilista" (129) para a *Gazeta Médica*, e em projectos – a *Revista* e o livro sobre *Medicina Antiga e Moderna* – que nunca passarão disso mesmo.

Quanto a João da Ega, que nesta como em outras questões segue o percurso do amigo bem de perto, a inteligência e o espírito crítico que as leituras terão necessariamente contribuído para formar, limitam o pendor revolucionário – segundo o qual o jovem Ega "queria o massacre das classes médias, o amor livre das ficções do matrimónio, a repartição das terras [e] o culto de Satanás" (92) – ao repetido prazer de "com ferocidade e à uma, malhar[e]m sobre o país..." (110). E, na maior parte das vezes, este prazer dá lugar a um arrogante e confortável distanciamento na origem do qual se descobre – em substituição de uma genuína e pertinente preocupação, num leitor de Proudhon, com as estruturas sociais e o sistema político – um sentido estético declaradamente incompatível com a nacional e "espessa massa de burgueses, amodorrada e crassa, desdenhando a inteligência, incapaz de se interessar por uma ideia nobre, por uma frase bem feita" (384).

Também a repulsa de Afonso da Maia pelo "mundo de Queluz, bestial e sórdido" (15) é a causa remota do seu segundo exílio em Inglaterra. A esse mundo, cujos vícios se confundem com os da "plebe beata, suja e feroz, rolando do lausperene para o curro" (15), desejaria Afonso da Maia que se substituísse uma classe dirigente com qualidades à imagem das que supunha marcar a inglesa e entre as quais deveriam primar a nobreza de sangue, de maneiras, de gosto e de cultura. No entanto, a oposição política e ideológica que se limita a manifestar no quieto conforto de um reduzido círculo de amigos, vem a traduzir-se na impassibilidade e mudez com que assiste à invasão da sua casa de Benfica, prolongando-se na fuga que de facto constitui o voluntário exílio em Inglaterra e, aqui, no isolamento relativamente a tudo o que lhe torna presente a pátria repudiada. Este isolamento manifesta-se em dois movimentos inversos: por um lado, na vontade de ignorar as questões relativas aos emigrados políticos portugueses que então se encontravam em solo inglês; por outro lado, no desejo de se integrar culturalmente no país de adopção, desejo de que a literatura e, consequentemente, a leitura fazem parte, constituindo por isso mais uma forma da insulação voluntariamente procurada pelo exilado que pretende cortar todos os laços com a pátria cuja situação política abomina: – "Teve relações; estudou a nobre e rica literatura inglesa; interessou-se, como convinha a um fidalgo em Inglaterra, pela cultura, pela cria dos cavalos, pela prática da caridade – e pensava com prazer em ficar ali para sempre naquela paz e naquela ordem" (17).

Na juventude, porém, Afonso da Maia assumira uma atitude mais enérgica, colhendo nas leituras da *Enciclopédia* e de Rousseau, Volney e Helvécio a razão de um comportamento transgressor e os valores contrários ao sistema político imposto pelo rei e aplaudido pelo pai. O potencial transgressivo destas leituras fica, no entanto, significativamente reduzido através da própria redução das consequências que delas resultam, circunscritas, segundo o narrador, à participação nos aspectos folclóricos e festivos da desejada revolução[13] e à débil perseverança do revolucionário, cujo "furor" não resiste à monotonia do exílio em Santa Olávia e, depois, ao fascínio do "luxo", dos "copiosos confortos" e dos "nobres costumes" ingleses (14)[14].

Pressentindo nas palavras com que o neto justifica a ausência das obras eternamente anunciadas "uma decomposição da vontade [e] a glorificação da sua inércia" (385), Afonso da Maia parece ignorar que é nele próprio que enraíza a desistência que marca o percurso de todos os membros da família: desistência em relação a uma sociedade que odeia quando regressa a Portugal, de que se refugia na leitura de Voltaire, "no fundo da quinta, sob as trepadeiras do mirante" (20), e da qual se manterá sempre afastado e como que protegido pelas paredes forradas de livros do escritório que Carlos carinhosamente lhe preparou no Ramalhete; desistência em relação a Pedro e ao seu romance com Maria Monforte, cuja notícia lhe chega através dos amigos "que habitavam Lisboa, lhe conheciam os rumores – enquanto ele passava ali [em Benfica], Inverno e Verão, entre os seus livros e as suas rosas" (28); e desistência em relação a uma neta que, justamente na livraria de Santa Olávia e perante o velho Vilaça, decide definitivamente considerar que morrera. Por duas vezes Pedro interrompeu a leitura de Afonso, destruindo a paz e o silêncio que envolviam o leitor: primeiro, quando "entrou na livraria onde o pai estava lendo" (30) para lhe anunciar os seus planos de casamento; mais tarde, quando regressa à casa paterna para se suicidar: – "Uma sombria tarde de Dezembro, de grande chuva,

[13] Recorde-se o trecho em que o narrador procede à redução do que ironicamente designa por "furor revolucionário" e que, ainda com maior ironia, atribui ao "pobre moço": – "E todavia, o furor revolucionário do pobre moço consistira em ler Rousseau, Volney, Helvécio, e a "Enciclopédia"; em atirar foguetes de lágrimas à Constituição; e ir, de chapéu à liberal e alta gravata azul, recitando pelas lojas maçónicas odes abomináveis ao Supremo Arquitecto do Universo" (13).

[14] "Bem depressa esquece[ndo] o seu ódio aos sorumbáticos padres da Congregação, as horas ardentes passadas no café dos Remolares a recitar Mirabeau, e a república que quisera fundar [...]" e mostrando-se, no dourado exílio que lhe oferece o dinheiro da família na Inglaterra, "bem indiferente aos seus irmãos de Maçonaria, que a essas horas o senhor infante espicaçava a chuço" (14-15), Afonso da Maia patenteia um limitado fôlego perante os desafios que o surpreendem.

Afonso da Maia estava no seu escritório lendo, quando a porta se abriu violentamente, e, alçando os olhos do livro, viu Pedro diante de si" (44). Quanto a Maria Eduarda, será na ausência do avô que ela lhe há-de invadir o reduto, aparentemente sem a violência do comportamento do pai, mas transportando o peso sacrílego do incesto, numa profanação para que remete uma das poucas referências, entre todas as imagens que nos são dadas do escritório de Afonso, aos "damascos de câmara de prelado" e ao "Cristo na cruz" (468). Tal como o filho que desistiu da vida, suicidando-se, e o neto que se entrega a outro tipo de suicídio, também Afonso da Maia se demite de viver a tempo inteiro, mascarando sob a risonha imagem do "antepassado bonacheirão que amava os livros" (12) uma visceral incapacidade para agir[15].

O que dissemos de Afonso da Maia tem uma contrapartida em Craft, pelo que ambos se aproximam mais do que apenas pelo hábito e pelo prazer da leitura. Esta aproximação, por seu lado, reforça os sentidos a que o acto de ler dá origem no particular universo d'*Os Maias*. Sabemos que Craft nutre por diversas manifestações da sociedade onde vive – e da qual já o afasta a origem britânica – um sentimento de profunda indiferença, surpreendido na impassibilidade com que reage aos factos e aos respectivos protagonistas. Assim acontece, por exemplo, em dois momentos do famoso jantar que Ega oferece no

[15] Sobre esta imagem de serenidade risonha do velho Afonso da Maia, afirma Maria Manuel Lisboa que a "existência de aparente paz idílica e de velhice ensolarada, apropriada para um ancião borralheiro sentado à beira do lume com o seu gato [...] é, afinal, o retrato eufemístico de uma vida falhada (Maria Manuel Lisboa, "Amigos Certos, Fortuna Incerta: Carlos, Ega & C.ª" in *Teu amor fez de mim um lago triste. Ensaios dobre "Os Maias"*, Porto, Campo das Letras, 2000, p. 185). E porque na composição deste retrato participa a presença repetida dos livros e da leitura, ocorre-nos aplicar a essa presença as observações de Isabel Pires de Lima acerca do gosto comum de Carlos e Craft pelo bricabraque: – "Cremos que o gosto pelo bricabraque, a que várias vezes se faz referência ao longo do romance, funciona como um símbolo de espíritos requintados, com um sentido estético apurado, de espíritos educados mais na contemplação do que na acção. Se não, repare-se que os dois entusiastas declarados do bricabraque são Craft e Carlos, que [...] acabarão por ter perante a vida uma postura muito semelhante, a do 'homem rico que vive bem'" (Isabel Pires de Lima, *As máscaras do desengano. Para uma abordagem sociológica de "Os Maias" de Eça de Queirós*, Lisboa, Caminho, 1987, p. 129-130).

Hotel Central em honra de Cohen: perante a explosão de emotividade nascida do encontro de Alencar com o filho do grande amigo que fora Pedro da Maia, o narrador faz-nos saber que "Craft olhava estas coisas veementes, impassível" (160); e um pouco mais tarde, tendo ainda Alencar como centro e origem da pouco edificante e nada literária discussão que então ocorre, enquanto Ega, soltando impropérios, faz menção de esbofetear o poeta, "Craft, no entanto, impassível, bebia aos goles a sua *chartreuse*" (175). É justamente esta impassibilidade que em mais do que uma ocasião à leitura compete sublinhar, como uma estratégia ou subterfúgio de que a personagem se serve para se alhear e distanciar da realidade imediatamente envolvente: neste sentido, não será, decerto, por acaso que a primeira imagem que dela se colhe é a de "um sujeito de chapéu baixo [que numa caleche de praça] ia lendo um grande jornal" (153); quando Carlos e Ega correm aos Olivais, na noite do desastroso baile dos Cohens, em busca de um conselho sábio e prudente, Craft, que havia já escandalizado Ega ao declarar que iria trocar o baile pela tranquilidade e solidão de uma noite recolhida na sua casa dos Olivais, é bruscamente interrompido pelos dois amigos quando, segundo afirma, "estava a ler um artigo interessante sobre a decadência do protestantismo em Inglaterra..."[16] (277); no dia seguinte, depois de esperarem em vão o desafio do Cohen e enquanto esperam o jantar num gabinete pouco menos que sórdido de um restaurante no Chiado, Ega continua a debater-se sobre as causas da descoberta do doce namoro com Raquel, Carlos examina a ornamentação da sala onde se encontram e "Craft, já à mesa, com a cabeça entre os punhos, percorria um 'Diário da Manhã', que o criado oferecera para os senhores se entreterem" (286); finalmente, vale a pena recordar ainda a imagem do mesmo Craft que, "Ao canto do sofá, [...] folheava um livro" (307), manifestando a mais completa indiferença por Dâmaso e pelas opiniões que este debita sobre as corridas, perante um Afonso da Maia "cortês e

---

[16] Não pode deixar de ser significativo que o tema que tanto interesse suscita a Craft naquele preciso momento em que Ega é expulso e ameaçado pelo amigo que tão tranquilamente traía seja o da "decadência", muito embora o espaço a que esta se refere seja o inglês e o fenómeno o protestantismo, sobre o qual se decalcaram as mais rígidas e puritanas regras de comportamento moral.

risonho". Sobressaindo, pela cultura e pelo gosto, do conjunto que *Os Maias* representam, ao mesmo tempo que pelas mesmas razões e pelo mesmo perfil de leitor se aproxima dos donos do Ramalhete, Craft com eles partilha por fim a disforia de um destino que, no seu caso, se concretiza na doença, num prematuro envelhecimento e no álcool, mas se consuma, tal como o de Carlos, fora do país: "– Arranjou uma casa muito bonita ao pé de Richmond... Mas está muito avelhado, queixa-se muito do fígado. E, desgraçadamente, carrega de mais nos álcoois. É uma pena!" (701).

Num âmbito menos ambicioso do que aquele que está em causa no destino da família dos Maias, é mais fácil à leitura ultrapassar a simples promessa de transgressão. E é então que esta, se descoberta, ameaça a imagem que o próprio de si constrói para mostrar aos outros ou aquela que lhe é imposta pelo seu lugar no mundo: é em relação à sua imagem pública que o Conselheiro Acácio sente como transgressão a leitura das "poesias obscenas de Bocage", por isso mesmo cautelosamente guardadas, ao abrigo de toda a publicidade, na "gavetinha da mesa-de-cabeceira" (329). Curiosamente, esta mesma obra serve um objectivo idêntico num fugidio episódio que tem por protagonista o mestre de cantochão[17] do seminário em que Amaro foi aluno e o cónego professor, episódio que por ambos é risonha e complacentemente recordado: o dito mestre acidentalmente "deixara um dia cair do bolso as poesias obscenas de Bocage" (127). Porque a transgressão é perpetrada, como no caso anterior, contra uma imagem que não corresponde à verdadeira natureza de quem a ostenta, ela sublinha sobretudo o poder da máscara nas relações sociais e a hipocrisia à qual a instituição religiosa não é imune – como demonstra, não tanto o acto recordado, mas o modo como com ele pactuam os dois padres que, rindo "e bebendo, na alegria das reminiscências, recordavam as histórias de então" (127). Este curto episódio passa quase despercebido, parecendo

[17] Também "a mestra de cantochão" do convento de Santa Joana de Aveiro aparece referida, nas reminiscências das histórias ouvidas por Amélia ainda criança à sua mestra de então, como "admiradora de Bocage" (225). Esta admiração, porém, não adquire aqui uma nítida coloração transgressiva, já que não é especificado o tipo de obras de que a freira tanto gostava. Seja como for, é de registar as três presenças de Bocage e os sentidos que delas retira a narrativa queirosiana.

apenas servir para compor a tradicional atitude de quem se reencontra após demorada separação e é fatalmente confrontado com a brevidade do fluxo temporal: " – Como o tempo passa, como o tempo passa! – diziam" (127). Para o leitor mais atento, porém, este rápido diálogo, que decorre na noite da chegada de Amaro a Leiria e, portanto, no início da acção, constitui um aviso relativamente à duplicidade moral que de facto irá caracterizar a classe sacerdotal no romance representada.

Independentemente dos autores que são lidos, é a leitura em si mesma a nota discordante que Artur Corvelo consigo transporta para a pacata casa das tias, em Oliveira de Azeméis. Também agora se trata de um acanhado meio provinciano, tal como Leiria, onde, como foi assinalado, as personagens leitoras conferem à leitura uma coloração de marginalidade. N'*A Capital!*, porém, esta marginalidade é sentida e assumida por Artur, elemento externo e alheio ao grupo em que, por força das circunstâncias, se vê introduzido sem nele ser capaz de se integrar: com uma visão do mundo decalcada sobre as leituras feitas e servindo-se da cultura livresca como medida de avaliação dos homens, o jovem Artur rejeita naturalmente um mundo confinado aos interesses imediatos e reais da sobrevivência quotidiana, mundo que sua prima Cristina resume ao considerar ser "preferível a todos os versos do mundo ir ver os pomares, as casas, os celeiros, a criação, as colheitas" (135) e "bem mais interessantes os seus pintainhos abrindo o biquinho ao grão – que todos aqueles versos, queixando-se e gemendo" (131). O mal-estar que o comportamento de Artur provoca na família[18], permeável à indiferença e ao tédio que o recém-chegado nem sequer procura dissimular, acaba por ganhar uma face concreta e palpável nos dois caixotes de livros generosamente enviados por Teodósio para

[18] Repare-se na importância concedida à leitura na distância afectiva de Artur em relação à família e, por extensão, aos seus interesses e preocupações: – "Parecia-lhes a todos, que o menino não tinha 'amizade à família'; sentiam por instinto que ele procurava, nos livros e nos papéis – distracções melhores que as daqueles serões pacatos: e isto aumentava a antiga desconsolação de o verem tão indiferente aos interesses da casa, da fazenda. // – É como um estranho, é como ter um hóspede, dizia Ricardina" (152).

espanto da prima, cujo pragmatismo neles não encontra utilidade[19], e terror da tia Ricardina "diante daqueles muitos volumes amarelos, em que decerto se deviam tramar coisas contra a Religião" (131). E, de facto, esta desconfiança que a tia manifesta face ao poder subversivo do livro e, consequentemente, da leitura vem simbolicamente a encontrar justificação no momento em que, esgotada a vela de sebo que lhe permitia ler "sentado aos pés da cama, respirando, a largas golfadas, com a delícia de quem sai dum cárcere" (132), Artur "foi ao oratório, arrebatou a lamparina, deixando os santos nas trevas; e todo o resto da noite aquele pavio devoto, habituado a erguer a adoração da sua luzinha para o ventrezinho do menino Jesus, ou para o burel de Santo António, alumiou as páginas cheias dos gritos da Paixão, e das rebeliões da Dúvida"(133). Neste pequeno extracto, acumulam-se os sinais da transgressão confirmando os receios de Ricardina: a evasão aos limites impostos pelo cárcere, o assalto do inesperado à rotina dos hábitos e a profanação do sagrado, que começa no roubo da vela, passa pela substituição da Paixão humana à divina e acaba na revolta da Dúvida face aos dogmas da Fé. Note-se, por último, a dupla face que o meio familiar de Artur, através da tia e da prima, confere à natureza transgressiva da leitura: a primeira vê nela uma ameaça às certezas que a tradição construiu, a segunda não a julga compatível com as solicitações concretas de uma vida útil e produtiva, que o mesmo é dizer com o trabalho.

2 – **Eva, a maçã e a leitura**

No início desta questão, é importante sublinhar três aspectos sobre os quais a ficção procede à relação dos três termos agora em causa. Em primeiro lugar, a leitura possui um valor relativo que varia ao sabor do meio social, cabendo nesta variação o grau da eventual transgressão contida no acto de ler. Se nos meios provincianos – de que

[19] Cf. p. 131: "– Para que servem tantos livros?, perguntou Cristina, que compreendia ainda a posse dum livro que se relê, que se tem à cabeceira da cama, – mas tantos, com tantos nomes..."

fazem parte Amélia, n'*O crime*, Cristininha, a fugidia prima de Artur Corvelo, n'*A Capital!*, e Maria da Piedade, a heroína do conto *No moinho*, – a leitura é uma actividade pouco concordante com as expectativas que a vida permite e com os deveres do quotidiano, se os pequenos burgueses da capital, que se movem entre a rotina de uma reduzida actividade comercial – como o Paula, vizinho de Luísa – conferem à leitura uma mórbida influência no espírito feminino[20], há que recordar, em contrapartida, que entre a aristocracia e a alta burguesia dessa mesma capital "ter literatura" é um dote socialmente valorizado: por isso, ao evocar perante Carlos a figura materna de Maria Monforte, Alencar afirma peremptoriamente que ela "tinha literatura e da melhor" (161); por isso, de Raquel Cohen, objecto da devastadora paixão de Ega, se diz que "tinha literatura, e fazia frases" (130); por isso Dâmaso, para suscitar no seu eterno modelo de inteligência e bom gosto, que é Carlos, uma antecipada admiração por Madame Castro Gomes, alvo rendido, conforme insinua, das suas investidas de sedutor, lha descreve como uma mulher que "tem lido muito, entende também de literatura; e olha que às vezes a conversar atrapalha..." (311). "Ter literatura", entretanto, é um conceito de contornos um pouco fluidos que, mais adiante, tentaremos esclarecer.

Em segundo lugar, a natureza do acto transgressor diz respeito, obviamente, ao comportamento moral da mulher, obrigada ao decoro que o sexo lhe impõe e aos deveres que o casamento lhe exige. De que outra forma, aliás, poderia transgredir a mulher comum[21], na época limitada ao correcto desempenho das funções de esposa, mãe e dona de casa? Daí que a ameaça que a leitura representa fique limitada ao mundo das emoções e dos sentimentos, cujo desequilíbrio conduz

---

[20] Note-se que, diversamente do Paula, Jorge e os amigos que frequentam a sua casa não manifestam qualquer atitude condenatória face ao que parece ser entendido como um hábito cultural que, também ele, concorre para definir o estatuto de uma burguesia auferindo de um razoável desafogo económico e, por isso mesmo, recorrendo à leitura para preencher as horas da sua desocupação. É o próprio Jorge, aliás, que empresta a voz aos romances que Luísa não pode ler quando adoece.

[21] É claro que ignoramos actos transgressivos do tipo que protagoniza a heroína do conto *Singularidades duma rapariga loura*, por não caberem no campo de influência do fenómeno em análise.

inevitavelmente ao adultério ou, de forma mais abrangente, à quebra da fidelidade que ao homem é devida. E na origem desse desequilíbrio está decerto a comparação da realidade com os modelos oferecidos pela ficção e a descoberta do prazer que, sendo comum ao amor e à leitura, se serve frequentemente desta última como estímulo, substituto ou prolongamento da experiência do desejo. Aqui, justamente, radica a proibição imposta por Amaro a Amélia de ler "romances e poesias. Para que se havia de fazer doutora? Que lhe importava o que ia no mundo?" (336). As razões desta proibição são fruto, como sabemos, do sentimento de posse e do prazer que resulta de ser a primeira vez que o eterno dominado o experimenta, desejando por isso preservá-lo de eventuais ameaças. E estas resumem-se, naturalmente, ao conhecimento de um mundo de que ele não é o centro exclusivo. Saber o que vai pelo mundo e fazer-se doutora é, pois, ter acesso através da leitura a mundos possíveis, tanto mais incómodos para o homem, quanto mais reveladores para a mulher, particularmente, como é o caso, se essas revelações põem em causa o poder de atracção que o macho não aceita partilhar.

Em terceiro lugar, em consequência directa do que antes ficou dito ou, talvez melhor, para o mascarar, a representação da mulher toma como parâmetros uma profunda vulnerabilidade moral e psicológica que sobre ela faz recair o peso do interdito onde se alimenta, afinal, o fascínio do fruto proibido. Assim, se a idade justifica o acatamento dos limites que neste domínio a "boa" moral determina, nem por isso é menos visível o poder de atracção que sobre o espírito feminino exercem as supostas imoralidades das aventuras sentimentais exploradas nos romances. O "olho reluzente" de D. Maria da Assunção, quando Natário descobre o volume do *Panorama* pertencente a João Eduardo, "imaginando que seria alguma dessas novelas, tão famosas, em que se passam coisas imorais" (288), o "olhar rápido" (297) e insidioso que D. Felicidade lança ao Conselheiro, ao tomar por uma novela a história de Paulo e de Francesca de Rimini que Julião lhe explica, e o espantoso contraste entre o discurso e a atitude da S. Joaneira face às "correspondências amorosas nos anúncios" do *Diário Popular* – "– Ora vejam que pouca-vergonha!... – dizia ela, deliciando-se" (100) –, demonstram uma natural tendência para a transgressão e, como é manifesto nos três casos apontados[22], sem que seja necessário o concurso da nefasta influência da leitura. E mesmo que o comportamento não concretize aquela natural tendência, lá está o imaginário, onde habita um apelo erótico indomável e surdo à decrepitude do corpo e ao espartilho da religião e da moral[23], a trair a descendência dessa Eva simultaneamente tentadora e vulnerável à tentação, que em alguns casos a leitura se limita a despertar.

2.1 – *A visão masculina da mulher leitora*

De acordo com o que as considerações anteriores deixam depreender, a visão masculina da mulher nada traz de novo relativamente à imagem que no século passado o discurso científico, no campo das ciências bio-médicas, justificava: hiper-sensível, emocionalmente instável, incapaz de auto-controlo e intelectualmente inferior ao homem, a mulher era um ser fatalmente dependente do juízo criterioso do homem – pai, irmão ou marido. Este dever de obediência era consignado na lei que assim fundamentava juridicamente a subalternização feminina ao exercício da autoridade masculina[24].

---

[22] Esta afirmação encontra fundamento na lubricidade gulosa que D. Felicidade dirige ao Conselheiro, nas ilícitas ligações da S. Joaneira, que o cónego Dias parece não ter inaugurado, e na atracção que em confissão D. Maria da Assunção declara sentir por um jovem carpinteiro seu vizinho e da qual vem a resultar, no final do romance, a maliciosa insinuação do cónego: –" [...] rosnam–se coisas... Criado novo... Um carpinteiro que morava defronte... O rapaz anda no trinque. [...] Charuto, relógio, luva! Tem pilhéria, hem?" (1025).

[23] Referimo-nos obviamente às bizarras imagens que, para consumição de D. Josefa Dias e verdadeiro pasmo do abade Ferrão, habitam o espírito da velha devota e por ela são reveladas em confissão: – "Mas isto não era o pior: o grave era, que na noite antecedente estava toda sossegada, toda em virtude, a rezar a S. Francisco Xavier – e de repente, nem ela soube como, põe-se a pensar como seria S. Francisco Xavier nu em pêlo!" (410).

[24] Recordem-se particularmente os textos de Oliveira Martins a que fizemos referência a propósito da situação da mulher na época que nos ocupa. Complementando o que aí ficou registado, não resistimos a transcrever mais uma afirmação de Oliveira Martins, que ilustra e fundamenta com especial pertinência o que acabamos

Como leitora, a sua representação não sofre alterações, sendo muito raro a leitura constituir um factor positivo na construção das personagens femininas que, com maior ou menor protagonismo, povoam os diferentes mundos romanescos da ficção queirosiana. O que resulta do tipo de leituras que à mulher são atribuídas, mas também da imagem que, como ser intelectual, se desenha a partir da visão dos seus comparsas. Note-se que esta imagem fica a dever-se não apenas à manifestação directa das personagens, mas sobretudo à sábia e não menos insidiosa manipulação dos factos a que procede a voz do narrador. Passemos então em revista o perfil intelectual da mulher que, a par dos mecanismos derrisórios de que é objecto por parte da instância narrativa, é o que a partir de agora nos interessa.

Escolhemos, para começar, o momento em que Carlos da Maia, enfadado, tenta dissuadir a Condessa de Gouvarinho de uma noite de amor em Santarém, lugar onde a Condessa se propunha chegar "disfarçada num grande *water-proof*, e com uma cabeleira postiça" (330), a fim de garantir a clandestinidade do encontro:

> "Carlos, então, muito secamente, declarou toda essa invenção insensata.
>
> – Porquê?...
>
> Ora porquê! Por tudo. Pelo perigo, pelos desconfortos, pelo ridículo... Enfim, a ela, como mulher, ficava-lhe bem ter fantasias pitorescas de romance; mas a ele competia-lhe ter bom senso." (339)

E aqui está como Carlos, homem culto, superior em todas as dimensões à pequena sociedade lisboeta, repete Basílio[25] na delimitação das fronteiras entre dois mundos em oposição: de um lado o bom senso, a razão, a lucidez, os atributos intelectuais necessários a

---

de afirmar: – "As regras, a prenhez, o parto fazem-te inválida; és enferma por condição, és histérica... O casamento foi uma terapêutica; o marido, teu protector, um médico. Por sobre enferma, a mulher é débil, no corpo, no espírito" ("O reino da mulher" in *Dispersos*, Lisboa, Oficinas Gráficas da Biblioteca Nacional, 1924, Tomo II, p. 157; actualizámos a grafia).

[25] No próximo capítulo, haverá oportunidade de confirmar esta repetição.

uma correcta análise das situações; do outro, a fantasia, o comportamento impulsivo e a falta de sentido da realidade.

Ignorando por agora o género literário que é referido, continuamos a seguir Carlos da Maia, num mundo onde a cultura feminina é aparentemente valorizada: a primeira visita de cortesia que o leva até à privacidade da Condessa – de ascendência inglesa, facto importante neste contexto – é muito pouco auspiciosa relativamente à fugaz relação que virão a manter, e é no relato dessa visita posteriormente feito por Carlos a João da Ega que se esboça o perfil intelectual da mulher em causa:

> "A condessa, que estava muito constipada, horrorizou-o, dando sobre a Inglaterra, apesar de inglesa, as opiniões da Rua de Cedofeita. Imaginava que a Inglaterra é um país sem poetas, sem artistas, sem ideais, ocupando-se só de amontoar libras... Enfim, secara-se." (149-50)

Mais tarde, a Condessa há-de ainda referir-se a "um livro de Tennyson, que não lera" (291), e que parece não passar de um simples pretexto para um novo encontro em que Carlos lho oferece.

Uma outra mulher a ocupar a secção dos jornais dedicada ao *high life* lisboeta é Raquel Cohen, por quem João da Ega se apaixona, não sem antes lhe chamar "*camélia melada*" (131); mas a paixão que transfigura todas as camélias, por mais meladas que sejam, será intempestivamente interrompida pela descoberta de um dos interessados, e Raquel transforma-se em objecto de uma sova e de uma terna reconciliação – ambas da responsabilidade do marido por quem ela sente, afinal, muito amor e igual número de ciúmes, segundo vem a saber-se pela criada. E é desta mulher, junto da qual Ega vem a ser substituído por Dâmaso Salcede numa íntima e duvidosa convivialidade, que se diz "que tinha literatura, e fazia frases. O seu sorriso lasso, pálido, constante, dava-lhe um ar de insignificância. O pobre Ega adorava-a" (139).

Depois desta breve descrição, cabe perguntar se o adjectivo "pobre", com que João da Ega se vê contemplado, fica a dever-se à grandeza da paixão ou à insignificância do seu objecto. Seja como for, o certo é que a "literatura" de Raquel Cohen constitui uma variante do que Alencar afirma a Carlos relativamente a Maria Monforte, a quem chamavam "a negreira" na época a que o velho poeta se refere, e cujas qualidades parecem pouco compatíveis com os interesses intelectuais que aquele lhe atribui:

> "– [...] Mas tua mãe, que tinha lá as suas ideias, teimou em que havias de ser Carlos. E justamente por causa de um romance que eu lhe emprestara; nesses tempos podia-se emprestar romances a senhoras, [...] Enfim, adiante! Tua mãe, devo dizê-lo, tinha literatura e da melhor." (161)

Embora usufruindo de um protagonismo muito menor na acção do romance, também a personagem de Miss Sara não se subtrai ao processo depreciativo que, no seu caso, destrói uma aparente imagem de severidade puritana, tão conforme ao estatuto de preceptora inglesa e em cuja composição os livros e a leitura ocupam uma parte significativa[26]. Ao surpreendê-la de noite numa cena pouco condizente com a imagem diurna, Carlos desfaz o precário equilíbrio entre aquilo que ela é e aquilo que parece:

> "E assim os embaíra, meses, com aquelas suas duas existências, tão separadas, tão completas! De dia virginal, severa, corando sempre, com a Bíblia no cesto da costura: à noite a pequena adormecia, todos os seus deveres sérios acabavam, a santa transformava-se em cabra, xale aos ombros, e lá ia para a relva, com qualquer!... Que belo romance para o Ega!" (462)

É justamente João da Ega quem frontalmente equaciona a relação entre a mulher e a cultura, declarando monstruosa a natureza de tal

[26] Nas breves aparições da personagem, quase sempre um livro é referido. Assim acontece, por exemplo, quando Carlos a visita como médico, ainda na Rua de S. Francisco e a pedido de Maria Eduarda; na Toca, passeando "entre o buxo, de olhos baixos, com um livro fechado na mão" (520); e é ainda associada a um livro que permanece a sua última imagem: – "No Entroncamento, Ega veio bater nos vidros do salão, que se conservava fechado e mudo. Foi Maria que abriu. Rosa dormia. Miss Sara lia a um canto, com a cabeça numa almofada. E 'Niniche' assustada ladrou" (687).

associação[27] e permitindo enfim esclarecer o sentido do que é "ter literatura". A tarefa cabe a Gouvarinho que, depois de declarar a sua aversão às "literatas [pois] o lugar da mulher era junto do berço, não na biblioteca" (397), acrescenta:

> "– No entanto é agradável que uma senhora possa conversar sobre coisas amenas, sobre o artigo de uma revista, sobre... Por exemplo, quando se publica um livro... Enfim, não direi quando se trata de um Guizot, ou de um Jules Simon... Mas, por exemplo, quando se trata de um Feuillet, de um... Enfim, uma senhora deve ser prendada. Não lhe parece, Neto?" (397-8)

Entre as classes elevadas, como fica pressuposto, a cultura feminina deveria situar-se entre os limites do suficiente e do bastante para uma amena exibição em sociedade. Com a habitual "argúcia" que nos deixa sem perceber até que ponto segue o raciocínio que se desenvolve, Sousa Neto responde ao Conde, sublinhando a importância para uma "senhora, sobretudo quando ainda é nova, [de] ter algumas prendas..." (398). E entre estas, os romances de Feuillet denunciam a contradição resultante de as obras consideradas corrosivas da formação moral da mulher serem as mesmas que se oferecem à sua limitada competência de leitura. Ega, entretanto, mantém-se irredutível quanto aos deveres da mulher: – "primeiro ser bela, e depois ser estúpida ..." (397). E aproveitando Proudhon para intimidar e ridicularizar Sousa Neto, declara num tom de inquestionável certeza que "A mulher só devia ter duas prendas: cozinhar bem e amar bem" (398).

Atendendo aos sujeitos que as enunciam, nenhuma destas opiniões será de levar a sério: de João da Ega, são conhecidos os paradoxos, a natureza excessiva e absurda das afirmações de que se serve para

---

[27] Com o tom provocatório e excessivo com que habitualmente lança as suas opiniões, "Ega protestou, com calor. Uma mulher com prendas, sobretudo com prendas literárias, sabendo dizer coisas sobre o sr. Thiers, ou sobre o sr. Zola, é um monstro, um fenómeno que cumpria recolher a uma companhia de cavalinhos, como se soubesse trabalhar nas argolas" (398).

provocar a polémica[28]; quanto a Gouvarinho e a Sousa Neto, é reconhecidamente nula a credibilidade de um e de outro como porta-vozes do que quer que seja. E, no entanto, é difícil ignorar nos seus discursos ecos de outros que, fora do registo ficcional, deram expressão a perspectivas semelhantes em relação à natureza e aos limites das experiências intelectuais femininas. Atrevemo-nos mesmo a recordar algumas afirmações de Oliveira Martins e muito do que Ramalho Ortigão escreveu para *As Farpas*[29], razão pela qual nos referimos à ironia com o seu quê de perverso com que o romancista Eça de Queirós por vezes reelaborou algumas das posições defendidas pelos amigos e companheiros de combate[30].

Mas voltemos um pouco atrás no tempo da história, até ao momento em que, depois da passagem por Coimbra, Carlos e Ega se reencontram em Lisboa. Ega retoma então a velha ideia de "um cenáculo, uma boemiazinha doirada, umas *soirées* de Inverno, com arte,

---

[28] Pouco antes nesta mesma cena, Ega garantira a Sousa Neto não acreditar no progresso, defendendo o indefensável: "a escravatura absoluta, a sério, com o direito de morte!..." (392). A enormidade desta afirmação anuncia e relativiza a enormidade da que se segue.

[29] Além do que foi mencionado e transcrito no Capítulo 2 da PARTE I, veja-se o pequeno extracto retirado de um artigo onde Ramalho, depois de se referir às aptidões de natureza doméstica exigidas a uma mulher, passa a ocupar-se das intelectuais: – "É preciso, além disso, que tenha a cultura indispensável para se poder entreter a si mesma, para exercer a actividade intelectual, para se não aborrecer quando estiver sozinha, para poder acompanhar seu marido para qualquer parte do mundo e estar habilitada para reorganizar, em qualquer sítio que seja, um forte centro moral de que o seu espírito deve ser o foco" (Ramalho Ortigão, "O *chic* e seus desastres", in *As Farpas*, Lisboa, Clássica Editora, 1992, Vol. VI, p. 201). Se estas considerações vão ao encontro das "prendas" intelectuais que Gouvarinho e Sousa Neto reconhecem indispensáveis a uma senhora, a arte de bem cozinhar exigida por João da Ega faz-nos lembrar a veemência com que o mesmo Ramalho reclamava um "curso de cozinha" na educação elementar feminina, onde "a menina aprenderia, primeiro que tudo, a fazer um caldo" ("A educação das mulheres...", *op. cit.*, Vol. VIII, p. 126). Reconheça-se ainda como Ega, ao considerar monstruosa a mulher com prendas literárias, se aproxima de Oliveira Martins, quando este declarava que "A mulher sábia é detestável" ("O reino da mulher" in *Dispersos*, ed. cit., Tomo II, p. 152).

[30] Cf. *supra*, pp. 108-109.

com literatura..." (108), onde à presença feminina é atribuído um papel tão definido como limitado:

> "E imediatamente voltou à sua ideia: apenas o Craft chegasse do Porto relacionavam-se, organizava-se um cenáculo, um Decâmeron de arte e diletantismo, rapazes e mulheres, três ou quatro mulheres para cortarem, com a graça dos decotes, a severidade das filosofias..." (109)

É verdade que quando Maria Eduarda ocupar o centro da vida de Carlos, partilhará dos projectos intelectuais sempre adiados, mas aos quais a sua presença parece dar um alento capaz de finalmente fazer concretizar as intenções de trabalho, de quando em quando vagamente mencionadas: renova-se o projecto da *Revista*, Ega auto-recrimina-se por gastar as suas aptidões no relato da "vida íntima dos átomos" (521), Carlos, na Toca, recomeça "a compor alguns dos seus artigos de medicina literária para a 'Gazeta Médica'" (528), e o Inverno na Rua de S. Francisco é alvo de planos aliciantes que passam pelo "velho sonho [do] cenáculo de diletantismo e de arte" (585), mas ao qual a presença de Maria há-de imprimir um tom mais sério e mais sóbrio. E é ela, com efeito, que assume seriamente os propósitos de Carlos, desejando que aquela "suprema pândega intelectual" (585) fosse antes "uma vida toda de inteligência e de actividade, [que reabilitasse] supremamente aquela união, mostrando-lhe a influência fecunda e purificadora" (521).

Mas a personagem de Maria Eduarda não se esgota nesta imagem. Se assim fosse, corria o risco de se tornar inverosímil relativamente ao lugar-comum que à mulher da época era permitido. Por isso mesmo, não consegue substituir João da Ega como interlocutor privilegiado de Carlos. Neste sentido, afirma Carlos Reis que "o mais regular e intenso diálogo que Carlos sustenta n'*Os Maias* é com João da Ega [,] não com Maria Eduarda: o estatuto da mulher, na época, e a específica funcionalidade de Maria Eduarda na intriga não consentem essa condição de interlocutor ideológico"[31]. E para fundamentar esta discriminação no

[31] Carlos Reis, "Pluridiscursividade e representação ideológica n'*Os Maias*" in *Estudos queirosianos. Ensaios sobre Eça de Queirós e a sua obra*, Lisboa, Presença, 1999, p. 132.

diálogo com Carlos, que o mesmo é dizer, neste contexto, para não trair a verosimilhança do desenho de que falámos antes, lá está a insólita presença do *Manual de interpretação dos sonhos* que o próprio Carlos descobre com surpresa numa leitora de Renan e Michelet; essa mesma leitora que, preferindo Dickens a Feuillet, por este último "cobrir tudo de pó de arroz, mesmo as feridas do coração" (367), possui uma mesa "coberta de jornais, de caixas de charutos, e de romances de Cappendu" (260), autor que Ramalho Ortigão, curiosamente, atribuía ao "recreio das meninas sentimentais e das criadas de servir"[32].

Intelectualmente, Maria Eduarda repete a duplicidade que a caracteriza aos olhos de quem, julgando conhecê-la, lhe descobre um outro nome e uma outra história[33]. E é como leitora, não o esqueçamos, que esta duplicidade é pela primeira vez indiciada. Mas o que agora pretendemos sublinhar é que sobre essa dupla imagem se constrói o compromisso entre o estatuto da mulher e o da personagem que é objecto do amor de Carlos e, além disso, um membro da família Maia. Por estas razões, Maria Eduarda tem de ser sensível e boa, inteligente e culta. E pelas mesmas razões, ela participa no trabalho de Carlos, quando este se dedica, ainda nos Olivais, aos seus artigos de medicina literária e arqueológica:

> "Maria respeitava este trabalho, como coisa nobre e sagrada. De manhã, ela mesma espanejava os livros do leve pó que a aragem soprava pela janela; dispunha o papel branco, punha cuidadosamente penas novas; e andava bordando numa almofada de penas e cetim, para que o

---

[32] Ramalho Ortigão, "A instrução pública – Carta ao sr. Ministro do Reino..." in *As Farpas*, ed. cit., Vol. XV, p. 73.

[33] Comentando o velho desejo de João da Ega sobre a criação de "um Decâmeron de arte e diletantismo", afirma Maria Manuel Lisboa que "As únicas mulheres concebíveis como figurantes num cenáculo de intelectos masculinos são, na pior das hipóteses, prostitutas, e, na melhor, belos objectos decorativos ("com a graça dos decotes"). Ou, perturbantemente, dado o passado turvo da luminosa Maria Eduarda, uma mistura das duas coisas." (Maria Manuel Lisboa, "Amigos certos, fortuna incerta: Carlos, Ega & Cª", *op. cit.*, p. 289). Esta afirmação reforça o sentido do raciocínio que estamos a desenvolver, não só quanto à visão masculina das aptidões intelectuais da mulher, mas também quanto à ambiguidade que, neste aspecto, recai sobre a personagem de Maria Eduarda.

trabalhador estivesse mais confortável na sua vasta cadeira de couro lavrado." (528)

Mas os objectivos de Maria Eduarda servem, sobretudo, uma imagem exterior que se pretende socialmente sancionada; e, apesar das leituras de Renan e Michelet, e da inteligência que a aproxima de Carlos e lhe conquista o respeito dos amigos, a sua participação não excede, afinal, o lugar discreto, o papel de protecção e apoio desempenhado na sombra dos bastidores[34]. É este desempenho, no entanto, a dar o toque final ao compromisso que, por seu lado, lhe define os limites sob a capa de um aparente protagonismo.

2.2 – *Mulheres e romances*

Que as mulheres queirosianas são leitoras de romances é facto conhecido e pouco abonatório relativamente ao carácter e à formação das ditas leitoras. O que nos leva a citar o pequeno comerciante vizinho de Luísa que, entre outras coisas, "Detestava os reis e os padres [e] Assobiava frequentemente a 'Maria da Fonte'" (33). N'*O primo Basílio* é ele, com efeito, o veículo de um discurso social acusatório da perniciosa influência dos romances – influência à qual atribui a falta de saúde de Luísa –, demonstrando que a oposição ao consumo feminino

---

[34] A faceta mais conservadora de Maria Amália Vaz de Carvalho subscreveria sem reservas este papel, a avaliar pelas palavras que a seguir transcrevemos: – "...deve ser instruída, profundamente instruída, tendo ao mesmo tempo a consciência de que essa instrução a não aparta do cumprimento religioso dos mais humildes deveres do amanho da casa e da maternidade. // O homem deve achar nela não só a enfermeira desvelada das suas doenças; não só a distribuidora sensata e económica do seu alimento, [...] senão também a companheira do seu espírito; a sócia das suas aspirações; a inteligência que compreenda e partilhe as suas legítimas ambições e as suas quiméricas fantasias; [...] o belo e entusiástico espírito que aplauda a suprema embriaguez das suas vitórias" (*Mulheres e creanças (Notas sobre educação)*, Porto, Empreza Litteraria e Typographica-Editora, 2ª ed., 1887, pp. 177-178; actualizámos a grafia).

de determinado tipo de literatura não era monopólio de conservadores ou beatas:

> "– Ali anda coisa de cabeça – dizia, franzindo a testa, com o ar profundo.– Sabe o que ela tem, srª Helena? É muita dose de novelas naquela cachimónia. Eu vejo-a de pela manhã até à noite de livro na mão. Põe-se a ler romances e mais romances... Aí têm o resultado: arrasada!" (344)

Para quem tem uma visão incompleta dos factos ocorridos, trata-se de uma doença que é preciso debelar encontrando a causa física do desequilíbrio. Paula, contudo, situa-se no plano psicológico e, sem o saber, aponta a causa remota, segundo a lógica que a narrativa propõe, do precário estado de saúde de Luísa: uma visão distorcida da realidade motivada pela leitura de romances, transformando-a num alvo fácil da sedução exercida pelo primo e, posteriormente, da chantagem que daí resulta.

Luísa não é a única consumidora do género literário em questão. Ela é, no entanto, a única a ser alvo de uma atenção sistemática, que procura desconstruir os mecanismos comportamentais sob a influência do que a leitura lhe revela. Mas as suas companheiras de ficção, cujas leituras são apenas brevemente mencionadas, servem o mesmo processo acusatório de um género utilizado como indício claro e transparente de uma maneira de ser e de estar. Vejamos, concretamente, de que romances se trata, sem perder de vista que o século XIX foi pródigo em termos de produção romanesca.

Luísa, já o sabemos, é leitora de Walter Scott e dos dois Dumas, autores para os quais remetem *A dama das camélias* – cuja leitura Luísa está prestes a terminar quando a narrativa se inicia – e *Os três mosqueteiros* – que a faz recordar, em conversa com Leopoldina, a paixão que sentiu por D'Artagnan. Uma referência a Mr. de Camors revela-a leitora de Octave Feuillet, e uma reminiscência literária transposta para a realidade que julga ir encontrar no "Paraíso" integra Paul Féval na lista dos autores que, com a certeza de uma explícita alusão, sabemos preencherem os seus horizontes literários. Enquanto Luísa se apaixonou por D'Artagnan, Leopoldina, na mesma época, nutriu intensa paixão por Armand Duval[35], e, no mesmo universo, D. Felicidade é leitora das aventuras de Rocambole, o herói criado por Ponson du Terrail. Continuando à procura de outros títulos ou autores de romances, recordamos que Maria Eduarda é leitora de Dickens, de Feuillet e também de Capendu. Quanto a Maria Monforte, sabemos apenas que foi um romance a origem do nome escolhido para o filho[36].

Relativamente às figuras femininas de maior realce, assim se esgota o elenco das obras romanescas directa ou indirectamente identificadas como objecto de leitura. Há que reconhecer que é um elenco surpreendentemente curto, deixando de fora títulos e autores de grande popularidade na época, e também aqueles que, embora de leitura mais exigente, não deixavam de circular na versão original e, a partir de certa altura, através de traduções que lhes facilitavam o acesso[37].

---

[35] É depois de um jantar em casa de Luísa, quando a nostalgia da hora e da digestão provocam as viagens da memória, que as leituras de juventude são evocadas: – "A 'Traviata' lembrou a Luiza 'A Dama das Camélias'; falaram do romance; recordaram episódios... // – Que paixão que eu tive por Armando em rapariga! – disse Leopoldina. // – E eu foi por D'Artagnan – exclamou ingenuamente Luiza. // Riram muito. // – Começámos cedo – observou Leopoldina.– Dá-me uma gotinha mais" (169).

[36] "Para abrandar desde já o papá, Pedro quis dar ao pequeno o nome de Afonso. Mas nisso Maria não consentiu. Andava lendo uma novela de que era herói o último Stuart, o romanesco príncipe Carlos Eduardo; e, namorada dele, das suas aventuras e desgraças, queria dar esse nome a seu filho... Carlos Eduardo da Maia! Um tal nome parecia-lhe conter todo um destino de amores e façanhas" (38). Levantamos a hipótese de se tratar de um romance de Alexandre Dumas, intitulado *Les Stuarts* e publicado em 1840. É, contudo, apenas uma hipótese que não nos foi possível confirmar.

[37] Percorrendo as traduções portuguesas de autores franceses feitas a partir da década de 40 até 1881, regista-se a enorme vantagem dos números relativos aos autores mais condescendentes com as exigências de um consumo rápido, fácil e com objectivos puramente recreativos. O mercado comandava, e níveis superiores de exigência contariam decerto com o conhecimento da língua original. Em todo o caso, no período a que agora nos referimos, Balzac tinha cerca de 27 títulos traduzidos, não contando com as reedições ou com diferentes traduções de uma mesma obra. De Flaubert, data de 1863 a primeira tradução de *Salammbô*, enquanto *Madame Bovary*, que surge em 1856, sendo editada em volume no ano seguinte, será traduzida apenas em 1881. Quanto a Zola, é em 1865 que surgem os primeiros quatro títulos traduzidos: *História da lavadeira Gervásia* (que julgamos tratar-se de *L'Assommoir*), *Naná*, *Uma página de amor* e *O ventre de Paris*. A título de curiosidade, refira-se que, em

Apenas Zola vem a ser referido por João da Ega, na cena atrás analisada, como objecto impensável de ser discutido por uma mulher, no que é contrariado por Vladimira Camillof que, não só o discute, como pede a Teodoro para lhe enviar, mal chegue a Paris na sua viagem de regresso, os últimos romances do autor do *Assommoir* e também *Mademoiselle de Maupin*, de Gautier[38]. Mas Vladimira, mulher do embaixador da Rússia em Pequim, é uma personagem tão longínqua, como a sua terra de origem ou a velha cidade onde habita.

Este elenco aparece-nos tanto mais reduzido, quanto é grande o número das leitoras e assíduas as leituras, representadas nos poucos autores mencionados e, com excepção de Dickens, emblemáticos do "bando de analistas lascivos"[39], como Eça designava os responsáveis pela literatura de maior consumo entre as mulheres portuguesas. Ler romances constitui assim uma indicação suficiente quanto ao tipo da obra lida, servindo, ao mesmo tempo, como instrumento de caracterização da leitora. Resta acrescentar que esta associação entre mulheres e romances se desenvolve inevitavelmente numa figura triangular em que o terceiro termo é um composto de frivolidade, imaginação doentia, fragilidade anímica e, na maioria dos casos, adultério.

Se não, vejamos: a primeira informação que Lisboa recolhe acerca da recém-chegada Maria Monforte é que ela "vivia num ninho de sedas todo azul-ferrete, e passava o seu dia a ler novelas" (24). No distante Paris, distante em termos geográficos e culturais, a casada e etérea Madame d'Oriol esperava a diária visita de Jacinto "Aninhada numa cadeira de bambu lacada de branco, entre almofadas aromatizadas de verbena da Índia, com um romance pousado no regaço (97). E a versão portuguesa desta pose, em estilo de merceeiro da Estrela, é dada pela antipática tia do pequeno Amaro, que "passava os seus dias lendo roman-

---

1877, a tradução de *La curée* (que em português recebeu o título de *O regabofe*) integrava uma colecção designada por "Biblioteca para Homens". Sobre as obras traduzidas para português, cf. A. A. Gonçalves Rodrigues, *A tradução em Portugal*, Lisboa, Imprensa Nacional-Casa da Moeda / ICALP / ISLA, 4 Vols., 1992-1994.

[38] Cf. Eça de Queirós, *O Mandarim*, ed. cit., pp. 135 e 181, respectivamente.

[39] Eça de Queirós, "As meninas da geração nova em Lisboa e a educação contemporânea" in *Uma campanha alegre. De "As Farpas"*, Porto, Lello & Irmão, 1978, Vol. II, p. 128.

ces, as análises dos teatros nos jornais, vestida de seda, coberta de pó-de--arroz, o cabelo em cachos, esperando a hora em que passava debaixo das janelas, puxando os punhos, o Cardoso, galã da Trindade" (141).

Se os romances são responsabilizados pela delinquescência moral das leitoras – embora, como acontece nos casos agora apontados, essa responsabilização seja mais insinuada do que afirmada –, o caso de Maria da Piedade, a protagonista do conto *No moinho*, constitui uma curiosa variante deste princípio: é depois de a realidade lhe mostrar, na figura do primo Adrião, a possibilidade de outras existências bem diferentes do seu amargurado quotidiano, que os romances surgem na sua vida tomando o lugar do impossível que lhe fora fugazmente dado a conhecer. Assim, se na experiência vivida por Luísa é uma visão deformada da vida, nascida da leitura, que faz dela a presa fácil da sedução de Basílio e a leva ao acto transgressor do adultério, a Maria da Piedade é a própria realidade, na figura do primo, que lhe faz descobrir outras vidas mais luminosas que a sua. Sem ser, decerto, por acaso, Adrião é um conceituado romancista, mas só depois da sua partida é que Maria da Piedade lê todos os seus livros, não querendo "que nada do que era dele ou vinha dele lhe fosse alheio"[40], procurando depois na leitura de muitos outros uma estratégia de compensação para o que está fora do seu alcance. Entre o real feio e precário do seu quotidiano e a magnífica perfeição do imaginado, é fatalmente conduzida à rejeição do primeiro:

> "Lentamente, esta necessidade de encher a imaginação desses lances de amor, de dramas infelizes, apoderou-se dela. Foi durante meses um devorar constante de romances. Ia-se assim criando no seu espírito um mundo artificial e idealizado. A realidade tornava-se-lhe odiosa, sobretudo sob aquele aspecto da sua casa, onde encontrava sempre agarrado às saias um ser enfermo. Vieram as primeiras revoltas. Tornou-se impaciente e áspera. Não suportava ser arrancada aos episódios sentimentais do seu livro, para ir ajudar a voltar o marido e sentir-lhe o hálito mau. Veio-lhe o nojo das garrafadas, dos emplastros, das feridas dos pequenos a lavar."[41]

---

[40] Eça de Queirós, "No moinho" in *Contos*, Lisboa, "Livros do Brasil", s/d, p. 62.

[41] Idem, *ibidem*.

Não são, pois, os romances o ponto de partida do trajecto descendente da personagem, nem sequer a figura do romancista, já que é pelo vigor, pela saúde e pela alegria do homem que ela se deslumbra, tendo tido até ali apenas a experiência da tristeza e da doença. Por isso, se alguma coisa fica demonstrada, tem que ver com a descoberta de outras experiências, melhores ou simplesmente diferentes, sejam os romances ou a própria vida o instrumento da revelação. Nesta perspectiva, Luísa é mais convincente na suposta demonstração quanto ao efeito desmoralizador da literatura romanesca.

Finalmente, ainda uma breve referência à frágil figura de Gracinha Ramires, vulnerável à sedução de um grande amor do passado que a revisita, mas não apresentada como leitora compulsiva de um género que de algum modo tenha criado o espaço necessário à tentação a que sucumbe. No entanto, quando vive dolorosamente o final do seu devaneio na solitária quinta da Murtosa, a sua imagem demonstra como se torna impossível dissociar certas experiências femininas – obviamente do foro sentimental e clandestino – da presença de um romance:

> "A essa solidão atribuiu logo o Barrolo a sua melancolia, a sua magreza, aquele cansado cismar a que se abandonava, pelos bancos musgosos da mata, com um romance esquecido no regaço." (446)

Há, contudo, algumas excepções, embora poucas, nesta galeria de leitoras sujeitas ao fascínio das histórias de um amor de final mais ou menos feliz, mas sempre exaltante: uma delas é D. Maria Joana, a figura feminina do conto *Um dia de chuva*, que, tal como é evocada pelo padre Ribeiro, "Passa às vezes de uma hora da noite e ainda está na sala, sozinha, a ler!"[42]. Ficamos sem saber quais as leituras que a ocupam assim, noite adiante. Quanto à leitora, cuja presença se reduz a uma breve aparição nas últimas linhas do conto, são as palavras do padre e as do caseiro que dela fazem uma mulher bonita e alegre, forte e saudável, dada ao exercício físico e a banhos de água fria, e com ideias próprias no campo da política e dos sentimentos, ideias por onde

---

[42] Eça de Queirós, "Um dia de chuva" in *Cartas inéditas de Fradique Mendes e mais páginas esquecidas*, Porto, Lello & Irmão, 1965, p. 134.

passa a supremacia da cumplicidade intelectual sobre a identidade de nascimento e de fortuna. As outras excepções dizem respeito às mulheres que pura e simplesmente não lêem, como Joaninha, prima de Zé Fernandes e depois mulher de Jacinto: mas Joaninha é uma figura vaga e difusa, que só aparece no final da história e que, saudável e maternal, tem por única função impedir que o senhor de Tormes seja "o último Jacinto, Jacinto ponto final..." (224). Também no final da história contada por Teodorico aparece D. Jesuína que, não sendo leitora de romances, tanto quanto se sabe, terá feito outras leituras, pois "sabia geografia e todos os rios da China, sabia história e todos os reis de França; e chamava-[lhe] Teodorico, Coração de Leão, por [ele] ter ido à Palestina" (271): mas D. Jesuína faz parte da lição aparentemente aprendida pelo "Raposão" sobre a "inutilidade da hipocrisia", oferecendo-lhe a segurança económica e o respeito social, juntamente com trinta e dois anos e um par de olhos vesgos.

As excepções não são, pois, absoluta e definitivamente convincentes. E a fugidia figura de D. Maria Joana, assim como a de Maria da Piedade, ambas heroínas de uma curta narrativa, não têm força bastante para relativizar a incendiária associação entre a leitura e a mulher – tão limitada uma em termos temáticos, como a outra em termos de experiência e actuação. Reduzida a leitura ao romance, e a mulher ao campo dos afectos, a transgressão só podia ter o nome de adultério. É uma transgressão confinada ao universo feminino, porque só aqui desperta o olhar acusatório, mas nela reside, no entanto, a única expressão de rebeldia que no homem, acomodado e calculista, não encontra réplica.

3 – **Ler para escrever**

Daniel-Henry Pageaux definiu *A Ilustre Casa de Ramires* como o "romance de um homem que escreve um romance"[43], sendo o processo de escrita aí representado o meio de questionar a originalidade e o sentido da criação literária, e servindo o "escrito [de] motor da

---

[43] Daniel-Henry Pageaux, "*A Ilustre Casa de Ramires*: da 'mise en abyme' à busca do sentido" in *Eça e "Os Maias"*, Porto, Asa, 1990, p. 191.

intriga"[44]. E por "escrito" entende o crítico não só o texto da novela de que Gonçalo se faz autor, mas também o texto das muitas cartas e telegramas que circulam em momentos fulcrais do destino das personagens – quer do protagonista, quer da sua irmã Gracinha. Algumas destas mensagens são efectivamente escritas por Gonçalo, mas outras são apenas lidas, sendo estas últimas as que vão pontuando o percurso ascensional do último dos Ramires: as diversas missivas do Castanheiro que, ora reclamando o texto, ora felicitando pela qualidade dos capítulos já recebidos, constituem um estímulo à prossecução da empresa literária; as duas cartas das Lousadas, cuja recepção revela o caminho percorrido por Gonçalo entre a leitura de uma e a leitura da outra; as duas cartas da prima Maria Mendonça portadoras de uma promessa de encontro com D. Ana Lucena, cabendo a Gonçalo deixar a promessa da segunda por cumprir; o telegrama do Cavaleiro ansiosamente aguardado com a confirmação da sua candidatura eleitoral; os telegramas de felicitações pela vitória conseguida sobre si mesmo no confronto com o Ernesto de Nacejas; e, por fim, os diversos telegramas com os resultados da eleição, anunciando assim a tão almejada entrada na política. Será, pois, legítimo afirmar que, se *A Ilustre Casa* se configura como o espaço da escrita, ela é também um espaço de leitura que, no caso de Gonçalo, não se reduz às missivas que circulam no universo diegético e na recepção das quais a personagem vai desenhando a sua própria rota.

É, de facto, como consumidor de outro tipo de leituras que o Fidalgo da Torre nos interessa. O que nos leva a convocar mais uma vez os livros presentes na sua mesa de trabalho, já referidos num capítulo anterior[45], quando tentámos definir a relação que com eles mantém Gonçalo – leitor forçado de velhos "cartapácios" e de poeirentos romantismos, pela natureza do trabalho literário que empreende.

Este trabalho obriga Gonçalo a documentar-se sobre a época em que decorre a acção da sua novela, respigando em alguns volumes do *Panorama*, nas obras de Herculano e nos romances de Walter Scott indicações sobre objectos, espaços, figuras, costumes e comportamen-

---

[44] Idem, *ibidem*.

[45] Cf. *supra*, pp. 164-165.

tos dessa longínqua idade, e vigiando deste modo as incongruências que, sorrateiramente e à mínima distracção do autor, ameaçam invadir o texto:

> "Assim Gonçalo adornara a soturna sala afonsina com alfaias tiradas do tio Duarte, de Walter Scott, de narrativas do *Panorama*. Mas que esforço!... E mesmo, depois de colocar sobre os joelhos do monge um fólio impresso em Mongúcia por Ulrick Zell, desmanchara toda essa linha tão erudita, ao recordar, com um murro na mesa, que ainda a imprensa se não inventara em tempos de seu avô Tructesindo, e que ao monge letrado apenas competia 'um pergaminho de amarelada escrita...'" (129)

E se neste processo preambular à sua entrada na vida pública que lhe fornece a literatura, Gonçalo concebe a hipótese de, "trepando da Invenção para o terreno mais respeitável da Erudição" (98), vir a elaborar um estudo sobre as *Origens Visigóticas do Direito Público em Portugal*, só o faz tendo como garantia "a bela *História da Administração Pública em Portugal* que lhe emprestara o Castanheiro [e sobre a qual] comporia corrediamente um resumo elegante..." (99).

Antes de se repetir como escritor, Gonçalo terá de ser mais uma vez um esforçado leitor, dependendo o sucesso de um da qualidade do outro. Por isso, justamente, afirma Carlos Reis, referindo-se particularmente ao autor da novela histórica, que "o fidalgo da Torre *doublé* de escritor vem a conhecer, por experiência própria, as dificuldades e as limitações (a crise da originalidade, a necessidade de consultar fontes, a árdua elaboração estilística, etc.) que afectavam alguma criação literária de índole romântico-medievalista". E acrescenta: – "Com isso, é também o escritor Eça de Queirós quem acaba por projectar, nessa escrita representada na ficção, fantasmas que insistentemente marcaram a sua vida literária"[46]. Entre esses fantasmas, como o mesmo autor explicita num outro momento, e em íntima relação com a "crise

[46] Carlos Reis, "Eça de Queirós e o Romantismo" in *Estudos queirosianos. Ensaios sobre Eça de Queirós e a sua obra*, Lisboa, Presença, 1999, p. 35.

da originalidade", está o "trauma do plágio"[47]. Nada mais revelador a este propósito do que a transparente presença do *incipit* da *Salammbô*, de Flaubert, na frase de abertura da *Torre de D. Ramires*.

Deixando para o próximo capítulo o romance francês e as dívidas de que o texto de Gonçalo lhe fica tributário, limitemo-nos por agora ao romântico poema do tio Duarte publicado no *Bardo* – que Gonçalo lê e relê em perseguição de personagens e de uma acção de que só vagamente se recorda, e com as quais acaba por construir um texto em segunda mão, é verdade, mas não deixando de lhe imprimir certas mudanças relativamente ao original de que se serve, imprimindo-lhe assim a sua própria leitura, diferente da leitura que o tio Duarte fizera do mesmo tempo, das mesmas figuras e do mesmo episódio.

Com o objectivo de "transpor as fórmulas fluidas do Romantismo de 1846 para a sua prosa tersa e máscula" (86), Gonçalo é levado a hesitar sobre a ligeireza lírico-jocosa de algumas cenas constantes do modelo – como a do beijo roubado por um clérigo a uma moça, ameaçando "desmanchar [...] a pompa daquela formosa sortida de armas..."[48] –, a introduzir elementos novos, livres de dívida ao tio Duarte – como no momento de relatar a decisão de Tructesindo, contra a opinião do genro, de correr sobre Montemor em auxílio das Infantas:

> "– Só um cuidado me pesa. E é que, nesta jornada, senhor meu sogro, ides ficar de mal com o Reino e com o Rei.
>
> – Filho e amigo! De mal ficarei com o Reino e com o Rei, mas de bem com a honra e comigo!
>
> Este grito de fidelidade, tão altivo, não ressoava no poemeto do tio Duarte. E quando o achou, com inesperada inspiração, o Fidalgo da Torre, atirando a pena, esfregou as mãos, exclamou, enlevado:
>
> – Caramba! Aqui há talento!" (131)

[47] Idem, "Sobre o último Eça ou o Realismo como problema", *op. cit.*, p. 162.

[48] Cf. p. 124: – "E aqui, para alegrar tão sombrias vésperas de guerra, o tio Duarte, no seu poemeto, engastara uma sorte galante: // *À moça, que na fonte enchia a bilha, // O frade rouba um beijo e diz* Amen! // Mas Gonçalo hesitava em desmanchar com um beijo de clérigo a pompa daquela formosa sortida de armas..."

– e a substituir, enfim, a languidez plangente do poema romântico por um traçado mais fiel aos contornos enérgicos das personagens e mais consentâneo com o carácter viril, se não mesmo violento, dos seus comportamentos. Assim sucede quando Gonçalo inicia o capítulo II da novela com a reacção de Tructesindo à notícia de que o filho estava cativo do Bastardo de Baião:

> "E neste lance o tio Duarte, no seu poemeto do *Bardo*, com um lirismo mole, mostrava o enorme Rico-Homem gemendo derramadamente através da sala de armas, na saudade desse filho [...] O tio Duarte, da casa das Balsas, não era um Ramires, não sentia hereditariamente a fortaleza da raça – e, romântico plangente de 1848, inundara logo de prantos românticos a face férrea dum lidador do século XII, dum companheiro de Sancho I! Ele[,] porém[,] devia restabelecer os espíritos do Senhor de Santa Ireneia, dentro da realidade épica. E[,] riscando logo esse descorado e falso começo de capítulo, retomou o lance mais vigorosamente, enchendo todo o castelo de Santa Ireneia duma irada e rija alarma." (241-2)

E deste modo, Gonçalo vai projectando no texto que escreve a leitura que faz desses antepassados remotos, leitura certamente diferente da do tio Duarte, plasmada pelo lirismo romântico de meados do século, diferente também dos apontamentos eruditos do padre Soeiro, assim como dos lances pitorescos recolhidos no velho *Fado dos Ramires*, onde "A romântica Torre, cantada tão meigamente ao luar pelo Videirinha, [não permite adivinhar] quantos tormentos abafara!..." (141).

Se por mais de uma vez Gonçalo duvida da verdade contida no texto que escreve, receando "que sob desconsertadas armaduras, de pouca exactidão arqueológica, apenas se esfumassem incertas almas de nenhuma realidade histórica" (429)[49], nem por isso é menos sensível à

[49] A mesma dúvida o assaltara já ao terminar mais um dos penosos capítulos "dessa interminável Novela, desenrolada como um novelo solto – sem que ele lhe pudesse encurtar os fios, tão cerradamente os emaranhara no seu denso poema o tio Duarte, que ele seguia gemendo! E depois[,] nem o consolava a certeza de construir obra forte. Esses Tructesindos, esses Bastardos, esses Castros, esses *Sabedores*, eram realmente varões afonsinos, de sólida substância histórica?... Talvez apenas ocos

verdade da sua leitura, na qual inevitavelmente se projecta como ser psicológico e social. Daí que empreenda a reconstrução desse "lance de altivez feudal em que se sublimara Tructesindo Ramires" (85), acabando por sentir, no fim dos quatro meses que dura o penoso trabalho, alguma "aversão por aquele remoto mundo afonsino, tão bestial, tão desumano!" (429). São frequentes, de resto, os momentos em que Gonçalo lê criticamente as figuras dos seus antepassados, não deixando que tudo o que neles encontra de grandioso ou invejável obscureça a crueldade de que a funda e húmida masmorra da Torre guarda a memória e que a sua novela ressuscita no velho Tructesindo, responsável pelo sacrifício do filho e pelo bárbaro martírio do Claro Sol[50]. E ao ler a história dos seus avós – lendo-a nos textos que não são seus e relendo-a no texto que escreve – Gonçalo lê-se também a si mesmo, procedendo à leitura de que fala Robert Scholes e que consiste em "abrir caminho através de sinais e de textos a fim de entender com maior profundidade e clareza não só aquilo que neles descobrimos, mas também as nossas próprias situações, tanto na sua especificidade e historicidade como nas suas dimensões mais permanentes e inevitáveis"[51]. E daqui resulta para o próprio protagonista do romance, e não apenas para o leitor virtual de *A Ilustre Casa de Ramires*, a evidência dos

títeres, mal engonçados em erradas armaduras, povoando inverídicos arraiais e castelos, sem um gesto ou dizer que datassem das velhas idades!" (363).

[50] Parece-nos a nós, leitores de hoje, ser Tructesindo Ramires o verdadeiro assassino de seu filho, ao opor-se arrogantemente ao pedido de paz e ao amor de Lopo de Baião por sua filha Violante. E não nos oferece dúvidas que é o ódio que o move, enquanto o Bastardo morre por amor. Quanto a Gonçalo, recorde-se o desconforto que sente perante o "sujo horror" da "vingança terrífica" apenas esboçada pelo tio Duarte "com esquiva indecisão, como nobre lírico que ante uma visão de bruta ferocidade solta um lamento, resguarda a lira, e desvia para sendas mais doces" (420). A este propósito, Lélia Parreira Duarte observa justamente a ambiguidade do relato feito por Gonçalo: – "Observe-se que Gonçalo narra os feitos dos Ramires, mas o seu grande herói é o Bastardo [que] é sempre, na sua versão da história, uma figura solar" (Lélia Parreira Duarte, "A refinada ironia de Eça em *A Ilustre Casa de Ramires*" in MINÉ, Elza e CANIATO, Benilde Justo (Eds.), *150 anos com Eça de Queirós*, São Paulo, USP. FFLCH, 1997, p. 294).

[51] Robert Scholes, *Protocolos de leitura*, trad. de Lígia Gutterres, Lisboa, Edições 70, 1991, p. 34.

múltiplos contrastes[52] que no encontro das duas histórias – a sua e a do avô Tructesindo – vão pondo em questão valores e bens.

Uma outra leitura, desta vez livre da obrigação imposta pela escrita da novela, parece determinante no destino da personagem, que acaba por partir para África, surpreendendo com essa brusca partida a família, os amigos e os leitores do romance a que a sua casa dá o nome, estes últimos ainda hoje discordantes quanto ao significado de tal resolução: a superação da penúria financeira? A conquista de uma independência que nem o poder político poderia conceder? Um impulso auto-regenerador no exercício de uma acção produtiva? Tudo isto ou nada disto? Voltemos à leitura do romance que, segundo o próprio Gonçalo comenta com a irmã, poderá estar na origem da então ainda remota partida:

> "– Com efeito ando com uma ideia, há dias... Talvez me viesse dum romance inglês, muito interessante, e que te recomendo, sobre as antigas minas de Ofir, *King Salomon's Mines*... Ando com ideias de ir para a África." (165)

Não é esta a primeira vez que a ideia de África surge no romance[53]. Como já antes foi brevemente mencionado, África vai discretamente pontuando o discurso narrativo desde o início, ora como tema problematizável, de debate ideológico, ora como imagem de contornos difusos e míticos, nem sempre coincidentes. No primeiro caso, ela faz parte das intenções de carreira política de Gonçalo ainda em Coimbra e, mais tarde, dos seus projectos de intervenção quando essa carreira lhe parece enfim ultrapassar o simples desejo; é ainda tema de acesa discussão com João Gouveia, volta a suscitar animada polémica nos Cunhais ao saber-se da vaga intenção de Gonçalo, e, por fim, é novamente João Gouveia, nas vésperas da chegada de Gonçalo, que

---

[52] A análise destes contrastes e da sua funcionalidade semântica é uma questão que, por incontornável, tem sido repetidamente abordada nas leituras críticas de *A Ilustre Casa de Ramires*. Limitamo-nos, por isso, a remeter para a vasta bibliografia sobre o romance.

[53] Assim o demonstrou António Cirurgião num artigo intitulado "A estrutura de *A Ilustre Casa de Ramires*", *Ocidente*, vol. 77, nº 337, Lisboa, 1977, pp. 137-170.

retoma perante Gracinha a insolúvel questão africana. No segundo caso, África é um lugar cuja localização geográfica se reduz à distância, "com sezões todo o ano" (451) para o administrador do concelho, terra de desterro e morte para a mulher do Casco – quando o marido é preso e ela grita "que [lho] vão mandar para a África degredado" (245) –, de "castigo tremendo" (397) para Barrolo – que como tal o defende para as vítimas do poderoso chicote do cunhado –, e até o próprio Gonçalo, na "Correspondência" que publica anonimamente acerca da prepotência do Cavaleiro supostamente exercida sobre um funcionário administrativo, é por uma vez permeável a esta imagem de agonia e punição, ao sugerir que o Governador Civil obteve a transferência da sua vítima "para os confins do Reino, para a mais árida e escassa das nossas províncias, por [a] não poder empacotar para a África no porão sórdido duma fragata!" (190). Mas aqui trata-se apenas de uma necessidade argumentativa, em oposição a um imaginário que, durante um sonho e sob o efeito regenerador do *fruit salt* exigido por uma demolidora jantarada, transporta o Fidalgo da Torre para "muito longe, sobre as relvas profundas dum prado de África, debaixo de coqueiros sussurrantes, entre o apimentado aroma de radiosas flores, que brotavam através de pedregulhos de ouro" (121). Influência das míticas minas de Salomão, em busca das quais Rider Haggard colocou as suas personagens? Seja como for, é decerto este o longe e esta a África que Gonçalo tem em mente quando, sufocado de contrariedades, desabafa:

> "– Ora se uma coisa destas se atura! Um homem que me quis matar! E agora, por cima, é sobre mim que desabam as lágrimas, e as cenas, e a criança doente! Não se pode viver nesta terra! Um dia vendo casa e quinta, emigro para Moçambique, para o Transval, para onde não haja maçadas..." (244)

Para longe, em suma, dessa "Gasta, insipidíssima [e] velha Europa", como declara o capitão John, personagem de *As minas de Salomão*, justificando dessa forma a sua presença em África. Não seria inoportuno evocar aqui as palavras atribuídas à personagem de um romance inglês, sendo este o romance que Gonçalo lê e do qual parece retirar a sugestão para a sua própria partida. O mais curioso, no entanto, é ser Eça de Queirós, e não H. Rider Haggard, o autor daquelas palavras[54], facto de que retiramos nós maior legitimidade para completar o desabafo de Gonçalo com a visão de uma Europa esgotada e falha de estímulos.

Resta saber para onde partiu realmente Gonçalo, já que, como tudo o resto no romance, também África se subtrai à certeza de um mesmo olhar. E se nem a discutível identificação feita por João Gouveia no final consegue definir o perto, sem que as características enumeradas se sucedam segundo uma relação adversativa que lhes retira a nitidez do traço, muito mais diluídos têm de ser os contornos desse lugar longínquo que, nas palavras de Laura Padilha, é "só imagem, complexa figura de ausências que não chega a rasurar o silêncio do não-visto onde se aninha"[55].

Elegante, mais bonito ainda, sem que o sol africano lhe tenha tostado a pele que mantém com a mesma brancura[56], Gonçalo desmente a

---

[54] Esta observação baseia-se na edição da responsabilidade de José-Augusto França, que permite o confronto entre a versão de Eça e a tradução de Ana Carvalho, fiel ao texto do autor inglês. Transcrevemos a seguir o pequeno passo que nos interessa nos dois textos. Tradução: "[...] Portanto, para abreviar esta longa história, decidi vir até cá e procurá-lo pessoalmente, e o Capitão Good teve a amabilidade de me acompanhar. // – Sim – disse o Capitão – não tinha mais nada que fazer, está a ver. Condenado pelos meus patrões do Almirantado a morrer de fome. E agora, sir, talvez nos pudesse contar o que sabe ou ouviu dizer do *gentleman* chamado Neville". Versão de Eça de Queirós: "[...] Em todo o caso, aqui estou, pronto para tudo, com o meu velho amigo, o capitão John, companheiro fiel de muitos anos, que teve a dedicação de me acompanhar. // O outro encolheu os ombros, sorrindo, com a sua esplêndida dentadura. // – Não havia neste momento nada interessante a fazer na velha Europa!... Gasta, insipidíssima, a velha Europa! // Depois, reenchendo o cachimbo, acrescentou muito sério [...]" (H. Rider Haggard, *As minas do rei Salomão*; Eça de Queirós (versão de), *As minas de Salomão*, edição paralela comentada por José-Augusto França, Lisboa, Livros Horizonte, 2000, pp. 42 e 43, respectivamente).

[55] Laura Cavalcante Padilha, "*A Ilustre Casa* e as lanças metidas em África" in Beatriz Berrini (Org.), *Eça de Queirós. A Ilustre Casa de Ramires. Cem anos*, São Paulo, EDUC, 2000, p. 176.

[56] Cf., p. 450, a carta que a prima Maria Mendonça envia a Gracinha, contando-lhe a chegada de Gonçalo a Lisboa. Comentando esta passagem, afirma Marie-Hélène Piwnik: – "[Gonçalo] Não está minimamente tostado[,] está tão branco como se tivesse ficado em Portugal, o que nos deixa supor que não se ocupou de nada

solidão do desterro, a febre das sezões e até o esforço do trabalho sob o ardente sol africano. E, no entanto, a velha Torre rejuvenesce com o dinheiro vindo de África e espera o herói – gloriosamente regressado dessa viagem que os Argonautas[57], representados nas tapeçarias da sala de jantar da Torre, parecem anunciar desde o início e que volta a estar presente, já com destino definido, no velho pergaminho datado de "mil quinhentos e setenta e sete. Nas vésperas da jornada de África" (100)[58].

No âmbito deste trabalho, interessa-nos sublinhar a importância da leitura na travessia de Gonçalo Mendes Ramires, independentemente do sentido que na viagem se descubra: colectivo ou individual, fuga ou acção auto-regeneradora, o culminar de um processo interior de crescimento ou a conquista do poder em terra alheia em cumprimento de uma histórica fatalidade. Seja o que for, é como leitor que Gonçalo se confronta com o passado, se redimensiona a si mesmo e às suas metas nesse confronto, e é como leitor que descobre o caminho que crê ser o da salvação. E deste modo faz do acto da leitura o local de encontro da memória e do desejo. Não se trata agora de um leitor

---

directamente e se contentou com frequentar os salões da colónia local. Veste-se com suprema, rebuscada elegância, isto é, à última moda, figura de dândi mais que de fazendeiro [...]" (Marie-Hélène Piwnik, "Gonçalo Ramires: história de uma degeneração" in *Eça e "Os Maias"*, ed. cit., p. 224).

[57] Maria Teresa Pinto Coelho assinalou já a existência de indícios "que apontam para o tema da viagem, antecipando o tão polémico final. Por exemplo, na sala de jantar da Torre há tapeçarias que ilustram a expedição dos Argonautas e, no *flash back* sobre os antepassados dos Ramires, diz-se que o avô de Gonçalo, Damião, traduzira Valerius Flaccus, precisamente o tradutor de *Argonautica* (c. 70 a. D.), poema sobre a procura do Velo de Ouro (Maria Teresa Pinto Coelho, "*A Ilustre Casa de Ramires* e a questão africana: entre a história e o mito" in MINÉ, Elza e CANIATO, Benilde Justo (Eds.), *150 anos com Eça de Queirós*, ed. cit., p. 416). Esta observação, no que respeita às traduções feitas pelo avô de Gonçalo, concorre para sublinhar a importância de que, na narrativa queirosiana, se reveste o livro enquanto elemento gerador de sentidos.

[58] Referimo-nos ao pergaminho que serve a Gonçalo para embrulhar o frasco de "sal de frutas". Por se afastar do nosso objectivo neste momento, não nos detemos na riqueza de sentidos que resulta da associação entre a referência a África, o momento histórico para que remete a data do documento e o destino que a este fica reservado na acção do romance.

semelhante aos que povoam os anteriores romances de Eça: esse leitor que se prolonga e define nos livros que lê ou apenas ostenta, num jogo de cumplicidades de que o discurso narrativo se aproveita para dar consistência psicológica e social às personagens que constrói. A cumplicidade agora é de uma outra natureza: o livro deixa de ser subsidiário relativamente ao perfil de quem o lê, mais do que objecto é palavra escrita, e permite enfim ultrapassar essa leitura que, ainda segundo Robert Scholes, é "incompleta a não ser que (e até que) seja absorvida e transformada nos pensamentos e nos actos do leitor"[59].

[59] Robert Scholes, *op. cit.*, p. 14.

Capítulo 4

Do texto ao intertexto

"Só quando sorria ou quando olhava se surpreendiam imediatamente nele vinte séculos de literatura." (A *corresp. de Fradique Mendes*, 25)

Julgamos não ser necessário recorrer a uma vasta argumentação para demonstrar o interesse, no âmbito deste trabalho, que adquire a reflexão sobre as relações entre o texto queirosiano e outros textos por ele convocados, mais ou menos explicitamente e em resposta a objectivos que nem sempre se repetem. Esta diversidade nas modalidades e intenções que percorrem o diálogo intertextual sobre que se tece o discurso da ficção de Eça de Queirós, assim como, aliás, a diversidade de perspectivas críticas que esse diálogo tem desde sempre suscitado, justifica a delimitação da noção de intertexto e do tipo de relações por ela abrangidas que pretendemos analisar.

Deixando para momento mais oportuno a dilucidação dos conceitos que no seu quadro teórico Genette entende por *inter* e *hipertextualidade* – considerando-os duas particulares manifestações do fenómeno mais geral que designa por *transtextualidade*[1] –, retenhamos por agora

[1] Recorde-se que, segundo a proposta genettiana, "transtextualidade" ou "transcendance textuelle du texte" é "tout ce qui le met en relation, manifeste ou secrète, avec d'autres textes" (Gérard Genette, *Palimpsestes. La littérature au second degré*, Paris, Seuil, 1982, p. 7).

apenas os seguintes pressupostos: em primeiro lugar, a noção de que o texto é "uma tessitura polifónica na qual confluem, se entrecruzam, se metamorfoseiam, se corroboram ou se contestam outros textos, outras vozes e outras consciências"[2]; em segundo lugar, que as vozes que nos interessam neste diálogo são justamente as de outros textos que se fazem presentes de uma forma mais ou menos nítida, representando na maioria dos casos as leituras que a ficção incorpora como parte do universo cultural das diferentes personagens; finalmente, e decorrendo directamente do que acaba de ser afirmado, que o intertexto seleccionado por esta análise será constituído apenas por textos literários, o que, situando-a rigorosamente no campo da intertextualidade endoliterária, dela exclui os diálogos havidos entre o texto verbal e os textos pictóricos e musicais de que a narrativa se apropria, num jogo de espelhos em que personagens e eventos se repetem em perfeita coincidência ou em absoluto contraste, mas sempre acentuando os sentidos que o texto narrativo, no seu todo, pretende construir[3].

O que afirmámos retira dos nossos objectivos o sentido das investigações que surgiram desde muito cedo com preocupações delatórias ou eruditas – ora conduzindo à desvalorização da originalidade do Autor, ora à descoberta de fontes e vias de influência, por vezes reveladoras de "sintagmas, proposições e períodos inteiros, traduzidos à letra do texto francês, mas tão sabiamente inseridos, absorvidos e redistribuídos no seu texto, que a sua originalidade e génio criador nem sequer chegam a ser afectados"[4]. É curioso verificar como ainda recentemente, e apesar dos diferentes paradigmas de abordagem que novos conceitos teóricos e operatórios introduziram na questão das

---

[2] Vítor M. de Aguiar e Silva, *Teoria da literatura*, Coimbra, Almedina, 8ª ed. (2ª reimp.), 1990, p. 625.

[3] Deve referir-se que tanto a pintura como a música – e sobretudo esta última, certamente pelo maior espaço que lhe é concedido na produtividade semântica da narrativa queirosiana – têm já sido objecto de diversos estudos críticos que a seu tempo serão mencionados.

[4] Manuel dos Santos Alves, "O legado clássico em Eça de Queirós através da cultura francesa", sep. de *Les rapports culturels et littéraires entre le Portugal et la France. Actes du Colloque, Paris 11-16 Octobre 1982*, Paris, Fondation Calouste Gulbenkian. Centre Culturel Portugais, 1983, p. 397.

influências e das fontes, o fantasma do plágio condiciona o discurso crítico, levando-o a salvaguardar o valor do inédito que, há décadas atrás, era sistematicamente posto em causa com "franqueza bruta" ou "hipócrita benevolência", segundo as palavras de Cláudio Basto[5]. Seja como for, a nossa intenção não é repetir e muito menos acrescentar a lista dos cotejos a que os textos queirosianos têm sido sujeitos: contabilizar as dívidas de *Os Maias* à *L'éducation sentimental*[6] ou fazer coincidir o jovem Artur Corvelo, cuja imaginação oscila entre a música e a pintura como meios de expressão das imagens que a povoam[7], com

---

[5] Cf. Cláudio Basto, *Foi Eça de Queiroz um plagiador?*, Porto, Maranus, 1924, pág. 21. Apesar de se insurgir contra as acusações que atingiam a obra queirosiana e contra os falsos plágios de que esta era igualmente acusada, Cláudio Basto não resiste à tentação de "estampar uma série de cotejos, em que parece terem o seu tanto de razão os tremendos acusadores..." (p. 227). Entretanto, em 1941, ainda Câmara Reys retomava a questão do plágio, fazendo um rápido balanço das acusações que "Surgiriam, a cada passo, [...] com perfídia ou com sincera indignação, com visos de verdade ou com néscia impertinência" (Câmara Reys, *As questões morais e sociais na literatura*, Lisboa, Seara Nova, 1941, p. 96). Entre os críticos por Câmara Reys referidos, encontra–se o nome de António Cabral, de que não resistimos a citar algumas das palavras com que encerra um dos capítulos do livro que dedicou à figura e à obra de "um dos mais ilustres e dos mais brilhantes escritores portugueses do século XIX" (Pref. da 3ª ed.). Este capítulo é justamente intitulado "Os plágios de Eça de Queiroz", e as palavras que passamos a transcrever são, só por si, um eloquente documento acerca do tom e do significado que o discurso crítico então adquiria: – "Bem quisera eu não me ver obrigado a escrever êste capítulo. Bem quisera não ter de assinalar os plágios a que Eça de Queiroz algumas vezes se deixou arrastar. Mas a crítica tem deveres impreteríveis, que a levam, imperiosamente, a ser inflexível como a lei e austera como a justiça. Não me era, pois, permitido rasgar dêste livro as páginas que a meu grande pesar aí ficam." (António Cabral, *Eça de Queiroz. A sua vida e a sua obra. – Cartas e documentos inéditos*, 3ª ed. muito melhorada, Lisboa, Bertrand, [1944]. A 1ª ed., de acordo com a data do prefácio, é de 1916).

[6] A este propósito, cf., por exemplo, a obra já citada de Câmara Reys, p. 97.

[7] Cf. Eça de Queirós, *A Capital! (Começos duma carreira)*, ed. de Luiz Fagundes Duarte, Lisboa, Imprensa Nacional-Casa da Moeda, 1992, p. 107: – "Torturava-o então o desejo permanente de reproduzir as imagens, de que estes entusiasmos e as suas leituras lhe enchiam vagamente o cérebro: mas não sabia ainda que Arte empregaria. Às vezes os seus ideais eram tão indefinidos, que lhe parecia que só árias e melodias os poderiam exprimir; imaginava então estudar música; nenhum génio humano lhe parecia superar a Mozart ou a Beethoven, que nunca ouvira ambicionava compor sinfonias sobre assuntos que amava e para que a poesia lhe parecia insufi-

o não menos jovem Frédéric Moreau, a quem "Quelquefois la musique [...] semblait seule capable d'exprimer ses troubles intérieurs; alors, il rêvait des symphonies; ou bien la surface des choses l'appréhendait, et il voulait peindre"[8]; indagar até que ponto a referência a Eugénie Grandet, feita por Julião a propósito dos amores de Luísa com o primo, constituiu uma insidiosa manobra de diversão relativamente ao modelo que até hoje tem sido responsável por tantos e tão variados confrontos[9]; ou até mesmo defender a substituição – como fonte inspiradora do "ninho discreto" (189) que Basílio baptiza com o nome de "Paraíso" – do jardim edénico em que o padre Mouret conhece o Amor, o célebre "Paradou"[10], pelo bastante mais prosaico local que, no romance de

---

ciente, como a 'Morte do Calvário', ou o cavaleiro Sir Galaat procurando pela terra e pelos mares, o vaso do Santo Graal. Outra vez era a cor, a beleza das linhas que o interessava; quereria então ser pintor, lançar na tela o rico esplendor dos estofos, as decorações da luz dum céu de Oriente, cenas de Shakespeare, ou episódios grandiosos da História e nenhum destino humano, então, lhe parecia igual ao dum Miguel compondo um *Julgamento Final*, vivendo de pão e de água, e nos intervalos de repouso, escrevendo um soneto imortal!".

[8] Gustave Flaubert, *L'Education sentimentale*, Paris, Pocket, 1989, pp. 34-35. A leitura do extracto atrás transcrito demonstra o trabalho de expansão textual, aliás frequente, realizado por Eça a partir do texto de Flaubert. No entanto, evitaremos afirmações demasiadamente conclusivas sobre este caso, dada a natureza inacabada do romance em questão, como de resto a própria transcrição dá testemunho.

[9] Referimo-nos obviamente a Emma Bovary, personagem fatalmente convocada quando está em causa a Luísa lisboeta e queirosiana. Quanto à referência a Eugénie Grandet, recorde-se que tal ocorre na primeira conversa que Sebastião trava com Julião acerca do preocupante comportamento de Luísa. Depois de saber do antigo namoro entre os primos e da falência que obrigara Basílio a partir para o Brasil, Julião conclui: – "– Mas isso é o enredo da 'Eugénia Grandet', Sebastião! Estás-me a contar o romance de Balzac! Isso é a 'Eugénia Grandet'!" (p. 135).

[10] Supomos poder dizer que a celebridade entre nós do jardim que dá por este nome terá ficado sobretudo a dever-se às acusações de plágio que, a partir da semelhança entre o título do romance de Zola, *La faute de l'abbé Mouret*, e o do primeiro romance de Eça, *O crime do padre Amaro*, se veio a estender a este elemento de *O primo Basílio*. O próprio Eça a isso se refere ironicamente no prefácio que destinava à terceira versão d'*O crime*, mas de que apenas uma parte foi publicada: – "Mas parece que esta *Faute de l'Abbé Mouret*, tem sido para mim uma vasta e rica mina de arte, de onde eu vou todas as manhãs, desenterrar a minha provisão de caracteres, de paisagens, de imagens e de adjectivos. Assim fui amargamente acusado de ter copiado

Balzac, *La cousine Bette*, serve de abrigo a encontros esporádicos de clandestinos amores e é conhecido entre os respectivos utentes por "paradis"[11].

Esta questão de fontes e influências exige a referência ao ensaio em que Coimbra Martins faz uma análise comparativa entre as *Ilusões perdidas* de Balzac e *A Capital!* de Eça de Queirós. Trata-se de um texto incontornável pela originalidade que, aceitando e reafirmando a proximidade do romance português relativamente ao francês, se propõe "revelar e explicar [...] o tom, o sentido dessemelhante, das inegáveis coincidências materiais entre a obra de Eça e a de Balzac: o contraste no próprio seio da analogia". Conseguido este objectivo, o Autor leva-nos a reconhecer a extraordinária capacidade queirosiana para "executar, sobre modelos escolhidos, um espantoso trabalho de sapa, reconstrução e conversão". No caso concreto d'*A Capital!*, "Dir-se-ia que, deslumbrado pelo romantismo de Balzac, Eça de Queirós decide esconjurá-lo, pegando na mesma história, e restabelecendo o que entende ser a verdade"[12].

Do objectivo de Coimbra Martins neste ensaio aproxima-se aquele que nos é sugerido pela leitura da novela histórica cuja autoria

---

o *Paraíso* do *Primo Basílio*, do *Paradou*, da *Faute de l'Abbé Mouret*. O *Paraíso*, se por acaso leram e se lembram daquele meu livro, é um terceiro andar barato [...] onde uma senhora e um cavalheiro se vão amar duas vezes por semana, do meio-dia às três. O *Paradou*, [...] é aquela vasta e maravilhosa floresta, onde erram, quase nus, Sérgio e Albina, procurando, num instinto amoroso, a árvore iniciadora da ciência! // – Mas então – dir-me-ão ainda – onde está a imitação? // – Pois não vêem? *Para-dou*, *Paraíso* – há evidentemente plagiato nas duas primeiras sílabas! (Eça de Queirós, *Cartas inéditas de Fradique Mendes e mais páginas esquecidas*, Porto, Lello & Irmão, 1965, pp. 171-172). Não querendo cair em especulações adivinhatórias, julgamos bem possível ter sido esta acusação do agrado do Autor, por lhe permitir esta pertinente e irónica defesa.

[11] Cf. a seguinte passagem: – "Ce paradis, le paradis de bien du monde, consistait en une chambre située au quatrième étage, et donnant sur l'escalier, dans une maison sise au pâté des Italiens" (Honoré de Balzac, *La cousine Bette*, Paris, Pocket, 1999, p. 487). Recorde-se que 1847 foi o ano de publicação em livro deste romance.

[12] Cf. António Coimbra Martins, "Imitação capital" in *Ensaios queirosianos*, Lisboa, Europa-América, 1967, pp. 289-377. As citações de que nos servimos remetem para as páginas 294, 377 e 375, respectivamente.

é atribuída ao protagonista de *A Ilustre Casa de Ramires*. *A Cidade e as Serras*, por seu lado, sugere-nos a comparação com dois romances que com o de Eça partilham preocupações que o tempo finissecular agudizou, e neles procuramos fundamentar a nossa leitura de Jacinto enquanto leitor de alguns livros e proprietário de milhares. Nos dois outros casos que seleccionámos para preencher este capítulo – *O primo Basílio* e *Os Maias* –, concentrar-nos-emos em títulos e autores na qualidade de objectos romanescos, isto é, participando das coordenadas espacio-temporais das personagens e, como estas, localizando-se no mundo específico que a ficção constrói. Livros materialmente presentes no espaço da acção ou só referidos, leituras em processo e também aquelas que se recordam ou se projectam, referências literárias que, pontuando o discurso, concorrem para o desenho do perfil de quem as utiliza – a literatura dentro da literatura constitui na ficção de Eça de Queirós um campo vastíssimo, como vasto é o leque de sentidos que a partir dele se abrem.

Alguns desses sentidos, como houve já ocasião de assinalar, prendem-se directamente com a construção do espaço retratado, do tempo evocado e das personagens que a ambos dão forma. Outros, talvez mais diluídos, decorrem do diálogo que a literatura é capaz de fazer consigo própria, através de um jogo de espelhos de que retira a imagem necessária à disjunção que o diálogo exige. Em todos os casos, porém, este diálogo – que os textos propõem de uma forma mais ou menos explícita ou que o olhar do crítico impõe com maior ou menor fundamento – revela uma vasta cultura literária que o Autor não se limitou a utilizar na génese do seu trabalho de criação, mas utilizou também como elemento semanticamente estruturante da ficção que produziu.

1 – **Fugir é bom nos romances!**

O primo Basílio serve de ampla ilustração ao diálogo intertextual que a narrativa queirosiana é capaz de entretecer com outras narrativas a que explicitamente recorre no desejo de acentuar, frequentemente por antecipação, os momentos mais dramáticos ou decisivos da história narrada. E muitas análises críticas puseram já em evidência este diálogo, assim como a diversidade dos interlocutores convocados: a literatura, a música e a pintura. Neste último caso, recorde-se o apontamento dramático que as gravuras reproduzindo a "Medeia" de Delacroix e a "Mártir" de Delaroche imprimem na decoração já de si sombria da sala, ao mesmo tempo que, em contraste com o ambiente pacato e burguês a que são chamadas, desafiam a imagem presente de Luísa, leve e risonha, com aquelas que o futuro lhe reserva: com Medeia Luísa há-de partilhar a dor da paixão traída e do abandono, acabando mártir, não só nas malhas da impiedosa chantagem de Juliana, mas sobretudo nas da sua condição de mulher, subalterna e fraca[13]. Quanto à música, é praticamente uma constante a sua presença ao longo de toda a narrativa, ora como sinal revelador do percurso a cumprir pela heroína, ora acompanhando em contraponto as peripécias do caminho: os acordes da *Casta Diva* e da *Oração de uma Virgem*, que da rua se fazem ouvir, a ária final da *Traviata*, que Luísa trauteia ao acabar de ler *A dama das camélias*, *A filha do pescador* de Meyerbeer sobre um texto de Heine ou a *Medjé* de Gounod, duas músicas que o decurso da história torna inseparáveis da presença de Basílio, a *Carta adorada* da opereta de Offenbach, *A Grã-Duquesa de Gérolstein*, que irrompe em três estratégicos momentos pela voz estridente de Juliana, e ainda o dueto do *Fausto* por duas vezes evocado, ora acentuam, ora anunciam o processo de sedução em que Luísa se deixa envolver, a falta aos deveres de castidade a que o compromisso com Jorge a obriga, a prova material da sua culpa, a solidão moral a que a suposta paixão pelo primo a deixa reduzida e, por fim, a própria morte[14]. No que respeita à literatura,

---

[13] Sobre a pintura na obra de Eça, cf. Garcez da Silva, *A pintura na obra de Eça de Queiroz*, Lisboa, Caminho, 1986.

[14] Sobre o intertexto musical na ficção queirosiana e em particular n'*O primo Basílio*, cf. Mário Vieira de Carvalho, *Eça de Queirós e Offenbach: a ácida gargalhada de Mefistófeles*, Lisboa, Colibri/Faculdade de Ciências Sociais e Humanas da Universidade Nova de Lisboa, 1999, Maria Manuela Gouveia Delille, "Ecos heinianos no romance *O Primo Bazilio* de Eça de Queirós", *Queirosiana. Estudos sobre Eça de Queirós e a sua Geração*, 5/6, Dez. 1993/Jul. 1994, pp. 157-172 e Luís dos Santos Ferro, "Música" in A. Campos Matos (Org. e Coord.), *Dicionário de Eça de Queiroz*, 2ª ed. rev. e aumentada, Lisboa, Caminho, 1993, pp. 633-644.

também ela participa, em franca rivalidade com a música aliás, neste processo de procurada redundância particularmente cara ao discurso realista que, num desejo de legibilidade, encontra formas de se parafrasear através de outros textos supostamente conhecidos do leitor e que, implícita ou explicitamente, incorpora pela citação ou a eles aludindo de forma mais ou menos subtil[15]. Nem seria de esperar, de resto, um lugar de pouco ou nenhum protagonismo neste contexto concedido à literatura, tratando-se este de um romance onde, com a curiosa excepção de Sebastião a que já nos referimos, a leitura é uma prática comum às personagens directamente intervenientes na acção.

Antes de nos determos nos dois textos com os quais o romance dialoga da forma que mais nos interessa, retomemos uma cena já referida anteriormente[16], recordando a natureza mimética que a intriga confere ao texto então considerado. Na cena em questão, Julião folheia um volume de Dante, cuja existência em casa de Luísa e Jorge é desde o início assinalada entre os elementos decorativos da sala. E como as gravuras do volume, que é ilustrado, suscitam a atenção de D. Felicidade, Julião apressa-se a esclarecê-la, sendo por isso o seu olhar e as palavras que o verbalizam a estabelecer, ainda que inconscientemente, o estreito paralelo com a situação de uma Luísa já então adúltera e amedrontada, sob as ameaças de Juliana, com a iminente chegada de Jorge:

> "– É um caso de amor infeliz, srª D. Felicidade – disse Julião. – É a história triste de Paulo e Francesca de Rimini. – E explicando o desenho: – Aquela senhora sentada é Francesca; este moço de guedelha, ajoelhado aos pés dela, e que a abraça, é seu cunhado, e, lamento ter de o dizer, seu amante. E aquele barbaças, que lá ao fundo levanta o reposteiro e saca da espada, é o marido que vem, e zás! – E fez o gesto de enterrar o ferro.
>
> – Safa! – fez D. Felicidade, arrepiada – E aquele livro caído o que é? Estavam a ler?...

---

[15] Cf., a este propósito, Philippe Hamon, "Un discours contraint", *Poétique*, 16, 1973, pp. 411- 445.

[16] Cf. *supra*, p. 158.

Julião disse discretamente:
– Sim... Tinham começado por ler, mas depois...

Quel giorno più no vi leggiemi avante,

o que quer dizer: *E nós não lemos mais em todo o dia!*" (296-7)

Como é óbvio, a ligação adúltera e um tanto incestuosa de Francesca de Rimini com o cunhado repete a efémera e também adúltera paixão de Luísa por Basílio, enquanto o marido, armado com uma espada e cujas "barbaças" por Julião assim designadas traduzem o ar pouco amigável, representa Jorge, marido igualmente traído e vingador. O desenrolar da acção, porém, virá defraudar as expectativas criadas por esta imagem ameaçadora e mais concordante, afinal, com a culpa de Luísa, com a natureza violenta que o seu melodramatismo romanesco empresta ao marido e também, naturalmente, com a intransigência por ele assumida em questões de honra doméstica. Recorde-se que, significativamente, Jorge regressa do Alentejo sem barba: – "[...] e ali estava enfim na sua casinha. E como na véspera da sua partida, soprava o fumo do cigarro, cofiando com delícias o bigode – porque tinha cortado a barba!" (304). Aproximando-se o momento de desmentir, pelo comportamento, a violência anunciada nas palavras com que defendera a morte para a heroína de Ernestinho, o aspecto físico de Jorge afasta-se do do modelo que o jogo intertextual lhe confere. Repare-se também, ainda em relação à descrição da gravura feita por Julião, na presença de um livro caído, cuja leitura em comum pode ter sido o pretexto para a aproximação dos dois amantes e cujo posterior abandono indicia a sobreposição das carícias do amor ao interesse dos leitores. Este livro, contido dentro de outro que, por sua vez, faz parte de um terceiro, é o fundo de uma espiral de espelhos em que o livro se auto-representa em sucessivas projecções, o mesmo sucedendo com o acto da leitura, segundo as diversas motivações e circunstâncias em que ocorre. Neste caso particular, o livro que faz parte do universo de Francesca de Rimini revela-se um precioso auxiliar no processo de sedução e enamoramento, facto igualmente aproveitado por Basílio no jogo amoroso em que envolve a prima. Ignorando agora a importância dos textos musicais nesse jogo, recorde-se o livro que Basílio empresta a Luísa e o saldo que, com toda a clareza, espera retirar de tal empréstimo: o livro chama-se, como anteriormente já referimos, *A mulher de fogo*, e mesmo que desconhecêssemos a sua existência na realidade empírica onde apareceu integrado, depois de traduzido para português, numa colecção designada por "Leituras para Homens"[17], o título e as palavras com que Basílio acompanha a primeira alusão ao volume anulariam possíveis dúvidas acerca da intenção de estimular uma sensualidade de que ele espera tornar-se o alvo:

> "Também ele passara a manhã deitado no sofá a ler "A Mulher de Fogo" de Belot. Tinha lido, ela?
> – Não, que é?
> – É um romance, uma novidade.
> E acrescentou sorrindo:
> – Talvez um pouco picante; não to aconselho!" (94)

Mas contrariando o consenso aparentemente manifestado em relação às normas morais que então pretendiam espartilhar a leitura, a verdade é que Basílio sacia a curiosidade intencionalmente despertada na prima emprestando-lhe o livro, embora fique por revelar o papel daquele livro concreto no desempenho erótico da leitora.

Por curiosidade, refira-se ainda que esta cena do *Inferno* de Dante, em que o livro, por aquilo que indicia, se torna quase tão famoso como os leitores que o abandonam, há-de reaparecer mais duas vezes na ficção de Eça de Queirós: n'*Os Maias*, a alusão a Dante é mais velada e ganha forma todas as tardes em que os dois amantes da Toca se refugiam no quiosque japonês, "Carlos com algum livro que escolhera na presença de Miss Sara, Maria Eduarda com um bordado ou uma costura. Mas bordado e livro caíam logo no chão – e os seus lábios, os seus braços uniam-se arrebatadamente" (455); já o biógrafo de Fradique Mendes recorre à citação directa do episódio dantesco, ao relatar poeticamente o enamoramento de Fradique e Varia Lobrinska sobre o mais antigo dos poemas heróicos da literatura eslava, como convém a espíritos intelectualmente superiores, poema que "Ambos leram [...]

---

[17] Cf. *supra*, p. 163.

até que o doce instante veio em que, como os dois amorosos de Dante, 'não leram mais no dia todo'" (99).

Mas voltemos a *O primo Basílio*, concentrando agora a nossa atenção em dois dos textos literários que o romance incorpora como objecto de leitura das suas personagens, nomeadamente, *A dama das camélias,* que Luísa acaba de ler numa das primeiras cenas da narrativa, e o drama *Honra e paixão*, de que um pequeno excerto é lido em voz alta no serão que precede a partida de Jorge para o Alentejo.

Em ambos os casos, como se sabe, está em causa uma história de amor infeliz, de que a história de Luísa copia, por um lado, a morte da heroína do romance francês e, por outro, a paixão adúltera que preenche o drama. Mas para além desta relação especular e, simultaneamente, preditiva – ambas as leituras ocorrem estrategicamente num momento em que os dados fornecidos ao leitor do romance são bastantes e suficientes para despertar e dirigir as suas expectativas –, os dois textos em questão são escolhidos de acordo com um discurso crítico que, não sendo explicitamente enunciado, é uma presença incontornável e tem por alvo a literatura romântica ou, talvez melhor, os lugares-comuns sentimentais e gastos de um certo romantismo. Esse discurso crítico materializa-se, quer na influência perniciosa que as leituras supostamente exercem no comportamento da leitora, quer, a um outro nível, na caricatura em que consiste o drama em cinco actos de que o primo de Jorge é autor.

Ao analisar recentemente, a propósito das "representações especulares do motivo do adultério" n' *O primo Basílio*, o processo de *mise en abyme* resultante das referências pictóricas, musicais e literárias que a narrativa incorpora e põe ao serviço dos sentidos ideológicos que pretende acentuar, Maria Teresa Martins de Oliveira considera que esses sentidos reenviam para uma condenação "não apenas [d]a sociedade burguesa da Lisboa oitocentista mas também [de] Luísa, a qual surge, no carácter inevitável da sua morte, como justamente condenada"[18]. E é segundo as relações de natureza mimética e preditiva que

[18] Maria Teresa Martins de Oliveira, *A mulher e o adultério nos romances "O Primo Basílio" de Eça de Queirós e "Effi Briest" de Theodor Fontane*, Coimbra, Minerva/Centro Interuniversitário de Estudos Germanísticos/Faculdade de Letras da Universidade do Porto, 2000, p. 319.

a narrativa primeira mantém com as hipodiegeses nela contidas, que a Autora atribui ao desenlace da história de Luísa "uma inevitabilidade próxima daquela que reveste as obras clássicas referidas no romance, as quais, no prestígio e tradição que as reveste servem como modelo acreditado. Esta inevitabilidade remete por seu turno para um julgamento muito crítico do romance em relação à heroína e ao adultério"[19]. Daí que se deva concluir, como acrescenta mais à frente, que "Eça [...] não foge a uma certa adaptação dos seus textos de acordo com modelos condutores e padrões de legitimação da ideologia burguesa"[20].

Não pretendemos pôr em causa esta última afirmação: afinal, a eleição do adultério como tema romanesco participa do projecto de reforma social com que Eça tantas vezes se afirmou solidário, as preocupações didácticas que manifestou relativamente a esta questão fizeram da mulher o objecto exclusivo, e, quer num caso quer no noutro, a tradicional divisão de direitos, deveres e competências não parece ter sido, pelo menos explicitamente, alguma vez questionada. Ainda assim, parece-nos que o reconhecimento dos padrões de comportamento moral reivindicados pelas instituições sociais burguesas não esgota os sentidos que de uma forma subtil ou até mesmo inconsciente Eça de Queirós deixou transparecer na ficção. O que quer dizer que, na nossa perspectiva, a morte de Luísa não resulta de uma condenação – e muito menos de uma justa condenação – e, por isso, não é na "inevitabilidade" que para nós reside o sentido fundamental do diálogo intertextual presente no romance, particularmente aquele que tem como interlocutores o romance de Alexandre Dumas e o drama fictício de Ernestinho.

---

[19] Idem, *ibidem*, p. 308. Quanto ao drama fictício de Ernestinho Ledesma, Teresa Martins de Oliveira justifica a sua natureza incompletamente especular relativamente ao texto anfitrião do seguinte modo: – "É certo que esta fatalidade [a morte da heroína] surge contrariada na *mise en abyme* principal do romance, 'Honra e Paixão', mas não é menos real que a solução benevolente pela qual Ernestinho opta no final é enfatizada na sua artificialidade. Esta advém não apenas de se tratar de uma peça de teatro como também do facto de o final dela ser alterado segundo o gosto do público".

[20] Idem, *ibidem*, p. 323.

Para corroborar a nossa posição, convém recordar aqui um texto de Ramalho Ortigão sobre *O primo Basílio*, no qual o autor d'*As Farpas* afirmava que a "moral [do] livro não está em que a prima de Basílio morre depois da queda; está em que ela – *não podia deixar de cair*"[21]. Considerando a morte de Luísa um facto meramente acessório e retirando-lhe assim o peso do castigo, Ramalho acentuava o processo conducente à verificação da tese proposta – sob a influência de determinadas circunstâncias, a mulher é fatalmente conduzida ao adultério –, sem com isso pôr em causa os objectivos didácticos nos quais o romance encontrava a sua justificação. Ora, desses objectivos fazia parte, como se sabe, o processo acusatório de um tipo de literatura que o público feminino amplamente consumia e do qual retirava uma imagem perigosamente distorcida da realidade, em grande parte responsável pela subversão das normas e valores a que um correcto desempenho moral e social da mulher deveria obedecer. Assim se compreende que o intertexto de maior relevo pertença a um paradigma literário de que o texto primeiro se demarca, permitindo deste modo que seja a própria ficção a questionar a verdade dos seus conteúdos, através de um jogo de espelhos em que de um lado se situa o mito e do outro a fiel representação da realidade. É justamente nesta distinção, que Luísa há-de acabar por reconhecer, e não no castigo de uma culpa só a ela atribuída, que reside, quanto a nós, o fundamental sentido do diálogo que, desde o início, prepara a frustração das expectativas da personagem leitora.

É possível que nem todos os momentos deste processo de desencanto – conseguido pelo confronto entre a história que se pretende uma cópia da vida e as que, dentro dela, são apresentadas como ficção – sejam igualmente partilhados, em intensidade e nível de percepção, pela protagonista e pelos leitores do romance: afinal aquela é um mero instrumento necessário à eficácia da mensagem por estes apreendida. Em todo o caso, não há dúvida de que, pelo menos relativamente à experiência do amor, cuja magia julga estar enfim ao seu alcance na

[21] Ramalho Ortigão, "*O Primo Basílio* – Fisiologia do adultério burguês – O donjuanismo em Lisboa, suas origens, sua evolução e seu pelintrismo" in *As Farpas*, Lisboa, Clássica Editora, 1992, Vol. IX, p. 209.

paixão clandestina e adúltera pelo primo, também Luísa toma consciência das diferenças entre as duas faces do espelho, acabando por questionar a verdade ou a perenidade de um sentimento, independentemente das circunstâncias e dos sujeitos envolvidos:

> "Onde estava o defeito? No amor mesmo talvez! Porque enfim, ela e Bazilio estavam nas condições melhores para obterem uma felicidade excepcional: eram novos, cercava-os o mistério, excitava-os a dificuldade... Porque era então que quase bocejavam? É que o amor é essencialmente perecível, e na hora em que nasce começa a morrer. Só os começos são bons. Há então um delírio, um entusiasmo, um bocadinho do Céu. Mas depois!... Seria pois necessário estar sempre a *começar*, para poder sempre *sentir*?..." (225)

Esta vivência infeliz e precária do amor parece apagar-se por momentos, quando a decepção sofrida com a experiência extra-conjugal conduz à inevitável comparação donde resulta para Luísa o reconhecimento de que "começava a estar menos comovida ao pé do seu amante, do que ao pé do seu marido! Um beijo de Jorge perturbava-a mais, e viviam juntos havia três anos! Nunca se secara ao pé de Jorge, nunca! E secava-se positivamente ao pé de Bazilio! Bazilio, no fim, o que se tornara para ela? Era como um marido pouco amado, que ia amar fora de casa! Mas então, valia a pena?..." (224-5). Por aqui passa, obviamente, a pretendida denúncia da ilusão efémera a que a paixão adúltera é reduzida. A verdade, porém, é que a própria formulação do pensamento cobre de ambiguidade o valor dos termos comparados, não conseguindo o marido, seja ele pouco ou muito amado, eximir-se a um confronto que, na melhor das hipóteses, o revela como o mal menor de uma experiência fatalmente votada ao desencanto. Se assim não fosse, como explicar o adultério de Luísa, a quem Jorge consegue ainda perturbar apesar do efeito corrosivo do tempo, segundo ela própria reconhece? O paradoxo contido neste comportamento acaba, contudo, por ser desviado do sentimento amoroso em si mesmo e, posto ao serviço da paz e da satisfação conjugais, toma como alvo a tentação de que a mulher, pela sua natureza e pelas circunstâncias da sua formação, é presa fácil. Adoptando a perspectiva masculina das coisas, já que é ela própria o produto de uma ideologia com a mesma marca, assim se considera Luísa, presa fácil de uma natureza superficial e volúvel, de uma sensualidade culposa e de uma "curiosidade romanesca e mórbida" (224) que a arte a que tem acesso enganosamente desperta e alimenta:

> "E sentira-a, porventura, essa felicidade que dão os amores ilegítimos, de que tanto se fala nos romances e nas óperas, que faz esquecer tudo na vida, afrontar a morte, quase fazê-la amar? Nunca!" (224)

A lógica conclusão desta expectativa frustrada é, por mais de uma vez, clara e cruelmente exposta por Basílio, enquanto a distância por ele apontada entre a realidade e a ficção é parafraseada no diálogo intertextual a que o romance dá lugar. O alvo deste duplo exercício pedagógico é naturalmente Luísa, em representação de todo um grupo cuja delimitação, se dúvidas existissem, fica a cargo de Basílio: "Todas sois assim!", há-de ele dizer-lhe, reduzindo o comportamento sentimental da mulher a um equívoco desejo de ser amada – mais por um actor que se "atire de joelhos, que declame, que revire os olhos, que faça juras, outras tolices", do que por um homem que "ama naturalmente, como todo o mundo, com o seu coração, mas [sem] gestos de tenor"(222).

O que as palavras de Basílio aqui põem causa é o acto da recepção na leitura feminina – tomando, como é evidente, a palavra leitura em sentido suficientemente amplo para abranger também o caso do teatro, lírico ou declamado. Mas se a denúncia que transparece nas suas palavras corre o risco de não convencer, tratando-se, como se trata, de uma estratégia de auto-defesa para um amante egoísta e com muito pouco ou nenhum amor, afinal, a cena de leitura do romance de Alexandre Dumas, *A dama das camélias*, procede à encenação, logo no início da narrativa, do comportamento de Luísa como leitora, fundamentando a posterior acusação de Basílio: revelando-se, através das lágrimas de compaixão pelo triste destino da *cocotte* parisiense, objecto dessa perigosa identificação entre o sujeito e a matéria da leitura, a visão do mundo de Luísa constrói-se sobre a diluição das fronteiras que se interpõem entre a ficção e a vida, num processo de valorização do extraordinário romanesco face à baça vulgaridade do real. Por isso, fascinada pelos hábitos luxuosos e os cenários elegantes de Paris – não da cidade real, mas da que Dumas foi autor –, as próprias "aflições de dinheiro" (18) aparecem-lhe com um encanto poético sem semelhança com a sufocante angústia que a falta do dinheiro requerido pela chantagem de Juliana lhe há-de fazer sentir. Neste contraste entre a beleza idealizada da ficção e a feia amargura da realidade – onde cabe igualmente a fatalidade da doença cujos sintomas aparecem no discurso narrativo confundidos com os da paixão[22] –, neste contraste ignorado pela competência de Luísa como leitora, também reside, quanto a nós, o sentido do diálogo a que é chamado o texto de *A dama das camélias*, desta forma ultrapassando a função especular e preditiva a que a morte das heroínas dá origem. Quanto à experiência sentimental por ambas vivida, é ainda o contraste o elo da relação entre a força regeneradora e o poder de devoção e sacrifício do amor que nasce entre Marguerite Gautier e Armand Duval, e o precário envolvimento de Luísa e Basílio.

O mesmo tipo de relação se estabelece com a peça de Ernestinho. O que não impede, contudo, uma simultânea relação de especularidade que tem por base o adultério: ambos os casos, com efeito, envolvem amor e traição, põem em causa a honra e exigem, de acordo com os padrões da moral tradicional, a punição dos culpados.

O contraste de que agora falamos não passa pelos *clichés* que povoaram a produção literária ultra-romântica e que, fazendo da peça em questão uma caricatura, permitem que o romance dela se demarque com nitidez. Mas é claro que a distância assim conseguida acentua as diferenças entre uma história de amor que, para lá da ligação adúltera, em mais nada coincide com a que é vivida por Luísa e Basílio: a

---

[22] Cf. p. 18: – "Havia uma semana que se interessava por Margarida Gautier: [...] via-a alta e magra, com o seu longo xale de caxemira, os olhos negros cheios da avidez da paixão e dos ardores da tísica; nos nomes mesmo do livro – Júlia Duprat, Armando, Prudência, achava o sabor poético de uma vida intensamente amorosa; e todo aquele destino se agitava, como numa música triste, com ceias, noites delirantes, aflições de dinheiro, e dias de melancolia no fundo de um *coupé*, quando nas avenidas do Bois, sob um céu pardo e elegante, silenciosamente caem as primeiras neves". Como é óbvio, embora pertencendo ao narrador, o discurso procura traduzir a recepção do romance francês por Luísa e, portanto, o que esta retém ou o modo como se apropria dos respectivos conteúdos.

suposta paixão que no caso de Basílio nunca existiu, vem a revelar-se, no caso de Luísa, a manifestação de um desejo rapidamente saciado; um inesperado acaso faz da criada o instrumento da vingança que ao marido competia; e, por fim, apenas Luísa sofre o presumível castigo que na peça era igualmente partilhado pelos dois amantes. E desta forma se prova como a ficção se afasta dos caprichos e das ironias em que a realidade é rica, podendo ser, além disso, retroactivamente modificada, sempre que o gosto ou a conveniência o sugira. É sabido que o destino dos protagonistas do drama entra em jogo com o de Luísa, que o problematiza antes, durante e depois de cometido o fatal adultério, e que, ao mesmo tempo, a controvérsia gerada pelos possíveis desenlaces convida a uma reavaliação do delito e respectivas sanções. Mas é também esta mesma controvérsia a mostrar que a reescrita da história é um privilégio da ficção.

Curiosamente, o romance que Luísa lê e o drama que se discute e de que se ouve um pequeno extracto representam os dois extremos de um processo: num dos casos, assiste-se à desmontagem de uma construção que o autor manipula e altera ao sabor das dificuldades de produção e dos gostos da plateia; no outro, está em causa o momento da chegada do produto final junto do público, que o romance restringe ao feminino na figura de Luísa. Sujeita ao poder mágico da ficção e julgando que a pode fazer caber no seu mundo, Luísa demonstra assim a pertinência de um exercício didáctico de que, ironicamente, se encarregará Basílio, ao afirmar-lhe que "Uma ligação como a [deles] não é o dueto do 'Fausto'" (223) e que "Fugir é bom nos romances!" (256-7). Só que esta ironia, que decorre de ser o próprio amante a enunciar a legenda explicativa do jogo de espelhos contido no romance, encobre uma outra, mais subtil, menos conforme às regras padronizadas pela ideologia burguesa, mas de que a mulher de Jorge e capricho de Basílio, apesar das suas fragilidades e das que lhe têm sido atribuídas, consegue ter consciência:

> "O trem rolou. Era o nº 10... Nunca mais o veria! Tinham palpitado no mesmo amor, tinham cometido a mesma culpa. – Ele partia alegre, levando as recordações romanescas da aventura: ela ficava, nas amarguras permanentes do erro. E assim era o mundo!" (267)

2 – Um romance radiante e absurdo, uma farsa banal e uma tragédia infernal

Numa cena d'*Os Maias* em que está em causa a preferência da pequena Rosa, filha de Maria Eduarda, pelo velho marquês, João da Ega pretende reverter a seu favor as razões de se ver assim escandalosamente preterido:

> " – Aí está! – exclamava ele. – Porque eu sou mais civilizado que o outro! É a simplicidade não compreendendo o requinte.
>
> – Não, desgraçado! – exclamavam do lado. – É porque és impresso!... É a Natureza repelindo a convenção!..." (527)

O que significará exactamente "ser impresso"? Pensar, actuar e falar de acordo com modelos retirados de uma cultura livresca ou, para evitar o tom fatalmente depreciativo do adjectivo livresco, da cultura que circula através do livro impresso e que, justamente porque circula, se opõe ao que é genuíno de um lugar e de um tempo, ao que é particular de um indivíduo ou de um grupo? Por outro lado, sendo as convenções próprias, afinal, de todas as formas de comunicação, é verdade que elas aumentam em quantidade e rigor, na proporção directa de conteúdos intelectuais mais elaborados e de fórmulas estéticas mais trabalhadas. E sendo assim, poder-se-á decerto opor a liberdade e o imprevisto da Natureza ao artifício construído da convenção. Passando agora para o campo que mais nos interessa, será que podemos substituir ou acrescentar aos termos desta oposição a Arte e a Vida? Ou então, já que a palavra "impresso" está na base destas reflexões, particularizar a Arte e falar de Literatura?

Faremos das perguntas a que nos conduziu o texto atrás citado o ponto de partida para abordar o diálogo intertextual presente n'*Os Maias*, procurando pôr em relevo os dois grandes sentidos que esse diálogo nos sugere. O que vai obrigar, como se verá, a despenalizar João da Ega do crime de monopólio que parece ser-lhe atribuído nesta divisão entre simplicidade natural e convenções impressas.

O facto de ser este o romance, entre todos os que Eça publicou, aquele em que a cultura, e particularmente a cultura literária, constitui uma presença quase constante concede ao livro um lugar realmente destacado no universo romanesco que toma como cenário social a aristocracia e a alta burguesia da Lisboa fontista. Deste cenário, justamente, resulta a importância da cultura, exibida como acessório de uma elegância de espírito e de maneiras indispensável a quem dirige – seja o gosto, a política ou as finanças. E, como se sabe, para além do teatro e da música, cabe à literatura dar a medida do nível cultural, real ou pretendido, dos comparsas em cena. No entanto, não são apenas as cenas de leitura, ou a presença efectiva do objecto livro, ou sequer a referência a títulos que já foram ou hão-de vir a ser lidos pelas personagens, as únicas formas por que a literatura se faz presente no romance, ainda que sejam talvez as mais óbvias e frequentes: recordem-se as várias cenas de leitura protagonizadas por Afonso da Maia e por Carlos, embora relativamente a este último e na maior parte dos casos a intenção prevaleça sobre a concretização; a importância que os livros detêm no preenchimento dos espaços, ora criando ambientes de reflexão e recolhimento – como no caso das diferentes bibliotecas de Afonso –, ora participando, em paralelo com as jarras de flores e com outros objectos cuidadosamente escolhidos, na decoração de interiores onde a riqueza se quer elegante; recordem-se ainda as leituras exibidas por Dâmaso, em demonstração do direito que lhe assiste de fazer parte do prestigiante grupo do Maia, ou aquelas que, apesar do fraco resultado do esforço e da vontade, o conde de Gouvarinho associa à autoridade política a que aspira[23]; e recorde-se, por último, a frequente presença da literatura a que obriga a exploração semântica de títulos e autores, como meio de caracterização ideológica, psicológica e moral dos inúmeros leitores que povoam o romance.

De uma maneira tão óbvia – ou mais ainda – como as que têm vindo a ser enumeradas, a literatura está presente em cenas de conjunto, como a do Sarau do Trindade ou a do jantar oferecido por Ega no Hotel Central, ocupando aí o lugar de maior relevo enquanto tema de discussão, no segundo caso, e de exibição, no primeiro, mas em ambos dando

---

[23] Cf. a cena a que já nos referimos num dos capítulos anteriores e na qual o conde de Gouvarinho alude à defraudante experiência da leitura dos "vinte volumes da 'História Universal' de César Cantu" (pp. 142-143 do romance).

origem à observação de tendências, de práticas e de tiques por onde passa a ridicularização simultânea do elenco nacional de autores, público e críticos. Por outro lado, reconheça-se que uma personagem como a de Tomás de Alencar, poeta e romancista, entre as mais assiduamente chamadas ao desempenho do papel que lhes foi distribuído, só pode contribuir para trivializar o facto literário no mundo representado, seja ele perspectivado em termos de valoração estética, de produção ou de consumo. A insistente presença de Alencar é exigida pela lógica do relato que filtra a história dos Maias: companheiro de Pedro da Maia, admirador de Maria Monforte, amigo íntimo e frequente no cenário, em Arroios, do fugaz casamento dos dois, Alencar é o teimoso fantasma de um passado cuidadosamente afastado do reduto de Afonso, enquanto todos os outros amigos de Carlos ajudam a compor o "covil" de solteirões que é o Ramalhete. Significativamente, Carlos trava relações com Alencar no exacto momento em que aquele passado se faz presente na figura de Maria Eduarda, recentemente chegada a Lisboa. Mas é também na noite desse mesmo dia, depois do jantar do Ega no Central, que, paralelamente ao passado familiar, as marcas de uma cultura igualmente passada são evocadas também por Alencar, "e, através das suas frases de lírico, Carlos sentia vir como um aroma antiquado desse mundo defunto..." (178). Além da imagem de um romantismo que afinal se mantém bem vivo, como comprova o romance, Alencar é ainda ou é sobretudo uma via "para, inscrevendo a literatura na ficção, problematizar a sua retórica, os seus efeitos, as suas tensões e os seus limites"[24]. Cabe ao discurso narrativo acentuar esta função da personagem, sempre que a ela se refere como o *cantor* ou o *poeta* das *Vozes de Aurora*, o *romancista* ou o *autor* de *Elvira*, o *dramaturgo* do *Segredo do Comendador* ou ainda, muito simplesmente, *o poeta*, e sempre que na sua figura selecciona os *românticos* bigodes, a grenha *inspirada* ou a "vasta fronte de *bardo*" (319; itálico nosso).

---

[24] Carlos Reis, "Eça de Queirós e a literatura como ficção" in *Estudos queirosianos. Ensaios sobre Eça de Queirós e a sua obra*, Lisboa, Presença, 1999, p. 24. Neste ensaio, a personagem de Tomás de Alencar entendida como signo ideológico merece uma particular atenção.

Outros caminhos, porém, de uma forma mais clara ou mais dissimulada, permitem a entrada da literatura no romance, transformando assim em objectos ficcionais muito da cultura literária do tempo – através de títulos e autores –, da própria teoria literária – na discussão ou simples alusão a períodos e a géneros –, e também muitos dos produtos da própria ficção – com a referência a personagens e situações modelares. Lembramos alguns exemplos: João da Ega resolve baptizar a casa que aluga nos arredores de Lisboa de "Vila Balzac", para reunir ao nome do seu "padroeiro" literário as circunstâncias favoráveis "ao estudo, às horas de arte e de ideal" (145); Carlos deve o nome de baptismo – Carlos Eduardo – a um romance que Alencar emprestara a sua mãe; no diminutivo que o suposto pai de Rosa lhe chama – Rosicler – encontra Carlos, por seu lado, um "nome de livro de cavalaria, rescendente a torneios e a bosques de fadas" (262); é ainda o nome da primeira paixão adúltera de Carlos em Coimbra, Hermengarda, que leva os amigos, "descoberto o segredo, [a] chama[rem]-lhe [...] 'Eurico, o Presbítero', [a] dirigi[rem] para Celas missivas pelo correio com este nome odioso" (93); de Eurico, em Coimbra, passará Carlos a Dom Juan, em Lisboa, quando Ega lhe diagnostica um comportamento e um destino iguais ao do herói andaluz; Balzac, para lá do nome que empresta à casa do Ega, empresta também o reconhecido poder de observação como romancista, para traduzir a perspicácia de D. Diogo, a quem Carlos gaba "o seu fino olho à Balzac" (116) e, mais uma vez, a de Ega que, segundo o próprio, "sem ser um Balzac, nem uma broca de observação, tinha a visão correcta" (196); mais tarde, o mesmo Ega há-de superar a modéstia desta formulação, para se referir sem rodeios ao seu "olho de Balzac" (382); Musset, por outro lado, será evocado, ainda por Ega, como modelo célebre do ébrio, à imagem do qual Dâmaso poderá admitir, sem constrangimentos, a alcoolização explicativa do insultuoso artigo para o bom nome de Carlos da Maia e de Maria Eduarda, publicado na *Corneta do Diabo*; se Carlos se refere à intensidade expressiva do *Cântico dos Cânticos* a propósito do tom das cartas em que Ega lhe falava de Raquel Cohen[25], este último recorre a

[25] Cf. o momento em que, no princípio da acção, os dois amigos se reencontram em Lisboa: – "– Tu estás extraordinário, Ega! Tu és outro Ega!... A propósito

Tácito para, ironicamente, caracterizar a prosa do artigo jornalístico ainda agora referido, passando em seguida a citar Shakespeare, como forma de lembrar ao amigo a necessidade de dinheiro para silenciar o escândalo e descobrir o responsável[26].

Sem a mais leve pretensão de os esgotar, tal é o número, acrescentaremos ainda outros exemplos, insistindo agora particularmente nos que se encontram ligados à definição do perfil, tanto físico como psicológico, da personagem ou às circunstâncias que pontualmente a determinam. Recorde-se, então, o "temperamento byroniano" (108) de Craft, o "grande ar de Manfredo triste" (181) de Alencar, o "ar nobre de um Stuart, de um valoroso cavaleiro de Walter Scott" (69), que para o pequeno Eusebiozinho deveria resultar do modo como o vestiam, o "jaquetão de bucólica" e a "fome de pastor da Arcádia" (473) de João da Ega, no dia em que, chegando de Sintra, encontra Maria Eduarda no Ramalhete, e ainda, alargando um pouco a perspectiva, o aspecto de "varão esforçado das idades heróicas, um D. Duarte de Meneses ou um Afonso de Albuquerque" (12), de Afonso da Maia, a "fisionomia de belo cavaleiro da Renascença" (96) de Carlos, "os gestos aduncos de Mefistófeles" (110) de João da Ega.

Qual a função de tantas referências literárias e culturais, de que apenas uma pequena parte foi até agora registada? Já anteriormente afirmámos o elevado índice de cultura das personagens de maior relevo n'*Os Maias*, com base, justamente, num discurso revelador de uma vastíssima soma de leituras[27]. A esta função, contudo, não pode

---

da Foz... Quem é essa Madame Cohen, que estava também na Foz, de quem tu, em cartas sucessivas, verdadeiros poemas, que recebi em Berlim, na Haia, em Londres, me falavas com os arroubos do 'Cântico dos Cânticos'?" (106). É claro que esta referência ao poema atribuído a Salomão vai permitir a associação do "lirismo bíblico", nas palavras do Ega, à origem judia de Raquel.

[26] Cf. p. 530: – "Caminhando sob as acácias, Carlos abriu a carta do Ega. Era da véspera, com a data: 'À noite, à pressa.' E dizia: 'Lê, nesse trapo que te mando, esse superior pedaço de prosa que lembra Tácito. [...] desconfio de que esgoto saiu esse enxurro e precisamos providenciar! Vem já! Espero-te às duas. E, como Iago dizia a Cássio, *mete dinheiro na bolsa*.'" João da Ega cita um passo de *Otelo*, mas, ao contrário do que afirma, Iago não se dirige a Cássio e sim a Rodrigo (Cf. Cena III do Primeiro Acto).

[27] Cf. *supra*, pp. 124-125.

reduzir-se um discurso que nem sempre é monopólio das personagens, e que, além disso, procede a uma quase constante filtragem da realidade – ou do que no romance é como tal apresentado – através de modelos que retira da literatura, mas também da História ou da mitologia, deles se servindo para avaliar e definir personagens, acontecimentos, e até mesmo objectos ou cenários: como exemplo deste último caso, recorde-se o famoso "leito de dossel" da Toca, que "enchia a alcova, esplêndido e severo, e como erguido para as voluptuosidades grandiosas de uma paixão trágica do tempo de Lucrécia ou de Romeu" (434).

Num ensaio sobre *Os Maias* em que defende o afastamento de Eça relativamente às coordenadas estéticas do Naturalismo e também, como é óbvio, à confiança na eficácia da ciência ao nível da observação e compreensão dos fenómenos humanos, Alan Freeland formula, em dado momento, a seguinte pergunta: "A noção de indivíduo implica singularidade e originalidade, mas será que existe uma fonte criativa localizada no eu, ou repetiremos nós apenas sentidos já existentes que circulam infindavelmente dentro da cultura?"[28]. A verdade desta hipótese, de que resultaria por fim a dificuldade, se não mesmo a impossibilidade, de fazer caber cada personagem nos limites de uma única e definitiva identidade[29], poderia então explicar o permanente jogo de imitações que marca, não só o comportamento, tanto colectivo como individual, mas também as próprias relações interpessoais. Que o mesmo é dizer, voltando a utilizar as palavras de Freeland, que "o romance apresenta uma escala descendente que vai dos 'originais' estrangeiros, passando por Ega e Carlos até Dâmaso, terminando no mundo duvidoso das casas de fado e de prostitutas. Uma tal sequência

---

[28] Alan Freeland, *O leitor e a verdade oculta. Ensaio sobre "Os Maias"*, Lisboa, Imprensa Nacional-Casa da Moeda, 1989, p. 105.

[29] Veja-se, por exemplo, o que Alan Freeland entende ser a "identidade variável" de Maria Eduarda que, aos olhos de Carlos e também aos do leitor, dado que é o ponto de vista de Carlos que prevalece no romance, passa sucessivamente por ser Madame Castro Gomes, a Mac Gren e, por fim, Maria Eduarda Maia. Logicamente, a natureza variável da identidade civil repercute-se nas diversas imagens que Carlos dela constrói (de deusa a *cocotte*) e nas relações de parentesco que os unem (de amante a irmã). Ainda sob o olhar de Carlos, também Miss Sara verá a sua imagem de inglesa austera e grave transformada na de uma "impura fêmea" (461).

descendente implica a existência de uma fonte original, associada à singularidade e à criatividade, de onde derivam as cópias e as cópias das cópias. A fonte encontra-se 'lá fora'"[30].

Na verdade, é por todos reconhecido o espaço que o romance concede à representação da vontade ou necessidade de imitar o estrangeiro, o que, em termos de comportamento colectivo, leva à realização das corridas ou, anos mais tarde, à moda, entre a juventude de então, daquelas espantosas botas que ferem o olhar de Carlos. Em termos individuais a regra mantém-se, e dela não fogem os espíritos mais críticos face à reverência nacional pelo que é importado, desde a cozinha às ideias: o afrancesado cardápio elaborado por Ega para o jantar em honra de Cohen é disso exemplo. Os que copiam em primeira mão são por sua vez copiados, como sucede com a dupla Carlos da Maia e Dâmaso Salcede, mas a originalidade de uns e de outros acaba por diferir somente na distância a que cada um se encontra do modelo original. Com efeito, também aquele que Dâmaso, considera ser "a coisa melhor que há em Lisboa" (176), ou "uma 'destas coisas que só se

---

[30] Idem, *ibidem*, p. 126. Cabe recordar a propósito, no âmbito do profícuo diálogo que, na produção de Eça de Queirós, o registo ficcional e o não ficcional sempre travaram entre si, alguns dos comentários motivados pela nascente "globalização", favorecida pelos canais de comunicação e, obviamente, pela letra impressa. O texto que passamos a citar – e de que, em parte, já nos servimos (cf. pp. 102-103) – saiu na *Gazeta de Notícias* do Rio de Janeiro, em Julho de 1880, segundo informação de Guerra Da Cal: – "Mas, dentro em pouco, nem ruínas, nem monumentos haverá dignos de viagem; cada cidade, cada nação, se está esforçando por aniquilar a sua originalidade tradicional, e nas maneiras e nos edifícios, desde os regulamentos de polícia até à vitrina dos joalheiros, dar-se a linha parisiense. [...] O Mundo vai-se tornando uma contrafacção universal do Boulevard e da Regent-street. E o modelo das duas cidades é tão invasor que, quanto mais uma raça se desoriginaliza, e se curva à moda francesa ou britânica, mais se considera a si mesma civilizada e merecedora dos aplausos do *Times*. O Japonês julga-se, na escala dos seres, muito superior ao Chinês, porque em Yedo já o indígena se penteia como o tenor Capoul, e lê Edmond About no original [...] É por isso que ninguém que tenha o orgulho de se considerar ser racional, prescinde de se informar diariamente de tudo que se passa em Paris ou em Londres, desde as revoluções até às *toilettes*, desde os poemas até aos escândalos" (Eça de Queirós, "Paris e Londres – O aniversário da Comuna – Flaubert" in *Ecos de Paris*, Porto, Lello & Irmão, s/d, pp. 8-9). Anos mais tarde, a figura de Fradique Mendes há-de retomar e desenvolver estas mesmas ideias.

vêem lá fora'" (177), tem os seus modelos – alguns deles identificados, como Claude Bernard e Morny[31], outros traduzindo apenas uma vaga atitude perante a vida, que Carlos sucessivamente vai adoptando, ao sabor dos precários projectos e das circunstâncias: começa por ser seduzido pelo papel do médico heróico e militante, tendo por cenário "escadas de doentes galgadas à pressa no fogo de uma vasta clínica [e] noites veladas à beira de um leito, entre o terror de uma família, dando grandes batalhas à morte" (89); opta depois, no papel de escritor, pelos "vagares de artista rico" (187), mais de acordo, aliás, com o seu "belo ar de um príncipe artista da Renascença" (252); e instala-se, por fim, no tipo do "homem rico que vive bem" (713). A originalidade revela-se, pois, um valor muito relativo, sendo de recordar, a propósito, que o próprio projecto de uma revista, "que *dirigisse* o gosto, pesasse na política, *regulasse* a sociedade, fosse a força pensante de Lisboa..." (129), e para a qual era tão difícil encontrar colaboradores, "por lhes faltar, no estilo, aquele requinte plástico e parnasiano de que [Ega] desejava que [ela] fosse o impecável *modelo*" (566-7)[32], ameaça transformar-se em instrumento de uma uniformidade que, dirigindo-se naturalmente à elite bem pensante de Lisboa, tem na personagem de Dâmaso Salcede a fiel caricatura[33]. E é justamente perante este último que João da Ega,

---

[31] Estes dois nomes resumem, para Carlos, as contraditórias solicitações que o dividem no início da sua vida em Lisboa: – "Sentia em si, ou supunha sentir, o tumulto de uma força, sem lhe discernir a linha de aplicação. 'Alguma coisa de brilhante', como ele dizia: e isto para ele, homem de luxo e homem de estudo, significava um conjunto de representação social e de actividade científica; o remexer profundo de ideias entre as influências delicadas da riqueza; os elevados vagares da filosofia entremeados com requintes de *sport* e de gosto; um Claude Bernard que fosse também um Morny..."(98).

[32] Em ambas as citações os itálicos são nossos.

[33] Inspirando-se em Carlos e tal como este, também Dâmaso tem um modelo com o qual pretende fazer coincidir o seu comportamento, que sujeita a uma estrita vigilância. Cf. p. 191: – "Já três vezes Dâmaso tossira, olhara o relógio – mas, vendo Carlos confortavelmente mergulhado na revista, recaía *também na sua indolência de homem chique*, investigando o 'Figaro'" (itálicos nossos). E um pouco mais à frente: – "– Tu estás hoje em beleza, Dâmaso – disse-lhe Carlos [...] // Salcede corou de gozo. Escorregou um olhar ao verniz dos sapatos, à meia cor de carne, e revirando para Carlos o bugalho azulado da órbita: // – Eu agora ando bem... Mas, muito *blasé*. // E foi realmente com um ar *blasé* que se ergueu a ir buscar a uma mesa de jardim,

procurando convencê-lo a copiar a carta de desagravo a Carlos, acima já mencionada, apresenta como argumento definitivo e triunfante a imitação em cadeia de modelos prestigiados:

> "Não era vergonha para ninguém embebedar-se... O próprio Carlos, todos eles ali, homens de gosto e de honra, se tinham embebedado. Sem remontar aos Romanos, onde isso era uma higiene e um luxo, muitos grandes homens na História bebiam de mais. Em Inglaterra era tão chique, que Pitt, Fox e outros, nunca falavam na Câmara dos Comuns senão aos bordos. Musset, por exemplo, que bêbado! Enfim a História, a Literatura, a Política, tudo fervilhava de piteiras..." (559)

Embora no registo naturalmente resultante do interlocutor e da situação, João da Ega enuncia aqui o fenómeno a que, segundo julgamos, o diálogo intertextual presente no romance concede uma ampla representação. Ou seja: as personagens imitam-se umas às outras, mas a partir de originais inscritos num vasto texto cultural e literário onde se situa o molde primordial dos comportamentos humanos. A própria percepção do mundo deriva desses modelos que fatalmente se repetem, criando um permanente jogo de imagens onde ecoam amores e desamores, encontros, fugas e despedidas.

Atentando apenas na história de amor entre Carlos e Maria Eduarda, é sabido que ela consiste, em muitos aspectos, numa repetição de muitas outras histórias[34] que percorrem o romance, e não apenas da

---

ao lado, onde estavam jornais e charutos, a 'Gazeta Ilustrada', 'para ver o que ia pela pátria'" (193).

[34] Alan Freeland, para quem o fenómeno da imitação assume grande importância no romance, faz a seguinte afirmação acerca das diversas ligações sentimentais que nele têm lugar: – "As histórias secundárias também funcionam como imitações grotescas das primárias, fornecendo um comentário oblíquo sobre as personagens principais e agindo como veículos de oposições temáticas" (cf., na obra já citada, p. 75). Mais recentemente, esta questão suscitou a atenção de Maria Manuel Lisboa que, particularmente no ensaio intitulado "Amigos certos, fortuna incerta: Carlos, Ega & Cª", procede a um minucioso levantamento das relações especulares entre situações e comportamentos, sujeitos a uma inevitável e aviltante contaminação em virtude daquelas relações (cf. Maria Manuel Lisboa, *Teu amor fez de mim um lago triste*, Porto, Campo das Letras, 2000, pp. 181-332).

que envolveu a mãe de ambos. Mas para além destes ecos internos, sobre os quais se tece uma apertada malha de correspondências, de sinais, de paralelos e contrastes, Carlos da Maia e Maria Eduarda actualizam uma história criada pela ficção, numa cópia a que Ega alude, justamente no momento em que a destruição da primeira identidade da deusa que Carlos idealizara deixa entrever as semelhanças entre o percurso desta e o de Margarida Gautier.

Há que não esquecer, entretanto, que a heroína criada por Alexandre Dumas já fora antes evocada a propósito de outras duas mulheres que, em circunstâncias e com consequências muito diferentes, cruzaram a vida de Carlos: uma delas, a espanhola por ele levada de Lisboa, que "fanatizou Coimbra como a aparição de uma Dama das Camélias, uma flor de luxo das civilizações superiores" (94); a outra, Maria Monforte, de quem Alencar dizia – na carta em que relata, por entre "lirismos relambidos", o encontro que com ela tivera em Paris – que 'a pálida Margarida Gautier, a gentil Dama das Camélias, é o tipo sublime, o símbolo poético, a quem muito será perdoado porque muito amaram'" (80). A poesia e o amor de que fala Alencar não parecem ser atributos, nem do destino de Encarnacion, ao tempo nome quase fatal da prostituta espanhola, nem sequer do de Maria Monforte, que nenhuma informação posterior, e muito menos as que virão a ser reveladas na confissão da própria filha, procurará reabilitar, poetizando. No entanto, o turbilhão infeliz dos amores, mais ou menos oferecidos e vendidos, permite uma identificação através da qual as três mulheres, repetindo-se entre si, repetem ou actualizam o argumento literário que lhes serve de molde e de explicação.

Mas é Maria Eduarda quem, com maior fidelidade, obedece ao guião: tal como Margarida, também ela se entrega a um grande e impossível amor, capaz de apagar um passado tão inconfessável como ameaçador da paz familiar do amante; apesar da influência materna e das atribulações vividas, mantém uma integridade que, à imagem do modelo[35], a leva a empenhar as jóias para não ter de recorrer ao

[35] Recorde-se que também Armand Duval vem a descobrir que, tendo abandonado a vida de cortesã, Margarida se vê obrigada, sem que ele o saiba, a vender a carruagem, os cavalos e alguma roupa, e a empenhar as suas jóias (Cf. Alexandre Dumas Fils, *La Dame aux camélias*, *s.l.*, Calmann-Lévy, [1951], pp. 172-173).

dinheiro enviado por Castro Gomes; a tranquila e bucólica Toca, nos arredores de Lisboa, é um refúgio semelhante àquele que, nos arredores de Paris, em Bougival, serve de cenário à fugidia felicidade do par francês; e, finalmente, também por estes perpassa a vaga ideia de uma viagem a Itália, país escolhido por Carlos, como se sabe, para nele se instalar com Maria Eduarda, "entre as verduras de Isola Bela, escondidos no seu amor e separados por ele do mundo como pelos muros de um claustro" (451). Como se tudo isto não bastasse, no momento da crise provocada pelas revelações de Castro Gomes, Carlos há-de pretender reproduzir o gesto de Armand Duval de uma forma tão próxima, que Ega não resiste a revelar a cópia:

> "– O que tu deves fazer, meu caro Carlos...
>
> – O que eu vou fazer é escrever-lhe uma carta, remetendo-lhe o preço dos dois meses que dormi com ela...
>
> – Brutalidade romântica!... Isso já vem na 'Dama das Camélias'..." (486)[36]

É também este o momento em que, para Carlos, o que começara por lhe aparecer como "um romance radiante e absurdo" (245) ganha os contornos de uma "torpe farsa" (489). Por isso, Shakespeare[37] cede, por momentos, o lugar a Dumas e à banalidade da "farsa [...] arrastada por todos os palcos de ópera cómica, da '*cocotte* que se finge senhora'" (488). A ficção, contudo, permanece em constante desafio à suposta originalidade do real.

Tal como Basílio perante Luísa, também Carlos, perante a condessa de Gouvarinho, há-de ostentar um aparente bom senso que é salvaguarda contra infantis e perigosas sobreposições de episódios romanescos às razoáveis expectativas que a realidade permite. E, numa situação

[36] Atingido no seu amor-próprio e movido pelo ciúme, Armand envia a Margarida uma nota de quinhentos francos, acompanhada das seguintes palavras: "Vous êtes partie si vite ce matin, que j'ai oublié de vous payer. // Voici le prix de votre nuit" (Alexandre Dumas, *op. cit.*, p. 226).

[37] Quando Maria Eduarda visita pela primeira vez a Toca e manifesta a dúvida de quem desconfia da magnanimidade da vida, Carlos responde-lhe, reconhecendo que apenas "repet[e] essa coisa antiga que já Hamlet disse: que duvide de tudo, que duvide do Sol, mas que não duvide de mim..." (431).

bastante semelhante à que é vivida por Luísa e Basílio[38], fundamentará a sua recusa de uma noite de amor clandestino em Santarém nessa qualidade que, monotonamente, aparece como propriedade exclusiva do género masculino: – "[...] a ela, como mulher, ficava-lhe bem ter fantasias pitorescas de romance; mas a ele competia-lhe ter bom senso" (339). Contudo, a separação para que remete esta divisão de competências é objecto de um constante desmentido: pelas personagens, pela sua visão das coisas, de si mesmas e dos eventos que protagonizam.

Quanto a estes últimos, não é por acaso que aparecem sistematicamente catalogados sob as categorias próprias da ficção, como se a vida, ao copiar-lhe os conteúdos, fosse obrigada a uma inevitável cópia das formas: *dramas, farsas, romances* e *tragédias* são por isso designações frequentes para introduzir a ordem no fluir caótico da realidade, de acordo com a gravidade e a importância que cada um empresta ao que vai sucedendo.

Assim, Carlos tem consciência de que o seu "romance, radiante e absurdo" não passaria, para o avô, de "um romance confuso e frágil" (516); o próprio Ega o "Supusera um romancezinho, desses que nascem e morrem entre um beijo e um bocejo" (417). Por outro lado, o "romance decente" (182) que o avô começa por lhe contar sobre os pais, passa ao "feio romance" (183) de que toma conhecimento, depois das incautas revelações de João da Ega, em Coimbra. Também este, por sua vez, vive uma história de amor cujo desfecho torna "reles e chinfrim, o romance melhor da sua vida" (283) e o leva ao exílio em Celorico, lugar que, segundo a fina observação da condessa de Gouvarinho, "era horrível para um fim de romance..." (295). Sem a grandeza da história em que Carlos se envolve, a sua não ultrapassa as dimensões do *drama*[39], atinge o *melodrama*[40] durante a crise que lhe põe fim e,

---

[38] Referimo-nos, obviamente, à cena em que Basílio declara que "Fugir é bom nos romances!" (Cf. pp. 256-257 do romance).

[39] Cf. p. 131: – "[...] em todos os seus modos (mesmo no disfarce afectado com que espreitava as horas), transbordava a imensa vaidade daquele adultério elegante. De resto sentia bem que os seus amigos conheciam a gloriosa aventura, o sabiam em pleno drama".

[40] Cf. o momento em que, expulso do baile por Cohen, Ega desabafa a humilhação e a raiva junto de Carlos. É justamente a este que cabe definir o comporta-

de trágico, fica apenas o ar – ainda que seriamente prejudicado pelo tom da representação – com que se resigna à eventualidade de um duelo:

> "Ega deu imediatamente um pulo na cama, e atordoado, esguedelhado, procurava a roupa, com as canelas nuas, tropeçando contra os móveis. Só achou o gibão de Satanás. Chamaram o criado, que trouxe umas calças de Craft. Ega enfiou-as à pressa: e sem se lavar, com a barba por fazer, a gola do paletó erguida, enterrou enfim na cabeça o boné escocês, voltou-se para Carlos, disse com ar trágico:
> Vamos a isso!" (280)[41].

Com esta contrasta a imagem de Carlos, depois de consumar voluntariamente o incesto: – "aterrado, escorraçado, fugindo ocultamente de casa, passando o dia longe dos seus, numa vadiagem trágica, como um excomungado que receia encontrar olhos puros onde sinta o horror do seu pecado..." (665). Dando expressão às emoções que percorrem a *tragédia*, vivendo em solidão a irremediável amargura do seu destino, Carlos realiza, enfim, a "tragédia infernal" que Ega lhe predissera e que, mais tarde, lhe adivinha no relato "daquele grande amor, [...] profundo, absorvente, eterno, e para bem ou para mal tornando-se daí por diante, e para sempre, o seu irreparável destino" (417). Antes, porém, de adquirir a grandeza do trágico, essa história de amor é *romance* – nem sempre com os mesmos contornos, como se viu –, passa pela *farsa*, Ega chega a classificá-la como um "drama complicado"[42] e, no momento do desfecho, o mesmo Ega há-de hesitar entre o teatro clássico e o "dramalhão" romântico:

---

mento do amigo: "Tudo aquilo começava a parecer-lhe pouco sério, pouco digno, as ameaças de pontapés do marido, os furores melodramáticos do Ega" (271).

[41] Note-se como este pequeno extracto é suficiente para dar a imagem de uma personagem que, apanhada de surpresa e sem bem saber ainda o papel que lhe cabe representar na nova distribuição das cenas, aparece incoerentemente caracterizada pela disparidade dos adereços. Certa, é a substituição da roupa do tentador Mefistófeles pelo "gibão de Satanás", amaldiçoado e expulso do Paraíso.

[42] Quando se vem a saber que Maria Eduarda não é casada com Castro Gomes, Ega procura reverter a situação a favor do amigo, declarando-lhe que "O que fora um drama complicado tornava-se numa distracção bonançosa" (485).

> "E agora, pouco a pouco, subia nele uma incredulidade contra esta catástrofe de dramalhão. Era acaso verosímil que tal se passasse, com um amigo seu, numa rua de Lisboa, numa casa alugada à mãe Cruges? [...] Tais coisas pertencem só aos livros, onde vêm, como invenções subtis da arte, para dar à alma humana um terror novo..." (621)

Como demonstra o passo agora transcrito, não é sem resistência que as personagens cedem à contaminação que por vezes pressentem entre a ficção e a vida[43]. Apesar disso, contudo, as fronteiras entre uma e outra diluem-se frequentemente: quer porque a primeira permite compreender a segunda com mais clareza, distribuindo-a por tipos, situações e categorias previamente definidos; quer porque ambas mutuamente se imitam, ainda que a contragosto e confundindo os respectivos papéis de modelo e cópia. Daí que seja tão fácil encarar o romântico título da colectânea poética de Alencar, *Flores e Martírios* (240), como uma cópia surpreendente da famosa taça[44] que cativa a atenção de Maria Eduarda na primeira visita que faz à Toca, ao mesmo tempo que o amor por ela vivido com Carlos começa por reproduzir os amores ilegítimos toda a vida celebrados pelo velho poeta "em novela e drama", "em cançoneta e ode" (163), adquirindo depois a feição mais moderna da novela de Dumas e acabando por se transformar na trágica história de um destino incontornável.

Particularmente atenta às "profundas incongruências de 'registo'"[45] que encontra no texto d'*Os Maias*, Ofélia Paiva Monteiro defende ser o "grotesco" um fundamental factor de coesão estrutural do

---

[43] À perplexidade de Ega, corresponde a que Carlos verbaliza do seguinte modo: "– E tu acreditas que isso seja possível? Acreditas que suceda a um homem como eu, como tu, numa rua de Lisboa? Encontro uma mulher, olho para ela, conheço-a, durmo com ela e, entre todas as mulheres do mundo, essa justamente há-de ser minha irmã! É impossível..." (643).

[44] " [...] uma esplêndida taça persa, de um desenho raro, com um renque de negros ciprestes, cada um abrigando uma flor de cor viva: e aquilo fazia lembrar breves sorrisos, reaparecendo entre longas tristezas" (436).

[45] Ofélia Paiva Monteiro, "A poética do grotesco e a coesão estrutural de *Os Maias*" in Carlos Reis (Coord.), *Leituras d'"Os Maias"*, Coimbra, Minerva, 1990, p. 15.

romance, e aponta-o como um efeito que resulta, justamente, do "jogo entre o trivial e o enorme, o corriqueiramente acontecível e a catástrofe absurda e fatal, revelador das potências obscuras ou malignas que se ocultam sob a fachada do quotidiano mais vulgar"[46]. Nesta ordem de ideias, o incesto funcionaria como "máxima representação da enorme farsa dolorosa que é a vida, com o seu herói clownesco – o homem"[47]. Estas considerações de Ofélia Paiva Monteiro correm ao encontro do raciocínio que temos vindo a desenvolver sobre as relações que o romance problematiza entre a literatura e a vida, e permite-nos chegar à conclusão do que pretendemos defender quanto aos sentidos com que o texto se enriquece a partir do diálogo que de um modo tão constante trava com outros textos literários – pertençam estes ao universo de referência ou ao universo do próprio romance. Para tanto, basta-nos recordar o que as palavras ainda agora transcritas reafirmam relativamente aos conceitos de homem e de vida que perpassam n'*Os Maias*: uma vida sem a segurança do certo, do lógico e do previsível; um homem sem a presunção de a conhecer e controlar. Por isso este procede a um constante esforço para a dominar, para lhe encontrar um sentido e uma explicação, recorrendo ao que aprendeu nos livros donde retira os modelos com que a designa, chamando-lhe *farsa, drama* ou *tragédia*. Por isso repete algumas vezes os papéis que outros já desempenharam, sem contudo saber quem os distribuiu e a que lógica obedeceu. E perante uma capacidade sempre renovada para o surpreender, é frequentemente levado a concluir com João da Ega, depois de ouvir a Carlos a história de Maria Eduarda: – "É prodigioso!... Que estranha coisa, a vida!" (515).

3 – **Incertas almas sob desconsertadas armaduras**

É bem possível que Gonçalo Mendes Ramires tenha em muito contribuído para que Eça de Queirós se libertasse, saciando-o, daquele

---

[46] Idem, *ibidem*, p. 28.
[47] Idem, *ibidem*, p. 30.

"latente e culpado apetite do romance histórico"[48] que o habitava, segundo confessa em carta escrita de Londres ao conde de Ficalho. Culpado, por permitir a substituição da observação pela imaginação: – "Debalde, amigo", assim o afirma na mesma carta, "se consultam in-fólios, mármores de museus, estampas, e coisas em línguas mortas: a História será sempre uma grande Fantasia"[49]. Latente, por reaparecer ciclicamente com tal poder e persistência, que o jogo de alteridade a que se prestou Fradique Mendes não foi capaz de resolver. É certo que as afirmações feitas por Eça a Ficalho parecem reconhecer a verdade das que Fradique dirige a um inominado destinatário, que se desconfia tratar-se do próprio Eça. Nesta carta, e em resposta a um suposto projecto de romance sobre Babilónia – o mesmo tema, justamente, por que Eça confessava sentir-se seduzido –, Fradique desaprova veementemente a ideia e, tomando por referência o homem como "um resultado, uma conclusão e um produto das circunstâncias que o envolvem"[50], avança como razão da sua intransigência a fantasia a que fatalmente corresponde a pretendida reconstrução do passado: – "Mas está V. certo de que sabe quais eram os sentimentos e os ridículos dos homens que habitavam a cidade do Eufrates? Esteve V. lá, alojado num pequeno casebre de tijolo, à sombra do templo de Belu, observando e tomando notas? Ressuscitou por acaso algum babilónio para lhe vir dar a representação dos sentimentos e das ideias do seu tempo?"[51].

---

[48] Eça de Queirós, "Carta ao conde de Ficalho, 15/Jun./1885" in *Correspondência*, leitura, coord., pref. e notas de Guilherme de Castilho, Lisboa, Imprensa Nacional-Casa da Moeda, 1983, 1º vol., pp. 265-266.

[49] Idem, *ibidem*, p. 265.

[50] Eça de Queirós, "A....." in *Cartas inéditas de Fradique Mendes e mais páginas esquecidas*, Porto, Lello & Irmão, 1965, p. 68. Quanto à redacção desta carta, que Eça deixou inédita, Guerra Da Cal sugere uma localização próxima do ano de 1885, o mesmo da carta ao conde de Ficalho, com a qual esta parece dialogar (Cf. Ernesto Guerra Da Cal, *Bibliografía queirociana sistemática y anotada e iconografía artística del hombre y la obra*, Coimbra, Por ordem da Universidade, 1975, Tomo 1º, pp. 404-405).

[51] Idem, *ibidem*. Observe-se como estas interrogações de Fradique ecoam nas que a *Vida de Nun'Álvares*, de Oliveira Martins, hão-de vir a suscitar a Eça, embora neste caso não se trate de um romance, nem da representação de sentimentos e

Dado que esta carta ficou inédita, Fradique acabou por não legar à posteridade uma consequente posição crítica relativamente ao romance histórico, cuja exactidão situava dentro dos limites da "decoração exterior da vida – as casas, os trajes, as mobílias, as armas". E isto, acrescentava, "não constitui um romance: são quadros de natureza morta"[52]. Em vez disso, a imagem que ficou foi a de alguém tão vulnerável como o seu próprio criador – e como ele, pelas mesmas razões, sentindo a mesma culpa – ao sortilégio do polémico género: se Eça confronta o amigo Ficalho com a remota e escandalosa eventualidade de, "numa noite de canja no Augusto, ou no escritório rubro-escuro do Bernardo, abrir um maço de provas, e começar, pálido e exausto pelas vigílias da erudição: – 'Era em Babilónia, no mês de Schêbatt, depois da colheita do bálsamo...'"[53], Fradique apresenta a Oliveira Martins uma hipótese que é sobre esta decalcada: – "Que dirá você, dilecto Oliveira Martins, se um dia desprecavidamente no seu lar receber um tomo meu, impresso com solenidade, e começando por estas linhas: *Era em Babilónia, no mês de Sivanu, depois da colheita do bálsamo?...*"[54]. Foi, de resto, com base nas declarações contidas nesta carta – porque também de uma carta se trata – que alguns amigos de Fradique defenderam a existência, entre os manuscritos do misterioso cofre espanhol deixado à guarda de Varia Lobrinska, de "um romance de realismo épico, reconstruindo uma civilização extinta, como a 'Salambô'"[55].

Não é só em relação a Fradique Mendes que Flaubert, através do famoso *incipit* da *Salammbô* – "C'était à Mégara, faubourg de

paixões, mas de "certas minudências do detalhe plástico, como a notação dos gestos, etc.". E pergunta então ao historiador: – "Como os sabes tu? Que documento tens para dizer que a Rainha, num certo momento, cobriu de beijos o Andeiro, ou que o Mestre passou pensativamente a mão pela face? Estavas lá? Viste?" (Eça de Queirós, "Carta a Oliveira Martins, 26/Abr./1894" in *Correspondência*, ed. cit., 2º vol., p. 314).

[52] Idem, *ibidem*, p. 71.

[53] Idem, "Carta ao conde de Ficalho, 15/Jun./1885", *loc. cit.*, p. 266.

[54] Idem, *A correspondência de Fradique Mendes*, Lisboa, "Livros do Brasil", s/d, p. 101.

[55] Idem, *ibidem*.

Carthage, dans les jardins d'Hamilcar"[56] –, aparece associado a um hipotético e tentador projecto de romance histórico. Para além do próprio Eça, como se depreende da carta atrás citada, também o biógrafo de Fradique nele encontra uma fonte de inspiração para o início do conto que lhe sugere o encontro, no Cairo, daquele que há-de vir a ser o seu biografado e do misterioso casal que o acompanha. O cenário exige, no entanto, alguns acertos: – "Era no Cairo, nos jardins de Choubra, depois do jejum do Rhamadan..."[57]. Finalmente, quando Gonçalo Mendes Ramires se decide a escrever *A Torre de D. Ramires*, novela histórica com os contornos modernos "dum realismo épico" (85), tal como o romance que Fradique poderia ter escrito, é ainda o *incipit* de Flaubert que reaparece no de Gonçalo – "Era nos Paços de Santa Ireneia, por uma noite de Inverno, na sala alta da alcáçova..." (87) – versão que, depois de introduzidas algumas alterações no cenário, se fixa no "negro e imenso Paço de Santa Ireneia, no silêncio duma noite de Agosto, sob o resplendor da lua cheia"(88).

Uma primeira observação a que nos conduzem os cinco *incipits* citados prende-se com a insistência com que as primeiras linhas da *Salammbô* reaparecem, sempre que um desejo ou projecto de romance histórico se manifesta, tanto no autor como nas suas personagens. Assim, também Gonçalo Mendes Ramires, quando se deixa enfim conquistar pela aventura da escrita, é "à maneira lapidária da *Salammbô*" (87) que formula o início da história dos seus avós. O que não deixa de constituir uma nota discordante no contexto das influências literárias de que a novela se faz devedora e que a imagem de Gonçalo como autor há-de confirmar: recorde-se que, em Coimbra, depois de publicar a *D. Guiomar*, Gonçalo é festejado como "o nosso Walter Scott" (85), e que no seu "estilo terso, másculo, de boa cor arcaica" (79) encontra o Castanheiro claras ressonâncias de *O Bobo* e de *O Monge de Cister;* mais tarde, o esperado êxito d'*A Torre de D. Ramires* volta a convocar, como padrão de avaliação, o romance histórico consagrado pelo Romantismo através dos nomes de Herculano e Rebelo da Silva, reaparecendo só então a *Salammbô* e o seu "realismo épico" como referên-

[56] Gustave Flaubert, *Salammbô*, Paris, GF-Flammarion, 1992, p. 19.

[57] Eça de Queirós, *A correspondência de Fradique Mendes*, ed. cit., p. 40.

cia de superado valor[58]. Por outro lado, as obras de Herculano e de Walter Scott, alguns volumes do *Panorama* e, naturalmente, o número do *Bardo* onde o tio Duarte publicara o seu romântico poema são as obras que inspiram a composição e a redacção da novela, muito embora o respeito que Gonçalo por elas nutre pareça estar condensado no gesto que faz de um dos volumes do romancista inglês a arma de arremesso contra o gato da cozinheira. Que importância atribuir, então, no conjunto das referências literárias que acompanham a gestação e a construção da novela, à estratégica e fugidia reaparição do romance de Flaubert? Uma coisa parece certa, sobretudo tendo em conta todos os *incipits* a que ele serviu de modelo: o romance histórico constituiu um desejo de que Eça de alguma forma se redimiu com o exemplo de Flaubert, deixando ao seu imaginário o prazer de ser habitado pela fórmula mágica em que, à força de ser repetida e pelo sortilégio do próprio ritmo, se transformou a frase de abertura da *Salammbô*.

Esta repetição, justamente, conduz-nos ainda a uma segunda observação que não é de todo alheia ao que afirmámos anteriormente quanto ao jogo intertextual presente n'*Os Maias*, particularmente quando procurámos nele encontrar as marcas de um amplo texto literário já impresso, a que cada um recorre para melhor se entender a si e ao mundo, ao mesmo tempo que, vivendo, o reproduz com maiores ou menores alterações. Só que aqui, n'*A Ilustre Casa de Ramires*, para além da vida, encena-se a escrita, processo relativamente ao qual nos interessa salientar um aspecto que de certo modo dá continuidade aos sentidos encontrados na história dos Maias, mas agora circunscritos ao campo específico da criação literária. Recorremos, para isso, a uma afirmação de Carlos Reis para quem o *incipit* de Flaubert, de que se serve Gonçalo como frase inaugural da sua novela, demonstra, "em primeira instância, a impossibilidade de uma escrita fundada no zero de

[58] É André Cavaleiro que informa Gonçalo acerca da reacção aos primeiros capítulos da novela: "– Lá encontrei também o Castanheiro... Entusiasmado com o teu romance. Parece que nem no Herculano, nem no Rebelo existe nada tão forte, como reconstrução histórica. O Castanheiro prefere mesmo o teu realismo épico ao do Flaubert, na *Salammbô*. Enfim, entusiasmado! E nós, está claro, ardendo por que apareça a sublime obra" (435).

uma absoluta ausência de memória literária"[59]. Mesmo que não tenha uma consciência muito nítida da repetição em que consiste o acto de escrever relativamente ao que já foi escrito, Gonçalo Mendes Ramires atribui àquela memória a forma particular do que a História regista e encontra uma saída airosa para a melindrosa questão do plágio:

> "Na realidade só lhe restava transpor as fórmulas fluidas do Romantismo de 1846 para a sua prosa tersa e máscula (como confessava o Castanheiro), de óptima cor arcaica, lembrando *O Bobo*. E era um plágio? Não! A quem, com mais seguro direito do que a ele, Ramires, pertencia a memória dos Ramires históricos? A ressurreição do velho Portugal, tão bela no *Castelo de Santa Ireneia*, não era obra individual do tio Duarte – mas dos Herculanos, dos Rebelos, das Academias, da erudição esparsa." (86)[60]

À cautela, porém, não deixará de fechar à chave, depois de cada sessão de trabalho[61], a fonte mais próxima da sua inspiração, tranquilizando-se sobre o facto pouco provável de algum contemporâneo conhecer "esse poemeto, e mesmo o *Bardo*, delgado semanário que perpassara, durante cinco meses, há cinquenta anos, numa vila de província" (86-7).

São então estes os dados sobre os quais se problematiza a originalidade de Gonçalo como escritor: com a *Salammbô*, Flaubert interfere nos contornos de "realismo épico" que ele pretende conferir à *Torre de D. Ramires*; Herculano e Walter Scott fornecem-lhe os parâmetros do género necessários à concretização do projecto; quanto ao

[59] Carlos Reis, "Escrita literária e posteridade cultural. Sobre a edição crítica das obras de Eça de Queirós" in *Estudos queirosianos. Ensaios sobre Eça de Queirós e a sua obra*, Lisboa, Presença, 1999, p. 182.

[60] No ensaio antes referido, Carlos Reis estabelece uma relação entre as reflexões de Gonçalo e a dimensão "quase traumática [que] para o próprio Eça" a questão do plágio adquiriu (cf. pp. 181-182).

[61] Cf. pp. 131-132: – "Rematou logo o capítulo. Estava esfalfado, à banca do trabalho desde as nove horas, a reviver intensamente, e em jejum, as energias magníficas dos seus fortes avós! Numerou as tiras – fechou na gaveta à chave o volume do *Bardo*."

poema do tio Duarte, oferece-lhe o tema, a acção que o desenvolve e a reconstrução histórica do tempo e do espaço que lhe serve de cenário. Enquanto isso, Eça inspira-se em Rebelo da Silva para construir a novela que atribui à sua personagem.

Na verdade, é a um texto de Rebelo da Silva que Eça de Queirós vai buscar muito do que compõe a história de Tructesindo Ramires, construindo deste modo e com base numa profunda ironia, como é óbvio, um estreito paralelo entre os dois autores que se encontram e confundem na escrita d'*A Torre de D. Ramires*: de um lado Gonçalo, reescrevendo o *Castelo de Santa Ireneia*, texto em verso que um irmão de sua mãe – que fora poeta de 1845 a 1850 – publicara no *Bardo*, havia já cinquenta anos; do outro o próprio Eça, retomando o *Ódio velho não cansa*, narrativa histórica que Rebelo da Silva publicara n'*O Panorama*, entre 1847 e 1853[62], a uma distância temporal muito próxima, portanto, da que separa o texto de Gonçalo do do tio Duarte. O velho historicismo romântico reaparece teimosamente em ambos os casos, dando origem a um texto comum onde a "prosa tersa e máscula" do(s) autor(es) deverá substituir o lirismo melancólico dos anos cinquenta e, para completar esta construção irónica, o nome de Rebelo da Silva é por duas vezes estrategicamente referido[63], embora as suas obras faltem na mesa de trabalho de Gonçalo.

Trata-se agora de demonstrar a legitimidade da relação estabelecida entre *Ódio velho não cansa* e *A Torre de D. Ramires*, novela histórica que Eça atribui ao protagonista d'*A Ilustre Casa de Ramires,* meio século mais tarde. Nesse sentido, começamos por referir a contextuali-

[62] Esta longa extensão de tempo explica-se pela interrupção sofrida na publicação da narrativa depois do cap. VI (IX na edição em livro) e posteriormente retomada a partir do início, assim como nas vicissitudes de publicação da própria revista (Cf. *O Panorama*, Vol. IX (publicado de 5 de Set. de 1846 a 25 de Dez. de 1852), Lisboa, 1852 e Vol. X (publicado de 1 de Jan. a 31 de Dez. de 1853), Lisboa, 1853).

[63] Antes mesmo de iniciar a redacção da novela, Gonçalo evoca Rebelo da Silva, como confirma o extracto citado no corpo do texto: repare-se como o plural utilizado concorre para diluir a individualidade do escritor no saber e na memória colectivos, que Gonçalo designa por "erudição esparsa". Já quase no final, o nome do escritor reaparece como termo de comparação e valorização do trabalho de Gonçalo (Cf. *supra*, Nota 58).

zação histórica, aspecto rigorosamente coincidente nos dois textos, que abrem ambos sobre a ameaça de instabilidade política após a morte de D. Sancho I: Rebelo da Silva constrói as primeiras cenas do seu romance sobre os últimos momentos de vida do rei e sobre a conversa de despedida havida entre este e D. Afonso, seu sucessor, na qual ficam esboçados os motivos das posteriores convulsões. É nelas, precisamente, que há-de tomar parte o remoto avô de Gonçalo, Tructesindo Ramires: preparando-se já para correr em auxílio das infantas, irmãs de D. Afonso, a história do velho Tructesindo tem início num momento posterior ao que dá início ao romance de Rebelo da Silva, mas os factos narrados para explicar a acção que se vai desenvolver, retomam com exactidão as circunstâncias da morte a que nos foi dado assistir no romance.

Depois dos dois primeiros capítulos escritos por Rebelo da Silva[64], o leitor prepara-se, naturalmente, para uma movimentada acção em torno da luta pelo poder – posto em causa pela partilha dos bens que o testamento de Sancho I determinava – e na qual, por consequência, os membros da família real ocupariam lugar de relevo. Surpreendentemente, porém, altera-se o rumo para que o início apontava, a acção esgota-se numa história de amores proibidos e tenebrosas vinganças, e D. Afonso reaparece apenas no final, como instrumento do castigo que cumpre dar aos vilões. No mesmo sentido corre a acção da novela de Gonçalo, onde a participação de Tructesindo Ramires nas "contendas de Afonso II e das senhoras infantas" (85) dá lugar à história de uma vingança igualmente tenebrosa que resulta de um amor igualmente proibido.

Como se estas coincidências não bastassem, as mesmas famílias protagonizam os eventos narrados em cada um dos textos, há mesmo personagens comuns que circulam entre um texto e outro, mas o sentido de humor de quem se esconde atrás de Gonçalo Mendes Ramires ocupa-se a alterar, não só a distribuição dos papéis, mas também os traços físicos que a memória associa a cada nome. É o caso do próprio

[64] Para o cotejo que agora levamos a cabo, servimo-nos de uma edição em livro: Luiz A. Rebelo da Silva, *Ódio vélho não cansa*, Pôrto, Editora Educação Nacional, 1937.

Tructesindo Ramires que, em *Ódio velho não cansa*, não é mais do que a presença secundária e fugidia de um jovem[65], mas apresentando já as qualidades de coragem, honra e lealdade que a novela de Gonçalo lhe há-de atribuir. Frei Múnio, pelo contrário, guarda apenas o nome através do intervalo de cinquenta anos, já que a importância da sua constante presença na narrativa romântica se transforma na figura cinzenta e muda que mal ornamenta os Paços de Santa Ireneia. Registem-se mais algumas coincidências no xadrez das forças em confronto: Rebelo da Silva divide, através de um ódio secular, os senhores do solar de Lanhoso, gente de Riba-Cávado, dos Viegas de Salzedas, de Riba--Douro; os primeiros, de quem Trutezindo é parente, são representados por Martim Pais da Ribeira e sua irmã, Maria Pais, a famosa Ribeirinha de D. Sancho I; dos segundos faz parte Gomes Lourenço, colaço e alferes do futuro D. Afonso II. Ora, a novela de Gonçalo dá continuidade a esta cruenta rivalidade, estando agora Lopo de Baião, conhecido por Bastardo, no campo oposto aos de Riba-Cávado (cf. 242), e em má hora tomado de amores por Violante Ramires, filha de Tructesindo e "nobre dona de Lanhoso"(198).

Não prolongaremos muito mais esta lista de sobreposições. Diga--se ainda, contudo, que em ambos os casos uma história de amor envolve os dois campos antagónicos, que esse amor é oferecido por uma das partes como solução do conflito entre as duas famílias – tal como o Bastardo pede a Tructesindo que lhe conceda a mão de Violante, também Gomes Lourenço pede em casamento D. Maria ao irmão desta, Martim Pais[66] – e que, também em ambos os casos, aquele

[65] Cf. o texto de Rebelo da Silva, na edição citada, p. 114: "– Ainda há cavaleiros moços que não são dêsses, D. Nuno – acudiu Martim Pais.– Olhai, aquêle mancebo à esquerda de D. Froylas? // – Não é Trutezindo Ramires? – preguntou o frade, resguardando a vista com a mão. // – De-certo. Com vinte anos (não os tem completos ainda) não há melhor lança nos cavaleiros de Lima e Cima-Cávado". A personagem reaparecerá nos caps. X e XI, não contrastando, do ponto de vista psicológico, com a imagem do velho Tructesindo d'*A Torre de D. Ramires*.

[66] Cf. Rebelo da Silva, p. 34: "– D. Martim – disse com melancolia e dignidade [Gomes Lourenço] – não venho fazer um repto. Peço-vos vossa irmã D. Maria em casamento, e acabemos com estas rixas que nos matam sem razão." A esta fala, correspondem as seguintes palavras do Bastardo, na novela de Eça de Queirós:

a quem o amor e a paz são recusados será ainda o objecto de uma feia e cruel vingança.

Há referências espaciais que se repetem, mas, ao nível dos cenários, a acção desloca-se do interior para o exterior. Ou seja: os conflitos que, no romance de Rebelo da Silva, decorrem em espaços fechados, primeiro no castelo de Gomes Lourenço, Honra de Avelãs[67], e depois no de Santa Olaia, dão lugar, na novela de Gonçalo, aos espaços abertos do vale de Canta-Pedra, onde se encontram em combate Lourenço Mendes Ramires e Lopo de Baião, dos pátios, do eirado e dos terrenos adjacentes à Honra de Santa Ireneia, onde Lourenço Ramires é assassinado, e, finalmente, do tenebroso pego das Bichas, onde se consuma a vingança infligida ao homem de Baião.

A enumeração dos eventos ocorridos em cada um destes cenários indicia já um traço fundamental do pretendido "realismo épico" que dá forma à narrativa feita por Gonçalo e para o qual concorre a referida deslocação de cenários. Com efeito, desta decorrem três importantes mudanças: uma delas tem a ver com a preponderância de cenas de movimento e de grupos, nas quais o rigor da descrição e do pormenor se combinam com o pitoresco e a cor local que o género exige[68]. Por outro lado, o sufocante e pesado ambiente pedido pela singular gravidade dos factos resulta da própria paisagem, evitando assim a introdução do sobrenatural e do mistério, que o Romantismo se comprazia a associar a velhas paredes, a subterrâneas abóbadas e a túmulos de que saíam vozes. São justamente estes os traços do principal cenário de

"– Senhor Tructesindo Ramires, nestas andas vos trago vosso filho [...]. E de Canta-Pedra caminhei com ele para vos pedir que entre nós findem estes homizios e estas feias brigas, que malbaratam sangue de bons cristãos... Senhor Tructesindo Ramires, como vós venho de reis. De Afonso de Portugal recebi a pranchada de cavaleiro. Toda a nobre raça de Baião se honra em mim... Consenti em me dar a mão de vossa filha D. Violante, que eu quero e que me quer, e mandai erguer a levadiça para que Lourenço ferido entre no seu solar e eu vos beije a mão de pai" (334-335).

[67] Como se sabe, este local é também referido, e por mais de uma vez, n'*A Torre de D. Ramires*.

[68] Entre os muitos exemplos que se oferecem, releia-se a cena, a pp. 255-256, dos preparativos para a corrida de Tructesindo sobre Montemor, na altura em que Lopo de Baião lhe traz o filho moribundo.

Ódio velho não cansa[69], enquanto os cavaleiros que correm em perseguição do Bastardo evoluem na desolação de um campo aberto:

> "Só restava pois o trilho do meio, pedregoso e esbarrancado como o leito enxuto duma torrente. E por ele, a um brado do Tructesindo, tropeou a cavalgada. Mas já o crepúsculo tristíssimo descia – e sempre o caminho se estirava, agreste, soturno, infindável, entre os cerros de urze e rocha, sem uma cabana, um muro, uma sebe, rasto de rês ou homem. Ao longe, mais ao longe, enfim, enxergaram a campina árida, coberta de solidão e penumbra, dilatada na sua mudez até a um céu remoto, onde já se apagava uma derradeira tira de poente cor de cobre e cor de sangue. Então Tructesindo deteve a abalada[,] rente de espinheiros que se torciam nas lufadas mais rijas do suão [...]." (360-1)

Finalmente, o terror e outras emoções fortes, que no texto romântico são conseguidos pela sugestão desses mundos invisíveis para o homem e por ele incontrolados, mas também por um jogo de sentimentos em que a todo o momento reaparecem delírios de paixão e ódio, irremediáveis dores e segredos inconfessáveis, fundos remorsos e desabrida raiva, esse terror, como dizíamos, resulta agora, no relato do feito de Tructesindo Ramires, de acções puramente exteriores e do poder da palavra que as descreve. A lenta morte a que é sujeito Lopo de Baião no pego das Bichas é a justa imagem da barbaridade e da violência expostas à minúcia do olhar:

---

[69] Cf., por exemplo, uma das primeiras cenas passadas no castelo de Santa Olaia, de que não resistimos a transcrever o seguinte extracto: "– Jesus! – bradou o frade, branco como o pilar de pedra a que se encostava. // Ou fôsse acaso ou fôsse mistério, o guante ferrado de uma armadura preta desprendeu-se e veio bater nas lágeas, aos pés de D. Martim. O cavaleiro estremeceu, mudando de côr; [...] // Entretanto, vencendo as comoções interiores, com aparência tranquila, virou-se para o frade, dizendo: // – Pelo que vejo, os mortos acordam aqui! Temos um duelo com Satanaz! // – Martim Pais – gritou uma voz que parecia sair do fundo do sepulcro de Moço Ansures; – aceito o repto! De hoje a três dias, à hora da meia-noite, responderás perante Deus. Prepara-te! // D. Nuno, dobrando-se-lhe os joelhos de terror, quási caíu de bruços; a D. Martim acontecia-lhe o mesmo, se não se encostasse à campa do conde Ordonho. Frei Múnio, trémulo e perturbado, exclamou, estendendo o braço: // – Estás satisfeito. O inferno emprazou-te. Breve será o dia de juízo" (pp. 78-79).

"O ventre já desaparecia sob uma camada viscosa e negra, que latejava, reluzia na humidade morna do sangue. Uma fila sugava a cinta, encovada pela ânsia, donde sangue se esfiava, numa franja lenta. O denso pêlo ruivo do peito, como a espessura duma selva, detivera muitas, que ondulavam, com um rasto de lodo. [...] As mais fartas, já inchadas, mais reluzentes, despegavam, tombavam molemente: mas logo outras, famintas, se aferravam. [...] O Bastardo morria. Entre os nós das cordas ensanguentadas todo ele era uma ascorosa aventesma escarlate e negra com as viscosas pastas de bichas que o cobriam [...]. Estava morto. Dentro das cordas que o arroxeavam, o corpo escorregava, engelhado, chupado, esvaziado. O sangue já não manava, havia coalhado em postas escuras, onde algumas bichas teimavam latejando, reluzindo." (425-7)[70]

O texto citado é suficientemente eloquente como demonstração do que se pretende defender quanto a um dos aspectos que separa o romance de Rebelo da Silva da novela de Eça. E porque as tradicionais sentimentalidades dão lugar a uma história de movimento e acção, é que Gonçalo, ao informar a irmã do projecto literário que então o entusiasma e ocupa, lhe afirma que nele "Não há amores, tudo guerras"(164-5), esquecendo-se de que, na verdade, é uma história de amor,

[70] Entre outros aspectos que poderiam servir de base a uma análise comparativa entre a novela queirosiana e a *Salammbô*, análise que encontraria a sua justificação no "realismo épico, à maneira de Flaubert", que Gonçalo almeja e o Castanheiro reconhece, vale a pena referir, justamente, a violência e a barbaridade de comportamentos e acções. A presença destes traços no romance de Flaubert foi, aliás, objecto de atenção por parte de Lukacs, para quem "Avec Flaubert commence une évolution où l'inhumanité du sujet et de sa présentation, l'atrocité et la brutalité deviennent des fins en soi" (Georges Lukacs, *Le roman historique*, Payot & Rivages, 2000, p. 216). Não sendo esse o nosso objectivo neste trabalho, não queremos, ainda assim, deixar de assinalar o paralelismo que julgamos existir entre a morte do Bastardo e a de Mâtho, chefe dos mercenários em revolta contra Cartago: este paralelismo reside, não nos meios escolhidos, mas no facto de, em ambos os casos, se tratar de um só homem a suportar o ódio e o desprezo de todo um grupo, que lhe inflige uma morte lenta e humilhante. As acções deste homem, acrescente-se ainda, foram em grande parte conduzidas pela paixão impossível que votou à filha do comandante da facção inimiga.

"aquele teimoso amor do Bastardo por Violante Ramires que arrastara a tantos homizios e furores" (426), a dar origem aos cruentos eventos relatados.

O breve cotejo a que se procedeu leva-nos a questionar o tipo de relação que entre si mantêm os dois textos. Que se trata de uma das possíveis ocorrências do que Genette designa por *transtextualidade* é tão óbvio, quanto abrangente é o alcance de tal conceito. E, já não tão óbvia mas apenas ponderável, parece-nos ser a hipótese de se tratar de uma relação de *hipertextualidade* – ainda dentro do quadro conceptual e terminológico de Genette – aquela que liga a novela de Eça, que poderemos então designar por *hipertexto*, ao romance de Rebelo da Silva que, consequentemente, funciona como *hipotexto*. O que equivale a considerar que *A Torre de D. Ramires* deriva de *Ódio velho não cansa*, segundo um processo que Genette explicita do seguinte modo: designando por A o texto primeiro (neste caso, o de Rebelo da Silva) e por B o texto que dele deriva (no caso, a curta novela histórica que Eça integra n'*A Ilustre Casa de Ramires*), "B ne parle nullement de A, mais ne pourrait cependant exister tel quel sans A, don't il résulte au terme d'une opération que je qualifierai [...] de *transformation*, et qu'en conséquence il évoque plus ou moins manifestement, sans nécessairement parler de lui et le citer"[71]. Prosseguindo no esquema lógico desenvolvido por Genette, segundo o qual esta operação transformativa se divide em duas outras que designa por *imitação* e *transformação* propriamente dita, julgamos legítimo fazer caber dentro desta última o processo criativo que conduz à *Torre de D. Ramires*, uma vez que Eça não se apropria do estilo ou da "maneira" de Rebelo da Silva para contar uma outra história, mas de um esquema de acção e de relação entre personagens, a que imprime um estilo inteiramente diferente[72].

---

[71] Gérard Genette, *op. cit.*, p. 13.

[72] Servindo-se da *Eneida* e de *Ulisses*, de James Joyce, como exemplos de uma "operação transformativa" a partir da *Odisseia*, esclarece Genette "qu'il ne s'agit pas dans les deux cas du même type de transformation. La transformation qui conduit de l'*Odyssée* à *Ulysse* peut être décrite (très grossièrement) comme une transformation *simple*, ou *directe*: celle qui consiste à transposer l'action de l'*Odyssée* dans le Dublin du XXe siècle. La transformation qui conduit de la même *Odyssée* à l'*Énéide* est plus complexe et plus indirecte, malgré les apparences [...], car Virgile ne transpose pas,

Será que tudo isto nos abre o caminho para considerar que se trata de uma *paródia* a relação que une os dois textos que agora nos ocupam? A este conceito subtrai Genette, como é sabido, a intenção satírica que tradicionalmente lhe é associada, mas, por outro lado, numa preocupação de rigor e de clareza terminológicos ou, conforme a expressão de que se serve, de "nettoyage de la situation verbale", confere-lhe um alcance a tal ponto restrito, que se torna difícil fazer coincidir o conceito com a matéria agora em causa. Mas o nosso objectivo não tem que ver com preocupações de ordem taxionómica, nem com o desejo de reduzir, a todo o custo, o texto concreto em análise a qualquer das categorias previstas por uma construção conceptual. Deste modo, limitamo-nos a retirar de Genette a noção de que um regime meramente lúdico substitui, na paródia, a agressividade com que a sátira geralmente se relaciona com o objecto que toma por alvo, mas, ainda assim, afigura-se muito discutível a hipótese de ser uma relação paródica que une o texto de Eça ao de Rebelo da Silva. É que, sejam elas mais amplas, ou mais restritivas, as diversas definições do conceito de paródia[73] associam-na a um efeito cómico, normalmente conseguido a partir da desvalorização mais ou menos acentuada do objecto, resultando esta, por sua vez, de uma descontextualização formal ou semântica, ou então de uma "mise à nu du procédé", isto é, de uma ostentação

d'Ogygie à Carthage et d'Ithaque au Latium, l'action de l'*Odyssée*: il raconte une tout autre histoire (les aventures d'Énée, et non plus d'Ulysse), mais en s'inspirant pour le faire du type (générique, c'est-à-dire à la fois formel et thématique) établi par Homère dans l'*Odyssée* [...], ou, comme on l'a bien dit pendant des siècles, en *imitant* Homère". E, mais adiante, reforçando de um modo esquemático esta distinção: "Joyce en extrait un schéma d'action et de relation entre personnages, qu'il traite dans un tout autre style, Virgile en extrait un certain style, qu'il applique à une autre action. Ou plus brutalement: Joyce raconte l'histoire d'Ulysse d'une autre manière qu'Homère, Virgile raconte l'histoire d'Énée à la manière d'Homère; transformations symétriques et inverses" (*Op. cit.*, pp. 14 e 15).

[73] Cf., a este propósito, Daniel Sangsue, *La parodie*, Paris, Hachette, 1994. Neste volume, Daniel Sangsue aponta os aspectos mais relevantes que diversos momentos – desde a Antiguidade até ao século XX – e diferentes perspectivas teóricas – do Formalismo russo a Genette, passando por Bakhtine e por alguns teorizadores da área anglo-saxónica – têm seleccionado para definir o conceito de *paródia*.

caricatural dos processos de realização que o produto final deve, em princípio, ocultar.

Há, contudo, um aspecto da relação parodística que nos interessa aqui convocar. Através das variações que a definição do conceito foi conhecendo, a sua natureza ambivalente permanece na presença simultânea de contrários, que fazem da paródia um acto de contraste, de ruptura, de contestação ao objecto parodiado, mas também de valorização, ainda que de uma forma indirecta ou enviesada, do modelo que se imita e ao qual se dá, por isso, continuidade. Ora, se a natureza paradoxal desta relação não pode, com fundamento, ser aplicada à que se verifica entre a novela contida n'*A Ilustre Casa* e o texto concreto de Rebelo da Silva, poderá, por tudo quanto atrás já foi enunciado, definir a relação que Eça sempre manteve com o romance histórico, relação que talvez o tenha levado a ensaiar, dissimuladamente, uma renovação de que o processo paródico não é isento[74]. E, de facto, como julgamos ter ficado demonstrado na breve comparação entre os dois textos, Eça trabalha uma temática que recupera do velho Romantismo, libertando--a dos estereótipos em que aquele a tinha fixado.

O desvio que nos levou do texto queirosiano até ao conceito de paródia leva-nos também a uma última e breve observação que selecciona neste conceito um dos sentidos que lhe é próprio e no qual se traduz uma aguda consciência da inevitável repetição a que a criação artística se encontra condenada. Mais do que a "impossibilidade de uma escrita fundada no zero de uma absoluta ausência de memória literária", o exercício a que Eça se entrega, ao escrever *A Torre de D. Ramires* tendo como referência tão próxima o romance de Rebelo da Silva, constitui a encenação irónica das interrogações com que

[74] O "Formalismo russo", assim como a poética bakhtiniana, foram sensíveis ao importante papel da paródia na renovação e, por conseguinte, na evolução das formas estéticas. Este aspecto é justamente sublinhado por Daniel Sangsue nas pp. 31--47 da obra atrás citada. Sobre um texto de Tynianov, nomeadamente, intitulado "Destruction, parodie", Daniel Sangsue comenta o seguinte: – "Pour Iouri Tynianov, la parodie constitue un facteur essentiel de l'évolution ou de la 'filiation' littéraire, qu'il considère non comme une relation linéaire, mais comme un rapport de belligérance entre les oeuvres, supposant 'avant tout combat, *destruction* de l'ensemble ancien et nouvelle construction des anciens éléments'" (p. 32).

Maupassant se defrontava, no mesmo fim de século: – "Après tant de maîtres aux natures si variées, au génie si multiple, que reste-t-il à faire qui n'ait été fait, que reste-t-il à dire qui n'ait été dit? Qui peut se vanter, parmi nous, d'avoir écrit une page, une phrase qui ne se trouve déjà, à peu près pareille, quelque part"[75]. E assim, encenando a escrita nos seus contornos mais ou menos difíceis e ambíguos, Gonçalo Mendes Ramires procede, afinal, a uma reescrita, através da qual a literatura questiona o grau de originalidade e os limites do "novo" que o tempo e a memória lhe permitem.

Mas voltemos, justamente, a Gonçalo: por mais de uma vez, há-de ele pôr em causa o valor do seu texto, a partir da dificuldade, se não mesmo da inexequibilidade, de chegar à verdade daqueles "seus avós, enormes, ressoantes, chapeados de ferro, e mais vagos que fumos" (91). E nem sequer o tranquiliza a ideia de que, sendo incapaz de recuperar a realidade psicológica das figuras que ressuscita no papel, poderá, pelo menos, fazer aquilo a que Fradique Mendes chamava "quadros de natureza morta. [...] o pitoresco pelo pitoresco – fórmula atroz da literatura!"[76]. Na verdade, embora este declare que "A ciência arqueológica tem avançado tanto que todas [as] minudências da vida exterior estão hoje explicadas em livros e enumeradas por ordem alfabética, com gravuras ao lado"[77], nem a reconstrução factual parece garantir o rigor de que Gonçalo faz depender o valor da sua empresa: – "E depois[,] nem o consolava a certeza de construir obra forte. Esses Tructesindos, esses Bastardos, esses Castros, esses *Sabedores*, eram realmente varões afonsinos, de sólida substância histórica?... Talvez apenas ocos títeres, mal engonçados em erradas armaduras, povoando inverídicos arraiais e castelos, sem um gesto ou dizer que datassem das velhas idades!" (363).

Nas dúvidas de Gonçalo ecoam, pois, as de Fradique e decerto as do próprio Eça. Se, na carta já citada ao conde de Ficalho, Eça fazia anteceder de um pronome possessivo, na primeira pessoa, a Jerusalém

[75] Guy de Maupassant, "Le roman" in *Pierre et Jean*, Paris, Gallimard, 1982, p. 56.

[76] Eça de Queirós, "A....." in *Cartas inéditas de Fradique Mendes e mais páginas esquecidas*, ed. cit., p. 71.

[77] Idem, *ibidem*, pp. 71-72.

que então reconstruía para a Relíquia, "porque ela realmente me pertence, sendo, apesar de todos os estudos, obra da minha imaginação"[78], há-de afirmar também a Alberto de Oliveira, anos mais tarde, que "O dever dos homens de inteligência, num país abatido, tem de ser mais largo do que reconstruir em papel o castelo de Lanhoso"[79]. Quanto a Gonçalo Mendes Ramires, sabemos que cede à sugestão do Castanheiro mais por necessidade pessoal do que por estar convencido da eficácia do intento no ressurgimento do sentimento nacional, ou sequer da importância deste no movimento geral do país. E, quando acaba de escrever a novela, não é sem melancolia que volta a pôr em causa a verdade da reconstrução "desses avós bravios... [receando] que sob desconsertadas armaduras, de pouca exactidão arqueológica, apenas se esfumassem incertas almas de nenhuma realidade histórica!..." (429). Apesar das dúvidas partilhadas, ambos os autores reunidos num só levaram a cabo com sucesso o exercício de "condensar em contornos robustos" (127), como convinha depois de Flaubert ter publicado a *Salammbô*, uma história a que o Romantismo dera o tom. Desta forma, a personagem cumpriu a tarefa a que fora arrastada pela necessidade, permitindo ao Autor que exorcizasse a culpa de um velho desejo.

4 – *Ambula... et lege*

Procuraremos agora responder, se é que é possível, à dúvida que a última imagem da Biblioteca do 202 nos sugeriu e que deixámos registada no final do capítulo consagrado ao livro propriamente dito: perguntámo-nos então se o romance pretendia anunciar o fim do livro, e com ele o seu próprio fim, através da desoladora imagem de uma "Biblioteca, onde os trinta mil volumes, nobremente enfileirados como doutores num concílio pareciam assim separados do Mundo, por aquele

[78] E prossegue logo a seguir, na mesma carta: – "Debalde, amigo, se consultam in-fólios, mármores de museus, estampas, e coisas em línguas mortas: a História será sempre uma grande Fantasia" ("Carta ao conde de Ficalho, 15/Jun./1885", *loc. cit.*, p. 265).

[79] Eça de Queirós, "Carta a Alberto de Oliveira, 6/Ag./1894" in *Correspondência*, ed. cit., 2º vol., p. 327.

pano que sobre eles descera, depois de finda a comédia da sua força e da sua autoridade" (240). Contra esta suposição, contudo, ergue-se um dado que participa da dualidade presente desde o título do romance e sobre a qual as ocorrências e os comportamentos parecem arrumar-se num antes e num depois, situando-se a linha divisória na viagem da Cidade para as Serras: numa relação inversa ao número de livros de que dispõe num e noutro lado, Jacinto não lê em Paris, passando a ler em Tormes.

O primeiro destes dois momentos tem raízes na época em que Jacinto, com o entusiasmo e as certezas da juventude, começa a pôr em prática o princípio de que "a felicidade dos indivíduos, como a das nações, se realiza pelo ilimitado desenvolvimento da Mecânica e da Erudição. [...] E já a esse tempo", segundo testemunho de Zé Fernandes, "em concordância com o seu preceito – ele se sortira da 'Pequena Enciclopédia dos Conhecimentos Universais' em setenta e cinco volumes e instalara, sobre os telhados do 202, num mirante envidraçado, um telescópio" (17). Se Jacinto leu alguma página desses setenta e cinco volumes, fica por esclarecer. Mas quando Zé Fernandes regressa a Paris, anos depois, verifica que o amigo se mantém fiel ao seu próprio conceito de felicidade e que a tenaz acumulação de conhecimento resultara nessa espantosa e tentacular Biblioteca do 202. À monumentalidade desta já nos referimos, assim como à sua natureza transbordante, que Zé Fernandes atribui à influência despótica do hábito ou à cega obediência ao conceito. Quanto à leitura, ela não passa, na maior parte do tempo, de uma intenção rapidamente abandonada, com excepção do período em que procura no *Ecclesiastes* e em Schopenhauer "a reconfortante comprovação de que o seu mal não era mesquinhamente 'jacíntico' – mas grandiosamente resultante de uma Lei Universal" (104).

Este "mal" consiste na "densa névoa de tédio" (80) que sufoca Jacinto, sendo a sua expressão mais evidente uma completa indiferença, uma teimosa imobilidade, os arrastados bocejos e o ar de persistente saciedade que Grilo, quando consultado por Zé Fernandes, não hesita em explicar do seguinte modo: "– Sua Excelência sofre de fartura" (81). O diagnóstico assim traçado pelo velho criado tem um sentido generalizante que abrange todos os aspectos da vida do amo, desde as águas que, apesar de Jacinto confessar a sua sede[80], ocupam todo um aparador da sala de jantar – "águas oxigenadas, águas carbonatadas, águas fosfatadas, águas esterilizadas, águas de sais, outras ainda, em garrafas bojudas, com tratados terapêuticos impressos em rótulos" (34) –, até aos livros que por sistema rejeita, "sem lhes provar a substância, já absolutamente saciado, abarrotado, nauseado pela opressão da sua abundância" (112). E será o próprio Jacinto, já nas Serras, a confirmar a pertinência do julgamento de Grilo, cabendo-lhe a ele, desta vez, fazer participar da mesma explicação os livros e as escovas do cabelo:

> "– [...] Agora, Zé Fernandes, estou saboreando esta delícia de me erguer pela manhã, e de ter só uma escova para alisar o cabelo.
>
> Considerei, cheio de recordações, o meu amigo:
>
> – Tinhas umas nove.
>
> – Nove? Tinha vinte! Talvez trinta! E era uma atrapalhação, não me bastavam!... Nunca em Paris andei bem penteado. Assim com os meus setenta mil volumes: eram tantos que nunca li nenhum." (158)

Parece, pois, ser no excesso dos livros que reside a causa da indiferença que provocam, concorrendo também eles para essa doença de "fartura" que o sábio Grilo diagnostica no amo e que Zé Fernandes por mais de uma vez surpreende durante a estadia no 202, ao observar o amigo "vagueando através da Biblioteca entre os seus trinta mil volumes, com arrastados bocejos de inércia e de vacuidade" (79) ou "espalhando o olhar desalentado sobre o saber imenso dos trinta mil livros" (100) que "tão espessamente o oprimiam" (82):

> "O Príncipe da Grã-Ventura, então, decidiu recolher para a cama – com um livro... [...] Torcendo molemente o bigode caminhou por fim para a região dos Historiadores: espreitou séculos, farejou raças [...]. Mas bruscamente virou para a fila dos Poetas [...]. Não lhe apeteceu

---

[80] Cf. p. 34: " – [...] É por causa das águas da Cidade, contaminadas, atulhadas de micróbios... Mas ainda não encontrei uma boa água que me convenha, que me satisfaça... Até sofro sede".

nenhuma dessas seis mil almas – e recuou, desconsolado, até aos Biólogos... Tão maciça e cerrada era a estante de Biologia, que o meu pobre Jacinto estarreceu [...] e, fugindo, trepou até às alturas da Astronomia: destacou astros, recolocou mundos: todo um Sistema Solar desabou com fragor. [...] Apanhava, folheava, arremessava: [...] e relanceando uma linha, esgravatando além num índice, todos interrogava, de todos se desinteressava, rolando quase de rastos, nas grossas vagas de tomos que rolavam, sem se poder deter, na ânsia de encontrar um Livro!" (111-2)

Neste injusto confronto entre forças tão desiguais é Jacinto quem perde, impotente para singularizar uma referência que seja na massa compacta da informação contida nos milhares de livros e materializando, desse modo, o lugar-comum do feiticeiro vencido pelo próprio feitiço. O que o aproxima de dois outros heróis que não teriam, decerto, ficado indiferentes à sua teoria sobre a conquista da felicidade: falamos de Bouvard e Pécuchet, os dois heróis de que Flaubert se serviu para questionar, entre outras coisas, a natureza relativa e fragmentária do conhecimento.

Como se sabe, a história deste par de amigos, a partir do momento em que se retiram para uma pacata vila de província, constitui como que a encenação de uma enciclopédia, onde diferentes campos do saber e diferentes teorias e sistemas se sucedem de acordo com os interesses que vão mobilizando a atenção das duas personagens: Agricultura, Química, Anatomia, Fisiologia, Geologia, Arqueologia e História, Literatura, Política, Ginástica, Magnetismo, Espiritismo e Filosofia, Religião e Educação. Esta curiosidade científica começa por ser determinada por empreendimentos práticos, resulta muitas vezes da cadeia segundo a qual a compreensão de uma noção exige o conhecimento prévio de uma outra e, outras vezes ainda, de pesquisa em pesquisa, "[leur] besoin de vérité devenait une soif ardente"[81]. Esta verdade, porém, nunca chega a ser alcançada: por uma inadequada aplicação à prática das teorias ensinadas pelos livros, cada empreendimento conduz a um fracasso e, consequentemente, à sua substituição por um outro que seguirá o mesmo caminho; além disso, sistemas, teorias e

---

[81] Gustave Flaubert, *Bouvard et Pécuchet*, Paris, Pocket, 1999, p. 249.

explicações contradizem-se e mutuamente se anulam[82], impedindo uma síntese coerente do saber que, por outro lado, é incapaz de fixar em verdades absolutas e definitivas a complexidade, tão vária quanto instável, do real:

> "– La vitesse de la lumière est de quatre-vingt mille lieues dans une seconde. Un rayon de la Voie lactée met six siècles à nous parvenir – si bien qu'une étoile, quand on l'observe, peut avoir disparu. Plusieurs sont intermittentes, d'autres ne reviennent jamais; – et elles changent de position; tout s'agite, tout passe.
>
> – Cependant, le Soleil est immobile?
>
> – On le croyait autrefois. Mais les savants aujourd'hui, annoncent qu'il se précipite vers la constellation d'Hercule!
>
> Cela dérangeait les idées de Bouvard – et après une minute de réfléxion:
>
> – La science est faite, suivant les données fournies par un coin de l'étendue. Peut-être ne convient-elle pas à tout le reste qu'on ignore, qui est beaucoup plus grand, et qu'on ne peut découvrir."[83]

Também Zé Fernandes, sob o céu de Tormes e perante a imensidade de "uma criação, que incessantemente nasce, perece, renasce" (146),

---

[82] As incertezas e contradições da ciência manifestam-se nos diversos campos do conhecimento e da reflexão. Tome-se como exemplo o seguinte passo, relativo ao período em que as personagens se ocupam de Agricultura: – "Ils se consultaient mutuellement, ouvraient un livre, passaient à un autre, puis ne savaient que résoudre devant la divergence des opinions. // Ainsi, pour la marne, Puvis la recommande; le manuel Roret la combat. // Quant au plâtre, malgré l'exemple de Franklin, Rieffel et M. Rigaud n'en paraissent pas enthousiasmés. // Les jachères, selon Bouvard, étaient un préjugé gothique. Cependant, Leclerc note les cas où elles sont presque indispensables.[...]". E o mesmo sucede, quando chega a vez da Gramática: – "Les grammariens, il est vrai, sont en désaccord; ceux-ci voyant une beauté, où ceux-là découvrent une faute. Ils admettent des principes dont ils repoussent les conséquences, proclament les conséquences dont ils refusent les principes, s'appuient sur la tradition, rejettent les maîtres, et ont des raffinements bizarres. [...] // Littré leur porta un coup de grâce en affirmant que jamais il n'y eut d'orthographe positive, et qu'il ne saurait y en avoir. // Ils en conclurent que la syntaxe est une fantaisie et la grammaire une illusion." (pp. 51 e 167, respectivamente, da edição antes citada).

[83] *Op. cit.*, p. 96.

há-de tomar como "única certeza talvez certa" aquela que Descartes condensou na famosa fórmula de *Penso, logo existo*. E depois de alguns dias nas Serras, o próprio Jacinto reforçará a fragilidade da certeza que o amigo apenas presume, ao falar dos "gozos que nunca se realizam, [das] certezas que nunca se atingem" (162) e situando na cidade a vã perseguição de uns e de outras.

Ao contrário do que ocorre com Bouvard e Pécuchet, a quem uma herança recebida pelo primeiro faculta o tempo, a tranquilidade e o dinheiro suficientes para se abandonarem à "colecção" dos saberes, é enquanto vive na Cidade que Jacinto experimenta um desejo idêntico, nascido da receita encontrada na juventude para a conquista da felicidade. Dois aspectos, contudo, marcam uma diferença no movimento febril de que participam os três heróis e que, no caso do português, Zé Fernandes define como uma acumulação de "todas as noções adquiridas desde Aristóteles" (16).

O primeiro aspecto tem que ver com os livros que, como objectos, não estão presentes de igual modo em ambos os casos: se com Bouvard e Pécuchet os livros desaparecem de cena, uma vez cumprida a sua missão como veículos de um saber que as personagens julgam indispensável à concretização de um projecto ou à compreensão de um fenómeno, em casa de Jacinto a presença dos livros é constantemente recordada. Cabe-lhes a eles, portanto, e não aos conteúdos que encerram, traduzir a catadupa de informação que invade o 202 e que, começando por aparecer rigorosamente ordenada na Biblioteca, se fragmenta depois anarquicamente por locais tão inesperados como a cama de Zé Fernandes ou a entrada do *Water-Closet*.

Com efeito, recorde-se que quando aquele se instala no 202, depois de uma ausência de sete anos, os livros se circunscrevem fundamentalmente ao espaço da Biblioteca, onde os mais de trinta mil volumes – com excepção dos recém-chegados que aguardam a correcta colocação – se enfileiram disciplinadamente nas estantes, disfarçando sob essa disciplina as hostis contradições que os separam[84]. E embora

[84] Tenha-se em vista o exemplo da Filosofia: – "Depois avistei os Filósofos e os seus comentadores, que revestiam toda uma parede, desde as escolas pré-socráticas até às escolas neopessimistas. Naquelas pranchas se acastelavam mais de dois mil sistemas – e que todos se contradiziam" (29).

intimidante, o saber assim concentrado na imensa Biblioteca aparece como um todo organizado. É, porém, temporária esta aparente sujeição da informação ao poder de análise e de sistematização do mais esforçado leitor: "governado pelo despotismo do hábito" (72), segundo Zé Fernandes, Jacinto entrega-se compulsivamente ao armazenamento da "Erudição", acabando por anular os limites da Biblioteca que assim se dilui nos livros espalhados, sem ordem nem medida, por todo o 202:

> "Não se abria um armário sem que de dentro se despenhasse, desamparada, uma pilha de livros! Não se franzia uma cortina sem que de trás surgisse, hirta, uma ruma de livros! E imensa foi a minha indignação quando uma manhã, correndo urgentemente, de mãos nas alças, encontrei, vedada por uma tremenda colecção de Estudos Sociais, a porta do Water-Closet!" (73)

Esta disseminação dos livros por todo o espaço da casa, com o consequente apagamento do conceito de organização que a Biblioteca pressupunha, constitui, em nosso entender, uma encenação do fracasso a que está votada a perseverante actividade das personagens de Flaubert, fracasso que nas palavras de Joëlle Gleize se resume do seguinte modo: – "Au lieu de l'encyclopédie à forte cohérence idéologique qu'ils recherchent [...], ils ne parviennent qu'à trouver et rejeter aussitôt des fragments disparates don't ils ne peuvent établir la cohésion"[85]. E reforça, um pouco mais abaixo: – "Dans leur quête d'une vérité enfin universelle et définitive, Bouvard et Pécuchet, qui rejettent comme 'blague' les vérités relatives et partielles qu'ils rencontrent, incarnent la caricature d'une telle unité, la dérision voire l'impossibilité de l'entreprise de Larousse, et de toute totalisation des savoirs"[86].

Ao apontar a causa da ignorância do amigo em Astronomia, dispersa pelos trezentos e oito tratados da Biblioteca do 202, a versão de Zé Fernandes há-de sublinhar também a quimérica totalização dos saberes que faz do Saber "um monte que nunca se transpõe nem se

---

[85] Joëlle Gleize, *Le double miroir. Le livre dans les livres de Stendhal à Proust*, Paris, Hachette, 1992, p. 171.

[86] Idem, *ibidem*.

desbasta" (145). E consciente disso – talvez porque já lhe falta a ingenuidade dos dois franceses, embora necessite da segurança que retira do único princípio de que fez depender a sua forma de estar na vida –, Jacinto persiste teimosamente em coleccionar os livros, mas sem força nem vontade para os ler.

Nas Serras, despojado do excesso de Civilização e de livros, Jacinto entrega-se finalmente ao prazer de ler, ao mesmo tempo que a enciclopédia configurada na Biblioteca parisiense dá lugar a uma selecção ou antologia, contida nas prateleiras onde "esperavam, espalhados, como *os primeiros* doutores nas bancadas de um concílio, alguns nobres livros, um Plutarco, um Virgílio, a 'Odisseia', o Manual de Epicteto, as Crónicas de Froissart" (154; itálico nosso). Não nos importa agora congeminar sobre o futuro que, insidiosamente, Zé Fernandes deixa em aberto, ao associar o ordinal à imagem que os livros, em Paris, já lhe haviam sugerido, mas apenas sublinhar o reduzido número de volumes que então se encontram "espalhados" e alheios, portanto, a qualquer tentativa de sistematização. É justamente aquela redução e, sobretudo, a selecção que ela implica, que nos faz recordar a figura de uma outra personagem cuja história, tal como a de Jacinto e no mesmo fim-de-século, se cruza com a do livro: referimo-nos a des Esseintes, herói do romance de Joris-Karl Huysmans, *À rebours*.

Não é obviamente a primeira vez que se faz uma aproximação de Jacinto a des Esseintes[87]. E o traço comum particularmente invocado é o gosto ou necessidade do artifício conseguido pela intervenção do homem, com a consequente desvalorização de tudo quanto é natural: Jacinto rodeia-se das mais recentes e sofisticadas conquistas da técnica, convencido de que a felicidade exige a superação dos limites da Natureza hostil e primitiva; por seu lado, des Esseintes faz do artifício uma estratégia ao serviço do seu horror à vulgaridade e ao banal. Apesar da diferença entre as motivações de um e de outro, o resultado vem a ser, contudo, muito semelhante. Para o comprovar, basta recordar um

---

[87] Cf., nomeadamente, Alexandre Pinheiro Torres, "Incidências huysmanianas n'*A Cidade e as Serras* de Eça de Queirós" in *Eça e "Os Maias"*, Porto, Asa, 1990, pp. 297-302.

pequeno e aparentemente insignificante pormenor, que tem a ver com a *toilette* de Jacinto e com as flores por que des Esseintes nutre uma funda paixão em que não deixa de interferir, porém, o seu repúdio da banalidade: – "autrefois, à Paris, son penchant naturel vers l'artifice l'avait conduit à délaisser la véritable fleur pour son image fidèlement exécutée, grâce aux miracles des caoutchoucs et des fils, des percalines et des taffetas, des papiers et des velours".[88] Mas no seu retiro de Fontenay, levando até aos limites aquela "tendência natural", "Après les fleurs factices singeant les véritables fleurs, il voulait des fleurs naturelles imitant des fleurs fausses".[89] Recorde-se agora que Jacinto "usava sempre ao peito uma flor, não natural, mas composta destramente pela sua ramalheteira com pétalas de flores dessemelhantes, cravo, azálea, orquídea ou tulipa, fundidas na mesma haste entre uma leve folhagem de funcho" (22).

Mas o que aqui nos interessa são os livros e não as flores, reconhecendo à partida que não é linear a relação que, a este propósito, pretendemos estabelecer entre as duas personagens. Em primeiro lugar, porque quando o livro retoma junto da personagem queirosiana o lugar que lhe compete, ou seja, quando se torna efectivamente num objecto de leitura, Jacinto vive o período de reconciliação com a vida e é alvo de um processo terapêutico de que a leitura e o seu instrumento participam; já quanto a des Esseintes, pelo contrário, o livro aparece intimamente associado à nevrose que o atormenta e que o isolamento de Fontenay, nos arredores de Paris, faz perigosamente aumentar. É esse isolamento, aliás, que a literatura ajuda a construir, servindo como fuga à realidade ou até mesmo como seu substituto, e nesse sentido trabalha o poder imaginativo do leitor, a memória de outras leituras, mas também o poder encantatório da palavra: – "Ne pouvant plus s'enivrer à nouveau des magies du style, s'énerver sur le délicieux sortilège de l'épithète rare qui, tout en demeurant précise, ouvre cependant à l'imagination des initiés, des au-delà sans fin, il se résolut [...] à se procurer des fleurs précieuses de serre [...] et il espérait aussi que la vue de leurs étranges et splendides nuances le dédommagerait un peu des chiméri-

[88] J.-K. Huysmans, *À rebours*, Paris, Pocket, 1999, p. 129.
[89] Idem, *ibidem*, p. 130.

ques et réelles couleurs du style que sa diète littéraire allait lui faire momentanément oublier ou perdre"[90]. É de notar ainda que o prazer do esteta que na citação feita está presente, é conseguido, não apenas a partir do texto, mas também do objecto que é o livro, através de edições raras ou, no caso de obras de literatura contemporânea, de edições únicas e, portanto, diferentes daquelas a que o público em geral tem acesso. O que nos permite assinalar um último aspecto em relação à preciosa biblioteca de des Esseintes: os rigorosos critérios de selecção que estão na sua base decorrem, como tudo o resto que o cerca, de uma obsessão pelo que é raro, se não mesmo exclusivo, explicando-se deste modo os dois grandes blocos que a constituem: autores pouco conhecidos ou obras menos valorizadas da literatura francesa contemporânea e uma larga colecção de obras da fase decadente da literatura latina. Em suma: o contrário do clássico, se por clássico se entender o produto – literário, neste caso – que é objecto de um reconhecimento consensual e alheio a tendências de escola ou época. Mas é também o contrário da pequena biblioteca serrana de Jacinto, ficando apenas como traço comum entre as duas personagens, em termos da relação que mantêm com os livros, o movimento de selecção a que se entregam e que é, justamente, o que a nós nos importa acentuar.

Joëlle Gleize vê no comportamento de des Esseintes uma reacção contra a difusão e a banalização do livro. Comportamento que é, por um lado, próprio do "dandy en réaction aristocratique contre la loi commune"[91], configurando, por outro lado, "un effort pour retrouver un état archaïque du livre [:] les livres précieux de des Esseintes évoquent de façon explicite les livres enluminés de ce temps où le livre était objet de culte et manuscrit longuement travaillé"[92]. De nenhum destes sentidos parece participar a personagem de Jacinto, desde que passa a ler com o mesmo apetite que lhe anula o fastio desconsolado de Paris e com o mesmo prazer com que mata enfim a sede na água da fonte velha de Tormes. E, no entanto, nela ecoa o protesto de Fradique Mendes quando, numa carta a Carlos Mayer, se insurge contra a

---

[90] Idem, *ibidem*, p. 127.

[91] Joëlle Gleize, *op. cit.*, p. 199.

[92] Idem, *ibidem*.

banalização a que a reprodução mecânica do livro acabara por conduzir: – "O homem do século XIX, o Europeu, porque só ele é essencialmente do século XIX [...], vive dentro de uma pálida e morna *infecção de banalidade*, causada pelos quarenta mil volumes que todos os anos, suando e gemendo, a Inglaterra, a França e a Alemanha depositam às esquinas, e em que interminavelmente e monotonamente reproduzem, com um ou outro arrebique sobreposto, as quatro ideias e as quatro impressões legadas pela Antiguidade e pela Renascença". E prossegue: – "Para que um Europeu lograsse ainda hoje ter algumas ideias novas, de viçosa originalidade, seria necessário que se internasse no deserto ou nos pampas; e aí esperasse pacientemente que os sopros vivos da Natureza, batendo-lhe a inteligência e dela pouco a pouco varrendo os detritos de vinte séculos de literatura, lhe refizessem uma virgindade. [...] Quando de lá voltar é um Adão forte e puro, virgem de literatura, com o crânio limpo de todos os conceitos e todas as noções amontoadas desde Aristóteles, podendo proceder soberbamente a um exame inédito das coisas humanas"[93].

Voltemos a Flaubert, a Huysmans e ao comentário de Joëlle Gleize: – "Au cours de ces années 1880 où l'inflation éditoriale atteste la puissance de l'imprimé autant qu'elle inquiète sur sa valeur, ces deux romans de livres thématisent cette prolifération et construisent des images mythiques du livre qui lui répondent. Réponses opposées, et médiatisées par la mise en fiction: d'un côté, Bouvard et Pécuchet fantasment et projettent le livre de tous les savoirs [...]. De l'autre, des Esseintes compose un livre de saveurs rares [...]. Les deux textes reprennent et transforment les genres existants de l'encyclopédie et de l'anthologie"[94]. Quanto a Jacinto, cremos que reúne em si estes dois movimentos, encontrando no segundo uma resposta para o fracasso do primeiro. Um fracasso que a literatura encenou na banalização do livro, nos saberes que se contradizem e se repetem, no cansaço dos "pensamentos já pensados" e das "expressões já exprimidas" (87), encenando-se a si mesma no espaço do romance, também ele à procura das tais "ideias novas, de viçosa originalidade". Os poucos livros nas pratelei-

---

[93] Eça de Queirós, *A correspondência de Fradique Mendes,* ed. cit., pp. 63-64.
[94] Idem, *ibidem*, p. 215.

ras de Tormes poderão então confirmar que a originalidade se esgotou "[n]as quatro ideias e [n]as quatro impressões legadas pela Antiguidade e pela Renascença". Mas poderão ser realmente apenas *os primeiros* de um processo que em devido tempo há-de recomeçar[95].

O que é dado como certo é que, pelos acasos da vida e incompetência da Companhia Universal dos Transportes, a esmagadora biblioteca do 202 parisiense, sujeita a um imparável processo de crescimento pela contínua chegada de livros, vem a ser substituída, nas serras pátrias, pela tal estante de madeira, modesta no tamanho e na ordem dos poucos livros que nela esperam. E, mais importante ainda, depois da dolorosa perplexidade face à tarefa, quase sempre votada ao fracasso, de escolher um livro para ler entre os trinta ou setenta mil volumes que o sufocavam em Paris, Jacinto experimenta enfim, na sua casa de Tormes, "a incomparável delícia de *ler um livro*" (178).

Enquanto nos é dado acompanhar a personagem, esse livro é representado pelo relato das aventuras de Dom Quixote e, terminada a leitura deste, pelo relato da viagem de Ulisses rumo a Ítaca. A inscrição destes dois textos n'*A Cidade e as Serras* não se limita a transformá-

---

[95] Esta possibilidade encontra eco no que Miguel Tamen considera ser, n'*A Cidade e as Serras*, a inexistência de "conexões entre alterações de ambiente e alterações de personalidade". Por outras palavras: Jacinto não muda, ao mudar da cidade para as serras. Dos exemplos que fundamentam esta leitura, retiramos apenas o que vai directamente ao encontro da nossa própria sugestão – "as alterações que a famosa biblioteca de Jacinto sofre com a sua mudança de casa. Quem nos convence de que tais diferenças são relevantes é tipicamente Zé Fernandes. Com efeito, o narrador cobre de observações sarcásticas o 'majestoso armazém dos produtos do Raciocínio e da Imaginação' [...] para depois observar admirativamente que 'o dono de trinta mil volumes era agora, na sua casa de Tormes, depois de ressuscitado, o homem que só tem um livro'. Mesmo que o livro único seja, em sucessão, *Dom Quixote* e a *Odisseia*, isso não obsta a que a metáfora da ressurreição seja por si ligada a uma ascese bibliográfica, para a qual aliás o modelo é o de Santo Agostinho ou, melhor, o famoso *tolle et lege* das *Confissões*". E acrescenta, face ao projecto de uma biblioteca nas serras e à consequente reacção de Zé Fernandes ('Eis o livro invadindo a Serra!'): "Jacinto-das-serras é só em parte a reedição de Agostinho-monobíblico, e isto para efeitos de edificação própria" (Cf. Miguel Tamen, "Fazer Arcádia" in Abel Barros Baptista (Org.), *"A Cidade e as Serras". Uma revisão*, Coimbra, Angelus Novus, 2001, pp. 25-32. As citações são retiradas das páginas 28 e 29, respectivamente).

-los em meros objectos de leitura da personagem que é Jacinto, mas faz deles os interlocutores de um denso diálogo intertextual a que as análises de Orlando Grossegesse e Frank Sousa[96], nomeadamente, deram já o justo relevo. Mas porque de leitura se trata, importa-nos atender sobretudo àquele outro leitor que foi Dom Quixote e em cujas aventuras, narradas por Cervantes, o senhor de Tormes "redescobre a leitura intensa das obras antigas em vez da leitura extensa, marginal e superficial das novidades extravagantes. Redescobre também, mediante o romance cervantino, o riso"[97].

Ao valor e ao significado do riso, em termos civilizacionais, já Eça de Queirós se referira num artigo publicado na *Gazeta de Notícias*, do Rio de Janeiro, em 1892. E aí, verificando que se perdera o "dom divino do riso", atribuía a imensa tristeza que se abatera sobre a humanidade ao progresso alcançado em todas as áreas do pensamento e da acção: – "[...] no meio dos inumeráveis instrumentos das ciências e das artes, que atulham o seu laboratório, e diante das obras colossais, que com eles construiu, [o homem] sente, sob esta produção excessiva que o não tornou nem melhor nem mais feliz, um imenso desalento, e, considerando a *inutilidade de tudo*, [...] deixa pender sobre as mãos a testa coroada de louro"[98]. A conclusão natural a que conduz a verificação deste processo condensa-se na máxima "Quanto mais uma sociedade é culta – mais a sua face é triste"[99] ou, na fórmula posteriormente adoptada por Jacinto, "Quanto mais se sabe mais se pena" (104). Se o melancólico Jacinto parisiense constitui a encenação, como é mani-

---

[96] Cf. Orlando Grossegesse, "Sobre a 'Re-Carnavalização' em *A Cidade e as Serras*", *Queirosiana. Estudos sobre Eça de Queirós e a sua Geração*, 1, Dez. 1991, pp. 55-67 e Frank F. Sousa, *O segredo de Eça. Ideologia e ambiguidade em "A Cidade e as Serras"*, Lisboa, Cosmos, 1996. Por limitação nossa quanto ao conhecimento da língua alemã, não nos foi possível consultar a tese de doutoramento de Orlando Grossegesse, intitulada *Konversation und Roman. Untersuchungen Werk von Eça de Queiroz*. O ensaio a que recorremos constitui, segundo o Autor, a adaptação de uma parte da referida tese.

[97] Orlando Grossegesse, *op. cit.*, p. 59.

[98] Eça de Queirós, "A decadência do riso" in *Notas contemporâneas*, Lisboa, "Livros do Brasil", 3ª ed., s/d, p. 166.

[99] Idem, *ibidem*, p. 165.

festo, das não menos melancólicas reflexões sobre a tristeza finissecular, contidas no artigo enviado para a *Gazeta de Notícias*, cumpre ao Jacinto rejuvenescido nas Serras demonstrar as virtudes salutares da gargalhada:

> "Em breve, porém, me fez pular, escancarar as pálpebras moles, uma rija, larga, sadia e genuína risada. Era Jacinto, estirado numa cadeira, que lia o 'D. Quixote'... Oh bem-aventurado Príncipe! Conservara ele o agudo poder de arrancar teorias a uma espiga de milho ainda verde, e por uma clemência de Deus, que fizera reflorir o tronco seco, recuperara o dom divino de rir com as facécias de Sancho!" (164-5)

Zé Fernandes, por seu lado, repete o papel de Sancho e, com a ajuda de Grilo[100], dá lugar à "mistura paródica dos conceitos ideológicos em questão (civilização vs. natureza)"[101]. Por isso, a narrativa não se encaminha para "uma solução ideológica (monológica), que muitas vezes se atribui ao romance", mas para "uma solução discursiva (dialógica) na tradição da literatura carnavalesca que se mantém como tal até ao final do romance"[102]. E aqui assenta o que Grossegesse entende ser a "terapia do riso através da leitura que abrange o próprio leitor [...] deste romance intricado"[103], onde os sentidos – sucessivamente subvertidos pelas posições que cada um dos comparsas vai adoptando – se furtam à verdade absoluta de uma única leitura.

É também este o rumo que tomam as reflexões de Frank Sousa, ao defender a impossibilidade de "se entend[er] este romance como um romance de tese, pese embora a certa crítica. A visão do real que

[100] Com efeito, nos primeiros tempos vividos na serra, Grilo é o negativo da imagem do patrão: enquanto este "já não corcovava" (154) e a sua face se coloria de "um rubor trigueiro e quente de sangue renovado" (155), a "veneranda face [de Grilo] já não resplandecia, como em Paris, com um tão sereno e ditoso brilho de ébano", e a Zé Fernandes parece "que corcovava" (156). Mais tarde, aparece a ler "o seu 'Figaro', armado de imensos óculos redondos" (231), contrastando com a reacção de Jacinto à chegada dos jornais pelo correio: "– Eis a Imprensa!... Mas nada de 'Figaro', ou da horrenda 'Dois Mundos'! Jornais de agricultura!" (156-157).

[101] Orlando Grossegesse, *op. cit.*, p. 63.

[102] Idem, *ibidem*, p. 66.

[103] Idem, *ibidem*, p. 57.

encontramos na obra é permeada por um espírito de tolerância e ambiguidade que se coaduna mal com um texto monológico ou 'one-sided'"[104]. Retomando vários pontos da leitura feita por Orlando Grossegesse, F. Sousa explora o diálogo intertextual que o texto de Eça institui com o de Cervantes e explana as diferentes expressões de que se reveste a acentuada presença do elemento paródico no texto queirosiano: do seu ponto de vista, essa presença, contrariando a pretensão naturalista de transpor para o romance a exactidão, o rigor e a verdade científicos, demonstra igualmente que Eça detém "uma consciência cada vez mais lúcida da relação entre a linguagem e o real, desmistificando e pondo em causa a possibilidade de as palavras representarem de forma perfeita a realidade"[105]. E assim justifica a especificidade de um discurso narrativo que, pela utilização que faz da palavra e também do número – nas informações de natureza cronológica ou quantitativa[106] – conduz à convicção "de que nada é seguro e que a voz narrativa, abdicando da precisão, dá uma imagem vaga do real"[107]. Por outro lado, a relação de "ponto/contraponto" sobre a qual se estruturam os diálogos entre Jacinto e Zé Fernandes reproduz parodicamente a que Sancho mantém com o amo, pelo que a aproximação entre as personagens de Cervantes e as de Eça ultrapassa largamente os aspectos mais superficiais ou visíveis, embora seja por eles denunciada. Assim sucede no momento fundamental da chegada a Tormes, Jacinto "adiante, na sua égua ruça" e Zé Fernandes "atrás, no burro de Sancho" (136).

---

[104] Frank F. Sousa, *op. cit.*, p. 154.

[105] Idem, *ibidem*, p. 130.

[106] Cabe aqui a oscilação – entre 30.000 e 70.000 – a que é sujeito o número de livros de que se compõe a Biblioteca de Jacinto, assim como as contradições de ordem cronológica e a imprecisão das referências numéricas que proliferam no discurso narrativo e às quais Frank Sousa se refere nas páginas 127-129 da obra citada. Estas considerações não contradizem a importância que reveste a particular utilização do número, n'*A Cidade e as Serras*, quer em termos da temporalidade da narrativa, quer em termos do próprio espaço. Remetemos, a este propósito, para Luís Adriano Carlos, "A máquina do tempo n.º 202" in Abel Barros Baptista (Org.), *"A Cidade e as Serras". Uma revisão*, ed. cit., pp. 99-107.

[107] Idem, *ibidem*, p. 129.

Como salientam as leituras de que nos apropriámos neste ponto, *A Cidade e as Serras* é uma narrativa que utiliza várias estratégias para dizer de si mesma que não reproduz o real segundo os parâmetros de fidelidade e até mesmo de verosimilhança a que o programa realista nos habituara[108]. Para lá da ambiguidade conseguida pela voz narrativa na referência a factos ou a dados cuja formulação discursiva está geralmente ao abrigo da indeterminação, as posições presentes desde o título são alvo de um debate interminável[109], sem que qualquer delas consiga, em algum momento e definitivamente, anular a outra. Isto resulta, não só das diferentes perspectivas assumidas pelas diferentes personagens, mas também das diferentes perspectivas adoptadas pela mesma personagem, de acordo com um jogo permanente entre o verso e o reverso. Se a certeza de uma afirmação se torna deste modo impossível, impossível é também tomar como certa a verdade de cada uma delas e, consequentemente, a verdade de Jacinto e a da sua conversão ao idílio serrano.

Entretanto, nas Serras, Jacinto entrega-se finalmente ao prazer da leitura, não já, como sucedera em Paris, para nela encontrar a confirmação de uma suposta verdade – na época, a fatal equivalência entre viver e sofrer –, mas nela "recupera[ndo] o dom divino de rir com as facécias de Sancho!" (165), também ele herói de uma narrativa a que Eça se havia já referido como a "grande história da Ilusão"[110]. História da ilusão que a literatura constrói, como lhe compete, e que a inge-

---

108 Recorde-se, a propósito, que é o próprio Autor que, em carta aos editores, se lhe refere como "une nouvelle phantaisiste". Esta carta é datada de 18 de Novembro de 1893 e encontra-se reproduzida em *Cartas de Eça de Queirós aos seus editores Genelioux e Lugan. 1887 a 1894*, apresentadas por Marcello Caetano, Lisboa, Edições Panorama, 1961, pp. 64-65.

109 Trata-se, de facto, de um diálogo em aberto até ao final do romance. O último capítulo, na sua totalidade, comprova-o, e a última imagem do Pimentinha, apanhando com amor e desvelo a "papelada [...] recheada de [...] parisianismo" (246) e atirada por Zé Fernandes ao lixo, é neste aspecto reveladora. Recorde-se também que, apesar das críticas dirigidas à Cidade, Zé Fernandes parte para as Serras com a expectativa de lá vir a receber, pelo correio, os produtos do seu "génio, elegante e claro" (245).

110 Eça de Queirós, "Um génio que era um santo" in *Notas contemporâneas*, ed. cit., s/d, p. 267.

nuidade da leitura do fidalgo Dom Quixote não desmente. Pelo riso, portanto, Jacinto distancia-se de Sancho e das aventuras que este partilha com o amo, que de "leitor de livros de cavalarias [passa a] cavaleiro andante à imagem e semelhança de tudo aquilo que tinha lido"[111]. E, rindo-se dele, é de si mesmo que se ri e da sua própria história, convidando, através do riso, à distância crítica que justamente faltou ao velho fidalgo castelhano. Deste modo, reafirma como leitor a proposta contida na narrativa de que é personagem e transforma-se num modelo de leitura: a que reclama do leitor adulto finissecular a substituição da credulidade deslumbrada, com que décadas antes aprendia a ler, pela distância do sentido crítico na selecção do que lê e no modo como o faz. Ao mesmo tempo, e contrariando o nevrótico des Esseintes, faz da leitura um acto saudável, e de cada um dos seus livros o "clássico" que Calvino irá definir, um século depois, como o livro "que não pode ser-nos indiferente e que nos serve para nos definirmos a nós mesmos em relação e se calhar até em contraste com ele"[112].

---

[111] Maria Fernanda de Abreu, *Cervantes no Romantismo português. Cavaleiros andantes, manuscritos encontrados e gargalhadas moralíssimas*, Lisboa, Estampa, 1994, p. 114. Nesta mesma obra, a propósito da recepção romântica do *Dom Quixote*, no que respeita à relação da novela de Cervantes com os livros de cavalaria, a Autora cita algumas palavras de Daniel Eisenberg que julgamos virem directamente ao encontro do nosso raciocínio: – "they were also the first to understand Cervantes'complex views on chivalry: that while attacking untruthful chivalric literature, he was defending what he understood to be true chivalry, and had considerable sympathy for some of the books he was attacking, *if only they were presented and understood as literature ('poetry'), instead of history*" (p. 45. O itálico é da nossa responsabilidade).

[112] Italo Calvino, *Porquê ler os clássicos*, trad. de José Colaço Barreiros, Lisboa, Teorema, s/d, p. 11.

CONCLUSÃO

O trabalho de análise que levámos a cabo sobre a ficção de Eça de Queirós revela, de acordo com as expectativas de que partimos, a surpreendente importância que nela cabe à representação do livro e da leitura. Não pretendendo resvalar para interpretações biografistas que se esgotam em si mesmas, mas também não entendendo a obra literária como um produto etéreo e desvinculado de um tempo e de um espaço, é quase inevitável estabelecer uma relação entre os muitos livros e os muitos leitores representados na ficção e a atmosfera cultural em que decorre a formação do Autor: um país subitamente aberto à produção intelectual de uma Europa cada vez mais próxima, a vontade de interferir na centenária sonolência desse país imprimindo-lhe o ritmo daquela Europa, e a transformação do livro num objecto quase trivial, transformando por sua vez o leitor em público e a cultura num bem de consumo necessário e desejável. Eça evocou em diversos momentos esta atmosfera e recriou-a na ficção, projectando-a na desordenada avidez de jovens leitores como Artur Corvelo, na desenvoltura mental de outros, como Carlos da Maia e João da Ega, ou no sentido plástico do biógrafo de Fradique Mendes, alimentado nas formas poéticas que chegavam de França para substituir a "monótona e interminável confidência de glórias e martírios de amor". Recriou também o papel que a cultura passou a desempenhar na promoção social dos indivíduos e, aproveitando as virtualidades significativas que o livro retira da sua natureza de objecto cultural, fez dele a melhor legenda para as suas personagens – relevando o que elas são e aquilo que desejam parecer. Por isso, funcionando como legenda, o livro serve igualmente de máscara, residindo nesta duplicidade a razão do duplo movimento por que ora se esconde, ora se ostenta.

Procurámos apreender, num primeiro momento, as coordenadas fundamentais do fenómeno da difusão do livro e da leitura, para melhor avaliar o trabalho realizado pela ficção no aproveitamento desse fenómeno e do imaginário que o rodeou: começando por analisar os modos pelos quais o livro se faz objecto de romance, observando depois a sua participação na construção da personagem, passando em seguida às acções a que dá origem e que, como vimos, não se esgotam na leitura. Desta forma, deparámos com uma outra função que, interferindo na composição das personagens e das suas atitudes no espaço cénico delimitado pelo olhar de quem filtra a matéria narrada, se estende à construção das relações que entre elas se entretecem, relações que as aproximam ou afastam e pelas quais passam também os jogos do poder e dos afectos – o poder dado pela autoridade que o conhecimento faculta, e os afectos que se estimulam ou partilham na leitura da mesma página. A divisão a que procedemos entre as circunstâncias e as consequências da leitura permitiu, relativamente às primeiras, percorrer diversas imagens da leitura, fixando-a em diferentes ambientes e diferentes leitores, em diferentes motivos e em alguns modos de ler. Mas difícil é separar as imagens dos sentidos, e também neste ponto fomos passando de umas a outros, aprofundando os segundos, contudo, ao analisar o que designámos por consequências da leitura.

É particularmente relevante o lugar que na ficção de Eça de Queirós se abre à problematização da literatura e da própria ficção. Para isso contribui a presença dos inúmeros escritores que a povoam, em muitos dos quais Eça se terá projectado autobiograficamente como forma de exorcizar os medos e as inseguranças inseparáveis do acto de criação. Aguns deles são também leitores – por vocação, como é o caso de Artur Corvelo, ou dever de ofício, como sucede com Gonçalo Ramires –, e nessa qualidade ambos sublinham, embora com resultados opostos, a dificuldade de salvaguardar a originalidade sob o peso da memória literária: Artur apenas repete o que outros fizeram antes e melhor do que ele, mas Gonçalo demonstra, na novela de que é autor, como é possível ser original repetindo. A encenação da leitura permite, por outro lado, pôr em causa o acto da recepção e, com ele, as relações da literatura com a vida. Combinando o processo de auto-representação, que resulta da presença do livro dentro do livro, com um intenso diálogo intertextual que toma por interlocutores as obras lidas pelas personagens, o romance toma-se a si mesmo por tema e, num subtil processo de imagens reflexas, interroga-se sobre o seu poder de conhecer e desvendar a realidade ou até mesmo de nela interferir. Luísa, n'*O primo Basílio*, serve-lhe para se demarcar da vida, demonstrando os riscos de ser com ela confundido, porque só ele tem o privilégio da reescrita rumo ao final desejado. Já n'*Os Maias*, porém, aposta fortemente em diluir as fronteiras que o afastam do real, instala a confusão entre o original e a cópia, e representa os homens como actores de um guião que, paradoxalmente, surpreende repetindo-se.

Se até a *Os Maias* o livro conserva o desempenho na composição de cenários e de personagens, demonstrando ser um importante instrumento para a caracterização de uns e de outras, a partir d'*A Ilusre Casa de Ramires* ganha uma autonomia que o liberta desse papel compositivo e, n'*A Cidade e as Serras*, adquire completa independência relativamente à personagem que deixa de com ele contar como espelho ou prolongamento. E é também aqui, justamente, que com maior nitidez vê abalada a sua imagem de motor do progresso, do conhecimento e da felicidade que o homem ambiciona e persegue. Assim, enquanto o tempo se encarrega de cobrir de ferrugem o saber e a técnica acumulados nos metais e no papel impresso do espaço fechado do 202, Jacinto descobre que é possível ser feliz com poucos livros e no meio de espigas de milho verde. Esta não é, contudo, a resposta finissecular ao fracasso de certos projectos ou à natureza ilusória de alguns valores, mas antes a confirmação do que desde sempre Eça entendeu dever ser o lugar do livro em confronto com o da experiência, e os seus limites enquanto promessa para conhecer e, conhecendo, controlar a vida. Façamos uma breve releitura: aos três leitores d'*O crime do padre Amaro* que, para lá de partilharem o mesmo gosto pelos livros, se unem entre si do mesmo lado da justiça sem conseguirem que esta prevaleça, vale a pena acrescentar ainda a última imagem do doutor Gouveia, derrotado pela morte de Amélia e deixando atrás de si a dúvida que a experiência da Dionísia lança sobre a ciência do médico. N'*Os Maias*, as personagens destacam-se pela cultura atingida no convívio com os livros, mas são também os livros que lhes servem de pretexto para se eximirem a uma acção produtiva e até à própria vida. *O primo Basílio* consiste num livro que adverte contra a relação entre a mulher e a leitura; mas o mais curioso é que no texto d'*As Farpas* sobre o adultério, Eça afirmava a veleidade da literatura ao pretender interferir na moral, defendendo que "a retórica não anula o temperamento"[1]. Não é, pois, de estranhar a convicção de causa perdida que acompanha Teodoro, o herói d'*O Mandarim*, na redacção da sua história para proveito do próximo.

Um constante jogo entre verso e reverso marcou a representação do livro na ficção de Eça de Queirós, desdobrando-se em tensões de oposição entre o ser e o parecer, o saber e o fazer. A primeira delas abrange o leitor que pelo livro mostra o que é ou só o que parece, mas também o próprio livro, no seu questionável poder de reproduzir ou de manipular a verdade. A segunda exprime os limites que desde sempre Eça lhe reconheceu. Conta Batalha Reis, no texto introdutório às *Prosas bárbaras*, que Eça de Queirós lhe dizia por vezes, justamente nessa fase em que se estreava na literatura e dela fazia uma permanente companhia: "– Estamo-nos tornando impressos. Basta de ler e imaginar. Precisamos dum banho de vida prática. É-nos indispensável o acto humano, – inverosímil, se for possível, – a aventura, a lenda em acção, o herói palpável: Vamos pois cear com o capitão João de Sá, – o João de Sá Nogueira, – d'Artagnan de África em Lisboa com licença registada"[2]. Também João da Ega virá a ser acusado pelos amigos de ser impresso, mas Gonçalo Mendes Ramires partirá para África em busca daquela acção, mesmo correndo o risco de se tornar protagonista de uma história inverosímil. Jacinto, por seu lado, parte para Tormes, seguindo a lição de Fradique Mendes que, ao contrário de Xavier Doudan – de quem dizia ser "um espírito naturalmente limitado, que [...] só pelos livros conheceu a vida, os homens e o mundo" (108) –, fechava os livros, tal como Descartes, e partia em frequentes viagens "para estudar o grande livro do Mundo" (54). De nenhuma dessas viagens, porém, deixou as impressões ou o relato num livro, por julgar

---

[1] Eça de Queirós, "O problema do adultério" in *Uma campanha alegre. De "As Farpas"*, Porto Lello & Irmão, 1978, Vol. II, p. 198.

[2] Jaime Batalha Reis, "Introdução" in Eça de Queirós, *Prosas bárbaras*, Porto, Lello & Irmão, s/d, p. 16.

não ter nada de novo para acrescentar ao que outros, antes dele, já tivessem visto e contado. Como escritor, também Eça receou muitas vezes contar histórias já sabidas; mesmo assim escreveu-as e nelas representou o Mundo, o Livro e a relação entre os dois.

BIBLIOGRAFIA

1 – **Bibliografia activa**

1.1– ***Ficção***

O crime do padre Amaro, ed. de Carlos Reis e Maria do Rosário Cunha, Lisboa, Imprensa Nacional-Casa da Moeda, 2000.

O primo Bazilio, Lisboa, "Livros do Brasil", s/d.

O Mandarim, ed. de Beatriz Berrini, Lisboa, Imprensa Nacional-Casa da Moeda, 1992.

A Relíquia, Lisboa, "Livros do Brasil", s/d.

Os Maias, Lisboa, "Livros do Brasil", s/d.

A correspondência de Fradique Mendes, Lisboa, "Livros do Brasil", s/d.

A Ilustre Casa de Ramires, ed. de Elena Losada Soler, Lisboa, Imprensa Nacional--Casa da Moeda, 1999.

A Cidade e as Serras, Lisboa, "Livros do Brasil", s/d.

Contos, Lisboa, "Livros do Brasil", s/d.

A Capital! (começos duma carreira), ed. de Luiz Fagundes Duarte, Lisboa, Imprensa Nacional-Casa da Moeda, 1992.

O conde d'Abranhos, Porto, Lello & Irmão-Editores, 1973.

Alves & Cª, ed. de Luiz Fagundes Duarte e Irene Fialho, Lisboa, Imprensa Nacional--Casa da Moeda, 1994.

1.2 – ***Textos de imprensa***

Uma campanha alegre. De "As Farpas", Porto, Lello & Irmão-Editores, 2 vols., 1978.

Prosas bárbaras, Porto, Lello & Irmão-Editores, s/d.

Cartas de Inglaterra, Porto, Lello & Irmão-Editores, s/d.

Ecos de Paris, Porto, Lello & Irmão-Editores, s/d.

Cartas familiares e bilhetes de Paris (1893-1897), Porto, Lello & Irmão-Editores, s/d.
Notas contemporâneas, Lisboa, "Livros do Brasil", 3ª ed., s/d.
Cartas inéditas de Fradique Mendes e mais páginas esquecidas, Porto, Lello & Irmão-Editores, 1965.
Crónicas de Londres. Novos dispersos, pref. de Eduardo Pinto da Cunha, Lisboa, Editorial Aviz, 1944.

1.3 – *Correspondência*

Correspondência, leitura, coord., pref. e notas de Guilherme de Castilho, Lisboa, Imprensa Nacional-Casa da Moeda, 2 vols., 1983.

1.4 – *Traduções*

As minas de Salomão, versão de Eça de Queirós / *As minas do rei Salomão*, tradução integral de Ana Carvalho, edição paralela comentada por José-Augusto França, Lisboa, Livros Horizonte, 2000.

2 – Bibliografia passiva

ABREU, Luís Machado de – "Modalizações do anticlericalismo em Eça de Queiroz", *Revista da Universidade de Aveiro. Letras*, 17, 2000, pp. 185-202.
ALVES, Manuel dos Santos – "Eça de Queirós: intertexto e memória colectiva", *Queirosiana. Estudos sobre Eça de Queirós e a sua Geração*, 7/8, Dez. 1994/ /Jul. 1995, pp. 115-133.
ALVES, Manuel dos Santos – "O legado clássico em Eça de Queirós através da cultura francesa", sep. de *Les rapports culturels et littéraires entre le Portugal et la France. Actes du Colloque, Paris, 11-16 octobre 1982*, Paris, Fondation Calouste Gulbenkian. Centre Culturel Portugais, 1983.
BAPTISTA, Abel Barros (Org.) – *"A Cidade e as Serras". Uma revisão*, Coimbra, Angelus Novus, 2001.
BASTO, Cláudio – *Foi Eça de Queiroz um plagiador?*, Porto, Maranus, 1924.
BELLINE, Ana Helena Cizotto – "Leituras de Luísa" in MINÉ, Elza e CANIATO, Benilde Justo (Eds.), *150 anos com Eça de Queirós. III Encontro Internacional de Queirosianos, 1995*, São Paulo, USP. FFLCH, 1997, pp. 521- 526.
BERRINI, Beatriz – "Escritas, escreventes, escritores (Considerações a propósito de alguns fragmentos inéditos de Eça de Queiroz)" in *Eça e Pessoa*, Lisboa, A Regra do Jogo, [1984].

BERRINI, Beatriz – *Portugal de Eça de Queiroz*, Lisboa, Imprensa Nacional-Casa da Moeda, 1984.

CABRAL, António – *Eça de Queiroz. A sua vida e a sua obra. – Cartas e documentos inéditos*, Lisboa, Bertrand, 3ª ed., 1945.

CALHEIROS, Pedro – "Cesário e Baudelaire, Eça e Huysmans e a angústia finissecular", *Revista da Universidade de Aveiro. Letras*, 17, 2000, pp. 265-278.

CARVALHO, Mário Vieira de – *Eça de Queirós e Offenbach: a ácida gargalhada de Mefistófeles*, Lisboa, Colibri/Faculdade de Ciências Sociais e Humanas da Universidade Nova de Lisboa, 1999.

CIRURGIÃO, António – "A estrutura de *A Ilustre Casa de Ramires*", *Ocidente*, vol. 77, nº 337, Lisboa, 1977, pp. 137-170.

COELHO, Jacinto do Prado – "Para a compreensão d'*Os Maias* como um todo orgânico" in *Ao contrário de Penélope*, Lisboa, Bertrand, 1976, pp. 167-188.

COELHO, Maria Teresa Pinto – "*A Ilustre Casa de Ramires* e a questão africana: entre a história e o mito" in MINÉ, Elza e CANIATO, Benilde Justo (Eds.), *150 anos com Eça de Queirós. III Encontro Internacional de Queirosianos, 1995*, São Paulo, USP. FFLCH, 1997, pp. 409-419.

COLEMAN, Alexander – *Eça de Queirós and european realism*, New York and London, New York University Press, 1980.

COSTA, Joaquim – *Eça de Queirós criador de realidades e inventor de fantasias*, Porto, Civilização, 1945.

CUNHA, Maria do Rosário – *Molduras: articulações externas do romance queirosiano*, Coimbra, Universidade Aberta – Delegação Centro, 1997.

DA CAL, Ernesto Guerra – *Lengua y estilo de Eça de Queiroz. Bibliografía queirociana sistemática y anotada e iconografía artística del hombre y la obra*, Coimbra, Por ordem da Universidade, 5 Tomos, 1975-1984.

DELILLE, Maria Manuela Gouveia – "Ecos heinianos no romance *O Primo Bazilio* de Eça de Queirós", *Queirosiana. Estudos sobre Eça de Queirós e a sua Geração*, 5/6, Dez. 1993/Jul. 1994, pp. 157-172.

DIOGO, Américo António Lindeza e SOUSA, Sérgio Paulo Guimarães de – *O último Eça, o Romance & o Mito*, *s.l.*, Irmandades da Fala da Galiza e Portugal, 2001.

DUARTE, Lélia Parreira – "A refinada ironia de Eça em *A Ilustre Casa de Ramires*" in MINÉ, Elza e CANIATO, Benilde Justo (Eds.), *150 anos com Eça de Queirós. III Encontro Internacional de Queirosianos, 1995*, São Paulo, USP. FFLCH, 1997, pp. 291-297.

FREELAND, Alan – *O leitor e a verdade oculta. Ensaio sobre "Os Maias"*, Lisboa, Imprensa Nacional-Casa da Moeda, 1989.

GARCEZ, Maria Helena Nery – "A ficção da História e a história da ficção em *A Ilusre Casa de Ramires*", *Queirosiana. Estudos sobre Eça de Queirós e a sua Geração*, 3, Dez. 1992, pp. 39-54.

GIRODON, Jean – *Eça de Queiroz, Flaubert et Anatole France*, [Lisboa], Bertrand, 1958.

GROSSEGESSE, Orlando – "Sobre a 'Re-carnavalização' em *A Cidade e as Serras*", *Queirosiana. Estudos sobre Eça de Queirós e a sua Geração*, 1, Dez. 1991, pp. 55-67.

GUIMARÃES, Luís de Oliveira – *As mulheres na obra de Eça de Queirós*, Lisboa, Livraria Clássica Editora, 1943.

HOURCADE, Pierre – "Eça de Queirós e a França" in *Temas de literatura portuguesa*, Lisboa, Moraes Editores, 1978, pp. 58-87.

LAJOLO, Marisa – "Eça de Queirós e suas leitoras mal comportadas" in MINÉ, Elza e CANIATO, Benilde Justo (Eds.), *150 anos com Eça de Queirós. III Encontro Internacional de Queirosianos, 1995*, São Paulo, USP. FFLCH, 1997, pp. 438-445.

LEPECKI, Maria Lúcia – *Eça na ambiguidade*, Fundão, Jornal do Fundão, 1974.

LIMA, Isabel Pires de – "Fulgurações e ofuscações de Eros: *O primo Basílio*" in MINÉ, Elza e CANIATO, Benilde Justo (Eds.), *150 anos com Eça de Queirós. III Encontro Internacional de Queirosianos, 1995*, São Paulo, USP. FFLCH, 1997, pp. 715-721.

LIMA, Isabel Pires de – *As máscaras do desengano. Para uma abordagem sociológica de "Os Maias" de Eça de Queirós*, Lisboa, Caminho, 1987.

LISBOA, Maria Manuel – *Teu amor fez de mim um lago triste. Ensaios sobre "Os Maias"*, Porto, Campo das Letras, 2000.

LOPES, Rui da Costa – *O segredo do cofre espanhol. Notas para um ideário filosófico de José Maria Eça de Queiroz*, Lisboa, Imprensa Nacional-Casa da Moeda, 2000.

MACHADO, Álvaro Manuel – "Eça, Proust e o imaginário finissecular", *Queirosiana. Estudos sobre Eça de Queirós e a sua Geração*, 7/8, Dez. 1994/Jul. 1995, pp. 13-22.

MARINHO, Maria de Fátima – "A (des)construção do romance histórico", *Queirosiana. Estudos sobre Eça de Queirós e a sua Geração*, 5/6, Dez. 1993/Jul. 1994, pp. 145-156.

MARTINS, António Coimbra – *Ensaios queirosianos*, Lisboa, Europa-América, 1967.

MARTINS, António Coimbra – "Eva e Eça", *Bulletin des Etudes Portugaises*, Nouvelle série, Tomes vingt-huit/vingt-neuf, 1967/68, pp. 287-325.

MATOS, A. Campos (Org. e Coord.), *Dicionário de Eça de Queiroz*, 2ª ed. rev. e aumentada, Lisboa, Caminho, 1993.

MATOS, A. Campos (Org. e Coord.), *Dicionário de Eça de Queiroz. Suplemento*, Lisboa, Caminho, 2000.

MEDINA, João – *Eça político (Ensaios sobre aspectos político-ideológicos da obra de Eça de Queiroz)*, Lisboa, Seara Nova, 1974.

MEDINA, João – *Eça de Queiroz e a Geração de Setenta*, Lisboa, Moraes Editores, 1980.

MEDINA, João – *Eça de Queirós e o seu tempo*, Lisboa, Livros Horizonte, 1972.

MONTEIRO, Ofélia Paiva – "A poética do grotesco e a coesão estrutural de *Os Maias*" in REIS, Carlos (Coord.), *Leituras d' "Os Maias"*, Coimbra, Minerva, 1990, pp. 15-42.

Oliveira, Maria Teresa Martins de – *A mulher e o adultério nos romances "O primo Basílio" de Eça de Queirós e "Effi Briest" de Theodor Fontane*, Coimbra, Minerva/Centro Interuniversitário de Estudos Germanísticos/Faculdade de Letras da Universidade do Porto, 2000.

Padilha, Laura Cavalcante – "*A Ilustre Casa* e as lanças metidas em África" in Berrini, Beatriz (Org.), *Eça de Queirós. A Ilustre Casa de Ramires. Cem anos*, São Paulo, EDUC, 2000, pp. 171-184.

Pageaux, Daniel-Henry – "*A Ilustre Casa de Ramires*: da 'mise en abyme' à busca do sentido" in *Eça e "Os Maias". Actas do 1º Encontro Internacional de Queirosianos, Porto – 22 a 25 de Novembro de 1988*, Porto, Asa, 1990, pp.191--196.

Petit, Lucette – *Le champ du signe dans le roman queirosien*, Paris, Fondation Calouste Gulbenkian. Centre Culturel Portugais, 1987.

Piwnik, Marie-Hélène – "Gonçalo Ramires: história de uma degeneração" in *Eça e "Os Maias". Actas do 1º Encontro Internacional de Queirosianos, Porto – 22 a 25 de Novembro de 1988*, Porto, Asa, 1990, pp. 221- 226.

Reis, Carlos – *Estatuto e perspectivas do narrador na ficção de Eça de Queirós*, Coimbra, Almedina, 3ª ed., 1984.

Reis, Carlos – *Estudos queirosianos. Ensaios sobre Eça de Queirós e a sua obra*, Lisboa, Presença, 1999.

Reis, Carlos – *Introdução à leitura d'"Os Maias"*, Coimbra, Almedina, 4ª ed., 1982.

Reis, Carlos – "Leituras de Flaubert em Eça" in *Construção da leitura. Ensaios de metodologia e de crítica literária*, Coimbra, Instituto Nacional de Investigação Científica / Centro de Literatura Portuguesa da Universidade de Coimbra, 1982, pp. 131-136.

Reis, Carlos e Milheiro, Maria do Rosário – *A construção da narrativa queirosiana. O espólio de Eça de Queirós*, Lisboa, Imprensa Nacional-Casa da Moeda, 1989.

Reis, Jaime Batalha – "Introdução" in Queirós, Eça de, *Prosas bárbaras*, Porto, Lello & Irmão-Editores, s/d., pp. 5-53.

Reys, Câmara – "Eça de Queiroz e Flaubert (Excerpto)" in Amaral, Eloy do e Martha, M. Cardoso (Orgs.), *Eça de Queiroz. "In memoriam"*, Coimbra, Atlântida, 2ª ed. acrescida com novos estudos, 1947, pp. 336-339.

Reys, Câmara – *As questões morais e sociais na literatura. I Emílio Zola – Eça de Queirós – Ramalho Ortigão*, Lisboa, Seara Nova, 1941.

Rosa, Alberto Machado da – *Eça, discípulo de Machado?*, Lisboa, Presença, 2ª ed. rev., 1979.

Sacramento, Mário – *Eça de Queirós – uma estética da ironia*, Coimbra, Coimbra Editora, 1945.

Saraiva, António José – *As ideias de Eça de Queirós*, Lisboa, Bertrand, 1982.

Saraiva, António José –*A tertúlia ocidental. Estudos sobre Antero de Quental, Oliveira Martins, Eça de Queiroz e outros*, Lisboa, Gradiva, 2ª ed., 1995.

SÉRGIO, António – "Notas sobre a imaginação, a fantasia e o problema psicológico--moral na obra novelística de Queirós" in *Ensaios*, Lisboa, Sá da Costa, 3ª ed., 1980, Tomo VI, pp. 53-120.

SILVA, Augusto Santos – "Para uma perspectivação histórico-sociológica da obra de Eça de Queirós" in *Palavras para um país. Estudos incompletos sobre o século XIX português*, Oeiras, Celta Editora, 1997.

SILVA, Garcez da – *A pintura na obra de Eça de Queiroz*, Lisboa, Caminho, 1986.

SIMÕES, João Gaspar – *Vida e obra de Eça de Queirós*, Lisboa, Bertrand, 1973.

SOUSA, Frank F. – *O segredo de Eça. Ideologia e ambiguidade em "A Cidade e as Serras"*, Lisboa, Cosmos, 1996.

TEYSSIER, Paul – "*Os Maias* cent ans après" in *Etudes de littérature et de linguistique*, Paris, Fundação Calouste Gulbenkian. Centro Cultural Português, 1990, pp. 73--100.

TORRES, Alexandre Pinheiro – "Incidências huysmanianas n'*A Cidade e as Serras* de Eça de Queirós" in *Eça e "Os Maias". Actas do 1º Encontro Internacional de Queirosianos, Porto – 22 a 25 de Novembro de 1988*, Porto, Asa, 1990, pp. 297--302.

TRIGUEIROS, Armando Ribeiro – "Tormes: refúgio ou purificação? Cultura e valores em *A Cidade e as Serras* de Eça de Queirós", *Atlântida*, Vol. XLV, 2000, pp. 401-406.

VEIGA, Cláudio – "Presença de Huysmans em *A Cidade e as Serras*", *Revista Brasileira*, Fase VII, Jul.-Ag.-Set., Ano VI, 24, 2000, pp. 116-130.

ZILBERMAN, Regina *et al.* – *Eças e outros: diálogos com a ficção de Eça de Queirós*, Porto Alegre, EDIPUCRS, 2002.

3 – **Estudos sobre o livro, a leitura e sobre a sociedade portuguesa no séc. XIX**

ABREU, Maria Fernanda de – *Cervantes no Romantismo português. Cavaleiros andantes, manuscritos encontrados e gargalhadas moralíssimas*, Lisboa, Estampa, 1994.

ALBUQUERQUE, Luís de – *Estudos de História. Vol. VI (Notas para a história do ensino em Portugal),* Coimbra, Por Ordem da Universidade, 1978.

ANSELMO, Artur – *Estudos de história do livro*, Lisboa, Guimarães Editores, 1997.

BAPTISTA, Abel Barros – *Autobibliografias. Solicitação do livro na ficção e na ficção de Machado de Assis*, Lisboa, Relógio D'Água, 1998.

BARREIRA, Cecília – *História das nossas avós. Retrato da burguesia em Lisboa, 1890--1930,* Lisboa, Círculo de Leitores, 1992.

BERNARDINO, Teresa – *Sociedade e atitudes mentais em Portugal (1777-1810),* Lisboa, Imprensa Nacional-Casa da Moeda, 1985.

BUESCU, Helena Carvalhão (Coord.) – *Dicionário do Romantismo Literário Português*, Lisboa, Caminho, 1997.

CAEIRO, Francisco da Gama – "Livros e livreiros franceses em Lisboa, nos fins de setecentos e no primeiro quartel do século XIX", Sep. do *Boletim da Biblioteca da Universidade*, Coimbra, 1980.

CARVALHO, Maria Amália Vaz de – *Cartas a uma noiva*, Lisboa, Tavares Cardoso & Irmão, 1891.

CARVALHO, Maria Amália Vaz de – *Mulheres e creanças (Notas sobre educação)*, Porto, Empreza Litteraria e Typographica-Editora, 2ª ed., 1887.

CAVALLO, Guglielmo e CHARTIER, Roger (Orgs.), *História da leitura no mundo ocidental*, São Paulo, Ática, 2 vols., 1998-1999.

CHARTIER, Roger – *A aventura do livro: do leitor ao navegador. Conversações com Jean Lebrun*, trad. de Reginaldo de Moraes, São Paulo, Fundação Editora da UNESP, 1998.

CHARTIER, Roger – *A ordem dos livros*, trad. de Leonor Graça, Lisboa, Vega, 1997.

CHARTIER, Roger (Org.) – *Práticas da leitura*, trad. de Cristiane Nascimento, São Paulo, Estação Liberdade, 1996.

COELHO, Trindade – "Autobiografia" in *Os meus amores*, introd. por João Bigotte Chorão, *s.l.*, Ulisseia, 3ª ed., [1986].

DOMINGOS, Manuela D. – *Estudos de sociologia da cultura. Livros e leitores do século XIX*, Lisboa, Instituto Português de Ensino a Distância, 1985.

FERNANDES, Rogério – *O pensamento pedagógico em Portugal*, Lisboa, ICALP, 2ª ed., 1992.

FERREIRA, Alberto – "Caminhos da educação no oitocentismo português" in *Estudos de cultura portuguesa (século XIX)*, Lisboa-Porto, Litexa Editora, 2ª ed., 1998, pp. 13-37.

FRAISSE, Emmanuel *et al.* – *Representações e imagens da leitura*, trad. de Osvaldo Biato, São Paulo, Ática, 1997.

FRANÇA, José-Augusto – *O Romantismo em Portugal. Estudo de factos socioculturais*, Lisboa, Livros Horizonte, 2ª ed., 1993.

GLEIZE, Joëlle – *Le double miroir. Le livre dans les livres de Stendhal à Proust*, Paris, Hachette, 1992.

GUEDES, Fernando – *O livro e a leitura em Portugal. Subsídios para a sua história. Séculos XVIII-XIX*, Lisboa e São Paulo, Verbo, 1987.

HERCULANO, Alexandre – *Opúsculos*, org., introd. e notas de Jorge Custódio e José Manuel Garcia, Lisboa, Presença, 6 vols., 1982-1987.

La lecture littéraire. Revue de recherches sur la lecture des textes littéraires, Centre de Recherches sur la Lecture Littéraire de l'Université de Reims, 2ème année, nº 2 – *Le lecteur dans l'ouvre*, 1998.

LOPES, Ana Maria Costa – *O conto regional na imprensa periódica de 1875 a 1930. I – Estudo e bibliografias*, Lisboa, Universidade Católica Portuguesa, 1990.

MACHADO, Álvaro Manuel – *A Geração de 70 – uma revolução cultural e literária*, [Lisboa], Instituto de Cultura Portuguesa, 1977.

MACHADO, Álvaro Manuel – *Do Romantismo aos Romantismos em Portugal. Ensaios de tipologia comparativista*, Lisboa, Presença, 1996.

MANGUEL, Alberto – *Uma história da leitura*, Lisboa, Presença, 1998.

MARINHO, Maria de Fátima – *O romance histórico em Portugal*, Porto, Campo das Letras, 1999.

MARTINS, Oliveira – *Dispersos*. Artigos políticos, económicos, filosóficos, históricos e críticos, seleccionados, prefaciados e anotados por António Sérgio, Lisboa, Oficinas Gráficas da Biblioteca Nacional, Tomo II, 1924.

MARTINS, Oliveira – *Obras completas. "A Província"*, Lisboa, Guimarães Editores, I-V, 1958-1959.

MARTINS, Oliveira – *Obras completas. "O Repórter"*, Lisboa, Guimarães Editores, I-II, 1957.

MARTINS, Rocha – *Pequena história da imprensa portuguesa*, Lisboa, Editorial Inquérito, s/d.

MONTALBETTI, Christine – *Images du lecteur dans les textes romanesques*, Paris, Bertrand-Lacoste, 1992.

ORTIGÃO, Ramalho – *As Farpas*, Lisboa, Clássica Editora, 15 Vols., 1988-1993.

O Panorama. Jornal litterario e instructivo da Sociedade Propagadora dos Conhecimentos Uteis, Lisboa, 15 Vols., 1837-1858.

PICARD, Michel – *La lecture comme jeu. Essai sur la littérature*, Paris, Les Éditions de Minuit, 1986.

PIRES, Maria Laura Bettencourt – *Walter Scott e o Romantismo português*, Lisboa, Universidade Nova. Faculdade de Ciências Sociais e Humanas, 1979.

QUENTAL, Antero de – *Prosas da época de Coimbra*, ed. crítica organizada por António Salgado Júnior, Lisboa, Sá da Costa, 2ª ed., 1982.

QUENTAL, Antero de – *Prosas sócio-políticas*, publicadas e apresentadas por Joel Serrão, Lisboa, Imprensa Nacional-Casa da Moeda, 1982.

RATTAZZI, Maria – *Portugal de relance*, actualização do texto, introdução e notas de José M. Justo, Lisboa, Antígona, 1997.

REIS, Carlos – *As Conferências do Casino*, Lisboa, Alfa, 1990.

REIS, Carlos – "Leitura e leitora nas *Viagens* de A. Garrett", sep. de *A mulher na sociedade portuguesa. Actas do Colóquio. Coimbra, 20 a 22 de Março, 1985*, Coimbra, 1986.

RODRIGUES, A. A. Gonçalves – *A tradução em Portugal*, 1º Vol., Lisboa, Imprensa Nacional-Casa da Moeda, 1992; 2º Vol., Lisboa, ICALP, 1992; 3º e 4º Vols., Lisboa, ISLA, 1993-1994.

RODRIGUES, Ernesto – *Mágico folhetim. Literatura e jornalismo em Portugal*, Lisboa, Editorial Notícias, 1998.

SABRY, Randa – "Les lectures des héros de romans", *Poétique*, 94, Paris, Seuil, 1993, pp. 185-204.

SALVADOR, Gregorio – *Un mundo con libros*, Madrid, Espasa Calpe, 1996.

SANTOS, Maria de Lourdes Costa Lima dos – *Intelectuais portugueses na primeira metade de oitocentos,* Lisboa, Presença, 1988.

SCHOLES, Robert – *Protocolos de leitura*, trad. de Lígia Gutterres, Lisboa, Edições 70, 1991.

SERRÃO, Joel – *Da situação da mulher portuguesa no século XIX*, Lisboa, Livros Horizonte, 1987.

SERRÃO, Joel – *Temas de cultura portuguesa II*, Lisboa, Portugália, 1965.

SERRÃO, Joel – *Temas oitocentistas II*, Lisboa, Livros Horizonte, 1978.

SERRÃO, Joel (Dir.) – *Dicionário de História de Portugal*, Porto, Figueirinhas, 6 Vols., 1990.

SIMÕES, João Gaspar – *Perspectiva histórica da ficção portuguesa. Das origens ao século XX*, Lisboa, Dom Quixote, 1987.

TENGARRINHA, José – *História da imprensa periódica portuguesa*, Lisboa, Portugália, 1965.

ZILBERMAN, Regina – *Estética da recepção e história da literatura*, São Paulo, Ática, 1989.

ZILBERMAN, Regina e LAJOLO, Marisa – *A formação da leitura no Brasil*, São Paulo, Ática, 1996.

ZILBERMAN, Regina e LAJOLO, Marisa – *A leitura rarefeita. Livro e literatura no Brasil*, São Paulo, Editora Brasiliense, 1991.

4 – **Estudos de teoria literária**

BARTHES, Roland *et al.* – *Littérature et réalité*, Paris, Seuil, 1982.

BUTOR, Michel – *Essais sur le roman*, Paris, Gallimard, 1969.

GENETTE, Gérard – *Palimpsestes. La littérature au second degré*, Paris, Seuil, 1982.

GIRARD, René – *Mensonge romantique et vérité romanesque*, Paris, Bernard Grasset, 2001.

GREIMAS, Algirdas Julien e COURTÉS, Joseph – *Sémiotique, Dictionnaire raisonné de la théorie du langage*, Paris, Hachette, 1979.

LUKACS, Georges – *Le roman historique*, traduit de l'allemand par Robert Sailley, Paris, Éditions Payot & Rivages, 2000.

MAUPASSANT, Guy de – "Le roman" in *Pierre et Jean*, Paris, Gallimard, 1982, pp. 45-60.

Poétique, 16 – *Le discours réaliste*, Paris, Seuil, 1973.

REIS, Carlos – *O conhecimento da literatura. Introdução aos estudos literários*, Coimbra, Almedina, 1995.

REIS, Carlos e LOPES, Ana Cristina M. – *Dicionário de narratologia*, Coimbra, Almedina, 1987.

ROBERT, Marthe – *Romance das origens e origens do romance*, trad. de Miguel Serras Pereira e Maria Regina Louro, Lisboa, Via Editora, 1979.

ROUSSET, Jean – *Forme et signification*, Paris, José Corti, 1962.

SANGSUE, Daniel – *La parodie*, Paris, Hachette, 1994.

SILVA, Vítor Manuel de Aguiar e – *Teoria da literatura*, Coimbra, Almedina, 8ª ed. (2ª reimp.), 1990.

Texte, 1 – *L'autoreprésentation. Le texte et ses miroirs*, Toronto, Trinity College, 1982.

Texte , 2 – *L'intertextualité. Intertexte, autotexte, intratexte*, Toronto, Trinity College, 1983.

ÍNDICE DE AUTORES*

* Indicam-se, a negro, os autores citados por Eça de Queirós nos textos transcritos neste trabalho.

ÍNDICE GERAL

Capítulo 3

Da realidade à ficção

Parte II

O texto

Capítulo 1

O livro – imagens e sentidos

Capítulo 2

A leitura I – Circunstâncias...

Capítulo 3

A leitura II – ...e consequências

Capítulo 4

Do texto ao intertexto